Eva-Maria Bast

Miss Bly und die Wette gegen Jules Verne

EVA-MARIA BAST

Miss Bly und die Wette gegen Jules Verne

Roman

blanvalet

Das Zitat von Matthew Goodman auf S. 394 stammt
aus »Die schnellsten Frauen der Welt:
Wie sich zwei Reporterinnen im 19. Jahrhundert
ein einmaliges Wettrennen lieferten«,
übersetzt von Almuth Carstens und Leon Mengden,
btb Verlag, München 2017.

FSC www.fsc.org MIX Papier | Fördert gute Waldnutzung FSC® C014496

Klimaneutral* Druckprodukt ClimatePartner.com/14044-1912-1001

Penguin Random House Verlagsgruppe FSC® N001967

1. Auflage

Redaktion: René Stein
Umschlaggestaltung: Johannes Wiebel | punchdesign,
unter Verwendung von Motiven von stock.adobe.com
(Andrey Kuzmin, Amy Walters, Netfalls,
Aleksey Stemmer, akamaraqu) und
akg-images / ClassicStock / AMERICAN STOCK
DK · Herstellung: sam
Satz: Vornehm Mediengestaltung GmbH, München
Druck und Bindung: GGP Media GmbH, Pößneck
Printed in Germany
ISBN 978-3-7645-0815-9

www.blanvalet.de

Prolog

New York, USA, September 1887

Die Rastlosigkeit dieser Stadt passte zu ihr. Dieses ewige Getrommel der Pferdehufe, die auf das Pflaster klackten, das Geratter der Räder von Kutschen, Omnibussen und Karren, das Gequietsche der Hochbahn – all das entsprach ihrem Wesen, ihrem Drang, niemals zu ruhen, immer Neues zu entdecken. Es war ihre Rastlosigkeit, die sie von Pittsburgh nach New York getrieben hatte. Ihre Rastlosigkeit – und der Wunsch, hier einen ihrer vier Träume zu erfüllen: für eine New Yorker Zeitung zu schreiben. Für die anderen drei Träume – sich zu verlieben, einen Millionär zu heiraten und die Welt zu verbessern – war noch Zeit. Schließlich war sie, Elizabeth Cochrane, genannt Nellie Bly, erst 23 Jahre alt. Und sie platzte fast vor Energie, manchmal schien es ihr, als habe sie mehr davon, als in ihren relativ kleinen und zierlichen Körper hineinpasste und als stünde sie, wie auch diese Stadt, über der ein riesiges Netz von Stromleitungen verlief, im wahrsten Sinne des Wortes ständig unter Spannung. Heute rührte ihre Spannung aber noch von einem anderen Grund her, und der war nicht, wie sonst, erfreulich, sondern im Gegenteil äußerst unangenehm: Ihre Geldbörse mitsamt all ihrem Ersparten war ihr gestohlen worden. Sie hatte nichts mehr, gar nichts, und deshalb blieben ihr nur zwei Möglichkeiten: Entweder nach Pittsburgh zurückkehren und sich und allen anderen eingestehen, dass sie in New York gescheitert war, oder sich eine Stelle besorgen, und zwar sofort. Zwar hatte sie das schon seit ihrer Ankunft im Frühjahr vergeblich versucht, aber andererseits war Aufgeben noch nie eine Option gewesen. Und Nellie wusste trotz ihrer jungen Jahre: Richtig und zielstrebig eingesetzte Energie machte alles möglich! Kurz entschlossen hatte sie sich von ihrer Vermieterin ein paar Cent geliehen und war in die Dampfbahn gestiegen, um die halbstündige Fahrt in Richtung Zeitungsviertel im Süden Manhattans anzutreten.

Ihr kleines, möbliertes Zimmer lag in der West 96th Street und damit so weit außerhalb von Downtown, dass der Weg, der zu ihrem Haus führte, nicht einmal mehr gepflastert war, sondern nur aus festgetretenem Schlamm bestand. Mehr konnte sie sich nicht leisten, und in dem Viertel gab es sogar noch frei laufende Ziegen. Doch nun war sie in der Park Row mit ihren Türmen und ihren hohen, imposanten Gebäuden aus Sandstein, Marmor und Granit angekommen. Sie hatte das Gefühl, dass ein Herausgeber den anderen mit der Größe und Pracht seines Gebäudes übertrumpfen wollte. Und dann stand sie vor dem Zeitungshaus der *New York World*, das mit seinen 17 Stockwerken einfach nur unglaublich beeindruckend war. Es war brandneu, erst vor einigen Jahren hatte Joseph Pulitzers kleiner Sohn den Grundstein legen dürfen. Bevor sie hineinging, blieb Nellie für einen Moment stehen und bestaunte das imposante Bauwerk. Es war aus Ziegel und Sandstein errichtet, was der Fassade einen interessanten Kontrast verlieh. Die Kuppel aus vergoldetem Kupfer hatte sie schon aus einiger Entfernung ausmachen können, und ihr Herz hatte bei diesem Anblick ein wenig schneller geschlagen. Wie es wohl sein musste, für eine Zeitung zu schreiben, deren goldene Kuppel alles überstrahlte und selbst an grauen Tagen schimmerte?

Sie war schon einmal hier gewesen, vor einigen Wochen, kurz nachdem sie in New York eingetroffen war und enttäuscht hatte feststellen müssen, dass es gar nicht so einfach war, bei einer New Yorker Zeitung auch nur vorgelassen zu werden! Doch Nellie hatte nicht aufgegeben: Da sie noch dann und wann für den *Pittsburgh Dispatch* schrieb, bat sie New Yorks Chefredakteure als Korrespondentin um ein Interview zum Thema »Weiblichkeit im New Yorker Journalismus«. Und auf einmal standen ihr alle Türen offen. Sie sprach mit Charles Dana von der *Sun*, dem Herausgeber des *Herald*, Reverend Dr. Hepworth und Charles Ransom Miller von der *New York Times*. Die Männer waren entweder der Ansicht, Frauen seien zwar sicher durchaus gute Journalistinnen, hätten aber keine Ausbildung. Oder aber sie meinten, man könne den Damen nicht zumuten, sie im Notfall nachts aus dem Bett zu klingeln, geschweige denn ihnen Berichterstattungen über Skandale anzuvertrauen. Schließlich gelte es ja immer noch, die Regeln der Höflichkeit zu beachten. Auch mit dem Chef der *World*, John Cockerill, hatte sie gesprochen, der ihr erklärt hatte, dass Frauen, wenn überhaupt, im Bereich Mode und Gesellschaft arbeiten sollten, diese Sparten waren jedoch nicht so gefragt. Allerdings seien bei der *World* durchaus zwei Frauen tätig, woran Nellie erkennen könne, dass man nichts gegen Journalistinnen habe. Nellie hatte zumindest das Gespräch mit Cockerill einigermaßen ermutigend gefunden – Aufträge hatte er jedoch nicht für sie gehabt. Und schon gar nicht hatte er sie einstellen wollen. Doch nun hatte sie keine Wahl mehr. Sie *musste* ihn einfach überzeugen. Und das würde ihr auch gelingen.

Mit dem Aufzug – fast alle Gebäude im hoch technisierten New York besaßen einen – fuhr sie nach oben und fand sich in dem riesigen Raum wieder, in dem sie schon einmal gewesen war und der mit seiner hektischen Betriebsamkeit auch heute wieder eine unbeschreibliche Faszination auf sie ausübte. Es war unfassbar laut, die Redakteure riefen sich Nachrichten zu und eilten mit gerunzelter Stirn und wichtig aussehenden Papieren durch die Gänge zwischen den unzähligen Schreibtischen, an denen weitere Männer saßen. Sie alle waren im Begriff, kluge Artikel zu verfassen, die am nächsten Tag ganz New York lesen sollte. Über alldem lag ein blauer Schleier aus Rauch, da fast jeder der Redakteure nicht nur einen Stift in der Hand hielt, sondern auch eine Zigarette oder eine Zigarre im Mundwinkel hängen hatte. Weil es an diesem Septembertag so heiß war, hatten viele ihre Jacketts ausgezogen und achtlos über die Stuhllehnen geworfen. Von den Frauen, die Cockerill erwähnt hatte, war nichts zu sehen, was Nellie ärgerte.

Niemand schenkte ihr Beachtung, doch von ihrem letzten Besuch wusste sie noch, wo sich das Büro des Chefredakteurs befand, und so steuerte sie entschlossenen Schrittes darauf zu. Bevor sie klopfte, berührte sie noch einmal den kleinen goldenen Ring, den sie am Daumen trug. Er war ihr Glücksbringer, seit ihr Vater ihn sich kurz vor seinem Tod vom Finger gezogen – bei ihm war es der kleine gewesen – und ihr gesagt hatte: »Trag ihn, Nellie. So bin ich immer bei dir. Und werde dich immer beschützen, wohin du auch gehst.«

Die Tür, die vom Vorzimmer Cockerills zu seinem Büro führte, wurde von einem hochnäsigen jungen Mann verteidigt, der ihr mit eisiger Miene mitteilte: »Der Chefredakteur darf nicht gestört werden!«

»Bitte«, flehte Nellie, »es ist wichtig.«

Der Hochnäsige musterte sie über den Rand seiner goldgeränderten Brille hinweg, und sein gepflegter Schnauzer – Nellie hatte beobachtet, dass die jüngeren Herren in New York Schnauzer und die älteren Bart trugen – zuckte empört, als er sagte: »Wenn Sie wüssten, wie oft ich am Tag diese Worte zu hören bekomme.«

Nellie dachte, dass der Mann doch eigentlich froh sein musste, wenn die Menschen mit wichtigen Dingen zu ihm kamen, schließlich lebte die Zeitung von Nachrichten. Verzweifelt sah sie auf die Tür, hinter der ihre Zukunft lag, liegen *musste*.

»Ich warte. Irgendwann muss er ja rauskommen«, teilte sie dem Sekretär mit, der sich inzwischen demonstrativ und mit wichtiger Miene dem Stapel Papiere, der vor ihm auf dem Schreibtisch lag, zugewandt hatte. Als Nellie tatsächlich auf der schmalen Besucherbank Platz nahm, die, wie sie dachte, wohl mit voller Absicht unbequem gehalten war, erbebten die Schnurrbartspitzen des jungen Mannes vor Empörung erneut ob dieser Frechheit. Doch Nellie sah ihn mit ihren eisgrauen Augen – man sagte, sie habe einen stechenden Blick, wenn sie wollte – nur ruhig an.

Der Schnurrbärtige wurde rot, und während er zurückstarrte, bemerkte Nellie, dass die Brillengläser seine Augen unnatürlich vergrößerten. »Wie Sie meinen«, schnappte er dann und strafte sie fortan mit eisiger Verachtung.

Während Nellie immer wieder ungeduldig den kleinen goldenen Ring an ihrem linken Daumen drehte, wurden im Stockwerk unter ihr Manuskriptseiten der *New York World* von Hunderten Schriftsetzern in Spalten aus Blei übertragen. Seite um Seite wurde gedruckt, verpackt und zur Abholung auf einer Laderampe bereitgestellt.

Die Minuten verflogen, und Nellie beobachtete durch das Fenster, wie immer wieder Boten mit wichtig aussehenden Schriftstücken an ihr vorbeieilten, darin vermutlich Depeschen von den Korrespondenten aus aller Welt für die Zeitung. Geduld war noch nie ihre Stärke gewesen, doch heute musste sie beweisen, dass sie auch dazu fähig war. Als aus den Minuten Stunden wurden, hielt Nellie es jedoch nicht länger aus.

»Verzeihen Sie bitte«, wandte sie sich erneut an den Sekretär, »entweder Sie lassen mich nun zu Mr. Cockerill durch, oder ich bin gezwungen, meine Story einer anderen Zeitung anzubieten.«

»Was glauben Sie eigentlich, wer Sie sind?«, empörte sich der junge Mann und bekam rote Flecken auf dem Gesicht.

»Ich bin Nellie Bly«, erwiderte sie ruhig, während sie sich erhob. »Und ich werde nun zur *Times* gehen, um mit Mr. Miller zu sprechen.« Ohne den jungen Mann noch mal eines Blickes zu würdigen, wandte sie ihm den Rücken zu und marschierte in Richtung der Aufzugstüren.

»Warten Sie!«, rief der Sekretär ihr nach und erhob sich rasch hinter seinem Schreibtisch. Sein Widerstand war offenbar gebrochen. »Bitte nehmen Sie noch mal Platz, ich gebe Mr. Cockerill Bescheid.«

Mit einem triumphierenden Lächeln kehrte Nellie um. Nur wenige Minuten später fand sie sich im Büro des Chefredakteurs wieder.

Die Augen von Colonel Cockerill, wie er allgemein genannt wurde, musterten Nellie Bly aufmerksam. Der Chefredakteur war ein großer Mann, auf dessen imposanter Statur ein großer, eckiger Kopf saß. Sein schwarzes Haar war von ersten weißen Strähnen durchzogen, seinem Alter entsprechend trug er einen buschigen schwarz-weißen Bart, und auch in seinem Mundwinkel klebte eine Zigarre, die schrecklich stank.

Offenbar machte sich der Chefredakteur selten die Mühe, die Asche in dem dafür vorgesehenen Behälter abzustreifen, denn in diesem befanden sich nur wenige Flocken, während auf der Tischplatte vor ihm ein Ascheberg ruhte – neben wichtigen Schriftstücken und einem teuer aussehenden Füllfederhalter. Als er nun Nellie aufforderte, Platz zu nehmen, bewegte sich sein Walrossschnauzer auf und ab, und die Asche seiner Zigarre rieselte dabei auf seine Weste.

Nellie hatte gehört, dass Cockerill nicht nur gerne fluchte und herumbrüllte, sondern einen Kritiker seines Blattes eines Tages einfach erschossen hatte, was zur Empörung der Leser nicht zu einer Verurteilung geführt hatte. Der Herausgeber Pulitzer hatte seinen Chefredakteur zwar daraufhin entlassen, ihn aber später, als etwas Gras über die Sache gewachsen war, wieder eingestellt.

Nellies Hand umklammerte den Glücksring, was Cockerills stechendem Blick nicht verborgen blieb, als sie nun hervorstieß: »Ich möchte nach Europa und wieder zurück reisen. Ich buche Plätze in der dritten Klasse und berichte den Lesern von den Strapazen einer solchen Überfahrt.«

Atemlos wartete sie auf seine Reaktion.

Cockerill musterte die junge Frau aufmerksam, etwas an ihr schien ihm zu gefallen und ihn zu überzeugen, dann nickte er anerkennend – und sagte: »Ich werde das mit Joseph Pulitzer besprechen. Ich möchte Sie nächste Woche um dieselbe Zeit wieder in meinem Büro sehen.«

»In Ordnung«, sagte Nellie, bemüht, nicht zu zeigen, wie sehr sie sich freute.

»Hören Sie zu, Bly, sie gehen damit zu keiner anderen Zeitung«, forderte Cockerill.

»Einverstanden«, erwiderte Nellie. »Nur …«

»Sie erhalten selbstverständlich einen finanziellen Ausgleich für die Wartezeit«, fiel ihr Cockerill barsch ins Wort und schob ihr 25 Dollar über den Schreibtisch – ein Viertel ihres gestohlenen Ersparten, einfach so! Nellie konnte es kaum glauben, bedankte sich hastig und steckte das Geld ein.

Als sie eine Woche später wie verabredet zurückkehrte, winkte der schnurrbärtige Vorzimmermann sie sofort durch, und Cockerill rang sich zur Begrüßung sogar ein Lächeln ab. Er hatte eine gute und eine schlechte Nachricht für sie. Die schlechte: Sie würde nicht nach Europa reisen. Die gute: Pulitzer wollte sie, aber nicht für die Sparte Gesellschaft und Mode. Sie sollte in New York recherchieren – und Missstände aufdecken.

Nellie strahlte. Auch wenn sie nun keine Reise antreten würde: Sie war am Ziel! Einen ihrer vier Träume hatte sie erreicht, nein, eigentlich zwei. Für eine New Yorker Zeitung zu arbeiten. Und wenn es ihr wirklich gelänge, durch ihre Arbeit Ungerechtigkeiten aufzuzeigen, dann würde die Welt durch sie ein klein wenig besser werden. Das Leben war wunderbar!

1. Kapitel

New York, USA, Montag, 11. November 1889

Draußen herrschte ein trübes, nasses Grau. Nellie saß an ihrem kleinen, hölzernen und immer ein wenig wackelnden Schreibtisch unter dem Fenster und sah den Regentropfen zu, die die Scheibe hinabrannen und sich dabei mit anderen Regentropfen verbanden. Sie bildeten Spuren und Schlieren, zeichneten ein Bild. Ein Regenbild, und Nellie überlegte, ob die Regenbilder dieser Welt sich wohl sehr voneinander unterschieden. Wie anders musste ein solches Werk vor einem strahlend blauen Himmel wirken, wenn sich die Sonnenstrahlen in den Tropfen brachen, sie zum Leuchten und zum Funkeln brachten? Hier in New York jedoch schien es die November-Tristesse noch zu verstärken, aus dem trüben Grau wurde nun eben ein nasses Grau. Nellie lauschte dem leisen Trommeln des Regens und begann, auf ihrem Stuhl hin- und herzuschaukeln. Bei einer bestimmten Bewegung ächzte dieser nämlich eigentümlich, als wäre er ein alter Mann und wolle damit sagen: Ich habe mein Tagwerk getan, mein Lebenswerk neigt sich dem Ende zu. Nun habe ich ein wenig Ruhe verdient. Doch Nellie gönnte dem Stuhl keine Ruhe, und langsam ergab sich ein Rhythmus, ein

Lied. Trommel, trommel, knarz. Trommel, trommel, knarz. Trommel, trommel, knarz. Klopf.

Verwirrt fuhr Nellie herum. Etwas hatte den gerade gefundenen Rhythmus gestört. Wieder klopfte es. Jemand war an der Tür. Verwundert stand sie auf. Wer konnte das sein? Wer sie in ihrem eintönigen Regenallerlei stören? Da ihre Mutter nicht da war – sie traf sich mit ihrer besten Freundin Cora Linn Daniels, einer Frauenrechtlerin, stand Nellie auf, strich sich ihren eleganten Rock zurecht, zu dem sie eine modische weiße Bluse mit hohem Kragen trug, die vorne am Hals mit einer Brosche zusammengehalten wurde, ging in den winzigen Flur und öffnete die Tür. Draußen stand ein Bote, nass bis auf die Haut, 16 Jahre alt mochte er höchstens sein, auf seinem dumpfen braunen Haar saß eine karierte Mütze. Nellie bedauerte den Jungen, der sich offenbar keine bessere Kleidung zum Schutz gegen Wind und Wetter leisten konnte. Der Bote reichte ihr einen Umschlag, der in seinem Grau wunderbar zum Novemberwetter passte, tippte sich einmal an die karierte Mütze und war verschwunden.

Nellie schlug die Tür hinter ihm zu und eilte an den Schreibtisch zurück. Sie nahm sich jedoch keine Zeit, sich auf den alten, knarrenden Stuhl zu setzen, geschweige denn, den Brieföffner herauszuholen, sondern schlitzte den Umschlag sogleich mithilfe ihres kleinen Fingers auf. Das Papier, das darin steckte, enthielt nur wenige Worte.

Erwarte Sie umgehend in der Redaktion. John Cockerill.

Nellie verzog das Gesicht. Der Gedanke, in dieses Unwetter hinauszumüssen, behagte ihr gar nicht. Doch sie war auch beunruhigt: Wenn der Chefredakteur sie so spät am Nachmittag noch mal in die Redaktion rief, dann musste es wichtig sein. Dass man sie herbeieilen ließ, um über einen Unfall oder einen Stromausfall zu berichten, war ausgeschlossen: Nellie Bly wurde nicht zu Katastropheneinsätzen geschickt. Und das nicht, weil sie eine Frau, sondern weil sie zu wichtig war: In den zwei Jahren, in denen sie nun schon für die *World* arbeitete, war sie zur Berühmtheit geworden – und das gleich mit ihrer ersten Geschichte, als sie mit einer Reportage die Missstände im Irrenhaus der Stadt aufgedeckt hatte. Es folgten weitere: eine Story über eine Agentur, die Babys verkaufte, eine weitere über eine Klebstofffabrik, die ihre Arbeiterinnen unter unzumutbaren Bedingungen schuften ließ, eine dritte über einen Mann, der regelmäßig im Central Park über Frauen herfiel – sie war seiner Masche auf die Schliche gekommen und hatte sich ihm selbst als Opfer dargeboten. Nellie Bly wurde zur Kultfigur, stand selbst im Mittelpunkt ihrer Geschichten und fand ihren Namen auch oft in der Schlagzeile wieder, wenn die *World* zum Beispiel titelte: »Nellie Bly auf der Spur des Verbrechens«. Selbst Pulitzer lobte sie in aller Öffentlichkeit und sagte ihr eine große Zukunft voraus. Nur die Reise um die Welt, die hatte er sie immer noch nicht machen lassen. Nach ihrem Vorschlag vor zwei Jahren, die Reise nach Europa auf dem Zwischendeck der großen Kreuzfahrtschiffe anzutreten und über die Zustände dort zu berichten, hatte sie der Chefredaktion vor einem Jahr einen weiteren Vorschlag präsentiert: Sie wollte Phileas Fogg, den literarischen Helden aus Jules Vernes Roman *Reise um die Erde in 80 Tagen,* herausfordern und die Reise in kürzerer Zeit bewerkstelligen. Sie war bereits beim Bowling Green gewesen, wo die meisten Reedereien beheimatet waren, und hatte Schiffs- und Eisenbahnlinien studiert. Und sie war zu dem Schluss gekommen, dass es durchaus möglich war, die Welt schneller als Phileas Fogg zu umrunden. Sie kannte und liebte dieses Gefühl, das sie durchzuckte, als sie die Gewissheit hatte und das sich ihrer immer dann bemächtigte, wenn sie einer wirklich guten Geschichte auf der Spur war. Umso größer fiel ihre Enttäuschung aus, als Cockerill abgewinkt hatte. Als Frau brauche sie einen Beschützer, die *World* könne es nicht verantworten, sie ganz allein um die Welt reisen zu lassen. Im Irrenhaus sei es viel gefährlicher gewesen, hatte Nellie aufbegehrt, doch dieses Mal hatte Cockerill sich nicht erweichen lassen und das nächste Argument aus der Schublade gezogen: Als Frau sei sie außerstande, das Umsteigen zu bewältigen. Schließlich sei allgemein bekannt, dass Damen schon für kurze Reisen mehrere Schrankkoffer benötigten, und auch Nellie lege ja, wie man sehen könne, Wert auf Garderobe. Wie sie diese Aussage geärgert hatte! Ja, sie kleidete sich gern gut. Das konnte sie sich schließlich leisten, und zwar nicht nur finanziell, sondern auch, weil sie eine Figur hatte, die sich sehen lassen konnte! Und weil sie fand, dass Frauen ihr Aussehen durchaus einsetzen durften – nicht nur, um Männern zu gefallen, sondern auch, um allgemein einen guten Eindruck zu hinterlassen. Sie war Stammkundin in den angesagtesten Salons New Yorks und wählte treffsicher elegante Gewänder aus edelsten Stoffen, die ihrem braunen Haar, das sie inzwischen aufgesteckt trug, und ihren grauen Augen schmeichelten. Aber das bedeutete doch nicht, dass sie nicht imstande war, auf ihre Garderobe zu verzichten, während sie auf Weltreise war! Doch Cockerills Nein war deutlich gewesen, und es hatte ihn auch nicht erweichen können, als sie gedroht hatte, mit dieser Idee bei einer anderen Zeitung vorstellig zu werden. Immerhin hatte er jedoch eingewilligt, dass die *World*, sollte sie jemals für ihre Leser eine Reise um die Welt erwägen, Nellie schicken würde.

Während sie dieserart in ihre Gedanken versunken war, hatte Nellie den East River in Richtung Manhattan überquert und war dann mit der Pferdebahn durch die Lafayette Street gefahren. Jetzt tauchte auch schon die goldene Kuppel des Zeitungsgebäudes in ihrem Blickfeld auf. Zum Glück war der Weg in die Redaktion nicht mehr so weit wie früher: In der Zwischenzeit verdiente Nellie so gut, dass sie in die 74th Street, Kreuzung Broadway und Amsterdam Avenue umgezogen war und ihre Mutter zu sich geholt hatte. Wie immer zog sie der Anblick der Kuppel in ihren Bann. Kaum zu glauben, dass sie inzwischen wirklich für diese Zeitung schrieb, die das höchste Gebäude New Yorks gebaut hatte. Wieder grübelte Nellie, was so wichtig sein konnte. Ein neuer Auftrag? Eigentlich waren die Themen doch heute Morgen in der Montagskonferenz vergeben worden, und sie hatte wieder so viele bekommen, dass sie gar nicht wusste, wann sie alle schreiben sollte. Ohnehin kam sie kaum einmal zum Luftholen, so sehr wurde sie regelrecht mit Arbeit überschüttet. Sie war ja dankbar dafür, dankbar, dass man so schätzte, was sie tat. Aber immer öfter und auch jetzt reagierte sie mit heftigen Kopfschmerzen auf die Dauerbelastung. Manchmal hatte sie das Gefühl, dass die Redaktion sie allein deshalb so mit Arbeit eindeckte, dass sie ihre Drohung nicht wahr machen konnte, ihre Reise um die Welt für eine andere Zeitung anzutreten. Denn sie hatte schlicht keine Zeit, irgendetwas vorzubereiten.

Kurz darauf hatte Nellie den großen Redaktionsraum erreicht. Sie nickte ihren Kollegen zu und öffnete die Tür zu Cockerills Vorzimmer. Joe, wie der bebrillte Mittzwanziger mit dem zuckenden Schnauzer hieß, der sie bei ihrem ersten Gespräch mit dem Chefredakteur abzuwimmeln versucht hatte, grinste ihr zu, als sie eintrat. Sie hatten längst Freundschaft geschlossen.

»Er wartet schon.«

Cockerill schenkte ihr jedoch, nachdem sie eingetreten war, zunächst keine Beachtung, sondern las seelenruhig den Artikel weiter, der vor ihm ausgebreitet auf dem Tisch lag. Dann und wann rieselten einige Flöckchen Asche von seiner Zigarre auf das Papier.

Nellie hatte inzwischen Platz genommen und rutschte ungeduldig auf ihrem Stuhl hin und her. Sie spürte, dass Ärger in ihr aufstieg. Da zitierte der Chefredakteur sie eilends her, und dann ignorierte er sie.

»Nun«, sagte sie schließlich. »Ich sollte sofort kommen. Was war denn so eilig?«

Cockerill sah auf, als bemerkte er ihre Anwesenheit erst jetzt, und fragte dann in so gelangweiltem Ton, als handle es sich um eine Beiläufigkeit:

»Können Sie übermorgen zu Ihrer Weltumrundung aufbrechen?«

»Zu meiner ...« Nellie sprang auf und ließ sich dann entgeistert wieder auf ihren Stuhl sinken. In ihrem Kopf tobten die widerstreitendsten Gefühle. Sie wollte jubeln! Endlich und so unerwartet war sie am Ziel! Sie durfte los! Ihr Wettlauf gegen Jules Vernes Figur Phileas Fogg konnte beginnen. Zugleich aber spürte sie Unwillen in sich aufsteigen. Sie hatte den Vorschlag vor einem Jahr gemacht! Und nun sollte sie nur zwei Tage Zeit für die Vorbereitung haben? Das ergab keinen Sinn! Unter gesenkten Lidern beobachtete sie John Cockerill, dessen Miene jedoch nichts erkennen ließ. Stellte er sie etwa vor eine besonders schwere Herausforderung, um ihr Scheitern wahrscheinlicher zu machen? Damit er am Ende triumphieren und sagen könnte, er habe es ja von Anfang an gewusst? Eine Frau wäre den Strapazen niemals gewachsen und sie, Nellie Bly, ja schon vor Antritt der Reise krachend gescheitert. War das vielleicht sogar ein Trick, um am Ende doch noch einen Mann schicken zu können?

Beruhige dich, Nellie, befahl sie sich.

Sie streckte sich, hob den Kopf und sah ihrem Chef in die Augen.

»Natürlich kann ich das«, sagte sie so ruhig wie möglich. »Ich kann noch in dieser Minute aufbrechen.«

Cockerill nickte zufrieden. »Wir wissen, die Zeit ist knapp, daher werden Sie aus der Redaktion jede Unterstützung für die Vorbereitungen erhalten.«

»Danke«, sagte Nellie und rang sich dann zu der Frage durch, die ihr so sehr auf der Seele brannte: »Warum muss es denn auf einmal so schnell gehen?«

Cockerill seufzte. »Das sage ich Ihnen jetzt ganz im Vertrauen, Nellie Bly«, setzte er an. »Zum einen hatten Sie den richtigen Riecher, wie so oft.« Er lächelte. »Seit Ihrem Vorpreschen haben wir zwei weitere Vorschläge bekommen, die Welt zu umrunden – einmal von einem Redakteur, einmal von einem Leser. Wir denken, dass Mr. Vernes Roman eine Art Sehnsucht ausgelöst hat. Und wir denken: Wenn wir Sie nun nicht ziehen lassen, wird eine andere Zeitung recht schnell ebenfalls auf die Idee kommen, jemanden um die Welt zu schicken.«

Nellie nickte. »Und zum anderen?«, fragte sie.

Cockerill kramte in seiner Schreibtischschublade, zog ein leicht zerknittertes Blatt Papier hervor und schob es ihr zu. Schnell überflog Nellie die Zeilen, die eine Ansprache von

Lord Salisbury, dem Premierminister des Vereinigten Königreichs, wiedergaben, in denen er überlegte, »wie der Telegraf, diese merkwürdige und faszinierende Erfindung, die gesamte Menschheit auf einer einzigen großen Fläche versammelt habe, von der aus sie all das sehen kann, was getan, und hören kann, was gesagt wird, und sie jedes politische Ereignis im gleichen Augenblick beurteilen kann, in dem es stattfindet.«

»Ich verstehe«, erwiderte Nellie. »Ich kann während meiner Reise mithilfe der Telegrafie den Leser direkt an meinem Wettlauf teilhaben lassen.« Das leuchtete ein, und insgeheim bat sie Mr. Cockerill wegen ihres Verdachts um Verzeihung.

»Der dritte Grund ist, dass die Auflagenzahlen zurückgehen«, sagte Cockerill leise, und Nellie wusste, was es für ein Vertrauensbeweis war, dass er ihr diese Information gab. »Was?«, fragte sie. »Aber es lief doch gerade so gut!« Pulitzer selbst hatte ihr berichtet, dass das Blatt in den sechs Jahren, seit er es übernommen hatte, seine Auflage von 15.000 auf mehr als 150.000 gesteigert und sich damit verzehnfacht hatte.

»Bis vor Kurzem war das auch so«, pflichtete Cockerill ihr bei. »Aber jetzt stagnieren die Zahlen und gehen sogar leicht zurück. Pulitzer will sofort gegensteuern. Sie haben Glück. Denn ich glaube nach wie vor nicht, dass Sie es schaffen werden.«

Nellie grinste. »Aber ich«, sagte sie. »Und zwar ganz ohne Schrankkoffer.«

Für einen Moment zog der äußerst seltene Anblick eines Lächelns über John Cockerills Gesicht, gleich darauf hatte er sich wieder unter Kontrolle. »Sie können übermorgen auf der *City of Paris* in Richtung Southampton fahren. Das hätte den Vorteil, dass Sie den Postzug von London ins italienische Brindisi ganz sicher erreichen. Ich bin aber der Ansicht, das lässt Ihnen zu wenig Vorbereitungszeit. Daher würde ich Sie lieber auf die Augusta Victoria buchen, die am Donnerstagmorgen ablegt.«

»Wie groß ist die Gefahr, dass ich den Postzug verpasse, wenn ich die Augusta Victoria nehme?«, fragte sie.

»Gering«, erwiderte Cockerill. »Wenn das Schiff allerdings in einen Sturm gerät ...«

»Ich werde mich beeilen«, fiel ihm Nellie ins Wort. »Wenn ich es schaffe, nehme ich das frühere Schiff. Ich gehe gleich zum Hafen und erkundige mich, ob es für beide noch Schiffspassagen gibt. Dann entscheide ich mich.«

»Die gibt es«, sagte Cockerill. »Das haben wir schon in Erfahrung gebracht.«

»Dann erkundige ich mich, ob es eine Möglichkeit gibt, diese kurzfristig in Anspruch zu nehmen – oder auch nicht.«

»Einverstanden.« Dann erhob er sich zum Zeichen, dass das Gespräch beendet war. Nellie tat es ihm gleich.

»Edward wird Ihnen bei der Vorbereitung behilflich sein und auch den Auftaktbericht anlässlich Ihrer Abreise schreiben.«

Edward Van Zile war ein Kollege von Nellie.

Nellie sah erschrocken auf, ihr war etwas eingefallen. »Ich habe keinen Pass«, ächzte sie.

Die Gesichtszüge des John Cockerill entglitten kurz, gleich darauf hatte er sich aber wieder im Griff. »Dann wird jemand anderer sich um den Auftaktbericht kümmern. Edward muss unverzüglich nach Washington reisen und Ihnen einen provisorischen Pass besorgen.«

»Aber geht das denn so schnell?«, fragte Nellie bang.

»Wenn das jemand schafft, dann ist es Van Zile«, knurrte Cockerill. »Er hat die besten Beziehungen zu Außenminister James G. Blaine. Wir können nur hoffen.«

2. Kapitel

New York, USA, Montag, 11. November 1889

Nellie war völlig außer Atem, als sie am Hafen ankam. Zu ihrer Erleichterung sah sie, dass in den Niederlassungen der verschiedenen Schifffahrtsgesellschaften noch Licht brannte. Sie beschleunigte ihre Schritte, und ihr war plötzlich ein wenig unheimlich zumute.

Auf einer großen Kiste saßen drei Männer und riefen hinter ihr her.

»So allein, schönes Fräulein«, schrie der eine. »Sollen wir dir Gesellschaft leisten?«

Die beiden anderen stießen ein keckerndes Gelächter aus, und Nellies Unbehagen wuchs. Der Hafen bei Dunkelheit war sicherlich kein Ort für eine Frau, um sich dort ganz alleine aufzuhalten. Sie spürte, dass ihre Angst immer größer wurde. *Reiß dich zusammen,* schalt sie sich. Wenn du jetzt schon Angst verspürst, dann hat John Cockerill am Ende noch recht, und als Frau bist du nicht in der Lage, diese Reise anzutreten. Trotzig hob sie das Kinn und beschleunigte ihre Schritte.

»Nicht so hastig«, sagte da eine schmierige Stimme hinter ihr. Gleich darauf wurde sie an der Schulter gepackt und in eine dunkle Gasse gezogen. Entsetzt schrie Nellie auf. Doch der Kerl, ein schmutziger Hafenarbeiter, der nach Alkohol und Schweiß stank, presste gierig seine Lippen auf die ihren.

»Lassen Sie mich sofort los!«, schrie Nellie und wehrte sich aus Leibeskräften, doch der Mann ließ nicht von ihr ab.

Plötzlich wiederholte eine kultivierte männliche Stimme ihre Aufforderung. »Lassen Sie sie sofort los!«

Schemenhaft konnte Nellie einen großen blonden Mann in Kapitänsuniform erkennen. Er packte den Arbeiter am Kragen und schleuderte ihn mit einer fast beiläufigen Bewegung aus der Gasse heraus. Der Mann, der in Gegensatz zu dem großen Retter regelrecht schmächtig erschien, strauchelte, rutschte aus, landete in einer Pfütze und rappelte sich so schnell er konnte auf, offenbar voller Angst vor dem Mann in Kapitänsuniform.

»Hau ab!«, rief der ihm hinterher. »Ich merk mir dein Gesicht. Und wenn du dir noch mal was zu Schulden kommen lässt, dann gnade dir Gott.« Dann wandte er sich zu Nellie um. »Geht es Ihnen gut?«, fragte er. »Hat er Ihnen etwas getan?«

Nellie starrte in sein Gesicht und dachte, dass sie, auch wenn sie es nur schemenhaft erkennen konnte, noch nie einen derart schönen Mann gesehen hatte. Wobei es ihr selbst eigenartig erschien, einen Herrn als schön zu bezeichnen. Das tat man doch eigentlich nur bei Frauen! Aber es stimmte. Dieser Mann hatte ein wunderschönes Gesicht, es war zugleich aber nicht weich, sondern außerordentlich markant. Die Farbe seiner Augen konnte sie in der Dunkelheit nicht erkennen, sie vermutete aber wegen seiner blonden Haare, dass sie blau waren. Blau wie der Ozean.

»Nein«, sagte sie auf seine Frage hin. »Nein, es geht mir gut.«

»Darf ich Sie auf den Schreck auf ein heißes Getränk einladen? Und sie anschließend begleiten? Es ist hier nicht gerade sicher, wie Sie bemerkt haben.«

Nellie schüttelte den Kopf und fühlte ein überwältigendes Bedauern in sich aufsteigen, als sie ablehnte. »Das ist sehr freundlich von Ihnen«, sagte sie. »Aber ich habe überhaupt keine Zeit. Ich muss noch in die Niederlassungen von Inman Line und der HAPAG.

»Dann schlage ich vor, Sie gehen zuerst ins Kontor der HAPAG«, sagte er. »Das wird nämlich bald schließen.«

»Hat das Kontor der Inman Line denn länger auf?«, fragte Nellie erstaunt.

»Nein«, erwiderte der Mann. »Wenn Sie gestatten? William Smith mein Name. Ich bin Kapitän der City of Paris und kann Ihnen sicherlich behilflich sein – auch wenn das Kontor geschlossen hat.«

»Das gibt es ja nicht!«, rief Nellie. »Sie habe ich gesucht!«

»Mich?« Nun war es an Smith, überrascht zu sein.

»Ja«, sprudelte Nellie hervor. »Wann legt Ihr Schiff denn ab?«

»Die Abreise ist für ein Uhr mittags am Mittwoch vorgesehen«, gab er erstaunt zurück.

»Und wie lange zuvor müssen die Passagiere an Bord sein?«

»In der Regel zwei Stunden vorher«, erklärte er bereitwillig.

»Aber ...« Das wäre elf Uhr morgens! Das würde knapp werden, dachte Nellie. Es sei denn, Edward kehrte wirklich sehr schnell mit dem vorläufigen Pass zurück ...

Während sie überlegte, eilte sie neben dem Kapitän in

Richtung der Kontorräume der Hamburg-Amerikanische Packetfahrt-Actien-Gesellschaft, kurz HAPAG.

»Würden Sie bei mir eine Ausnahme machen?«, fragte sie den Kapitän. »Wenn ich erst eine Minute vor Ablegen an Bord kommen würde – würden sie mich mitnehmen?«

»Das würde ich«, sagte er, und sie konnte seiner Stimme anhören, dass er zu lächeln schien. »Aber wäre es nicht an der Zeit, mich nun einmal aufzuklären, was Sie vorhaben?«

Da sie das Kontor der HAPAG bereits erreicht hatten, setzte sie den freundlichen Kapitän hastig über ihr Vorhaben in Kenntnis.

»Donnerwetter«, sagte der beeindruckt. »Sie wollen wirklich die Welt umrunden?«

»Es muss nur alles furchtbar schnell gehen«, erklärte Nellie. »Ich habe es soeben erst erfahren. Mein Kollege ist auf dem Weg nach Washington, um zu versuchen, mir einen Pass zu besorgen.«

»Es wäre mir eine Ehre, der erste Kapitän auf Ihrer Reise zu sein«, sagte er feierlich. »Ich nehme Sie auch in letzter Minute mit an Bord, und Sie müssen in meinem Kontor keine Schiffspassage mehr kaufen. Wenn Sie es schaffen, sind Sie mein persönlicher Gast.«

»Aber ... das ...«, sagte Nellie und hoffte mit einem Mal noch mehr, dass sie rechtzeitig an Bord sein würde. Sie bemerkte, dass auch der Kapitän sie wie gebannt anstarrte. »Ich werde alles daransetzen, um es zu schaffen«, versicherte sie. »Aber leider liegt das nicht allein in meiner Macht.«

»Ich weiß«, erwiderte er. »Lassen wir das Schicksal entscheiden.«

Dann löste sie sich aus seinem Blick, räusperte sich und sagte: »Sollen wir nun hineingehen?«

Er nickte. »Da ich sozusagen von der Konkurrenz bin, wird mein Auftreten zwar für einige Verwirrung sorgen, aber ich werde dennoch versuchen, ein gutes Wort für Sie einzulegen.«

»Inwiefern?«, fragte Nellie.

»Das werden Sie gleich sehen.« Er stieß die Tür auf und bedeutete ihr mit einer Geste, vor ihr einzutreten.

Am Tisch saß ein mürrisch dreinblickender Herr und sah kaum auf, als sie hereinkamen.

»Wir haben eigentlich schon geschlossen«, brummte er.

»Wir wollen Sie auch gar nicht behelligen«, versicherte Smith. »Aber ich muss in einer dringenden Angelegenheit Kapitän Albers sprechen. Wo finde ich ihn?«

Der graue Mann an seinem grauen Tisch – beide passten perfekt zu dem grauen Tag, der durch die unverhofften Ereignisse nun aber so viel Farbe bekommen hatte – blickte nun endlich auf und nahm Haltung an, als er bemerkte, dass er einen Kapitän vor sich hatte.

»Ich werde sofort nachsehen, Kapitän«, sagte er. »Nehmen Sie in der Zwischenzeit doch bitte Platz.«

Er verschwand durch eine Tür, die hinter seinem Schreibtisch lag, und Smith rückte Nellie einen Stuhl zurecht. Er hatte gerade ihr gegenüber Platz genommen, als das graue Männlein in Begleitung seines Kapitäns zurückkam. Dessen Miene hellte sich auf, als er seinen Kollegen am Tisch erblickte. »William Smith!«, rief er erfreut und klopfte Nellies Retter, der sich ebenfalls erhoben hatte, begeistert auf den Rücken. »Ich freue mich, dass wir uns vor deiner Abreise noch einmal sehen.«

»Das Vergnügen ist ganz meinerseits«, versicherte Smith und deutete dann auf Nellie. »Darf ich dir jemanden vorstellen? Diese junge Dame will sich für die *New York World* auf Weltreise begeben. Ich nehme an, du kennst Jules Vernes berühmten Roman?«

»Willst du mich beleidigen?«, rief Albers. »Es gibt wohl kaum einen Kapitän, auf dessen Nachttisch sich dieses Werk nicht wiederfindet.«

»Da magst du recht haben, mein Freund.«

»Jedenfalls will ich Phileas Fogg, den Helden aus Mr. Vernes Roman, schlagen und die Weltumrundung in fünfundsiebzig Tagen schaffen«, mischte sich nun Nellie ins Gespräch.

Beeindruckt sah Albers sie an. »Das ist ein hochinteressantes Unterfangen«, kommentierte er.

»Nun, ich dachte, du könntest Miss Bly dabei behilflich sein«, sagte Smith.

»Und wie, wenn ich fragen darf?«

»Ich muss den Postzug in London am 21. November erreichen«, erklärte Nellie. »Da die City of Paris einen Tag vor der Augusta Victoria ausläuft, würde ich natürlich lieber dieses Schiff nehmen. Allerdings habe ich noch keinen Pass. Ein Kollege von mir ist gerade auf dem Weg nach Washington und versucht, ihn mir zu besorgen. Und ich muss auch noch einige Vorbereitungen treffen.«

»Sie haben keinen Pass?«, fragte der Kapitän der Augusta Victoria verblüfft.

»Nein«, gestand Nellie und kam sich mit einem Mal lächerlich vor. Was mussten die Männer von ihr denken? Da konnte sie sich noch nicht einmal ausweisen und wollte die Welt umrunden? Plötzlich war die Angst wieder zurück, die sie empfunden hatte, als ihr die Sache mit dem Pass eingefallen war. Würde am Ende alles an einem Fetzen Papier scheitern? Aber nicht nur John Cockerill, sondern auch Edward Van Zile war mehr als optimistisch gewesen, dass die Sache mit dem Pass kein großes Problem darstellen würde. Der Außenminister schulde ihm noch einen Gefallen, hatte Van Zile augenzwinkernd erklärt.

»Mein Kollege wird das hinbekommen«, sagte Nellie nun selbstbewusst. »Aber je nachdem wie lange das dauert, werde ich es nicht bis zum Auslaufen der City of Paris schaffen.«

»Und dann müsste sie mit euch fahren«, mischte sich nun wieder Nellies Retter ins Gespräch. »Sie würde gerne eine Schiffspassage buchen.«

»Die Sie vielleicht überhaupt nicht brauchen?« Der Kapitän winkte ab. »Das kommt nicht infrage. Wir haben genügend freie Kabinen an Bord. Niemals verkaufen wir alle bis zur Abfahrt. Wenn Sie mit uns reisen, wird es mir eine Ehre sein. Und wenn nicht, haben wir kein Geld verloren.«

»Danke«, sagte Nellie erleichtert. »Sie sind wirklich zu freundlich.«

»Nun«, erwiderte der Kapitän der Augusta Victoria und wirkte unendlich gütig. »Einer muss es ja sein. Denn wie es scheint, legt Ihre Redaktion diese Freundlichkeit nicht an den Tag. Sonst hätte man Ihnen mehr Vorbereitungszeit gegeben.«

3. Kapitel

New York, USA, Dienstag, 12. November 1889

Nellie hatte schlecht geschlafen. In Gedanken hatte sie Packlisten erstellt und wieder verworfen. Sie musste damit rechnen, unterwegs nicht viel Zeit zum Umsteigen zu haben. Sie konnte sich unmöglich mit Gepäck belasten, das sie im Gepäckwagen transportieren musste und bei dem sie auf die Hilfe anderer angewiesen war. Das würde sie nur unnötig aufhalten. Also musste sie sich eine große Tasche besorgen, in der sie all ihre Kleidung unterbringen, die sie dabei aber auch noch gut tragen konnte. Ob sie unterwegs die Gelegenheit hatte, Wäsche zu waschen? Würde ein Kleid genügen? Wahrscheinlich nicht, denn sie brauchte ja eines für kalte Tage und ein weiteres für die tropische Hitze, die sie erwartete, schließlich würde sie in den kommenden zweieinhalb Monaten durch die unterschiedlichsten Länder reisen. Im Geiste ging Nellie die Kleider durch, die sie im Schrank hatte – kein einziges eignete sich für die Strapazen, denen es ausgesetzt sein würde. Sie konnte nicht riskieren, dass es unterwegs kaputtging. Plötzlich hatte Nellie einen Geistesblitz und setzte sich jäh im Bett auf. Sie würde ein Reisekleid anfertigen lassen, das besonders viele Taschen hatte. Und dann würde sie ein sehr dünnes Sommerkleid kaufen, was – abgesehen von der Unterwäsche – ausreichen musste. Allerdings setzte das voraus, dass sie unterwegs die Gelegenheit hatte zu waschen. Sie musste unbedingt noch einmal ins Kontor gehen und sich nach den Waschmöglichkeiten auf der Reise erkundigen.

Um sechs Uhr morgens erlaubte sie sich endlich aufzustehen. Für ihre Verhältnisse war das mitten in der Nacht, denn eigentlich hasste Nellie nichts so sehr, wie morgens früh aus dem Bett zu müssen. Sie brachte die Morgentoilette so schnell wie möglich hinter sich, zog sich an und machte sich auf den Weg zum Schifffahrtsbüro, um noch einmal die Routen zu überprüfen und sich außerdem zu erkundigen, wie die Wäsche auf einer Überfahrt zu waschen sei. Ihr Weg führte durch den City Hall Park zum Broadway 261, wo Thomas Cook & Son seine New Yorker Dependance hatte. Zu ihrer Freude traf sie auf einen sehr eifrigen jungen Mann, der von der *World* bereits informiert worden war und sich vor Stolz und Eifer darüber, dass er Teil dieses Plans sein sollte, beinahe überschlug. Er hatte Nellie schon alle Routen herausgesucht, und nun hatte sie es noch einmal schwarz auf weiß: An welchem der beiden Schiffe sie auch immer an Bord gehen würde, es würde sie in Southampton abliefern. Von dort aus würde sie den Nachtzug nach London nehmen, dann in die Eisenbahn nach Brindisi steigen und in der italienischen Hafenstadt nach Südostasien übersetzen. Von Ceylon würde es dann nach Hongkong und von dort aus nach Japan gehen, bevor sie ihre Rückreise in die Staaten antrat.

»Das klingt sehr gut«, freute sich Nellie.

»Das finde ich auch«, sagte der junge Mann und strahlte sie an. »Sie werden das schaffen, Miss Bly.«

»Wie sieht es denn mit der Möglichkeit aus, unterwegs Wäsche zu waschen?«, fragte sie. »Mir ist klar, dass das in der Eisenbahn nicht möglich sein wird. Aber mit der Bahn bin ich ja auch nicht so lange unterwegs.«

»Leider gibt es auf den Atlantikdampfern keinen Wäschedienst«, bedauerte der Mitarbeiter. »Aber auf den Oriental-Dampfern der P&O-Flotte können Sie diesen Service jeden Tag in Anspruch nehmen.« Er strahlte sie an, als sei das sein persönliches Verdienst. »Und an den Häfen, die Sie anlaufen, werden Sie ebenfalls ganz hervorragende Fachkräfte finden, die sich Ihrer Wäsche gerne annehmen werden.«

»Danke«, sagte Nellie. »Sie waren sehr hilfreich.«

»Es war mir ein Vergnügen, Miss Bly«, versicherte der junge Mann und erhob sich zum Abschied.

Als Nellie sich auf dem Weg zum Schneider machte, stellte sie im Kopf ihre Packliste neu zusammen. Sie würde zehn Paar Unterwäsche mitnehmen und diese neu kaufen. Denn dann konnte sie identische Stücke besorgen, die sich sicherlich platzsparender zusammenlegen ließen, als wenn es sich um ein Sammelsurium handelte.

Kurz darauf stand Nellie im mondänen Modeatelier William Ghormley Robes et Manteaux in der 19th Street östlich der 5th Avenue, das in einem der exklusivsten Geschäftsviertel New Yorks lag. Zwar war das Geschäft voller Verkäuferinnen, aber keine schenkte Nellie Beachtung, was sicherlich auch daran liegen mochte, dass das beliebte Atelier mehr als voll war und alle verfügbaren Damen, wie sie sich eingestehen musste, beschäftigt waren. Ungeduldig sah sie sich um – und entdeckte zu ihrer Begeisterung William Ghormley, der mit affektiertem Gesichtsausdruck durch den Laden schwebte. Sie eilte ihm entgegen. »Mr. Ghormley«, stieß sie hervor.

Der Meister zog die Augenbrauen hoch, weil sie es gewagt hatte, ihn einfach so anzusprechen. Andererseits war sie aber auch Kundin, und er wollte sie natürlich nicht vergraulen. »Sie wünschen?«

»Ein Kleid!«, stieß Nellie hervor. »Ein ganz besonderes Kleid. Und ich benötige es spätestens bis morgen.«

Ghormley stieß ein ungläubiges Lachen aus. »Bis morgen?« Er machte eine weit ausholende Bewegung. »Sie sehen doch, was hier los ist. Ganz New York will meine Kleider tragen. Nein, meine Liebe, Sie werden sich schon eine Weile gedulden müssen. Drei, vier Wochen mindestens. Die Wartelisten sind lang.«

»Drei, vier Wochen«, schnaubte Nellie empört. »Ich reise doch aber bereits morgen ab.«

»Es tut mir leid«, sagte Ghormley, der zwar nach wie vor höflich blieb, dem aber eine gewisse Ungeduld deutlich anzumerken war. »Es ist ausgeschlossen.«

»Aber Sie würden berühmt werden!«, gab Nellie nicht auf.

Ghormley winkte schnaubend ab. »Mein liebes Kind, falls es Ihnen entgangen sein sollte: Ich bin bereits berühmt«, ließ er sie wissen.

Nellie blickte ihn streng an. »Sie wissen es noch nicht, oder?«, fragte sie.

»Was?«, wollte der Modeschöpfer wissen. »Was weiß ich noch nicht?«

»Ich bin Nellie Bly«, sagte sie. »Journalistin bei der *New York World*.«

In Ghormleys Miene stand ein gewisses Misstrauen. »Wenn mich nicht alles täuscht«, erklärte er, »behaupten viele junge Damen von sich, Nellie Bly zu sein, nur um dann auf die *New York World* anschreiben zu lassen. Und die Schneider bleiben dann auf ihren Rechnungen sitzen.«

»Ich kenne das Problem, Mr. Ghormley«, sagte Nellie ungeduldig. In der Tat hatte sie zahlreiche Nachahmerinnen im ganzen Land, ein Problem ihrer Berühmtheit. »Und ich habe ja in einem Artikel geschrieben, dass ich niemals anschreiben lasse. Auch jetzt werde ich selbstverständlich bar bezahlen.«

»Gut«, sagte der Schneider. »Aber Sie dürfen keine Sonderbehandlung erwarten, nur weil Sie Nellie Bly sind. Ich habe *ausschließlich* wichtige Kunden. Die Crème de la Crème der New Yorker Gesellschaft kauft bei mir.«

»Das weiß ich«, sagte Nellie lächelnd. »Deshalb will ich ja auch Sie und keinen anderen mit diesem außergewöhnlichen Anliegen betrauen. Ich bin der Ansicht, dass Sie der einzige Schneider in New York sind, der diese schwierige Aufgabe erfüllen kann.«

Mr. Ghormley ließ seine ablehnende Haltung langsam fallen und sah sie mit unverhohlener Neugierde und offensichtlich sehr geschmeichelt an. »Ich höre?«

»Nun«, erläuterte Nellie. »Ich werde morgen eine Reise um die Welt antreten und diese in fünfundsiebzig Tagen beenden. Es ist ein Wettlauf gegen Jules Vernes Romanfigur Phileas Fogg.«

»*Sie*?«, staunte der Schneider. »Aber Sie sind doch eine Frau.«

Nellie spürte die altvertraute Wut in sich aufsteigen. Wie sie derartige Äußerungen hasste! Doch für Wut und Grundsatzdiskussionen war jetzt keine Zeit. Daher schluckte sie ihren Zorn herunter, lächelte den Schneider an und sagte:

»Ganz genau, Mr. Ghormley. Und hier kommen Sie ins Spiel. Ich werde natürlich nicht in der Lage sein, viel Gepäck mit mir zu führen. Daher müssen Sie mir ein Kleid mit sehr vielen Taschen nähen, in denen ich meine Utensilien verstauen kann.«

»Sie wollen ihre Utensilien in einem Kleid verstauen?«

Mr. Ghormley kam aus dem Staunen nicht mehr heraus.

»Nicht alles«, beeilte sich Nellie hinzuzufügen. »Aber doch einiges. Mr. Ghormley, durch dieses Kleid werden Sie noch berühmter«, wurde sie nicht müde, auf den Schneider einzureden. »Die *New York World* wird im großen Stil über meine Reise berichten. Es wird Gewinnspiele und Wetten geben, und …«

»… und in diesen Artikeln wird auch mein Kleid Erwähnung finden?«

»Selbstredend«, versprach Nellie.

»Hm«, machte Mr. Ghormley. »Und werden Sie es schaffen? Ich will nicht das Kleid einer Verliererin nähen.«

Ruhig sah sie ihn an. »Natürlich werde ich gewinnen. Aber nur, wenn Sie mir nun helfen. Morgen um 13 Uhr legt das Schiff ab. Ich bräuchte mein Kleid also bis heute Abend.«

»Heute Abend«, erwiderte Mr. Ghormley erschrocken. »Das schaffe ich nicht. Vorhin sagten Sie bis morgen, was ja auch schon denkbar knapp ist.«

»Natürlich schaffen Sie das«, erklärte Nellie ruhig und verschwieg bewusst, dass es für den Folgetag noch eine weitere Option gab. »Wenn Sie sagen, Sie schaffen es nicht, werden Sie es auch nicht schaffen. Wenn Sie aber sagen, Sie schaffen es, und daran glauben, dann wird Ihnen das auch gelingen.«

Verblüfft sah der Schneider sie an. »Sie sind eine erstaunliche Frau.«

»Ich weiß«, sagte sie selbstbewusst. »Deshalb schickt man mich ja auch auf diese Reise. Also, sind Sie dabei?«

In diesem Moment ging ein regelrechter Ruck durch den elegant wirkenden Mann, und erstmals, seit Nellie das Geschäft betreten hatte, lächelte er. »Natürlich bin ich dabei«, sagte er. »Ich werde mich persönlich darum kümmern. Dann sollten wir nun wirklich keine Zeit mehr verlieren, sondern Stoffe aussuchen. Wie Sie sich denken können, haben wir da eine große Auswahl.«

Doch Nellie winkte ab. »Dafür bleibt keine Zeit. Zeigen Sie mir den, den Sie am geeignetsten finden, schließlich sind Sie vom Fach.«

Mr. Ghormley nickte. »Kommen Sie.« Er führte sie durch die bei seinem Anblick vor Ehrfurcht beinah erstarrende Menge aus Kunden und Verkäuferinnen in einen Nebenraum zu einem Regal, zog zwei Ballen heraus, rollte sie ein Stück ab und warf sie in großen Falten über den Tisch. »Ich empfehle dieses einfache Breitgewebe und diesen schlichten, karierten Kamelhaarstoff.«

Nellie nickte ungeduldig. »Gut. Dann nehmen wir die.«

Die Stoffe waren zwar nicht besonders schön, aber darum ging es heute nicht.

»Wie lange brauchen Sie?«

»Ich setze jede verfügbare Schneiderin sofort dran«, versprach er ihr. »Wobei diese alle an anderen Kleidern arbeiten. Aber ich sehe, was ich tun kann. Eine meiner Damen wird das Kleid direkt an Ihnen abstecken, wenn Sie warten, geht es schneller. Und wenn Sie jederzeit zur Anprobe zur Verfügung stehen, sind wir noch ein wenig schneller.«

Nellie zögerte. Sie hatte eigentlich geplant, die Zwischenzeit für ihre anderen Besorgungen zu nutzen.

Der Schneider deutete ihr Zögern richtig. »In einer halben Stunde können Sie los.«

»Gut.« Sie nickte.

4. Kapitel

New York, USA, Dienstag, 12. November 1889

Das Kaufhaus Macy's lag in der 18th Street an der Ecke Broadway und war nur wenige Gehminuten von Ghormleys Laden entfernt. Als Nellie darauf zusteuerte, sah sie schon den großen roten Stern an den Glastüren leuchten, die die Angestellten den Ankommenden willfährig aufhielten. Das Markenzeichen von Macy's ging auf eine Tätowierung seines Gründers zurück, das sich Rowland Macy während seiner Zeit als Seefahrer hatte stechen lassen. Der ehemalige Walfänger hatte bereits im Oktober 1858 die R. H. Macy & Company gegründet, und als er im Jahr 1877 starb, war aus dem kleinen Laden schon ein Gigant geworden, der bereits mehr als elf Filialen umspannte. Nach dem Tod des Gründers hatten die Brüder Straus das Macy's übernommen, und schon bald war der Umzug von der Ecke 6th Avenue/14th Street an die 18th Street / Ecke Broadway erfolgt.

Die Abteilung für Damenbekleidung befand sich im ersten Stock. Zwar verfügte das Kaufhaus über neumodische Paternoster, doch Nellie nahm die Treppen, immer zwei Stufen auf einmal. Eine Verkäuferin lächelte ihr freundlich entgegen. »Womit kann ich Ihnen behilflich sein, gnädiges Fräulein?«

Nellie erklärte kurz und bündig, was sie benötigte. »Zehn Mal Wechselunterwäsche, ein Nachtgewand, ein leichtes Sommerkleid, das sich möglichst sehr klein zusammenlegen lässt, einen Mantel und eine geräumige Tasche. Ich habe nicht viel Zeit«, fügte sie hinzu.

Die Verkäuferin, ein hübsches Mädchen mit langem blonden Haar und ausdrucksvollen Augen, begriff sofort. »Warten Sie hier«, sagte sie und deutete auf einen bequem aussehenden Sessel. Nellie nickte, blieb aber stehen. Sie war viel zu aufgeregt, um sich zu setzen.

Wenige Minuten später kehrte die Verkäuferin zurück. Über ihrem Arm trug sie ein zartes roséfarbenes Kleid aus einem dünnen Seidenstoff.

»Es lässt sich sehr klein zusammenfalten. Möchten Sie es anprobieren?«

»Nein, dazu fehlt mir die Zeit«, sagte Nellie. »Ich bin aber sicher, dass es passt.«

»Da bin ich auch sicher«, bestätigte die junge Verkäuferin. »Und es wird Ihnen hervorragend stehen.« Sie zeigte Nellie die Unterwäsche in ihrer anderen Hand, und die Journalistin nickte ungeduldig. »Die nehme ich«, sagte sie. »Nun brauche ich noch einen Mantel. Keinen feinen Mantel. Er soll schwer sein und wärmen. Und ich muss kleine Dinge darin verstauen können.« Nellie merkte der Verkäuferin an, dass sie sich zunehmend über das Benehmen ihrer exzentrischen Kundin zu wundern schien, aber natürlich nicht nachfragte.

»Ich würde Ihnen einen Ulster empfehlen«, ließ sich die Blonde stattdessen vernehmen.

»Einen Ulster?«

Die Verkäuferin nickte. »Eigentlich handelt es sich dabei um einen klassischen Herrenmantel«, erklärte sie. »Wir haben aber auch einige Modelle für Damen. Diese Mäntel sind sehr warm und sehr robust.«

Während sie sprach, hatte sich die Verkäuferin in Bewegung gesetzt und war vor einigen ausgestellten Mänteln stehen geblieben. »Diesen hier würde ich Ihnen empfehlen.« Sie zog einen karierten, gefütterten Mantel mit einer zweireihigen Knopfleiste heraus, der bis zu den Knöcheln reichte. »Der hält Sie warm«, prophezeite sie und hielt Nellie den Mantel so hin, dass diese bequem hineinschlüpfen konnte. Der Mantel legte sich wie eine schützende Hülle um sie. Nellie strahlte. »Der ist wunderbar«, sagte sie. »Ich nehme ihn. Nun brauche ich noch einen dünnen Mantel, der mich gegen den Regen schützt und den ich über dem Arm tragen kann. Und eine Kappe.«

»Da kann ich diesen hier empfehlen«, sagte die Verkäuferin und zauberte ein roséfarbenes Gebilde hervor. »Er lässt sich auch wunderbar mit dem leichten Sommerkleid kombinieren, für das Sie sich entschieden haben, und Sie können beides an kühleren Tagen als Ensemble tragen.«

»Ich nehme ihn.«

»Wunderbar«, freute sich die Verkäuferin. »Dann würde ich Sie noch zur Taschenabteilung begleiten«, sagte sie, nachdem sie Nellie auch noch eine Mütze präsentiert hatte. »Dort müsste dann meine Kollegin übernehmen.«

»Gut«, freute sich Nellie und lächelte die andere freundlich an. »Danke, dass Sie mich so gut beraten haben.«

»Es war mir eine Freude«, beteuerte die Verkäuferin. »Und wie ich vorhin schon sagte: Ich bin überzeugt, dass Sie es schaffen werden.«

Sie klärte ihre Kollegin, eine hübsche Schwarzhaarige, kurz darüber auf, was Nellie wünschte, und verabschiedete sich dann mit den Worten, dass sie Nellies ausgewählte Kleidungsstücke an der Kasse deponieren werde. Die zweite Verkäuferin erwies sich als ebenso freundlich wie die erste, und Nellie hatte ihr perfektes Gepäckstück binnen kürzester Zeit gefunden: Die Tasche war groß und geräumig, hatte aber auch mehrere Nebentaschen, sodass sie Unterlagen und Kosmetika getrennt voneinander aufbewahren konnte. In der Taschenabteilung entdeckte Nellie einen kleinen Beutel aus Chamoisleder, den sie für ihre Barschaft nutzen und unter dem Kleid um den Hals tragen wollte. In der Drogerie kaufte sie noch eine Zahnbürste und Zahncreme, eine winzige Haarbürste sowie einen Tiegel Cold Cream, damit ihre Gesichtshaut bei den vielfältigen bevorstehenden Wetterlagen nicht rissig würde.

Nellie verstaute alles inklusive ihrer neuen Garderobe in der Tasche und machte sich auf den Weg zu Mr. Ghormleys Atelier, wo es immer noch wuselig wie zuvor zuging. Der Schneider war wirklich gut im Geschäft. Sie fragte eine Verkäuferin nach ihm, und kurz darauf stand er vor ihr und sah sie erschrocken an. »Ah, Miss Bly«, begrüßte er sie. »Sind Sie schon zurück?«

Nellie spürte Nervosität in sich aufsteigen. »Was heißt schon?«, fragte sie. »Es ist bereits fünf Uhr nachmittags.«

Erschrocken sah der Schneider sie an. »Fünf Uhr? Wie die Zeit verfliegt, wirklich. Meine Schneiderinnen haben ununterbrochen gearbeitet, selbst ich habe Hand angelegt. Aber ich konnte nicht so viele für das Projekt freistellen, wie ich erhofft hatte. Wir haben noch andere wichtige Kunden.« Er musterte sie ein wenig strafend.

Nellie machte ein bekümmertes Gesicht, aber sie konnte dem Mann keine Vorwürfe machen. »Wie lange werden Sie noch brauchen?«

»Drei Stunden«, sagte er betrübt. »Mindestens. Es tut mir wirklich sehr leid, Miss Bly.«

»Schon gut«, seufzte sie. »Dann komme ich morgen früh um neun Uhr wieder.«

»Bis dahin wird es fertig sein. Aber Sie sollten es noch einmal anprobieren.«

Eine Assistentin eilte herbei, um Nellie in die Anprobe zu führen und ihr in das noch voller Nadeln steckende Kleidungsstück zu helfen – und sie war glücklich. Es saß jetzt schon wie angegossen, und der Schneider hatte auch tatsächlich zahlreiche Taschen eingearbeitet – und zwar so, dass sie kaum auffielen und vor allem: nicht auftrugen. »Sie sind ein Zauberer«, rief sie.

Der Modeschöpfer lächelte. »Ich weiß«, sagte er selbstbewusst.

Als Nellie am frühen Abend heimkehrte, tobte in ihr eine Mischung aus Aufregung, Erschöpfung, Vorfreude und Traurigkeit. Bis auf ihr Kleid und ihren Pass hatte sie alles beisammen. In der Redaktion war ihr Kollege John gerade dabei gewesen, den Artikel zu Nellies Wettlauf fertigzustellen, der nicht nur in New York, sondern auch in den europäischen Zeitungen des Verlags erscheinen sollte.

Sie hatten sich gemeinsam noch einmal die Reiserouten angesehen, Unklarheiten beseitigt und besprochen, dass Nellie so viele Telegramme wie möglich schicken solle, damit die Redaktion dann daraus Berichte schreiben konnte. Zu guter Letzt hatte sie sich von Mr. Pulitzer persönlich noch ihre Reisekasse überreichen lassen. Nun trug sie 200 Pfund in englischen Goldmünzen und Scheinen der Bank of England bei sich. Am nächsten Morgen wurde auch Edward mit dem Pass zurückerwartet; gleich nachdem sie das Kleid abgeholt hatte, wollte sie in die Redaktion gehen und ihn in Empfang nehmen. Und wenn alles klappte, konnte sie dann tatsächlich schon mit dem ersten der beiden auslaufenden Schiffe in See stechen.

Den ganzen Tag über hatte sie keine Zeit zum Nachdenken gehabt. Aber jetzt, als sie heimkehrte und die vertraute Wohnungstür aufschloss, versetzte es ihr einen Stich. Auf einmal fühlte sie sich ungemein einsam bei dem Gedanken, mutterseelenallein um die Welt zu reisen.

Im Flur kam ihr bereits ihre Mutter entgegen.

»Nellie!«, rief sie aufgeregt. »Hat alles geklappt? Hast du alles bekommen?«

Nellies Mutter war eine zierliche Brünette. Sie zog ihre Tochter in die Küche, wo sie schon das Abendessen vorbereitet hatte. Es gab Kartoffelsuppe mit Würstchen, und als ihr der köstliche Duft in die Nase stieg, bemerkte Nellie augenblicklich, was für einen riesigen Hunger sie hatte. Sie überlegte kurz, konnte sich aber nicht erinnern, wann sie das letzte Mal etwas zu sich genommen hatte.

»Nicht ganz«, sagte sie mit knurrendem Magen. »Das Kleid fehlt noch. Und der Pass, aber Edward ist sich sicher, dass er es schaffen kann.«

Ernst sah ihre Mutter sie an. »Ich finde, du solltest nicht morgen schon fahren, Nellie«, sagte sie. »Das wird zu knapp. Wie soll das denn gehen? Wenn du doch erst noch das Kleid abholen musst und außerdem den Pass noch gar nicht hast.«

»Ich packe heute Abend meine Tasche«, antwortete Nellie und informierte ihre Mutter über ihre Pläne. »Um neun Uhr hole ich das Kleid, danach meinen Pass. Um elf gehen die Passagiere an Bord, ich darf aber bis kurz vor eins kommen.«

»Gut«, seufzte Mary Jane Cochrane und blickte mit einem Mal ganz bekümmert drein. »Dann werde ich mich mal vorsichtshalber ab elf Uhr am Hafen einfinden, um dich möglicherweise zu verabschieden, denn nach Hause wirst du es ja nicht mehr schaffen.«

»Ach, Mama«, sagte Nellie, und das Gefühl der Einsamkeit, das sie bereits vorhin einmal beschlichen hatte, verstärkte sich. »Ich werde dich vermissen.«

»Ich dich auch, mein Kind«, sagte Mary Jane. »Ich dich auch.«

Besorgt sah Nellie ihre Mutter an, die zwar während Nellies Anfangszeit in New York für einige Monate allein in Pittsburgh gelebt hatte – Nellies Geschwister waren alle schon ausgezogen –, aber es war ihr in dieser Zeit nicht gut gegangen. Nicht zuletzt deshalb hatte Nellie sie schließlich nach New York nachgeholt. Nach dem viel zu frühen Tod ihres Vaters hatte ihre Mutter einen Mann geheiratet, der sich nicht nur als Alkoholiker und wahrer Tyrann entpuppte, sondern der Nellies Mutter auch noch misshandelte. Nach fünf Jahren hatte sie es nicht länger ausgehalten und die Scheidung eingereicht. Nellie war als Zeugin vor Gericht geladen worden, dort hatte sie über die Tortur berichtet, die ihre Mutter hatte ertragen müssen. Später hatte Mary Jane sich immer wieder Vorwürfe gemacht, dass sie sich überhaupt auf diese Ehe eingelassen hatte. Doch wie Nellie, die das anfangs ebenfalls nicht verstanden hatte, spätestens bei der Gerichtsverhandlung erkannte, hatte die Mutter gar keine andere Wahl gehabt: Ihr Vater Michael Cochrane, der sie nur sechs Jahre hatte behüten können, war die Güte in Person gewesen, hatte es zu einem kleinen Vermögen gebracht und war zum beisitzenden Richter ernannt worden. Doch einmal hatte es ihm an der sonst für ihn so typischen Weitsicht gefehlt: Er hatte bei seinem überraschenden Tod kein Testament hinterlassen, sodass ihre Mutter nicht erben konnte, denn nach den Gesetzen des Staates Pennsylvania stand einer Ehefrau nur dann das Erbe zu, wenn der Mann es ausdrücklich in seinem Testament so verfügt hatte. Statt weiter in dem schönen Haus mit der großen Veranda wohnen bleiben zu können, mussten sie ausziehen. Da Nellie, von allen liebevoll Pink genannt, weil ihre Mutter sie als kleines Mädchen immer in Rosa ausstaffiert hatte, nicht nur vier leibliche Geschwister hatte, sondern auch noch neun volljährige Stiefgeschwister aus der vorangegangen Ehe des Richters, wurde das Erbe zwischen den zahlreichen Nachkommen aufgeteilt; für ihre Mutter und die Geschwister blieben nur die Möbel des Hauses, eine Kutsche mit Pferd und eine winzige Rente. Da Mary Jane nicht wusste, wie sie mit den fünf kleinen Kindern allein über die Runden kommen sollte, hatte sie sich kopfüber in die nächste Ehe gestürzt, die ihr zum Verhängnis geworden war.

Mit einem Schaudern dachte Nellie daran, was Frauen sich antun mussten, allein aus wirtschaftlicher Not heraus! Ihr selbst, das hatte sie sich schon als Vierzehnjährige geschworen, würde so etwas niemals passieren. Niemals würde sie sich in die Abhängigkeit eines Mannes begeben!

»Schaffst du das ohne mich, Mutter?«, fragte sie leise.

Mary Jane, die sehr genau zu ahnen schien, was in ihr vorging, sah ihrer Tochter tief in die Augen. »Aber natürlich schaffe ich das, mein Schatz«, sagte sie. »Das Ungeheuer ist gebannt. Und es ist ja nicht für lange.«

5. Kapitel

New York, USA, Mittwoch, 13. November 1889

So ungewöhnlich es für sie war: Auch am nächsten Morgen erwachte Nellie Punkt sechs Uhr. Es war noch viel zu früh, um sich auf den Weg zu machen, aber sie hatte ohnehin noch zu tun. Ihr Blick fiel auf die Ledertasche, die auf dem Boden stand und in die sie gestern Abend verzweifelt versucht hatte, alles einzupacken: Notizbuch, Tintenfass, Füllfederhalter, Bleistifte, Durchschlagspapier und eine Weltkarte in die Außentasche. Die Kosmetika packte sie in die kleine Innentasche, ebenso wie Nadeln und Faden, eine Flasche und eine Tasse, damit sie sich unterwegs mit Trinkwasser versorgen konnte, und dann ihre Kleidung sowie Taschentücher und Pantoffeln. Den Tiegel mit der Coldcream hatte sie aber beim besten Willen nicht hineinbekommen und schließlich entnervt an die Wand geworfen. Zum Glück hatte er die grobe Behandlung unbeschadet überstanden. Nun machte sich Nellie daran, ihre Tasche wieder auszupacken und neu zu ordnen – und siehe da: Jetzt ließ sie sich verschließen. Um kurz nach sieben nahm sie mit ihrer sichtlich gerührten Mutter das Frühstück ein, dann machte sie sich auf den Weg zur Schneiderei, wo ihr ein stolzer

Mr. Ghormley das fertige Kleid präsentierte. Es war wirklich ein Meisterwerk geworden. Der Schneider hatte auch im Inneren Taschen angebracht, sodass Nellie ihr Geld unauffällig verstauen konnte. Weitere Taschen für das Gold befanden sich am Saum, der dadurch beschwert wurde, sodass das Kleid auf der windigen Überfahrt nicht hochwehen konnte. Mr Ghormley hatte wirklich an alles gedacht! Nellie ließ es gleich an und besprach mit dem Schneider, dass ihre Mutter den Rock und die Bluse, in denen sie gekommen war, in den nächsten Tagen abholen würde. Dann eilte sie erwartungsfroh in die Redaktion – doch kaum hatte sie die vertrauten Räume betreten, bemerkte sie, dass etwas nicht stimmte.

Mit angespannter Miene kam ihr Julius Chambers entgegen, Chef vom Dienst bei der *World*. »Du sollst zum Chef rein.«

Nellie starrte ihn an und spürte ihr Herz laut und vernehmlich hämmern. »Was ist?«

Chambers schüttelte den Kopf und erklärte: »Er will es dir selbst sagen. Er hat darauf bestanden.«

Nellie schluckte trocken. Würde die Reise in letzter Minute doch noch scheitern?

Als sie Cockerills Büro betrat, saß dieser nicht wie üblich mit einer Zigarre im Mundwinkel auf seinem Stuhl, sondern stand mit hochrotem Kopf hinter seinem Schreibtisch und war offensichtlich zu erregt, um sich zu setzen.

»Was ist passiert?«, brachte Nellie hervor. »Dieser inkompetente Idiot von einem Außenminister!«, schäumte Cockerill.

Nellie musste nicht, wie sonst, über die selbst erdachten Schimpfwörter ihres Chefs lachen, für die er berühmt war, dazu war sie viel zu nervös. »Will er den Pass nicht ausstellen?«

»Er ist nicht da!«, brüllte Cockerill und warf die Hände in die Luft, als sei es eine unfassbare Zumutung, dass der Außenminister ausgerechnet dann nicht in seinem Büro anzutreffen war, wenn die *World* ihn überraschend brauchte.

»Und jetzt?«, hauchte Nellie.

Finster sah Cockerill sie an. »Das kann ich Ihnen nicht sagen. Wieso haben Sie auch keinen Pass, wenn Sie sich für so ein Vorhaben bewerben?«

»Wer konnte denn ahnen, dass es so schnell gehen würde«, erwiderte Nellie bissig.

»Und Sie wollen die schnellste Frau der Welt sein?«, hieb Cockerill weiter auf sie ein.

Mit Macht kämpfte Nellie ihren Zorn nieder. Sie wusste: Wenn sich Cockerills Wut über einen ergoss, dann musste man das einfach abwarten und ruhig bleiben. Gegen die bittere Enttäuschung kam sie allerdings nicht an. Aus der Traum!

In diesem Moment wurde die Tür aufgerissen, und Chambers stürmte herein. Nun richtete sich der Zorn des Chefredakteurs gegen ihn. »Können Sie nicht anklopfen?«, brüllte er.

Chambers ließ sich nicht beeindrucken. »Telegramm von Edward«, rief er triumphierend. »Der Außenminister trifft am Nachmittag ein, und Edward hat schon sichergestellt, dass er dann gleich vorgelassen wird.«

»Das heißt, es klappt mit dem Pass!«, jubelte Nellie, der jedoch zugleich klar wurde, was das bedeutete: Sie würde ihre Reise nicht gemeinsam mit dem gut aussehenden Kapitän Smith, sondern erst am Folgetag auf der Augusta Victoria antreten können. Das dämpfte ihre Freude zwar etwas, doch die Erleichterung, dass sie überhaupt auf große Fahrt gehen würde, überwog.

»Nun, ob es mit dem Pass klappt, hängt davon ab, ob der Außenminister mitmacht«, schränkte Chambers ein.

»Der wird mitmachen«, sagte Cockerill finster. »Jetzt, da feststeht, mit welchem Schiff Sie fahren, werden wir es in unserer morgigen Ausgabe groß bringen und alles, was Rang und Namen hat, zum Hafen zitieren. Wenn die Reise dann an ihm scheitert, steht er schlecht da, und das kann er sich nicht erlauben.« Mit blitzenden Augen sah er Chambers an. »Schicken Sie Edward umgehend ein Telegramm und informieren Sie ihn darüber, dass wir riesig berichten werden. Er soll das gegenüber dem Außenminister deutlich machen. Ich bin mir sicher, Mr. James G. Blaine wird verstehen.«

Als Nellie am Abend nach Hause kam – der Tag war mit lauter weiteren Vorbereitungen für die umfassenden Berichterstattungen und Wetten, die ihre Reise begleiten sollten, so schnell vergangen, dass Nellie klar wurde, dass sie es selbst mit Pass nie im Leben auf das heute abgehende Schiff geschafft hätte –, erwartete ihre Mutter sie bereits mit einem warmen Essen. Wie besprochen, war Mary Jane Cochrane am Hafen gewesen, hatte ihre Tochter dort aber nicht angetroffen. Als Nellie sich zu ihrer – nun definitiv letzten – Mahlzeit an den Küchentisch setzte, schob ihre Mutter ihr einen Umschlag über den Tisch.

»Es gibt jemanden, der ziemlich enttäuscht zu sein schien, dass du nicht gekommen bist«, sagte sie lächelnd.

Nellies Herz schlug ein wenig schneller. Mr. Smith?

»Der Kapitän«, sagte ihre Mutter in diesem Moment. »Er stand eigens an der Gangway und hielt nach dir Ausschau. Als du nicht erschienen bist und langsam klar wurde, dass du auch nicht mehr kommen würdest, ist er verschwunden und kehrte kurz darauf mit dem Umschlag zurück. Er hat mich gebeten, ihn dir zu geben.«

»Danke«, flüsterte Nellie und presste den Brief an sich. »Aber woher wusste er denn, dass du meine Mutter bist?«

»Nun, ich habe die Stewards, die dort standen, gefragt, ob sie wüssten, ob eine Nellie Bly bereits an Bord gegangen ist. Da hat er mich angesprochen.«

»Danke, Mutter«, sagte Nellie und legte den Brief beiseite, obwohl sie es nicht erwarten konnte, ihn zu öffnen. Das wollte sie aber weder sich selbst noch ihrer Mutter eingestehen, und so zwang sie sich, dem liebevoll zubereiteten Abendessen sowohl die ihm gebührende Aufmerksamkeit als auch die entsprechende Zeit zu widmen. Kaum hatte sie sich jedoch in ihr Zimmer zurückgezogen, riss sie den Brief auf.

13.11.1889

Verehrte Miss Bly,

vorgestern war vermutlich der schönste Tag – denn ich durfte Sie kennenlernen. Heute ist der traurigste – denn ich muss ohne Sie Kurs Richtung London ablegen. Dabei hatte ich es mir so schön ausgemalt, Ihre aufregende Reise gemeinsam mit Ihnen antreten zu dürfen. Doch Sie sind nicht gekommen. Und eigentlich habe ich das im tiefsten Inneren gewusst, denn es war völlig unmöglich noch zu schaffen, was Sie alles zu erledigen hatten. Zum Glück erschien Ihre Mutter, sie steht nun draußen und wartet, weil ich ihr gesagt habe, dass ich ihr etwas für Sie mitgeben möchte. Daher habe ich nicht viel Zeit, ich muss mich kurzfassen. Nun wird also mein Kollege Adolph Albers der Glückliche sein, der Sie nach London bringt, und ich weiß Sie bei ihm in den besten Händen. Er wird alles tun, damit Sie den Postzug noch erreichen. Und wir beide, Nellie Bly, wir werden uns in irgendeinem Hafen dieser Welt wiedersehen, dessen bin ich gewiss. Ich werde jedenfalls nach Ihnen Ausschau halten.

Mit den vorzüglichsten Grüßen bin ich Ihr

William Smith

Ein Lächeln hatte sich auf Nellies Lippen gestohlen, während sie die Zeilen überflogen hatte. Dann las sie noch mal und ein drittes Mal, und auf einmal war sie sich ganz sicher: Ja. Sie würde William Smith wiedersehen. Irgendwo auf dieser Welt, irgendwo im Verlauf der Reise, die sie morgen antreten würde. Sie schob das Blatt in das Kuvert zurück und legte es in das Buch von Jules Verne, das sie auf ihrer Reise begleiten sollte. Beides packte sie dann wieder in ihre Außentasche. Morgen würde es losgehen. Und so schön es gewesen wäre, die Reise gemeinsam mit ihm anzutreten: Es hatte nicht sein sollen. Hauptsache war, dass sie überhaupt reisen durfte, und wenn der Außenminister sich nicht doch noch querstellen würde – was Nellie nicht glaubte, denn sie wusste um die Macht der Presse –, würde sie morgen aufbrechen. Sie konnte es kaum erwarten.

6. Kapitel

New York, Augusta Victoria, Donnerstag, 14. November 1889

Der Morgen des 14. November war klar, sogar einzelne Sonnenstrahlen bahnten sich den Weg durch die graue Novemberwolkendecke und tauchten die Menschen unten auf dem Pier in ein fahles Licht. Nellies Stimmung vermochte das Wetter aber nicht aufzuheitern, als sie auf dem Erste-Klasse-Deck der Augusta Victoria an der Reling stand und hinuntersah. Ihre Hände griffen nach dem eisigen Geländer und hielten es fest umklammert.

Von ihrer Mutter hatte sie bereits heute Morgen Abschied genommen. Dann hatte sie sich ihren karierten Mantel über ihr zweiteiliges Reisekleid gezogen und war mit ihrem Regenmantel über dem Arm und ihrer großen Tasche über der Schulter die Treppe hinuntergeeilt. Unten blieb sie noch einmal stehen, um ihrer Mutter, die wie erwartet am Fenster ihres Mietshauses stand, zuzuwinken. Dann wandte sie sich rasch um und eilte in die Redaktion, wo sie schon erwartet wurde. Cockerill überreichte ihr mit großer Geste den vorübergehend gültigen Pass, der die Nummer 247 trug, dann drückte ihr Pulitzer höchstpersönlich einen Zeitmesser in die Hand, und schließlich brach sie unter dem Applaus der

Redaktion und begleitet von Julius Chambres zum Hafen auf. Von der Christopher Street aus nahmen sie die Fähre, die sie über den Hudson River bis zum Pier in New Jersey brachte. Dort wurden sie von zwei Mitarbeitern der HAPAG in Empfang genommen und durch die Menschenmenge an Bord geleitet. Dann hatte Chambres sich verabschiedet, er wolle ihr noch vom Pier aus zuwinken, hatte er versprochen, doch sie konnte ihn in der riesigen Menschenmenge nicht ausmachen.

Jetzt jubelten alle, alle winkten sie ihr zu, aus unzähligen Kehlen erscholl Nellies Name. Dabei wäre sie in diesem Moment am liebsten wieder von Bord gegangen und in die schützenden Arme ihrer Mutter geflüchtet.

Nun hab dich nicht so, sprach sie sich selbst Mut zu. *Du bist endlich am Ziel. Seit einem Jahr wolltest du diese Reise machen! Und es sind schließlich nur 25.000 Meilen! Also nur 75 Tage und vier Stunden – und schon bist du wieder zu Hause.*

Laut und hohl drang das Schiffshorn durch den kalten Novembermorgen. Der Ton des Abschieds. Der Ton der Endgültigkeit, der auch dem letzten der Gäste, die keine Passagiere waren und sich noch an Bord befanden, zu verstehen gab, dass sie nun dringend gehen mussten.

Der Schnelldampfer mit seinen Doppelschrauben legte ab, entfernte sich vom Kai, von allem, was Nellie vertraut war, um sie zu fremden Ländern und fremden Menschen zu bringen. Nellie wurde schwindelig, und ihr Herz klopfte so schnell, dass sie das Gefühl hatte, es müsse zerspringen vor Kummer und vor Abschiedsschmerz. Nur 75 Tage, sagte sie sich. Und wieder: nur 75 Tage. Aber waren 75 Tage nicht eine Ewigkeit? Plötzlich kam ihr die Erde nicht mehr kugelrund, sondern wie eine endlose Weite vor, die kein Ende zu haben schien. Eine bedrohliche Weite. Eine, in der sie verloren war, so verloren. Halt suchend blickte Nellie auf die Menschen am Kai. *Jetzt fahre ich also fort,* dachte sie traurig. *Ob ich jemals wiederkehren werde?*

Auf einmal ging ihr alles durch den Kopf, was man ihr an Schrecklichem für ihre Reise vorhergesagt hatte: Sie würde von sengender Hitze in eisige Kälte kommen, fürchterliche Stürme erleben, möglicherweise sogar ein Schiffsunglück, Fieber oder andere schwere tropische Krankheiten erleiden, die vielleicht noch unbekannt wären.

In diesem Moment kam Bewegung in die Szenerie an Deck. Der Lotse ging von Bord, und Nellie beobachtete, ebenso wie die zahlreichen anderen Menschen, die an der Reling standen, wie er behände die Strickleiter die Bordwand hinunter zu dem kleinen Ruderboot kletterte, das ihn zum in einiger Entfernung liegenden Lotsenboot bringen sollte. Etliche der Passagiere winkten ihm zu und riefen, doch der Mann beachtete sie gar nicht. Sicher, dachte Nellie, für ihn ist es Routine. Aber was, wenn das Schiff sinken würde? Würde er es dann bereuen, dass er sich nicht noch einmal umgedreht oder gewunken hatte?

»Nun beginnt Ihre große Reise um die Welt«, sagte eine Stimme neben ihr. »Denn erst, wenn der Lotse von Bord geht und der Kapitän das Kommando übernimmt, geht es wirklich los.«

Nellie wandte den Kopf und blickte in das Gesicht einer jungen Frau, die etwa ihr Alter hatte und Mitte 20 sein musste. Sie besaß ein ebenmäßiges Gesicht, dunkelbraunes Haar, das sie aufgesteckt trug, dunkelbraune Augen und einen strahlenden Teint. »Ich habe heute Morgen in der Zeitung von Ihrem bevorstehenden Abenteuer gelesen«, sagte sie. »Und ich hoffte, dass ich an Bord Gelegenheit haben werde, mit Ihnen zu plaudern. Ich bin Olivia. Sollen wir uns einen Platz suchen?«

Nellie lächelte ihr Gegenüber dankbar an. Diese junge Frau schien ihr der Ausweg aus ihrer Einsamkeit zu sein. Sie zwang sich, ihre volle Aufmerksamkeit auf ihre neue Bekanntschaft zu richten und nicht mehr an die Zurückgebliebenen zu denken. »Gern«, sagte sie. »Wenn wir noch einen Platz bekommen.« Sie deutete auf das volle Deck. Es schien, als hätten sich alle 364 Passagiere der ersten Klasse hier versammelt. In diesem Moment schwankte das Schiff plötzlich stark in die eine und gleich darauf wieder in die andere Richtung. Nellie war bereits direkt nach dem Ablegen ziemlich mulmig geworden, doch nun wurde sie von einer derart heftigen Welle der Übelkeit erfasst, dass sie zurück zur Reling stürzte. Kaum hatte sie diese erreicht, übergab sie sich schwallartig in die Wellen. Jetzt konnte sie auch ihre Tränen nicht mehr zurückhalten.

Mitfühlend legte ihr die Amerikanerin, die ihr nachgeeilt war, eine Hand auf den Rücken. »Das wird schon wieder gut«, sagte sie tröstend.

Tatsächlich fühlte sich Nellie schnell etwas besser. Entschlossen wischte sie sich mit dem Handrücken die Tränen vom Gesicht und lächelte Olivia an. »Danke. Versuchen wir es noch mal mit dem Liegestuhl?«

»Gern«, stimmte die junge Frau ihr zu und reichte Nellie fürsorglich den Arm.

Als Nellie an ihrer Seite zu den Liegestühlen zurückging, bemerkte sie zu ihrem Entsetzen, dass die übrigen Passagiere ihre Unpässlichkeit allesamt mitbekommen hatten. Die wenigsten blickten mitfühlend drein, in den Augen der meisten Reisenden las Nellie Spott und Hohn, die Menschen tuschelten, einige lachten laut, und ein Mann sprach aus, was die anderen wohl insgeheim dachten: »Und die will die Welt umrunden.«

»Hören Sie nicht auf sie«, raunte die Amerikanerin ihr zu.

Doch Nellie schüttelte den Kopf. Zu ihrem Erstaunen stellte sie fest, dass das Lachen ihr nichts ausmachte, sie nicht traf oder verletzte, im Gegenteil: Es packte sie bei ihrem Stolz! Die Leute hatten ja recht, wenn sie sie auslachten! Da behauptete sie vollmundig, die Welt zu umrunden und Phileas Fogg zu schlagen, und dann war sie eine halbe Stunde nach Ablegen des Schiffes ein Häuflein Elend, das nur noch nach Hause wollte? Jetzt half nur die Flucht nach vorn. Sie löste sich vom Arm der Amerikanerin und stimmte in das Lachen der anderen Passagiere ein, was diese wiederum verblüffte. »Sie haben recht«, sagte Nellie dann zu den auf den Liegen versammelten Reisenden. »Ich habe eine ziemlich schlechte Figur gemacht. Aber ich werde mein Ziel trotzdem erreichen. Ich werde die Welt umrunden und Phileas Fogg schlagen. So wahr ich hier stehe.«

***

Als Nellie kurz darauf ihre Kabine betrat – sie hatte die Nummer 60, und diese lag mittschiffs, wo sie dem Seegang am wenigsten ausgeliefert war –, fand sie auf der schmalen Pritsche unter dem Bullauge eine Nachricht vor: Der Kapitän lud sie ein, das Mittagessen an seinem Tisch einzunehmen. Eine große Ehre, wie Nellie wusste, aber auch eine große Herausforderung. Denn selbst wenn sie sich nun etwas besser fühlte, so konnte sie sich augenblicklich nicht vorstellen, jemals wieder etwas zu sich zu nehmen. Doch sie hatte sich geschworen, sich nicht unterkriegen zu lassen, und daran würde sie sich halten. Sie legte ihren Mantel und ihre Mütze ab, verstaute die Reisetasche mit ihren Habseligkeiten, steckte den Pass noch in eine der Taschen an ihrem Kleid und eilte dann nach oben, wo sich der Speisesaal befand. Am Eingang angekommen, musste Nellie einmal tief einatmen. Nicht, weil sie schon wieder unter Übelkeit litt. Im Gegenteil, ihr Magen verhielt sich momentan erfreulicherweise eher ruhig, sondern weil alles so perfekt und so prachtvoll war. Der Saal erstreckte sich unter einem Baldachin aus buntem Glas und war im Renaissance-Stil eingerichtet, die Tische mit weißem Leinen, funkelndem Kristall und schimmerndem Silber eingedeckt. Das Licht der Kerzen brach sich in den goldumrahmten Spiegeln an den Wänden, livrierte Kellner schwebten durch den Raum, die Kapelle spielte eine Ouvertüre. »Sie werden am Kapitänstisch erwartet, Miss Bly«, sagte einer der Kellner, der plötzlich wie aus dem Nichts vor ihr stand. »Wenn ich Sie dorthin geleiten dürfte?«

»Gerne«, erwiderte Nellie und fragte sich flüchtig, woher der Mann ihren Namen kannte, bis ihr wieder einfiel: Jeder auf dem Schiff kannte ihren Namen, da die meisten den Zeitungsartikel mit ihrem Foto gelesen hatten. Und die anderen hatten es mittlerweile von den Mitreisenden erfahren.

Kapitän Albers saß bereits am Kopfende des Tisches und erhob sich, ebenso wie die anderen Herren, als er Nellie auf sich zukommen sah. »Miss Bly. Ich freue mich sehr, dass Sie nun doch auf meinem Schiff reisen.« Er bat sie, direkt zu seiner Linken Platz zu nehmen, und als sich alle wieder gesetzt hatten und in Gespräche vertieft waren, raunte er ihr schmunzelnd zu: »Auch wenn ich glaube zu wissen, dass mein junger Kollege Sie noch lieber als ich über das Meer geschippert hätte.« Nellie errötete leicht. Die Vorstellung, dass sie statt neben Kapitän Albers nun neben *ihm* sitzen könnte, war ausgesprochen aufregend. Als gleich darauf die Suppe serviert wurde, war sie jedoch froh, dass sie *nicht* neben dem Mann saß, für den sie ein kleines bisschen schwärmte, wie sie sich inzwischen eingestanden hatte. Denn als ihr der Geruch der Suppe in die Nase stieg, machte sich sofort ihr Magen wieder bemerkbar, und sie musste alle Konzentration aufbringen, um sich nicht mitten auf die weiße Leinentischdecke zu übergeben. Dabei hatte sie gedacht, ihr Magen sei leer! Nellie war wild entschlossen, sich keine Blöße zu geben, doch sie fürchtete, dass es da möglicherweise etwas gab, das stärker war als ihr Wille. Hilflos starrte sie auf die Suppe und ließ ihren Löffel unberührt, während alle anderen Passagiere, die am Tisch platziert waren, mit großem Appetit zu essen begannen. Nellie fand, dass sie die Suppe regelrecht herunterschlangen, und allein der Anblick verursachte ihr Übelkeit. Nur am Rande bekam sie mit, dass der Herr, den man zu ihrer Linken platziert hatte, über die vorzügliche Tischmusik schwärmte. Zum Glück schien ihm ihre gemurmelte Zustimmung auszureichen, und Kapitän Albers unterhielt sich seinerseits mit der älteren Dame zu seiner Rechten, die gemeinsam mit ihrem Gatten auf dem Weg nach Indien war. Nellie ließ die Suppe unangerührt zurückgehen, was der Kellner mit einem strafenden Blick in ihre Richtung quittierte. Zu Nellies Entsetzen wurde im nächsten Moment der Fisch serviert, und dieser Geruch rief eine derartige Übelkeit in ihr hervor, dass sie sich nicht mehr beherrschen konnte.

»Verzeihung«, flüsterte sie und stürmte hinaus. Die eisige Novemberluft, die sie draußen empfing, war wie ein Schlag, vermochte aber ihre Übelkeit nicht zu vertreiben. Nellie atmete tief ein und wieder aus, dann entschloss sie sich, an den Kapitänstisch zurückzukehren.

Mitfühlend sah Albers sie an. »Geht es wieder?«, fragte er.

»Nein.« Sie zuckte die Achseln. »Aber es muss ja irgendwie.«

»Wenn ich Ihnen einen Rat geben darf: Sie müssen essen. Nur so wird es Ihnen gelingen, die Seekrankheit zu überwinden.«

Lächelnd deutete er auf das Dessert, das inzwischen serviert worden war.

Nellie schüttelte den Kopf. »Ich kann nicht«, flüsterte sie.

»Dann lassen Sie es gut sein für heute. Und versuchen Sie es morgen aufs Neue. Aufgeben ist keine Option.«

Nellie nickte. Da hatte er recht. Aufgeben war keine Option.

7. Kapitel

Von New York, USA nach Southampton, Vereinigtes Königreich, Freitag 15. bis Montag, 18. November 1889

Mit einem Schrei fuhr Nellie hoch und starrte entsetzt in die besorgten Gesichter von Kapitän Albers und eines Dienstmädchens. »Was machen Sie in meiner Kabine?«, keuchte sie und zog die Bettdecke etwas höher. Sie trug nur ihr dünnes Nachthemd. Was für eine Peinlichkeit vor dem Kapitän!

»Wir hatten schon Angst, Sie seien tot«, erklärte Albers, dem der Umstand, dass er bei einer nur spärlich bekleideten Passagierin in der Kabine stand, nicht im Geringsten unangenehm zu sein schien.

»Warum sollte ich tot sein?«, erkundigte Nellie sich erstaunt. Hatte sie am Abend zuvor wirklich einen derart jämmerlichen Eindruck hinterlassen? Aber an der Seekrankheit war doch sicherlich noch niemand gestorben!

»Weil Sie so lange nicht aus Ihrer Kabine gekommen sind«, erläuterte Albers.

Nellie lachte befreit auf. »Ach so! Nun, ich schlafe morgens immer etwas länger.«

Der Kapitän und die Stewardess wechselten einen amüsierten Blick und brachen dann in Gelächter aus.

»Was?«, fragte Nellie vollkommen verwirrt. »Was ist?«

»Der Morgen ist schon lange vorbei«, erklärte Albers. »Mittlerweile ist es halb fünf Uhr abends.«

»Oh wirklich?«, rief Nellie entsetzt. »Ich habe den ganzen Tag verschlafen?«

»Das haben Sie«, bestätigte der Kapitän. »Aber machen Sie sich nichts draus. Es hat Ihnen sicherlich gutgetan. Und dann beginnen Sie den Tag eben mit dem Abendessen statt mit dem Frühstück.«

Er tippte an seine Kapitänsmütze und verließ Nellies Kabine.

Als Nellie an Deck kam, blickte ihr die sympathische Amerikanerin entgegen. »Ich habe Sie schon vermisst!«, rief sie. »Und mir Sorgen gemacht, dass die Reisekrankheit Sie an Ihr Bett gefesselt hat.«

»Der Kapitän dachte sogar, ich sei tot«, erzählte Nellie lachend. »Aber ich war weder tot noch krank, ich habe einfach nur geschlafen.«

»Dann haben Sie es gebraucht«, erwiderte Olivia.

»Ja, das habe ich mir auch gesagt«, stimmte Nellie zu. »Und wissen Sie was: Ich bin nicht mehr seekrank. Ist das nicht fantastisch?«

»Aber ja. Würden Sie mir die Freude machen, mit mir gemeinsam zu Abend zu essen?«, fragte Olivia.

»Sehr gern«, stimmte Nellie sogleich zu. »Sie werden es nicht glauben, aber ich verspüre tatsächlich Appetit und glaube, dass ich meine Reiseübelkeit endgültig überwunden habe.«

»Und das, obwohl das Wetter nun so stürmisch ist«, sagte die Amerikanerin. »Vielen ergeht es inzwischen so wie Ihnen.«

Sie zeigte auf die Liegestühle, die nach wie vor von zahlreichen Passagieren belegt waren.

»Warum haben die denn alle Teller bei sich?«, wunderte sich Nellie.

»Ich vermute, weil es ihnen in halb liegender Position und bei frischer Luft leichter fällt, etwas bei sich zu behalten. Und Sie, fühlen Sie sich denn stark genug für den Speisesaal?«

»Aber sicher!«, rief Nellie. »Ich könnte Bäume ausreißen.«

Als sie Platz genommen hatten, eilte sogleich ein Kellner zu ihrem Tisch. Nellie bemerkte, dass er ihr einen spöttischen Blick zuwarf. Vage meinte sie sich daran zu erinnern, dass dieser Mann am Vorabend am Kapitänstisch bedient hatte und Zeuge ihrer Unpässlichkeit geworden war.

»Sie brauchen gar nicht so zu schauen«, schleuderte sie ihm entgegen. »Ich habe meine Seekrankheit überwunden.«

Der junge Mann brachte seine Gesichtszüge sofort wieder in Ordnung und erwiderte förmlich: »Das freut mich, Fräulein Bly.«

»Nachdem Sie ja aus dem Zeitungsartikel schon so viel über mich wissen: Erzählen Sie mir ein bisschen über sich?«, bat Nellie die hübsche junge Frau. »Wohin fahren Sie?«

»Ich fahre zu meinen Eltern«, erklärte diese. »Sie leben in Deutschland.«

»Oh«, machte Nellie. »Aber Sie sind doch Amerikanerin?«

»Ja, das bin ich«, bestätigte sie. »Mein Großvater wanderte bereits 1850 von Deutschland nach Amerika aus und baute seinen Handwerksbetrieb zu einer großen Firma auf, die mein Vater leitet. Doch auch der Bruder meines Großvaters, der in Deutschland geblieben war, hatte Erfolg. Leider ist der Onkel meines Vaters kinderlos verstorben, und jetzt muss mein Vater nicht nur die Firma in Kalifornien führen, sondern auch die in Frankfurt. Deshalb sind meine Eltern vor einigen Monaten nach Deutschland gezogen.«

Während Olivia ohne Unterlass redete, hatte der Kellner die Suppe serviert, und dieses Mal wurde Nellie bei dem Duft nicht übel. Hungrig begann sie zu essen, schließlich hatte sie seit dem Abschiedsessen mit ihrer Mutter nichts mehr zu sich genommen.

»Machen Sie langsam«, sagte da eine schon bekannte Stimme hinter ihnen.

»Kapitän Albers«, rief Nellie erfreut und wollte sich erheben.

»Bleiben Sie sitzen«, winkte er ab, nachdem er auch Olivia mit einem höflichen Nicken begrüßt hatte. »Ich wollte mich nur vergewissern, dass es meinem besonderen Gast gut geht.«

Nellie nickte. »Das tut es. Ich könnte heute für drei essen.«

»Tun Sie das nicht«, empfahl Albers. »Es ist wichtig, den Magen langsam wieder an etwas Festes zu gewöhnen.«

»Ich will versuchen, mich daran zu halten«, sagte Nellie, der aber angesichts des nächsten Ganges, der nun serviert wurde – gefüllte Pastetchen mit Kalbsragout –, abermals das Wasser im Mund zusammenlief.

»Kapitän, ich habe auch noch eine Frage an Sie«, ließ sich in diesem Moment Olivia vernehmen.

»Bitte?«

»Nun, ich reise ja nach Deutschland, und die dortige Kaiserin heißt Auguste Victoria. Ist das Schiff nach ihr benannt?«

Albers nickte. »In der Tat.«

»Aber weshalb dann Augusta? Der Name der Kaiserin ist doch Auguste?«, wollte Olivia wissen, und Nellie dachte, was für ein erstaunliches Wesen sie doch war. Olivia war nicht nur wunderschön – Nellie hatte die Blicke der männlichen Passagiere sehr wohl bemerkt, und ihr war klar gewesen, dass sie nicht ihr galten. Nein, was den Charme der Amerikanerin ausmachte, war mehr als nur deren Äußeres. Es war ihr lebhaftes Wesen, sie war gebildet und hatte offenbar zu allem eine Meinung, sprach über Politik, Literatur und Philosophie, als hätte sie alle Bücher dieser Welt gelesen. Auch Albers betrachtete sie nun mit äußerstem Wohlgefallen, als er erklärte: »Das hat vor Ihnen in der Tat noch niemand bemerkt, tatsächlich aber ist es ein etwas peinlicher Fehler, der der Werft unterlaufen ist. Ursprünglich sollte das Schiff Normannia heißen, da dann aber die Kaiserin ankündigte, beim Stapellauf am 1. Dezember 1888 in Stettin anwesend zu sein, wurde der Name nochmals geändert, und dabei kam es zu einem Schreibfehler.«

»Und die Kaiserin musste nun ein Schiff zu Wasser lassen, auf dem ihr Name falsch geschrieben war?«, rief Olivia. »Wie peinlich!«

»Allerdings«, bestätigte Albers. »Wie mir zugetragen wurde, ließ sie sich aber nichts anmerken.«

Nellie hatte, den Warnungen des besorgten Kapitäns zum Trotz, beim Essen kräftig zugelangt und verspürte nicht die geringste Übelkeit.

»Sollen wir noch ein wenig an Deck gehen?«, fragte sie ihre neu gewonnene Bekannte nach dem Essen.

»Mit Vergnügen«, erwiderte die unternehmungslustig. »Dort geht der Spaß jetzt ja erst los.«

»Inwiefern?«

»Gestern Abend, als Sie schon in Ihrer Kabine waren, hat

der Kapitän ein Wettrennen zwischen den Passagieren veranstaltet.« Sie strahlte. »Ich habe gewonnen.«

Bewundernd sah Nellie die Frau an. Es schien nichts zu geben, was der sympathischen Amerikanerin nicht gelingen wollte.

Als sie das Deck betraten, stießen sie mit einer etwas drallen Frau Mitte 40 zusammen.

»Entschuldigung«, rief die Dame und brüllte dann: »Home sweet home!« Da sie unglücklicherweise direkt in Nellis Ohr schrie, zuckte die erschrocken zusammen.

»Das geht vorüber«, sagte die Amerikanerin an ihrer Seite mitfühlend zu der Mittvierzigerin.

Irritiert sah die Dralle sie an. »Was meinen Sie? Was geht vorüber?«

»Das Heimweh!«, erklärte Olivia.

»Woher wissen Sie, dass ich Heimweh habe?«, fragte die begriffsstutzig.

Nun war es an Olivia, verwundert dreinzublicken. »Nun, wenn jemand über das Schiff rennt und meiner Freundin ›Home sweet home‹ ins Ohr brüllt, ist die logische Schlussfolgerung, dass dieser Jemand, also Sie, unter schrecklichem Heimweh leidet.«

Die Dralle musste so heftig lachen, dass sie sich die Seiten hielt. Ratlos wechselten Nellie und die Amerikanerin einen Blick. War die Frau übergeschnappt? Es gab einige Menschen an Bord, die sich seltsam verhielten. Der Kapitän hatte vorhin zum Beispiel von einem Mann berichtet, der jeden einzelnen Schritt zählte und das Ergebnis allabendlich fein säuberlich in seinem Notizbuch festhielt.

»Geht es Ihnen gut?«, fragte Olivia.

Die Frau nickte, immer noch lachend. »Ja«, sagte sie. »Es

ist nur so komisch, dass Sie denken, ich renne über das Schiff und rufe ›Home sweet home‹, weil ich Heimweh habe. Sie müssen mich ja für verrückt halten.«

»Nun …«, setzte Nellie etwas verlegen an, da es ja genau das war, was sie über die Frau gedacht hatte.

»Home Sweet Home ist der Name meines Hündchens«, erklärte sie, immer noch lachend. »Und er ist mir wieder mal ausgebüxt, der Schlingel.«

Nellie und Olivia stimmten in das Lachen ein: »Wir helfen Ihnen suchen«, versprach Nellie.

»Das ist nett«, sagte die Dralle, die sich als Mrs. Redcarpet vorstellte und auf einmal wieder ganz bekümmert wirkte. »Wenn Homie – das ist der Kurzname für unseren Home Sweet Home – sich nicht benimmt, muss er nämlich wieder zum Fleischer.«

»Zum Fleischer?«, fragte Nellie entsetzt. »Aber warum denn das?«

»Es ist furchtbar ungerecht«, ereiferte sich Mrs. Redcarpet. »Wir mussten für seine Überfahrt bezahlen, aber hier an Bord ist er der Obhut des Fleischers unterstellt. Das sind die Vorschriften.«

Nellie und Olivia wechselten erneut einen Blick. Das klang durchaus beunruhigend. Mrs. Redcarpet schien das auch zu finden und um das Wohlbefinden ihres Schützlings zu bangen. »Die einzigen schönen Momente für Homie sind, wenn er an Deck darf. Aber wenn er bellt oder die Passagiere belästigt, muss er sofort wieder zum Fleischer.«

»Da ist er ja!«

Nellie hatte den Kleinen entdeckt, der neben einem Passagier auf dem Boden lag und sich mit Wurst füttern ließ.

»Homie, hierher«, rief die Frau streng, und der kleine Hund – es war ein Pudel – sprang ihr begeistert entgegen.

»Braver Junge«, lobte sie, nahm ihn rasch an die Leine und fragte dann: »Haben Sie Lust auf einen kleinen Spaziergang über Deck? Homie braucht Bewegung.«

»Gern«, stimmte Nellie zu, und auch Olivia nickte begeistert.

»Sie haben also tatsächlich Heimweh?«, nahm Olivia den Gesprächsfaden wieder auf. »Weil Sie mich fragten, woher ich das wisse.«

Mrs. Redcarpet nickte und seufzte. »Ja«, sagte sie. »Diese Reise ist für uns keine Reise, sondern vielmehr ein Umzug. Wir übersiedeln von New York nach London. Für immer.«

Es klang traurig. *Sieh an,* dachte Nellie, *du hattest also wirklich keinen Grund für dein Gejammer. Du bist in 75 Tagen wieder zu Hause. Diese Frau hier aber kehrt nie mehr heim.*

***

»Ist dir der Mann dort hinten schon mal aufgefallen?«, fragte Nellie, als sie am dritten Seetag nach dem wieder einmal sehr schmackhaften Abendessen neben Olivia im zartlila gehaltenen Damenzimmer auf den veilchenfarbenen Polstermöbeln saß und sich Tee servieren ließ. Sie deutete auf einen sehr jungen Mann, der in dem offenen Bereich zwischen Damenzimmer und Rauchsalon saß und mit konzentrierter Miene auf seine Taschenuhr sah, die er auf seinem Knie platziert hatte, während seine rechte Hand auf dem Handgelenk seiner linken ruhte.

»Ja«, erwiderte die Amerikanerin. »Er misst jedes Mal vor

und nach dem Essen seinen Puls. Sehr eigenartig. Aber ich finde, er ist recht hübsch.«

»Er ist zu jung für dich«, schalt Nellie. »Und außerdem bist du verlobt.« Das hatte die mitteilungsfreudige Amerikanerin ihr längst anvertraut.

»Dann wäre er vielleicht was für dich? Du hast mir immer noch nicht gestanden, ob es jemanden in deinem Leben gibt.«

»Du hast auch nie gefragt«, erwiderte Nellie, die darüber allerdings ganz froh gewesen war.

»Dann frage ich jetzt.« Olivia richtete ihre dunklen Augen aufmerksam auf Nellie. »Also?«

Sie zögerte. »Ich kann es dir gar nicht so genau sagen«, erklärte sie. »Ich habe in New York einen Verehrer, aber so wirklich auf ihn einlassen kann und will ich mich nicht. Und ...«

»Und?«, hakte Olivia nach.

»Nun ja, der Kapitän des Schiffes, mit dem ich zuerst fahren wollte, ist sehr gut aussehend«, gestand Nellie.

»Das Schiff, mit dem du zuerst fahren wolltest?«, fragte Olivia, die die Geschichte natürlich nicht kannte.

»Ich hatte nur wenige Tage zur Reisevorbereitung«, erläuterte Nellie. »Es war lange unklar, ob ich die City of Paris würde nehmen können, die einen Tag zuvor abgelegt hat, doch letztendlich scheiterte es an einem fehlenden Pass. Statt meiner ging meine Mutter zum Schiff, auch, weil sie nicht sicher war, ob ich vielleicht doch dort sein würde. Sie wollte mich unter keinen Umständen verpassen. Als sie sich zu erkennen gab, hat er ihr einen Brief für mich mitgegeben.« Sie tastete nach dem Kuvert, das in ihrer Rocktasche steckte.

Olivia deutete die Geste richtig. »Du trägst den Brief immer bei dir?«

»Ja.« Zögernd zog Nellie ihn heraus. Diese Worte waren so persönlich, konnte sie sie wirklich mit jemand anderem teilen? Andererseits war Olivia so viel erfahrener als sie in diesen Dingen und konnte vielleicht einordnen, ob seine Worte wirklich die Bedeutung hatten, die sie ihnen beimaß.

»Er scheint seht angetan von dir zu sein«, freute sich Olivia, nachdem sie die Zeilen überflogen hatte.

»Glaubst du wirklich?«, fragte Nellie hoffnungsvoll.

»Das glaube ich nicht nur, das geht aus diesen Zeilen glasklar hervor. Wie romantisch«, schwärmte die Amerikanerin. »Du wirst ihn bestimmt wiedersehen. Du musst mir unbedingt schreiben, wie es mit euch weiterging. Wir dürfen nicht vergessen, Adressen zu tauschen, bevor wir getrennte Wege gehen.«

Nellie nickte. »Das mache ich sehr gern. Aber …«

»Aber?«, fragte die Amerikanerin.

Nellie zögerte. »Nun, offen gestanden weiß ich gar nicht, ob ich das will, ihn wiedersehen.«

Überrascht sah Olivia sie an. »Ich denke, er gefällt dir so gut!«

»Das tut er auch«, sagte Nellie. »Aber ich kenne ihn ja gar nicht. Ich finde einfach nur, dass er gut aussieht. Und ich habe Angst, mich wegen solcher Äußerlichkeiten zu schnell auf etwas einzulassen, das ich dann bereuen könnte. Ich finde, man muss einen Menschen ganz genau kennen, bevor man mit ihm … nun ja.«

Prüfend sah die Amerikanerin sie an. »Das klingt nach schlechten Erfahrungen. Und so, als hättest du Angst vor der Liebe.«

»Angst vor der Liebe? Nun, wenn es die echte ist, nicht«,

sagte Nellie. »Aber Angst davor, mich von einem anderen Menschen abhängig zu machen, schon.«

»Warum?«

Nellie holte tief Luft. »Mein Stiefvater hat meine Mutter misshandelt, und einmal hat er sie sogar nach dem Sonntagsgottesdienst mit einer Waffe bedroht.«

»Wie schrecklich«, rief Olivia und nahm Nellies Hand. »Aber glaube mir, so ist die Liebe nicht immer. Wenn du vor der Liebe davonläufst, dann gibst du deinem Stiefvater noch immer Macht über dein Leben.«

Nachdenklich sah Nellie ihre Freundin an. »Wie klug du bist«, sagte sie. »Und du hast recht. Aber ob William Smith dieser Mensch ist, kann ich dir nicht sagen. Ich werde mich, wenn überhaupt, erst auf ihn einlassen, wenn ich die Gelegenheit hatte, ihn sehr gut kennenzulernen.«

»Hast du dich denn … noch nie auf die Liebe eingelassen?«, erkundigte sich Olivia. »Das kann ich mir gar nicht vorstellen, so attraktiv und bekannt, wie du bist.«

»Nun ja«, gestand Nellie. »Die eine oder andere romantische Tändelei gab es schon. Wobei das auch nicht die besten Erfahrungen waren. Mein Kollege vom Satiremagazin *Life*, der Theaterkritiker James Metcalfe, schrieb nach unserer ersten Begegnung zum Beispiel ein Gedicht für mich und veröffentlichte es gleich darauf in dem Magazin. Willst du es hören?«

»Unbedingt!«, rief Olivia. »Ich platze vor Neugierde.«

Nellie legte die Hand ans Herz und begann mit leiser Theatralik zu rezitieren:

»Als du aufs Pflaster fielst,
kam ich vorbei und hob dich auf, ganz ohne Schwärmerei.
Doch daraus wurde bald Interesse und dann mehr,
und jetzt will ich die Frau, die ich begehr.«

»Als du aufs Pflaster fielst?«, fragte Olivia verdutzt.

»Ja«, antwortete Nellie und musste lachen. »Bei unserer ersten Begegnung bin ich auf der eisglatten Straße ausgerutscht und direkt in seine Arme gefallen.«

»Wie romantisch«, schwärmte Olivia. »Und was wurde aus ihm?«

»Nun, wir sind gemeinsam ausgegangen – ins Theater etwa oder auch zum Essen, haben Picknicks unternommen, doch mehr wurde nicht daraus.«

»Und warum nicht?«, fragte Olivia enttäuscht. »Das klang alles wunderbar romantisch.«

Nellie zuckte die Achseln. »Ich will mich ja auch eigentlich unbedingt verlieben. Aber ich dachte: Wenn sich die Liebe so anfühlt, dann ist sie enttäuschend.«

»Dann war es auch nicht die richtige Liebe«, war Olivia überzeugt. »Der Richtige wird schon noch kommen. Oder ist es schon.« Bedeutungsvoll sah sie Nellie an.

In diesem Moment schoss ein weißes Hündchen auf sie zu. »Homie!«, freute sich Nellie. »Komm her, mein Kleiner.«

Warnend sah sie Olivia an. »Und sag auf keinen Fall das böse Wort.«

»Versprochen«, schwor Olivia, musste aber ein Kichern unterdrücken. Seit sie herausgefunden hatte, dass das Tierchen wie wild anfing zu graben, wenn jemand »Ratte« sagte, hatten sie sich zum Zeitvertreib oft einen Spaß daraus gemacht, was für den Kleinen niemals gut endete: Beim Buddeln begann er zu bellen und musste dann sofort wieder in die Obhut des Fleischers. Und wenn er dort war, sorgte sich mittlerweile das ganze Schiff, vor allem, wenn Homie mehrere Tage nacheinander nicht gesehen ward, aber Würste und Hacksteak auf der Speisekarte standen.

8. Kapitel

Von New York, USA nach Southampton, Vereinigtes Königreich
Donnerstag, 21. November – Freitag, 22. November 1889

Sosehr sich Kapitän Albers und seine Mannschaft auch bemühten und versuchten, den Passagieren mit Shuffleboard, Konzerten unterm Sternenhimmel und Ratespielen die Zeit zu verkürzen: Die Reise zog sich wie Kaugummi in die Länge, und Nellie konnte sich des Gefühls nicht erwehren, dass sie einfach nicht von der Stelle kamen. Wieder und wieder starrte sie die beiden Armbanduhren an, die sie trug – eine zeigte die Zeit in der Heimat, die andere stellte sie jeweils nach der Ortszeit. Es war Donnerstag, der 21. November 1889, und eigentlich hätten sie vor zwei Stunden im Hafen von Southampton angekommen sein sollen. Stattdessen war aber weit um sie nur die stürmische graue See zu sehen. Betrübt – aber angesichts der Naturgewalten wider Willen auch fasziniert – blickte sie auf das tosende Meer, das sich zu unbeschreiblichen, von weißem Schaum gekrönten Wellen auftürmte. »Wie lange werden wir noch brauchen?«, fragte sie Kapitän Albers, der sich an der Reling zu ihr gesellt hatte. Sie sah die Sorgenfalten in seinem Gesicht, spürte, dass er versuchte, Zuversicht auszustrahlen, merkte aber auch, dass er lang nicht mehr so siegesgewiss war wie am Anfang, als er ihr versichert hatte, sie auf jeden Fall rechtzeitig zum Postzug zu bringen. »Wir sind weitgehend mit voller Kraft gefahren«, sagte er. »Aber wir haben ein derart schlechtes Wetter gehabt, wie ich es in all den zwanzig Jahren als Kapitän nicht erlebt habe. Dennoch bin ich zuversichtlich, dass Sie den Postzug erreichen werden. Wir werden alles tun, was in unserer Macht steht.«

Nellie vermochten die Worte nicht zu trösten, ihre Nervosität wuchs.

Natürlich machte sie dem freundlichen Kapitän keine Vorwürfe. Er hatte zwar die Kontrolle über sein Schiff, nicht jedoch über das Wetter. Sie wusste aber auch: Würde sie den Postzug nicht erreichen, wäre ihre Reise in London zu Ende. Es war vollkommen ausgeschlossen, eine Woche bis zu ihrer Weiterreise zu warten, und eine andere Möglichkeit gab es nicht.

Nellies neue Freunde – die Amerikanerin und das Ehepaar Redcarpet – taten alles, um sie abzulenken. Kapitän Albers hatte sie alle zu seiner festen Tischrunde bestimmt, allabendlich speisten sie gemeinsam. »Wenn wir in London leben, wissen die Menschen wenigstens, wo wir wohnen«, ließ sich Mr. Redcarpet vernehmen, der seiner Frau an Massigkeit in nichts nachstand, allerdings im Gegensatz zu ihr eine beeindruckende Glatze hatte.

»Wieso denn das?«, fragte Nellie, die in Gedanken zwar ständig darum kreiste, was passieren würde, wenn sie den Postzug nicht erreichte, die die rührenden Bemühungen ihrer Freunde aber auch würdigen wollte.

»Viele Leute stellen sich die Vereinigten Staaten als winzige Insel vor, auf der ein paar Häuser stehen«, erläuterte Mrs. Redcarpet.

Der Kapitän nickte. »Das stimmt: Ich habe in meinem Haus nahe der Werft in Hoboken einmal einen Brief aus Deutschland erhalten, der an *Kapitän Albers, erstes Haus in Amerika* adressiert war.«

»Ich bekam auch einmal einen Brief aus Deutschland«, ergänzte Olivia, »er trug die Anschrift: Hoboken, gegenüber den Vereinigten Staaten.«

Nellie, die derart merkwürdige Schreiben noch nie erhalten hatte, musste lachen. »Kaum zu glauben, dass die Briefe trotzdem ankamen.«

Verstohlen tastete sie nach dem Kuvert in ihrer Rocktasche, und ihre Laune verfinsterte sich noch mehr. Denn ihr wurde schlagartig bewusst: Wenn ihre Reise in London zu Ende wäre, wäre auch ihre Chance, William Smith in einem der Häfen wiederzusehen, gleich null. Sie wusste allerdings nicht, ob sie diese Aussicht nun bedauerlich oder eher erleichternd fand – seit ihrem Gespräch mit Olivia war sie noch verwirrter als zuvor. Doch sie hatte keine Zeit, weiter darüber nachzudenken, denn in diesem Moment ertönte der erlösende Ruf: »Laaand in Siiicht!«

Wie von der Tarantel gestochen sprang Nellie auf und stieß sich dabei das Knie so sehr an der Tischplatte, dass sie sich mit einem Schmerzensschrei wieder auf ihren Stuhl sinken ließ.

Kapitän Albers tätschelte ihr mitfühlend die Hand, dann lächelte er zufrieden, warf seine Serviette auf den Tisch und erhob sich. »Na also«, sagte er. »Ich habe damit gerechnet, wollte Ihnen aber keine falschen Hoffnungen machen.«

Nellie strahlte. »Wie lange wird es noch dauern, bis ich von Bord gehen kann?«

»Kommen Sie mit«, sagte er, und sie eilte neben ihm in Richtung der Brücke. Allüberall drängten sich die Passagiere an der Reling, aufgeregt, weil sie dieses wichtige Ereignis der Reise nicht verpassen wollten.

»Sehen Sie«, sagte der Kapitän und deutete in Richtung des Landstücks, »das hier ist der Leuchtturm von Scilly südwestlich von Cornwall.«

Fasziniert starrte Nellie auf das zerklüftete Land. Es schien ihr der schönste Anblick aller Zeiten zu sein. Sie war voller Ungeduld, es endlich betreten zu können.

»Und was bedeutet das nun?«, fragte sie den Kapitän. »Wie lange wird es noch dauern?«

»Leider noch eine ganze Weile«, sagte Albers zu ihrer Enttäuschung. »Wir werden irgendwann heute Nacht ankommen.« Bedauernd sah er sie an. »Es wird knapp, aber ich gehe davon aus, dass Sie es schaffen werden. Sie packen ihre Sachen und gehen als Erste von Bord.«

»Ich danke Ihnen für alles, was Sie für mich getan haben, Kapitän Albers.«

Ein wenig traurig erwiderte er ihren Blick. »Es wird sich erweisen, ob es genug war. Wenn nicht, werde ich mir das nie verzeihen.«

Doch Nellie winkte ab. »Wenn nicht, dann können Sie ganz bestimmt nichts dafür.«

Kapitän Albers hatte ihr zwar geraten, sich noch etwas auszuruhen, da sie ja mitten in der Nacht von Bord gehen würde, aber Nellie war viel zu aufgeregt, um seinem Rat Folge zu leisten. Die gepackte Tasche neben sich, stand sie in Gesellschaft Olivias und des Ehepaars Redcarpet um Mitternacht an Deck und ließ ihre Augen über die in der Dunkelheit kaum erkennbare, zerklüftete Südwestküste Englands schweifen, an der die Augusta Victoria entlangfuhr. Kurz darauf passierten sie die Meerenge zwischen dem englischen Festland und der Isle of Wight. Einsam schimmerten die Lichter von Hurst Castle durch die Nacht.

Nellie zog den Mantel fester um sich. Es war immer noch sehr stürmisch, weshalb das Schiff nach wie vor nicht mit Höchstgeschwindigkeit fahren konnte, doch um zwei Uhr morgens lief die Augusta Victoria mit sechzehnstündiger Verspätung endlich im Hafen von Southampton ein. Vom Schlepper, der sie an Land bringen sollte, war allerdings weit und breit nichts zu sehen. »Das gibt es doch nicht!«, rief Nellie und tigerte an Deck auf und ab. »Nun sind wir endlich da, und ich komme trotzdem nicht vom Fleck.«

»Da kommt er doch schon«, rief Mrs. Redcarpet, die mindestens ebenso aufgeregt war wie Nellie, und deutete auf das kleine Boot, das still über die mondbeschienene Wasseroberfläche glitt.

»Jetzt heißt es wohl Abschied nehmen«, sagte Olivia leise und zog Nellie in die Arme. »Mach es gut, zeig es allen und vergiss nicht, mir zu schreiben.«

»Das werde ich«, sagte Nellie. »Versprochen.« Es tat weh, sich von ihren Freunden und auch von dem freundlichen Kapitän, der ebenfalls herbeigeeilt war, zu verabschieden, aber zugleich war sie furchtbar aufgeregt, dass es nun endlich, endlich weitergehen sollte.

»Schließen Sie sich uns an?«, fragte Mrs. Redcarpet bittend, als Nellie sich auch von ihr verabschieden wollte. »Wir gehen hier schließlich auch von Bord und reisen weiter nach London.«

Doch Nellie schüttelte den Kopf. »Es dauert zu lange, bis

all Ihr Gepäck entladen ist«, sagte sie und deutete auf ihre Tasche. »Ich habe ja nicht viel.«

»Aber Sie so alleine mitten in der Nacht«, zeigte sich nun auch Mr. Redcarpet besorgt. »Schließlich soll in London dieser furchtbare Jack the Ripper sein Unwesen treiben.«

Nellie winkte ab: »Ich rechne damit, dass ich von unserem Londoner Korrespondenten abgeholt werde«, sagte sie und deutete auf die Herren, die gerade über die wackelige Gangway an Bord kamen.

»Und falls nicht?«

»Dann werde ich durchaus in der Lage sein, auf mich selbst aufzupassen«, versicherte sie, umarmte nun auch Mrs. Redcarpet und schüttelte Mr. Redcarpet zum Abschied herzlich die Hand. »Grüßen Sie Home Sweet Home von mir«, sagte sie lächelnd.

»Das werde ich«, versprach Mrs. Redcarpet mit bebender Stimme. »Passen Sie auf sich auf, mein Kind. Eine Weltreise ist nicht ungefährlich.«

Diese Bemerkung machte einen groß gewachsenen, jungen Mann auf sie aufmerksam, der, ebenso wie einige andere Herren, gerade das Deck betreten hatte. Nellie vermutete, dass sie ihnen mit einem kleinen Boot entgegengefahren waren, um die Ankommenden auf dem vor Anker liegenden Ozeandampfer in Empfang zu nehmen.

»Nellie Bly?«, fragte er.

Sie nickte und reichte ihm zur Begrüßung die Hand, die er sogleich herzlich schüttelte.

»Ich bin Tracey Greaves, der Londoner Korrespondent«, sagte er und nahm ihr ihre Tasche ab. »Hatten Sie eine gute Reise?«

»Ja«, sagte Nellie, wandte sich noch einmal um, um ihren

Freunden und dem Kapitän ein letztes Mal zuzuwinken, und ging dann neben Greaves die sehr wackelige Gangway hinunter. Warum mussten Abschiede immer so schwer sein!

Minuten später nahm sie neben Tracey Greaves in dem nicht sehr vertrauenswürdigen Schlepper Platz, der kurz darauf vom Schiff losmachte und durch die Dunkelheit davontuckerte. Nellie schluckte. Ob sie ihre Freunde jemals wiedersehen würde? Doch das, was der Korrespondent nun zu ihr sagte, sorgte dafür, dass ihr Abschiedsschmerz mit einem Mal wie weggeblasen war. »Ich habe einen Brief von Jules Verne erhalten«, sagte er. »Monsieur hat aus der Zeitung erfahren, dass Sie seine literarische Hauptfigur herausfordern, und fragt nun an, ob Sie einen Umweg in Kauf nehmen und ihn besuchen können.«

Überrascht sah Nellie Mr. Greaves an. »Oh, ja«, rief sie. »Das würde ich gerne!« Im nächsten Moment verfinsterte sich ihre Miene. »Besser gesagt: Das hätte ich wirklich gerne getan. Nun ärgere ich mich noch mehr über unsere Verspätung. Dadurch ist es sicherlich unmöglich geworden, der Einladung Folge zu leisten, und ich muss froh sein, wenn ich überhaupt noch den Zug nach Brindisi erreiche.«

Der Korrespondent schüttelte den Kopf. »Warten Sie mal ab«, sagte er. »Zwar sind alle planmäßigen Züge bereits abgefahren, und wenn wir hier die Nacht verbringen müssen, dann bleibt tatsächlich keine Zeit mehr, Verne zu besuchen. Aber es kann sein, dass noch ein zusätzlicher Zug für verspätete Post eingesetzt wird. Dann kommen wir heute Nacht schon weg.«

»Und dann könnte es möglich sein, Monsieur Verne noch zu treffen?«, fragte Nellie atemlos.

»Ja, wir haben das genau recherchiert. Sie müssten allerdings bereit sein, auf zwei Nächte Schlaf zu verzichten. Wir kämen dann mitten in der Nacht in London an. In dieser Zeit müssen wir Ihren dauerhaften Pass besorgen, ihr vorübergehender Pass ist ja nur kurze Zeit gültig, und in die Redaktion. Auch werden Sie von London nicht viel zu sehen bekommen. Wenn Ihnen all das nichts ausmacht, können wir den Umweg auf uns nehmen.«

»Es macht mir nichts aus«, rief Nellie. »An Schlaf ist überhaupt nicht zu denken. Und ausruhen muss ich mich auch nicht.«

»Wo ist denn der Zoll?«, fragte Nellie, als sie wieder festen Boden unter den Füßen hatte.

Ihr Begleiter grinste und deutete lächelnd auf einen wackligen Schuppen. »Da.«

»Da?«, fragte Nellie verwundert, folgte Greaves dann aber vertrauensvoll. Drinnen war es so dunkel, dass sie das Gesicht des Zollbeamten kaum erkennen konnte. Aber so viel wurde deutlich: Dass er sehr alt war und ausgesprochen böse dreinblickte.

»Halt!«, bellte er, als Nellie auf ihn zutrat. »Wo sind Ihre Koffer?«

»Ich habe keine«, sagte Nellie und deutete auf ihre Tasche. »Das hier ist mein einziges Gepäck.«

»Das kann nicht sein«, ließ der Mann sie schlecht gelaunt wissen. »Sie sind eine Frau.«

»Das ist mir bekannt«, erwiderte Nellie. »Aber dennoch führe ich keine Koffer mit mir.«

»Frauen reisen immer mit Koffern«, sagte er und sah sie scharf an. »Geben Sie es zu. Sie wollen etwas schmuggeln.«

»Was?«, rief Nellie empört. »Natürlich nicht!«

»Warum haben Sie dann keinen Koffer bei sich?«

Nellie seufzte innerlich auf. Sollte sie ihm nun die ganze Geschichte erklären? Das würde ewig dauern, und es hatte sich doch ohnehin schon alles verzögert. Sie bemerkte, dass Wut in ihr aufstieg. Und Greaves schien nicht die Absicht zu haben, ihr zu Hilfe zu eilen. Sie überlegte fieberhaft, wie die Situation zu retten sei, dann kramte sie hastig den Zeitungsartikel aus ihrer Tasche, der anlässlich ihrer Abreise erschienen war. »Sehen sie«, sagte sie und deutete auf das Bild, das ihr Konterfei zeigte. »Das bin ich. Ich reise um die Welt – es ist ein Wettrennen. Ganz New York ist deshalb in Aufregung. Ich habe keinen Koffer bei mir, um beim Umsteigen nicht zu viel Zeit zu verplempern. Und wenn es nun daran scheitert, dass Sie mich aufhalten, dann werden Sie überall als der Mann in die Geschichte eingehen, der schuld ist, dass die Reise frühzeitig abgebrochen werden musste.«

Während die Worte nur so aus ihr hervorsprudelten, hatte der Mann auf den Artikel gestarrt. Nun wartete sie bang auf seine Erwiderung. Sie hatte wirklich keine Zeit mehr zu verlieren!

Doch zu ihrer Überraschung lächelte er, wenn auch nur sehr dünn. »Also gut«, sagte er. »Ich glaube Ihnen. Und Sie haben Glück. Es fährt heute Nacht noch ein Postzug. Aber wenn Sie den kriegen wollen, müssen Sie rennen.«

»Schnell!«, sagte Greaves, und Nellie folgte ihm keuchend durch die dunkle Nacht zu dem Bahnsteig, an dem der Zug bereitstand.

»Das wäre geschafft«, sagte sie und stürzte ins Abteil.

»Vorsicht!«, rief Greaves noch, doch es war zu spät. Nellies Fuß hatte sich an einem Gegenstand verhakt, der unter dem Teppich lag, und sie schlug der Länge nach hin, wobei sie mit dem Kopf gegen die Wand prallte.

»Haben Sie sich verletzt?«, fragte der Korrespondent und eilte ihr erschrocken zu Hilfe.

Sie schüttelte den Kopf. »Nein«, sagte sie und rappelte sich, etwas verlegen, wieder hoch. »Aber was in aller Welt ist das?«

Sie deutete auf die Erhebung unter dem Teppich.

Bevor Greaves antworten konnte, öffnete sich die Tür, und der Schaffner kam herein. Er nickte ihnen kurz zu, schlug dann wortlos den Teppich zurück, zog vor Nellies erstaunten Augen einen Eisenbarren heraus und legte einen anderen, ebenso geformten, in die dafür vorgesehene Aussparung. Dann schlug er den Teppich wieder darüber und verließ mit einem kurzen Brummen das Abteil.

»Ziehen Sie Ihre Schuhe aus und legen Sie Ihre Füße darauf«, empfahl Greaves. »Dann haben Sie die Antwort.«

Verwundert tat Nellie, wie ihr geheißen, und gleich darauf durchströmte sie eine wunderbare Wärme. Es handelte sich um eine Fußheizung!

Ein lautes Pfeifen ertönte, dann setzte sich der Zug in Bewegung. Aus dem Fenster sah Nellie noch einmal die Augusta Victoria, deren weißes Oberdeck im Hafen erstrahlte. Fast unmerklich hob sie die Hand. »Good bye«, flüsterte sie leise. »Und au revoir.«

9. Kapitel

London, Vereinigtes Königreich, Freitag, 22. November – Samstag, 23. November 1889

»Das gibt es doch nicht!«, rief Tracey Greaves und rüttelte an der verschlossenen Zugtür. »Jetzt sind wir in London und können den Waggon nicht verlassen.«

Er öffnete das Fenster. »Heda!«, rief er dem Schaffner zu, der, einige Waggons entfernt, auf dem Gleis stand und sich anschickte, dort die Tür aufzusperren. »Können Sie uns bitte zuerst aufschließen? Wir haben es eilig.«

Doch der Conducteur, der sich schon in der Nacht als sehr wortkarg erwiesen hatte, ließ sich nicht beirren. Wieder stieß er nur ein Brummen aus und trottete dann zum nächsten Abteil, um auch dieses aufzuschließen.

»In diesem Tempo dauert das ewig«, ächzte Nellie, die sich neben ihren Kollegen gestellt hatte. »Und wenn wir aus dem Fenster klettern?«

Er schüttelte den Kopf. »Keine gute Idee. Man würde uns sofort verhaften und wir dadurch noch mehr Zeit verlieren.«

»Verdammt«, murmelte Nellie und dachte, dass das wohl die schwerste Lektion ihrer Reise war: Zu akzeptieren, dass es Dinge gab, die einfach nicht in ihrer Hand lagen. Auf andere Menschen angewiesen zu sein, die aber durch ihren Tran das ganze Vorhaben in Gefahr brachten.

Als endlich der Schaffner vor ihrer Waggontür auftauchte und mit unerträglicher Langsamkeit den Schlüssel im Schloss umdrehte, stieß Greaves mit einer ungeduldigen Bewegung die Tür auf, sodass der Schaffner beinah umgeworfen wurde. »Was erlauben Sie sich!«, schnaubte er empört, und Nellie dachte halb amüsiert, halb verärgert, dass er ja doch imstande war, einen ganzen Satz zu sprechen.

»Kommen Sie«, rief Greaves über die Schulter. »Wir haben wirklich keine Zeit.« Sie hatte Mühe, mit ihm Schritt zu halten, schließlich war er viel größer als sie; immerhin trug er jedoch ihre Tasche.

Vor dem Bahnhof stand eine Reihe großer Kutschen. Greaves steuerte auf die erstbeste zu. »Zum Trafalgar Square«, wies er den Mann auf dem Kutschbock an, während er Nellie zeitgleich die Tür öffnete und ihr bedeutete einzusteigen. »Und machen Sie, so schnell Sie können.«

Die Kutsche rollte an, und Nellie starrte in die graue Dunkelheit hinaus. Zwar war es, wie Tracey Greaves erklärte, schon Morgen, aber viel erkennen konnte sie dennoch nicht. Was auch daran lag, dass der für London so typische Nebel die Stadt eingehüllt hatte und wie ein dicker, schwerer Schleier über ihr lag. »Wir fahren jetzt über die Waterloo Bridge«, ließ Greaves sie wissen und deutete hinaus. Dann sah er sie fragend an.

»Und, wie gefallen Ihnen diese Straßen im Vergleich zu New Yorks?«

Nellie kniff für einen Moment die Lippen aufeinander. Die Straßen in London waren viel besser als die in New York, die sich in einem miserablen Zustand befanden. Das musste der Londoner Korrespondent aber nicht wissen. »Sie sind nicht schlecht«, antwortete sie daher etwas von oben herab.

»Und das aus dem Munde einer Amerikanerin«, sagte Tracey Greaves, der mit ihrer Antwort ausgesprochen zufrieden zu sein schien. »Das freut und ehrt mich sehr. Sehen Sie«, fuhr er fort und deutete hinaus. »Das dort ist Westminster Abbey.«

»Ich kann nicht viel erkennen«, bedauerte Nellie, die das riesige Gebäude nur schemenhaft ausmachen konnte.

»Das liegt nicht nur an der Dunkelheit, eigentlich müsste es schon langsam hell werden«, klärte Tracey Greaves sie auf. »Es liegt auch am Nebel. Dafür kann ich mich nur entschuldigen.«

Nellie sah ihn überrascht an. »Aber Sie können doch nichts für das Wetter.«

Er lachte. »Wussten Sie das nicht?«, fragte er. »Wir Engländer entschuldigen uns ständig für alles, vor allem für das Wetter.«

Nellie stimmte in sein Lachen mit ein. »Ich mag Nebel«, versicherte sie. »Es wirkt alles so schmeichelhaft. Selbst Dinge, die sonst plump und hässlich scheinen würden.«

Tracey nickte nachdenklich. »Schön gesagt«, erklärte er. »Wobei ich Ihnen versichere, dass Westminster Abbey bei hellem Tageslicht keineswegs plump und gewöhnlich aussieht.«

»Ich hätte es wirklich gern gesehen«, beteuerte Nellie noch einmal. »Aber eine Begegnung mit Jules Verne ist natürlich wichtiger.«

Sie sah wieder hinaus, ihr Blick flog über die kahlen Bäume, die sich schemenhaft gen Himmel reckten, verharrte an den kleinen Lichtinseln, die die Gaslaternen bildeten und in deren Schein der Nebel als eine wabernde Masse verschwamm. Manchmal huschten Gestalten über den Gehweg, die Mantelkrägen zum Schutz gegen die feuchte Kälte hochgeschlagen. Auch Nellie fröstelte und kuschelte sich tiefer in ihren Mantel. Irgendwie, dachte sie, hatte diese ganze Szenerie dort draußen etwas ungemein Friedvolles.

Sie passierten den Trafalgar Square, und kurz darauf hielt die Kutsche vor einem hohen, stuckverzierten Gebäude. Greaves stieg als Erster aus und reichte Nellie galant die Hand. »Willkommen in der Londoner Redaktion der *World*«, sagte er feierlich und fügte mit einem Grinsen hinzu: »Es ist uns eine Ehre, Sie hier willkommen heißen zu dürfen, Miss Bly. Es warten eine Menge Telegramme auf Sie.«

»Danke«, erwiderte sie lächelnd.

Während er den Kutscher entlohnte, blickte sie an der Fassade nach oben. Alle Fenster waren hell erleuchtet.

»Arbeiten die Kollegen so früh?«, fragte sie verwundert. »Bei uns geht es immer erst wesentlich später los – dafür aber bis in die Abendstunden hinein.«

»Das ist hier nicht anders«, erklärte er. »Sie sind alle wegen Ihnen hier.«

Er hielt ihr die Tür auf und führte sie durch das Treppenhaus in den ersten Stock. In der Redaktion, einem großen Raum mit einem Dutzend Schreibtischen, saßen ebenso viele Mitarbeiter, die sich bei Nellies Eintreten erhoben und ihr Applaus spendeten.

»Danke«, sagte sie gerührt. Mit einem derartigen Empfang hatte sie nicht gerechnet.

Ein rothaariger, sympathisch wirkender Mann Mitte 50 trat ihr entgegen und schüttelte ihr die Hand. »Ich bin Henry

Milford, Chefredakteur der Londoner Redaktion«, stellte er sich vor. »Herzlich willkommen.«

»Vielen Dank.« Die Kollegen bestürmten Nellie mit Fragen, doch Greaves schirmte sie ab. »Wir haben nicht viel Zeit«, bedauerte er. »Miss Bly muss einen Bericht an die Redaktion in New York telegrafieren, und dann müssen wir auch schon weiter zur amerikanischen Gesandtschaft.«

»Ich sende sofort persönlich ein Telegramm an den Botschafter, damit alles vorbereitet wird«, verkündete Milford und verschwand in seinem Büro.

Eine halbe Stunde später waren Nellie und ihr Begleiter, der den Kutscher angewiesen hatte zu warten, schon auf dem Weg ins elegante Westend. Der Zweite Konsul der amerikanischen Gesandtschaft, Robert S. McCormick, erwartete sie bereits. Er mochte um die 40 sein, und seine dunklen Augen musterten Nellie interessiert, als er sie empfing und Kaffee sowie einen Sitzplatz anbot. »Ich bin wirklich beeindruckt von Ihrer Idee und gratuliere Ihnen zur Bewältigung des ersten Streckenabschnitts«, sagte er, und Nellie vermutete, dass er ihr dabei ein Lächeln schenkte. Sicher war sie sich wegen des dichten Bartes, der die Hälfte des Gesichts des freundlichen Herrn bedeckte, aber nicht.

»Wir haben Ihren Pass bereits vorbereitet«, ließ Mr. McCormick wissen, der zu Nellies Verwunderung ihr bisheriges Ausweisdokument nicht zu sehen verlangte. Stattdessen sah er Nellies Begleiter bittend an. »Würde es Ihnen etwas ausmachen, draußen zu warten? Ich muss Miss Bly einige, nun ja, sehr persönliche Fragen stellen.«

Nellie sah ihn überrascht an. Was für persönliche Fragen mochten das wohl sein, dass sie für die Ausstellung eines Passes von Belang sein konnten?

»Selbstverständlich.« Greaves erhob sich augenblicklich und ging nach draußen.

Obwohl Greaves die Tür hinter sich geschlossen hatte und sie somit mit Sicherheit niemand hören konnte, beugte sich Robert S. McCormick ihr über dem Tisch entgegen und raunte: »Diese Frage ist Ihnen vermutlich, wie allen Damen, etwas unangenehm. Ich muss sie Ihnen dennoch stellen. Bitte antworten Sie wahrheitsgemäß. Es ist sehr wichtig.«

Nellie war gespannt, was für eine intime Frage denn nun kommen würde, und lachte erleichtert auf, als er flüsternd hervorstieß: »Die Frage betrifft Ihr Alter.«

»Das ist kein Problem«, versicherte sie. »Ich kann Ihnen mein Alter gern verraten, oder auch beschwören, und mein Begleiter darf gern wieder hereinkommen.«

Robert S. McCormick sah sie verwundert an. »Und Sie sind sich da ganz sicher?«

»Vollkommen sicher«, beteuerte Nellie. Sie erhob sich, um den verwunderten Greaves wieder hereinzubitten. Dann nahm sie erneut auf ihrem Stuhl Platz und sagte: »Ich bin fünfundzwanzig Jahre alt.«

Der in seinen Grundfesten erschütterte McCormick machte sich einen entsprechenden Vermerk. Dann fragte er: »Welche Augenfarbe haben Sie?«

»Grün«, erwiderte Nellie.

Wieder dieser skeptische Blick. Nellie musste ein Schmunzeln unterdrücken. Wieso sollte sie hinsichtlich ihrer Augenfarbe lügen? Robert S. McCormick starrte ihr konzentriert ins Gesicht, schien dann aber letztendlich überzeugt, dass sie die Wahrheit sagte, und notierte die Angabe im Pass.

»Fertig«, verkündete er schließlich so stolz, als handle es sich um ein vollkommen außergewöhnliches Ereignis. Er schob ihr das Dokument über den Tisch und sagte feierlich: »Alles Gute auf Ihrer weiteren Reise.«

Die weitere Reise war, zumindest was den Teil anging, den sie noch in London verbrachten, von großer Hektik geprägt. In den zwei Stunden, die ihnen noch blieben, fuhren sie mit der Kutsche durch die ganze Stadt in den Osten, um im Kontor der Peninsular and Oriental Steamship Company in der Leadenhall Street Schiffpassagen für Nellies Fahrt von Brindisi nach Yokohama zu buchen, und dann wieder zurück in den Westen. Nellie war inzwischen ganz flau, so groß war ihr Hunger mittlerweile, und als sie in der Charing Cross Station ankamen, bestellte sie im daneben gelegenen Restaurant für sich und Tracey Greaves ein Frühstück, während er Fahrkarten besorgte. Das Einzige, was schnell genug fertig war, waren Kaffee, Eier und Speck, die gerade serviert wurden, als Greaves wieder zurück war. Nellie hatte das Gefühl, dass noch nie etwas so großartig geschmeckt hatte, und schlang ihre Portion regelrecht herunter, als auch schon die Durchsage kam, dass ihr Zug bald abfahren würde. Hastig eilten sie in Richtung der Gleise und bestiegen den Morgenzug, der sie nach Folkestone bringen sollte, wo die Fähre über den Kanal nach Boulogne ablegte. Kaum saß Nellie im Abteil, streckte sie ihre Füße an die nun schon bekannte Fußheizung. Wie herrlich die Wärme durch ihren Körper kroch! Während ihres gesamten Aufenthalts in London hatte sie jämmerlich gefroren. Als sie die Augen schloss, um ein wenig zu schlafen, sah sie die Gesichter der Familie Redcarpet vor sich. Und das niedliche Antlitz des kleinen weißen Pudels. Ob Home Sweet Home wohl auch sein neues Zuhause süß fand?

10. Kapitel

Amiens, Frankreich, Freitag, 22. November 1889

Als der Zug, den sie in Boulogne bestiegen hatten, am 22. November in den Bahnhof von Amiens einfuhr, war Nellie furchtbar aufgeregt. Während der Zugfahrt hatte sie Greaves verschiedentlich aus Jules Vernes Roman vorgelesen, und sie konnte es kaum glauben, dass sie nun bald persönlich auf den berühmten Autor treffen würde. Sie fühlte sich zerzaust und verklebt und hätte sich gerne etwas frisch gemacht, aber was in einem amerikanischen Zug ohne Probleme möglich gewesen wäre, galt für einen französischen offenbar nicht. So fuhr sie sich nur behelfsmäßig etwas durch das Haar, das sie im Nacken aufgesteckt trug, und rückte hier und da eine Nadel zurecht.

Jules und Honorine Verne waren in Begleitung eines jungen, schmächtigen Mannes, der sich als R. H. Sherard vorstellte, Übersetzer und Pariser Journalist der *World*. Er erklärte, dass er über ihre Begegnung schreiben wollte. Sie empfingen Nellie und Greaves bereits am Bahnsteig und erwiesen sich als sehr freundlich.

»Sie sind also Nellie Bly«, sagte Jules Verne, während er Nellie einen formvollendeten Handkuss gab und sie mit seinen hellen Augen interessiert musterte. Noch nie hatte Nellie einen derart wachen Blick gesehen! Es schien ihr, als würde Jules Verne sie in dem Moment ihrer Begegnung mit seinen Worten sogleich gedanklich porträtieren und charakterisieren, wie ein Künstler sein Modell. Ebenso wie seine Frau war Jules Verne nicht sonderlich groß, in etwa genauso wie Nellie, während er seine Gemahlin um wenige Inches überragte. Die schlohweiße Mrs. Verne stand ihrem Gatten hinsichtlich der Herzlichkeit ihrer Begrüßung in nichts nach. Ganz unkompliziert küsste die elegante Dame – sie trug einen Mantel aus Robbenfell, einen Muff und eine kleine schwarze Seidenhaube – sie rechts und links auf die Wange, hakte sie unter und redete auf Französisch auf sie ein, während sie Nellie mit sich fortzog. Hilflos blickte Nellie zu Greaves, sie verstand kein Wort. Der Kollege zuckte jedoch ebenso hilflos die Achseln, um ihr zu bedeuten, dass er ebenfalls kein Französisch spreche. Hilfe kam von anderer Seite: »Madame hat Ihnen mitgeteilt, dass Sie mit ihr im Coupe fahren werden, während die Herren in einer anderen Kutsche folgen«, erklärte Journalist Sherard lächelnd.

»Oh«, machte Nellie und nickte der lebhaften älteren Dame begeistert zu. »Oui.«

Nachdem Jules Verne, der beim Gehen leicht hinkte, seiner Frau und Nellie Bly in den Wagen geholfen hatte, stieg er mit den Herren in den anderen. Die Kutschfahrt empfand Nellie als etwas unangenehm: Madame Verne bemühte sich zwar anfangs um Konversation, doch da es ganz offensichtlich war, dass Nellie kein Wort verstand, und Madame Verne ihrerseits kein bisschen Englisch sprach, gab sie es irgendwann auf, sodass die beiden Frauen sich gegenseitig nur dann und wann verlegen zulächelten. Nellie blickte aus dem

Fenster, während sie auf einer prachtvollen Allee in Richtung Stadtmitte fuhren. In der Ferne sah sie die großen Fabriken, die an den Kanälen der Somme erbaut worden waren (Nellie wusste, dass Amiens vor allem für seine Stoffe bekannt war). Hier wurden auf Webstühlen, die von der Wasserkraft der Somme angetrieben wurden, Leinen, Samt und Seide gewebt.

Inzwischen hatten sie die Stadtmitte erreicht. Die Kathedrale von Amiens prägte das Bild ebenso wie die zahlreichen, meist elegant gekleideten Menschen, die hier trotz des eisigen Novembertages unterwegs waren. Der Park, den sie passierten, war selbst jetzt, in dieser kalten Jahreszeit, hinreißend, die Auslagen in den Geschäften machten Lust zum Bummeln, und über allem lag ein köstlicher Duft, der mutmaßlich den zahlreichen Boulangerien entströmte, die die Straße säumten. Zu Nellies Verlegenheit begann ihr Magen laut und vernehmlich zu knurren. »Sorry«, sagte sie entschuldigend, was bei Madame Verne einen weiteren unverständlichen Redeschwall hervorrief, in dem gleich mehrfach das Wort »manger« vorkam. Nellie wusste zwar nicht, was die elegante Schriftstellergattin ihr mitteilen wollte, hoffte jedoch, dass es etwas mit Essen zu tun hatte, das im Heim der Vernes auf sie wartete.

Nach einer kurzen Fahrt hielt das Coupe vor einer hohen Natursteinmauer. Die Kutsche des Monsieur Verne kam direkt hinter ihnen zum Stehen. Galant half der Hausherr den Damen aus dem Gefährt und öffnete dann eine schwere Holztür, die in die Mauer eingelassen war.

Nellie fand sich in einem kleinen, gepflasterten Hof wieder, in dessen Mitte ein Springbrunnen stand. Im Sommer musste es hier herrlich sein! Das Haus war hufeisenförmig erbaut worden, sodass es den Hof an drei Seiten umgab, die vierte Flanke wurde von der Mauer begrenzt. Es war wunderbar romantisch, fand Nellie. In diesem Moment kam ein großer schwarzer Hund auf sie zugerannt, sprang an ihr hoch und brachte sie beinah zu Fall. Nellie erschrak, aber nur für einen Moment, dann begann sie das aufgeregt schnuppernde Tier, über das sich ein Schwall französischer Worte ergoss – vermutlich wurde es zur Ordnung gerufen –, zu streicheln. Mit einer gewissen Wehmut musste sie an Home Sweet Home denken, der das genaue Gegenteil dieses großen schwarzen Hundes war. Ob das Tier den kleinen Pudel wohl noch roch und deshalb so aufgeregt an ihr schnupperte?

Die Vernes führten sie über breite Marmortreppen hinauf in den Salon, dem ein großer Wintergarten vorgelagert war. Mit Gesten bat Madame Verne sie, auf den mit Brokatseide bezogenen Sesseln vor dem Kamin Platz zu nehmen. Auf einem niedrigen Tisch standen Tee und Gebäck bereit. Mit geschickten Händen entzündete Madame Verne ein Feuer, schenkte Tee ein und reichte Tabletts mit dem Gebäck herum. Kurz darauf loderten munter die Flammen, und Nellie genoss das Gefühl, endlich mehr Wärme zu verspüren als das spärliche bisschen, das der Eisenblock im Zug abgab, zumal sie sich diesen während des letzten Teils ihrer Zugfahrt mit zwei Mitreisenden hatte teilen müssen. Die Frau versuchte stets, Nellies Füße wegzuschieben, während der Mann ihr bitterböse Blicke zuwarf, wenn sie seinen Fuß versehentlich berührte. Greaves hatte sich nicht an der Fußrangelei beteiligt, sondern lieber gefroren.

Eine weiße Angorakatze kam herbei und sprang mit einem eleganten Satz auf Vernes Schoß. Wie verzaubert starrte Nellie auf das Bild, das sich ihr nun bot: Der Mann mit seinem schneeweißen, langen Haar, das etwas zerzaust war, seinem weißen Bart, der genau dort endete, wo die ebenso weiße Katze begann. Mit seiner linken Hand strich er dem Tier unablässig über das weiche Fell, während er mit seiner rechten schwungvolle Bewegungen in der Luft vollführte und die blauen Augen unter den weißen Augenbrauen blitzten. Der Schriftsteller wirkte, als würde er ein unsichtbares Orchester dirigieren. Sie verstand nicht, was er wörtlich sagte, auch wenn der französische Kollege dann und wann verzweifelt versuchte, zumindest einen Teil des Redeschwalls zu übersetzen. Aber vielleicht musste sie auch nicht alles verstehen, vielleicht war es gut so, denn so, ohne die Bedeutung der Worte zu verstehen, wirkte die Aura des Jules Verne viel unmittelbarer, während das Feuer einen hellen Schein auf sein Gesicht warf und das Knacken der Zweige im Ofen und ein vereinzeltes Miauen der Katze seinen Singsang dann und wann komplettierte. Das Zimmer bot die perfekte Kulisse für diesen Mann, für dieses Paar. Es war groß und geräumig, elegant, aber gemütlich. An den Wänden hingen Gemälde, der dicke Teppich, der fast den ganzen dunklen Parkettboden bedeckte, unterstrich die Behaglichkeit, auf dem Kaminsims standen verschiedene Bronzestatuen. Nellies Blick wanderte weiter zu Madame Verne. Sie war wie verzaubert von deren ansehnlichem Äußeren und dachte, dass wahre Schönheit wohl kein Alter kennt. Obwohl Honorine fast 60 Jahre alt sein musste, wirkte ihr Gesicht jugendlich, ihre Lippen rosig, ihr Teint makellos, das weiße Haar, zu weichen Wellen frisiert, schimmerte im Schein des Kaminfeuers, ihre fast schwarzen Augen blitzten. Das Kleid aus schwarzer Moiréseide war an der Vorderseite in Falten gelegt, was ihrer etwas gedrungenen Figur sehr schmeichelte.

In diesem Moment wandte sich Mr. Shepard an Nellie. »Wenn Sie möchten, übersetze ich alles, was Sie von Monsieur und Madame wissen wollen. Und natürlich auch die Antworten«, fügte er schmunzelnd hinzu.

»Oh ja«, rief Nellie begeistert und beobachtete, dass Greaves seinen Notizblock hervorzog. Mr. Shepard tat es ihm gleich, kein Wunder, beide Journalisten wollten schließlich über die Begegnung berichten. Nellie wandte sich direkt an Monsieur Verne und fragte: »Waren Sie jemals in den USA?«

»Ein Mal«, erwiderte er, »nur für einige Tage, während derer ich die Niagarafälle sah. Ich wollte immer noch einmal dorthin fahren, jedoch hindert mich derzeit mein Gesundheitszustand daran, größere Reisen zu unternehmen. Vor ein paar Jahren wurde ich von meinem geistesgestörten Neffen angeschossen und dabei nicht nur schwer verletzt, sondern ich habe auch noch bleibende Schäden davongetragen.«

Nellie nickte. Das erklärte vermutlich auch sein Hinken.

»Es gibt nichts, wonach ich mich so sehr sehne, wie Ihr Land von New York bis San Francisco zu bereisen.«

Als Nächstes stellte Nellie die Frage, die ihr am meisten auf der Seele brannte: »Wie kam Ihnen die Idee für ihren Roman *Reise um die Erde in 80 Tagen*?«

»Aus einer Zeitung«, erwiderte er. »Genauer gesagt aus einer Ausgabe von *Le Siècle*. Als ich sie eines Morgens aufschlug, fand ich darin Berechnungen, die bewiesen, dass eine Reise rund um die Erde in achtzig Tagen möglich sei. Ich war fasziniert und begann, darüber nachzudenken. Und da fiel mir etwas auf: In den Berechnungen war die Differenz zwischen den Meridianen nicht berücksichtigt worden. Ich überlegte deshalb, was für eine Wendung dieser Punkt dem

Roman verleihen könnte, der sich in meinem Kopf bereits formte, und machte mich ans Werk. Vermutlich hätte ich das Buch ohne diese Erkenntnis nie geschrieben.«

Nellie sah den Schriftsteller verwirrt an. »Das mit den Meridianen verstehe ich nicht«, gestand sie.

»Ich will es gerne versuchen zu erklären«, sagte Verne. »Da sich Längenkreise, also die Meridiane, in den Polen schneiden, ist ihr Abstand voneinander dort gleich null. Je weiter man aber in Richtung Äquator kommt, desto mehr nimmt der Abstand zwischen den Meridianen verschiedener Längengrade zu, bis er schließlich am Äquator am größten wird. Würde man jetzt die Erde umrunden wollen, müsste man die Abweichungen an den einzelnen Orten stets berücksichtigen.«

Nellie schüttelte den Kopf. »Nun bin ich noch verwirrter.«

»Ich habe das auch nie verstanden«, tröstete sie Madame Verne.

Nellie lächelte ihr zu, dann wandte sie sich wieder an Mr. Verne. »Haben Sie all die Orte selbst bereist?«

Er nickte. »Wir besaßen früher ein Segelschiff, und ich reiste um die ganze Welt, um mir die Orte anzusehen und die Gegebenheiten zu studieren. Damals schrieb ich noch von eigener Anschauung her. Nun, da meine Gesundheit mich auf mein Zuhause beschränkt, bin ich gezwungen, Darstellungen und Beschreibungen nachzulesen«, erläuterte der Schriftsteller und stellte dann eine Gegenfrage: »Wie genau wird denn Ihre Reiseroute verlaufen?«

Diesmal musste Mr. Sherard nicht dolmetschen, denn die Namen der berühmten Orte und Häfen waren international. »Es geht nun weiter nach Calais, dann nach Brindisi, Port Said, Ismailia, Suez, Aden, Colombo, Penang, Singapur, Hongkong und schließlich Yokohama«, zählte sie auf. »Dann zurück nach Amerika: San Francisco und schließlich New York.«

»Weshalb fahren Sie nicht über Bombay, so wie mein Held Phileas Fogg das getan hat?«, erkundigte sich Monsieur Verne.

»Ich spare lieber Zeit, als eine junge Witwe zu retten«, erwiderte Nellie schlagfertig.

»Vielleicht retten Sie ja stattdessen auf ihrer Reise einen jungen Witwer«, entgegnete Monsieur Verne lächelnd.

Nellie musste flüchtig an ihren schmucken Kapitän denken, auch wenn ihr Galan sicher kein Witwer war – und aus irgendeinem Grund erinnerte sie dieser Gedanke daran, dass ihnen nicht mehr viel Zeit blieb. Ein Blick auf ihre Armbanduhr bestätigte ihr Gefühl. Es gab nur einen einzigen Zug, den sie von hier aus nach Calais nehmen konnte, und den durfte sie nicht verpassen.

»Wir müssen leider in Kürze aufbrechen«, sagte sie zu Mr. Sherard, »aber ich würde zu gern noch Monsieurs Arbeitszimmer sehen.«

Der Journalist übersetzte ihren Wunsch, und Jules Verne erhob sich in überraschender Geschwindigkeit, schnellte regelrecht von seinem Sitz empor, und nachdem sich auch die anderen hastig erhoben hatten, folgten sie dem Schriftsteller.

Als sie das Arbeitszimmer betraten, war Nellie erstaunt – und auch ein wenig enttäuscht. Prachtvoll und großzügig wie der Rest des Hauses war, hatte sie erwartet, in einen riesigen Raum mit einem gigantischen, mit Nippes und Andenken aus fernen Ländern übersäten Schreibtisch geführt zu werden. An den Wänden hatte sie kostbare Tapeten vermutet und darauf seltene Radierungen und Gemälde.

Doch Monsieur Vernes Arbeitszimmer, das von einem kleinen Gasbrenner erleuchtet wurde, war winzig, nicht viel größer als Nellies Zimmer in New York, und verfügte nur über ein einziges vergittertes Fenster, unter dem ein kleiner Schreibtisch stand. Hier herrschte kein kreatives Chaos, wie Nellie das schon von Arbeitszimmern berühmter Schriftsteller gehört hatte, hier gab es keinen überquellenden Papierkorb, voll mit eng beschriebenen, zerknüllten Manuskriptseiten. Lediglich ein Füllfederhalter, ein Fässchen Tinte und ein Stapel Papier lag fein säuberlich Kante auf Kante auf dem Tisch. Monsieur hob es hoch und reichte es ihr, und Nellie nahm es entgegen wie einen kostbaren, einzigartigen Schatz, bewunderte die außerordentlich prägnante Handschrift, die die hellen Blätter wie ein Kunstwerk prägte. Monsieur Verne, dieser lebhafte und wache Mensch, war in seinem Schaffen das Gegenteil von dem, was sie erwartet hatte: Hier herrschte keineswegs ein wüstes Durcheinander, wie man es von so manchem Schriftsteller kannte, sondern er schien im Gegenteil klar und akkurat zu sein. Wenn sie genauer nachdachte, war dieser Gegensatz aber vollkommen logisch: Mit seiner wachen und lebendigen Art erfasste er die Dinge, es war ein unmittelbares und präzises Wahrnehmen. Und mit seiner akkuraten Arbeitsweise brachte er das, was er sah, empfand und erlebte, punktgenau zu Papier. Sie blätterte um, und ihr fiel auf, dass Monsieur Verne hier und da einzelne Passagen oder auch Wörter getilgt hatte – Einfügungen gab es jedoch keine. Vielleicht, überlegte Nellie, lag auch darin die Kraft seines geschriebenen Wortes. Wie in diesem Raum gab es auch in seinem schriftstellerischen Werk nichts Überflüssiges, Jules Verne suchte die Perfektion durch Verdichtung, nicht durch überbordende Länge.

Vorsichtig legte Nellie den Stapel wieder auf dem Schreibtisch ab und bemühte sich dabei, dass er eine ebenso perfekte Position einnahm wie zuvor. Dann blickte sie aus dem Fenster. Sie war neugierig, was der Schriftsteller wohl sah, wenn er seine Gedanken schweifen ließ. Durch die Abenddämmerung entdeckte sie in der Ferne die Spitze der Kathedrale, davor einen Park und die Einfahrt eines Eisenbahntunnels, der unter dem Haus der Vernes hindurchführte. Schüchtern zog Nellie ihre Ausgabe von Jules Vernes Roman aus einer Tasche ihres Kleides und reichte es kommentarlos dem Autor, der sogleich verstand und mit stolzer Miene eine Widmung in sein Werk schrieb, bevor er es Nellie zurückgab.

Bewegt las sie die Zeilen des Visionärs: »Für Nellie Bly, die Frau, die es schaffen wird, meinen Phileas zu schlagen.«

Als Nächstes führte Monsieur Verne sie in eine gewaltige Bibliothek, die sich dem Arbeitszimmer direkt anschloss. Von der Decke bis zum Boden reichten die Regale, und sie nahmen jeden einzelnen verfügbaren Teil des Raumes ein. Die kostbaren gebundenen Bücher mit Goldschnitt und in kunstvollen Einbänden wurden von Glastüren geschützt. Auf dem Weg nach unten kamen sie an einer riesigen Weltkarte vorbei, die an der Wand hing. Monsieur winkte Nellie zu sich und deutete mit der freien Hand auf einige Linien, die in blauer Farbe auf der Karte angebracht waren. Obwohl Mr. Smith noch nicht übersetzt hatte, was Jules Verne sagte, begriff Nellie: Hier hatte Jules Verne die Reiseroute seines literarischen Helden aufgezeichnet. Jules Verne zog einen Bleistift aus der Tasche und markierte vorsichtig die Stellen, an denen sich Nellies Route von der des Phileas Fogg unterschied.

Dann lächelte er Nellie freundlich an, nickte noch einmal

und wandte sich wieder den Marmortreppen zu, um seine Gäste nach unten zu geleiten. Das schon bekannte Gefühl des Bedauerns stieg in Nellie empor, als – wieder einmal – die Stunde des Abschieds gekommen war; sie hatte das Gefühl, dass sie in den Vernes Freunde gewonnen hatte.

Auf einem kleinen Tisch stand eine Flasche Wein mit fünf Gläsern bereit. »Ich trinke zwar sonst keinen Wein, aber ich würde gerne auf den Erfolg Ihres ungewöhnlichen Unterfangens anstoßen«, ließ sich Monsieur Verne vernehmen. Madame goss die rote Flüssigkeit in die kristallgeschliffenen Gläser und reichte jedem eines. Lächelnd blickten sie einander an, die beiden weißhaarigen Alten, die beiden Journalisten und die junge Weltreisende, und dann prosteten sie sich zu. »Gottes Segen, Nellie Bly«, wünschte Madame Verne. Und ihr Mann ergänzte: »Wenn Sie es in neunundsiebzig Tagen schaffen, werde ich Ihnen einen kräftigen Applaus spenden.«

Nellie bedachte ihn mit einem siegesgewissen Lächeln. »Ich werde es sogar in fünfundsiebzig Tagen schaffen. Wie ich es versprochen habe.«

Jules Verne deutete eine leichte Verbeugung an und wünschte auf Englisch: »*Good luck*, Nellie Bly.«

11. Kapitel

Von Calais, Frankreich nach Brindisi, Italien,
Samstag, 23. November – Montag, 25. November 1889

»Wenn Sie wollen, schließe ich Ihnen den Schlafwagen jetzt schon auf, damit Sie etwas zur Ruhe kommen können«, bot der freundliche Schaffner des berühmten Indien-Postzugs an, als Nellie und Tracey Greaves kurz vor Mitternacht Calais erreicht hatten. »Ich weiß, wer Sie sind, und ich finde es großartig, was Sie tun«, fügte der Mann etwas verlegen hinzu.

Nellie lächelte ihn dankbar an, und da sie die letzten 48 Stunden kaum geschlafen hatte, war sein Angebot durchaus verlockend. Dennoch lehnte sie es ab: Sie hatten noch zwei Stunden bis zu ihrer Abreise. »Ich möchte mich gern ein wenig umsehen«, sagte sie und fragte dann, an Greaves gewandt: »Begleiten Sie mich?«

»Mit Vergnügen.«

Seite an Seite spazierten sie am Pier und dann am Ufer entlang. Es war kalt, dennoch fror Nellie nicht, vielleicht weil sie in Gedanken noch bei den Vernes war, deren Herzlichkeit sie von innen wärmte. Vielleicht auch, weil alles so schön war, was sie sah. Das silberne Mondlicht verwandelte das ganze

Meer in eine riesige silberne Fläche, über allem erhob sich hoch und schmal der Leuchtturm von Calais. Die Szenerie wirkte seltsam unwirklich, wie in einem Traum, und genauso fühlte sich Nellie auch. Wie eine Traumwandlerin. Schweigend standen sie nebeneinander, am Himmel funkelten die Sterne, die Wellen platschten leise ans Ufer, die Stimmung war so romantisch, dass es beinahe merkwürdig anmutete, sie mit einem Menschen zu teilen, in den man nicht verliebt war.

Schweigend kehrten sie um und gingen zum Bahnhof zurück. Greaves drückte Nellie zum Abschied fest die Hand und stieg dann in den Zug, der ihn wieder nach London bringen würde. Und Nellie nahm das Angebot des Schaffners nun doch an und ließ sich den Schlafwagen aufschließen, was auch den Vorteil hatte, dass sie sich das abgeschiedenste und damit wohl beste und begehrteste Bett aussuchen konnte. Interessiert blickte sie sich um: Es gab fünf Stockbetten, deren Fußenden zu der Seite zeigten, an dem sich die Tür und ein schmaler Gang befanden, über den man die hinteren Betten erreichte. Für Nellie war sofort klar, welches Bett sie wählen würde: Das, was am weitesten von der Tür entfernt und direkt an der Wand lag.

Seufzend stellte sie ihre Tasche auf dem unteren Bett ab. Hier würde sie also liegen, wenn der Zug in Höchstgeschwindigkeit quer durch Frankreich raste, vorbei an Paris durch das Burgund und bis nach Dijon, bis er die Grenze nach Italien überqueren und schließlich um die Mittagszeit des nächsten Tages in Turin ankommen würde, von wo aus die Fahrt an der Adriaküste entlang weiter in Richtung Süden ging, bis er die Hafenstadt Brindisi erreichte, in der die Schiffe nach Indien und Australien ablegten. Nellie verstaute ihre Reisetasche am Kopfende und legte sich aufs Bett.

Sie war zu müde, um ihr Schlafgewand anzuziehen, außerdem war ihr zu kalt, als dass sie sich auch nur vorstellen konnte, ihren Mantel abzulegen. So entledigte sie sich nur ihrer Schuhe, schlüpfte dann unter die angesichts der Temperaturen viel zu dünne Bettdecke und war sofort eingeschlafen.

Mitten in der Nacht schrak Nellie hoch. Sie hatte weder bemerkt, dass andere Reisende die restlichen 20 Betten belegten noch dass der Zug angefahren war. Aber jetzt bremste er so heftig, dass sie fast aus dem Bett gefallen wäre. Den weiteren Mitreisenden schien es ebenso zu gehen, vereinzeltes Gemurmel wurde laut. Nellie konnte nicht verstehen, was die anderen sagten, sie sprachen entweder Französisch oder Italienisch, doch von draußen waren laute Schreie und Männerstimmen zu hören. Gleich darauf wurde die Tür des Schlafwagens aufgeschlossen. Im Schein einer Fackel, die einer der draußen Stehenden in der Hand hielt, erkannte Nellie den freundlichen Schaffner von vorhin. Nun war er, soweit sie das erkennen konnte, unnatürlich weiß im Gesicht, was angesichts der Tatsache, dass ihm eine Pistole an die Schläfe gedrückt wurde, kein Wunder war. Vier der Männer, die draußen standen, waren maskiert.

Die restlichen Schlafwagenreisenden, allesamt Damen – die Herren reisten im Nachbarwaggon – hatten es inzwischen ebenfalls bemerkt und klammerten sich ängstlich aneinander. Zu Nellies Entsetzen bestiegen die drei Maskierten nun den Schlafwagen. Einer der Unmaskierten, Nellie vermutete, dass es sich bei ihm um den Lokführer handelte, wollte die Männer davon abhalten, doch einer der Banditen streckte ihn mit einem Faustschlag nieder, was von etwa der

Hälfte der anwesenden Damen mit einem Kreischen kommentiert wurde. Die rothaarige Frau, die in dem Bett neben Nellie lag, weinte bitterlich und krabbelte zu ihr herüber, um sich Schutz suchend an sie zu klammern. Inzwischen hatten alle drei Männer die Kabine betreten, und Nellie fürchtete im Stillen, dass sie ihnen Gewalt antun würden, doch sie schienen nur darauf aus zu sein, sie zu berauben – was schlimm genug war. Sie zwangen die schluchzenden Frauen, ihre Taschen und Koffer zu entleeren, rissen Halsketten und Ringe von ihren Opfern und stopften sich die Taschen voll. Sie konnte gerade noch ihren Goldring vom Daumen ziehen und unauffällig in die Ritze zwischen Wand und Bett schieben, als einer der Männer auch schon bei Nellie und der schluchzenden Rothaarigen angekommen war, die sie in den Armen hielt. Auch Nellies Herz raste vor Angst. Was, wenn er die Goldbestände und das Bargeld fand, das sich um ihren Hals und in den Taschen auf der Innenseite und im Saum ihres Kleides verbarg? Oder den Ring doch noch entdeckte, das Letzte, was ihr von ihrem Vater geblieben war?

Die Rothaarige hatte solche Angst, dass sie den Dieben freiwillig ihre Geldbörse reichte, die der Mann mit einem Schnauben in seinen Beutel stopfte. Mit seiner Rechten packte er die Hand der Rothaarigen und zerrte an dem Ring, den diese am Finger trug. Als sie sich schluchzend wehrte, schlug er ihr mit einer Brutalität ins Gesicht, dass die junge Frau hintüber auf das Bett kippte und mit dem Kopf gegen die Wand knallte.

Nellie hatte genug. Sie war zwar außer sich vor Angst um ihr Barvermögen, aber dass dieser Mann ihre Nachbarin derart heftig geschlagen hatte, ließ unbändige Wut in ihr auflodern.

»He!«, rief sie, als der Mann sich daranmachte, der inzwischen Wehrlosen den Ring vom Finger zu ziehen. »Lassen Sie das!«

Der Mann verstand ihre Sprache offenbar nicht und starrte sie nur an, bevor er fortfuhr. »Ich habe gesagt, Sie sollen das lassen!«, rief Nellie und versuchte, ihre Bettnachbarin aus dem Griff des Angreifers zu befreien. Er dachte jedoch gar nicht daran, sondern holte aus und verpasste Nellie eine schallende Ohrfeige. Sie fiel zurück, und sofort war der Räuber über ihr und packte mit seinen Händen ihre Handgelenke. Er würde doch nicht …

»Lassen Sie mich los!«, keifte sie und wand sich unter seinem Griff. Zu ihrer Überraschung tat er, wie ihm geheißen – auch wenn er die Bitte natürlich nicht verstanden hatte. Allerdings richtete er sich gleich darauf wieder auf und zog der Rothaarigen mit einer raschen Bewegung endgültig den Ring vom Finger. Dann wandte er sich wieder Nellie zu.

Sie erkannte, dass er wütend war, weil sie keinen Schmuck trug, und offenbar begriff er, dass sie nicht verstand, was er sagte, denn er packte ungeduldig ihre Reisetasche und wühlte darin herum. Nellie zuckte zusammen, als er, vermutlich auf der Suche nach Geldscheinen, das Buch von Verne und ihr Notizbuch durchblätterte. »Lassen Sie das!«, sagte sie und versuchte, ihm die Tasche zu entreißen. Dass er nichts fand, schien seine Wut noch zu steigern, und Nellie fürchtete, dass er sie nun abtasten würde, doch sie hatte Glück: Einer der Banditen, der am Eingang Schmiere stand, zischte etwas, das wie »Gendarm« klang. Der Mann ließ hastig von ihr ab und beeilte sich, seinen beiden Kumpanen nach draußen zu folgen.

Im nächsten Moment standen ein mitgenommener Schaffner und ein Lokführer mit einer Platzwunde an der Wange vor ihnen und redeten aufgeregt auf sie ein. Besorgt wandte sich Nellie zu der Rothaarigen, die immer noch wimmernd auf dem Bett lag. »Ist alles in Ordnung?«, fragte sie auf Englisch, und zu ihrer Überraschung antwortete sie in ihrer Sprache: »Nein, das war mein Verlobungsring«, um gleich darauf wieder in Tränen auszubrechen und hinzuzufügen: »Danke, dass Sie für mich gekämpft haben. Sie waren so … so mutig.«

»Nicht der Rede wert«, wehrte Nellie ab, auch wenn ihr die Wange schmerzte. »Und das mit Ihrem Verlobungsring tut mir sehr, sehr leid.« Sie deutete mit dem Kinn auf den Schaffner und den Zugführer. »Was sagen sie?«

»Die Polizisten haben sich vergewissert, dass niemand verletzt wurde«, sagte die Rothaarige. »Und der Lokführer berichtete, dass die Schienen blockiert waren, sodass wir halten mussten. Und dann standen sie auch schon mit den Waffen da. Sie haben den Schaffner gezwungen, den Schlafwagen für die Damen aufzuschließen.«

Kein Wunder, dachte Nellie. Die Herren hätten sich vielleicht trotz Waffen eher zur Wehr gesetzt, und der Schlafwagen musste es sein, weil sich den im Gegensatz zu den übrigens Waggons nicht alle leisten können.

»Der Schaffner macht sich schreckliche Vorwürfe, weil er den Wagen aufgeschlossen hat.«

»Was sollte er denn tun, mit einer Pistole am Kopf?«, murmelte Nellie.

Es dauerte noch eine Weile, bis sie weiterfahren konnten. Die restlichen Reisenden, die von der Unterbrechung ebenfalls aufgeschreckt worden waren, begehrten aus ihren Abteilen gelassen zu werden, um zu erfahren, was geschehen sei. Männer trösteten ihre schluchzenden Frauen, andere halfen mit, die riesigen Steinbrocken vom Gleis zu rollen, die die Banditen – sicher mithilfe anderer Männer, denn zu dritt waren sie fast nicht zu bewegen – zuvor dort platziert hatten.

Nellie und die Rothaarige, die sich inzwischen als Geraldine vorgestellt hatte und berichtete, dass sie zu ihrem Verlobten nach Marseille fahren wollte, blieben im Wagen. Erst jetzt bemerkte Nellie, die ihren Ring inzwischen wieder auf den Finger gezogen hatte, wie tief ihr der Schreck in den Knochen steckte.

Trotz der nächtlichen Aufregung hatten die Damen dann doch noch etwas Schlaf gefunden. Am nächsten Morgen stand Nellie eine Stunde lang an dem einzigen im Zug verfügbaren Waschraum an und verzog angesichts der vielen schmutzigen Handtücher, die sich auf dem Waschtisch und auf dem Boden stapelten, angewidert das Gesicht. Wieder einmal sehnte sie sich nach dem Komfort amerikanischer Züge.

Das Frühstück gab ein ähnlich trauriges Bild ab wie der Waschraum: Die meisten Tische waren bereits besetzt, die Luft stickig und rauchig vom Qualm Zigarren rauchender Männer, der Kaffee, den der immer noch blasse Schaffner mit einem Gehilfen servierte, schmeckte furchtbar, das Brot war trocken und die Butter ranzig. Auch die Landschaft, die draußen vorbeizog, war wenig ansprechend. Kahle braune Felder, hier und da eine Kuh, ab und zu ein kleines Waldstück. Wobei Nellie durch die rußverschmierten Fenster ohnehin nicht allzu viel erkennen konnte. »Ich bekomme sowieso nichts runter nach dem Schreck heute Nacht«, sagte Geraldine, die sich beim Frühstück zu Nellie gesellt hatte, und schob seufzend ihren Teller beiseite. »Aber heute Abend wird ein Speisewagen angehängt, da wird es bestimmt besser. Nun, zumindest für Sie«, schränkte sie ein. »Ich werde heute Abend mit meinem Verlobten speisen.«

Zwar schlich sich bei ihren Worten ein leises Lächeln auf ihr Gesicht, gleich darauf trübte sich ihre Miene aber wieder, und sie starrte traurig auf ihre kahle Hand. »Was er wohl zu meinem Verlust sagen wird?«

»Nun, erst einmal dürfte er froh sein, dass Ihnen nicht mehr geschehen ist«, tröstete Nellie. »Zumindest hoffe ich das für Sie, dass er Ihrem Wohlbefinden mehr Bedeutung beimisst als einem Ring.«

»Das tut er«, erwiderte Geraldine überzeugt. »Er ist wirklich ganz wunderbar.«

Geraldine sollte unrecht behalten: Nellie hatte nichts vom Speisewagen. Man teilte ihr nämlich mit, dass es unschicklich sei, wenn eine allein reisende Dame mit den Herren speiste, und so nahm sie ihre Mahlzeit auf ihrem Bett sitzend ein. Das Nachbarbett hatte nun, da Geraldine ausgestiegen war, eine dicke und etwas streng riechende Italienerin bezogen, die ihr immer wieder böse Blicke zuwarf. Warum, das wusste Nellie allerdings nicht, und sie zwang sich, die finsteren Blicke mit einem Lächeln zu erwidern, was die Frau allerdings noch mehr zu erzürnen schien und sie dazu veranlasste, einen Schwall italienischer Worte auf Nellie herabregnen zu lassen.

Irgendwann drehte Nellie ihr den Rücken zu, zog sich die Decke über den Kopf und fiel in einen tiefen, traumlosen Schlaf.

In der Nacht überquerten sie die Grenze nach Italien und erreichten in den frühen Abendstunden einen Bahnhof. Nellie ging hinaus auf das Perron – und ausgerechnet in diesem Moment lichtete sich der Nebel für einen Augenblick. Sie erblickte einen wunderschönen Strand in einer kristallklaren Bucht, Boote, bestückt mit bunten Segeln, lagen vor Anker, es war ein Bild des unendlichen Friedens. Die Boote wirkten wie riesengroße Schmetterlinge, unermüdlich umherschaukelnd auf ihrer Suche nach Nektar, schoss es Nellie durch den Kopf. Die Sonne ging langsam über dem Meer unter und tauchte die Segel in ein tiefes Rot. Die ganze Bucht stand in Flammen. Atemlos sah Nellie diesem beeindruckenden Naturschauspiel zu. Die Sonne wanderte weiter und beleuchtete den hohen, zerklüfteten Berg auf der anderen Seite des Zuges, an dessen steile Felswand sich schmucke weiße Häuschen schmiegten, die nun im Abendlicht leuchteten. »Ist das schön«, flüsterte Nellie gerührt. Am liebsten wäre sie die schmale, gewundene Straße hinaufgefahren und in diesem kleinen italienischen Bergdorf spazieren gegangen. Was für eine Sicht sich von dort oben bieten musste! Doch dazu blieb keine Zeit. Die Gäste, die hier aussteigen mussten, darunter zu Nellies Erleichterung auch die dicke Italienerin, waren bereits aus- und die neuen Fahrgäste eingestiegen. Das Signal zur Weiterfahrt ertönte, doch Nellie erfuhr, dass sie am Abend an einem weiteren Bahnhof halten konnten, wo sie das Nachtmahl einnehmen würden. Sie war erleichtert. Das bedeutete, dass ihr ein erneutes Abendessen auf ihrer Bettkante erspart bleiben würde.

Das Gasthaus, das an ihrer nächsten Station direkt am Bahnhof gelegen war, war wunderhübsch, wie Nellie fand, und sehr gepflegt. Als sie durch die Tür trat, stürmte ihr ein kleines Mädchen entgegen. Es mochte etwa fünf oder sechs Jahre alt sein, hatte hüftlanges schwarzes Haar, ein fein geschnittenes, rosiges, zartes Gesicht, in dem zwei dunkle Äuglein glühten. An ihren Ohren funkelten goldene Ringe, und die waren offensichtlich neu und der ganze Stolz der Kleinen, denn sie deutete immer wieder darauf, während sie aufgeregt auf Nellie einredete. Die verstand von dem Redeschwall natürlich kein Wort, lächelte dem Kind aber aufmunternd zu und deutete mit den Händen Applaus an. Die Kleine war aber auch zu süß! Nellie überlegte, ob sie ihr etwas schenken könnte, kramte in ihrer Tasche und zog eine große Kupfermünze heraus. Die war zwar kaum etwas wert, aber das machte dem Mädchen vermutlich nicht das Geringste aus. Die Kleine hatte die Händchen gerade nach der Münze ausgestreckt, als sich die Tür öffnete und ein Mann hereinkam. Auch er war klein, auch er hatte ein fein geschnittenes Gesicht, und auch er besaß pechschwarze Haare. Die Kleine war sein Ebenbild. Als er entdeckte, dass sie gerade im Begriff war, die Münze aus Nellies Hand entgegenzunehmen, sagte er einige schnelle, scharfe Worte zu ihr, und das Kind wich erschrocken zurück.

Nellie war wütend, zumal der Mann sie so abfällig und zornig musterte, als hätte sie der Kleinen etwas antun wollen. In diesem Moment öffnete sich die Tür, und der freundliche Schaffner betrat das Restaurant.

Nellie erzählte ihm, was gerade geschehen war. Der Conducteur grinste und bemühte sich dann, Nellie die Position des Mannes zu erklären. »Sie haben ihn beleidigt«, erklärte er. »Die Italiener sind sehr arm und sehr stolz. Außerdem hassen sie die Engländer.«

»Ich bin aber keine Engländerin«, versetzte Nellie schroff, »sondern Amerikanerin.«

»Das weiß ich doch«, beeilte sich der Schaffner zu versichern, und Nellie begriff, dass er nun dachte, sie sei ihm böse. Beruhigend lächelte sie diesen freundlichen Mann an.

In diesem Moment trat ein Kellner an ihren Tisch. Er hatte ihrer Unterhaltung offensichtlich zugehört und wusste daher, dass sie Englisch sprach. In ihrer Landessprache erkundigte er sich nach ihren Wünschen. Währenddessen sah Nellie die Augen der Kleinen traurig auf sich gerichtet. Sie wusste, sie hätte diese Münze nur zu gern gehabt und vermutlich noch dereinst ihren Enkeln davon erzählt. Es musste ihr gelingen, den Kellner – und damit auch den Vater, der ein guter Bekannter, wenn nicht gar Verwandter oder Besitzer der Lokalität sein musste – für sich einzunehmen.

»Was für ein reizendes Restaurant!«, sagte Nellie. »Ich bin eine Reisende, müssen Sie wissen. Ich bin schon eine ganze Weile in Italien unterwegs. Nach den Kostproben zu schließen, sind italienische Speiselokale ganz ausgezeichnet. Nun bin ich gespannt, wie es mir hier munden wird.«

Sie lächelte ihrem Widersacher zu, der sie unverwandt anstarrte, und fuhr fort: »Ich hoffe, ich habe Ihnen keine Unannehmlichkeiten bereitet. Die Kleine ist entzückend. Was für wunderschöne Augen sie hat! Genau die gleichen wir ihr Vater, zumindest schließe ich aus der Ähnlichkeit der Augen, dass er ihr Vater ist, obwohl er so jung aussieht.«

Der Kellner grinste, deutete eine Verbeugung an, wandte sich dann zu dem Vater des Mädchens um und ließ einen Schwall italienischer Worte auf ihn niederprasseln. Dessen Miene hellte sich immer mehr auf, je mehr der andere sagte, dann sah er Nellie an – und zum ersten Mal war sein Gesichtsausdruck nicht finster, sondern sogar ausgesprochen freundlich. Er sagte etwas zu der Kleinen, die daraufhin zu Nellie kam und ihr die Hand gab. Nellie schüttelte sie feierlich, doch sie wollte nicht erneut einen Fehler begehen, deshalb fragte sie den Kellner, ob sie dem Mädchen nun die Münze geben dürfe. Sie beteuerte, es gehe nicht um den Wert der Münze, sondern darum, dass die Kleine etwas hatte, das sie an ihre Begegnung erinnerte. Der Kellner übersetzte eifrig, und als er geendet hatte, nickte er Nellie freundlich zu. »Sì.«

Strahlend zog Nellie die Münze erneut hervor und drückte sie der Kleinen in die Hand, die sodann glücklich davonhüpfte. Das Essen, das kurz darauf serviert wurde, war köstlicher als alles, was Nellie jemals zuvor gegessen hatte: ein Risotto mit Butter, Gemüse, Speck und Parmesan. Nach dem Mahl bestand der Kellner darauf, ihnen noch einen Nachtisch auf Kosten des Hauses zu servieren, und Nellie hatte den letzten Löffel gerade genommen, als von draußen auch schon das Signal zur Abfahrt ertönte. Sie winkte der Kleinen, die etwas abseits an einem Tisch saß, noch einmal zu. Deren Vater überschlug sich nun beinahe vor Freundlichkeit und öffnete ihr die Tür.

Nellie lächelte zufrieden. Die vermeintlich harte Schale dieses Italieners hatte sie geknackt.

12. Kapitel

Brindisi, Italien, Montag, 25. November 1889

Es war mitten in der Nacht, als der Zug in den Bahnhof von Brindisi einfuhr. Nellie verspürte einen gewissen Unwillen bei dem Gedanken, ihr Bett nun verlassen und in die kalte Dunkelheit hinausgehen zu müssen. Ihre Schlafstätte war zwar schmal und hart, und die Luft in dem Schlafwagen, in dem immerhin 20 Menschen dicht an dicht lagen, denkbar schlecht. Aber immerhin war es ein Bett mit einer Decke, die zumindest ein bisschen wärmte und unter der sie sich verkriechen konnte. Doch es half alles nichts, hier war Endstation.

Als sie wenig später das Schiff groß und schwer im Hafen liegen sah, verspürte sie dann auch so etwas wie Vorfreude bei dem Gedanken daran, nach der langen Zugreise endlich wieder den Komfort eines Schiffes genießen zu können. Nachdem Nellie sich der unzähligen Männer erwehrt hatte, die allesamt darauf hofften, ihr gegen ein entsprechendes Entgelt mit dem Gepäck helfen zu können, und sich enttäuscht zeigten, dass Nellie außer der Tasche keines bei sich trug (und auch deren Transport vehement ablehnte), stand plötzlich der Zugbegleiter vor ihr.

»Wenn Sie erlauben, würde ich Sie gern an Bord begleiten«, sagte er in seiner gewohnt schüchternen Art. »Nach dem Überfall neulich nachts …«

Nellie wollte schon abwinken, musste sich aber eingestehen, dass sie sich in seiner Gegenwart viel sicherer fühlte, hatten doch einige der Kofferträger nicht sonderlich vertrauenerweckend gewirkt. Wer wusste schon, ob sie nicht auf andere Weise versuchten, an ihr Geld zu kommen. Und außerdem war ihr vollkommen klar, dass den armen Zugbegleiter ein furchtbar schlechtes Gewissen quälte, an dem er vermutlich den Rest seines Lebens zu knapsen hatte. Schließlich war er es gewesen, der den Banditen die Tür geöffnet hatte.

»Ich würde Ihre Begleitung sehr zu schätzen wissen«, versicherte Nellie, »Mr. …?«

»Brown, Miss Bly.« Der Schaffner strahlte.

Seite an Seite steuerten sie auf das Schiff zu, das groß und weiß im Hafen lag. Nellie ertappte sich bei der Vorstellung, dass gleich der Kapitän ihrer Träume die Gangway hinunterstürmen und sie begrüßen würde. Ihre Hoffnung sollte sich nicht erfüllen: Es war nämlich zu Nellies Erstaunen rein gar niemand zu sehen. Da war niemand, der ihre Schiffspassage kontrollierte, aber auch keiner, der ihr Auskunft darüber geben konnte, welche Kabine man für sie vorgesehen hatte.

»Merkwürdig«, murmelte Nellie und wandte sich dann fragend an den Conducteur. »Haben Sie dafür eine Erklärung?«

Der Mann schüttelte bedauernd den Kopf und blickte so betrübt drein, als sei es allein sein Versäumnis, dass niemand da war, um Nellie Bly willkommen zu heißen. Nellie sah auf ihre Armbanduhr. »Vielleicht schlafen alle noch, schließlich legt das Schiff erst in drei Stunden ab«, überlegte sie.

»Das könnte sein«, pflichtete der Zugbegleiter ihr zweifelnd bei. »Aber selbst dann ist es erstaunlich, dass niemand dazu abgestellt wurde, das Schiff zu bewachen.«

Nellie zuckte die Achseln. Möglicherweise hatte der Nachtwächter ja ein dringendes menschliches Bedürfnis verspürt.

Bittend sah sie den Schaffner an. »Eigentlich trifft es sich recht gut, dass ich noch etwas Zeit habe. Ich sollte dringend meine Redaktion in New York darüber informieren, dass ich diesen Teil meiner Reise nun hinter mich gebracht habe.«

Brown wurde blass. »Werden Sie von dem Überfall auf unseren Zug berichten?« Er fürchtete nun offenbar, weltweit als der Mann traurige Berühmtheit zu erlangen, der Banditen die Tür zum Schlafwagen von 21 Frauen geöffnet hatte. »Natürlich nicht«, sagte sie und war gerührt angesichts der riesigen Erleichterung, die sich auf Mr. Browns Gesicht abzeichnete.

»Wissen Sie denn, wo ich zu dieser Stunde ein Telegramm aufgeben kann?«, fragte sie hoffnungsvoll, und Brown nickte eifrig. »Selbstverständlich«, sagte er. »Kommen Sie.« Sie gingen die Landungsbrücke wieder hinab und einige dunkle Straßen entlang, wobei er darauf bestand, ihre Tasche zu tragen.

Schließlich blieb er vor einem Haus stehen, dessen Tür halb offen stand, und ging hinein. Nellie folgte ihm in einen kleinen, kahlen Raum, der nur von einer schwachen Lampe beleuchtet war. Das Einzige, was sich in dem Zimmer befand, waren zwei Tische und zwei Stühle. Auf jedem der Tische lag ein Blatt Papier, außerdem gab es jeweils ein Tintenfass und einen abgegriffenen Füllfederhalter. Jemand, der das Telegramm hätte entgegennehmen können, war weit und breit nicht zu sehen.

»Keiner da«, kommentierte Nellie enttäuscht.

Doch der Zugbegleiter lächelte beruhigend. »Keine Sorge«, sagte er. »Das ist hier immer so. Man muss die Klingel betätigen«, er deutete auf einen entsprechenden Knauf, der sich neben einem geschlossenen Fenster befand und den Nellie bisher gar nicht bemerkt hatte, »dann steht der diensthabende Beamte auf und nimmt Ihre Nachricht entgegen.« Kurz entschlossen zog der Zugbegleiter an dem Strang, ein ohrenbetäubendes Klingeln ertönte.

Nellie zuckte zusammen und dachte, dass nun sicherlich gleich die ganze Nachbarschaft herbeigelaufen käme. Tatsächlich aber regte sich nichts. »Ich glaube, der Beamte hat einen tiefen Schlaf«, sagte Nellie zu dem Zugbegleiter, doch im nächsten Moment wurde die Fensterscheibe hochgeschoben. Ein verschlafen dreinblickender Mann in den mittleren Jahren streckte seinen Kopf hindurch und sah sie fragend an. »Sì?«

»Wir würden gerne ein Telegramm aufgeben«, erklärte Nellie auf Englisch, und zu ihrer großen Erleichterung verstand der Mann die Sprache, auch wenn Mr. Brown sicherlich gerne als Dolmetscher zur Verfügung gestanden hätte.

»Das ist kein Problem, dafür sind wir ja da«, sagte der Mann väterlich. »Wohin soll das Telegramm denn gehen?«

»Nach New York«, strahlte Nellie.

»Mamma mia.« Der Italiener kratzte sich am Kopf und wirkte überfordert. »Wo ist denn das, New York?«

Nellie wunderte sich, New York war ja nun keine ganz kleine Stadt. »In Amerika«, sagte sie hilfsbereit.

»Mamma mia«, seufzte der Italiener erneut, dem erst jetzt zu dämmern schien, welch harte Arbeit ihn da zu so später Stunde erwartete. Wahrscheinlich wünschte er sich insgeheim, er hätte sich umgedreht und einfach weitergeschlafen.

Nellie lächelte ihn entschuldigend an, während der Italiener auf einen der Tische deutete. »Da«, sagte er. »Dort können Sie Ihr Telegramm schreiben. Ich muss erst einmal einige Bücher wälzen.«

»Bücher wälzen?«, mischte sich nun der Zugbegleiter interessiert ins Gespräch. »Warum denn das?«

»Nun«, erwiderte der Italiener gemütlich. »Ich muss nachsehen, auf welcher Leitung ich ein Telegramm nach … New York«, er sprach den Namen der Stadt aus, als handle es sich um ein höchst seltenes Insekt, »versenden kann. Und in einem anderen Buch hoffe ich herauszufinden, was das kosten wird.«

Während er in seinem Kabuff verschwand, schraubte Nellie das Tintenfass auf, tunkte die Feder hinein und begann zu schreiben, wobei sie die Bitte des freundlichen Schaffners, den Überfall zu unterschlagen, berücksichtigte.

Brindisi, Italien, den 25. Nov. – Habe nach einer ereignislosen Fahrt quer durch Europa heute Morgen Brindisi erreicht. Die Zugreise war langweilig und ermüdend, aber die Bahnbeamten, die über mein Kommen in Kenntnis gesetzt worden waren, begegneten mir mit sehr viel Aufmerksamkeit. In wenigen Stunden werde ich im Schoße des Mittelmeers weilen. Ich fühle mich recht gut, wenn auch ein wenig erschöpft, und grüße alle Freunde in den Vereinigten Staaten herzlich.

NELLIE BLY.

Als sie fertig war, hatte der Italiener sowohl die Leitung gefunden, auf der er das Telegramm senden musste, als auch den Preis, den Nellie dafür bezahlen musste. Glücklich strahlte der Mann sie an. »Was für eine Nacht«, sagte er. »Mein erstes Telegramm nach Amerika. Das werde ich nie vergessen.«

Nellie war versucht, ihm angesichts der Bedeutsamkeit des Augenblicks noch ein großzügiges Trinkgeld über den Tisch zu schieben, war sich aber aufgrund ihrer Erfahrungen bei ihrem letzten Zwischenhalt nicht sicher, ob sie ihn damit beleidigen würde. Während sie noch überlegte, ertönte, laut und durchdringend, die Schiffshupe. Nellie und der Zugbegleiter wechselten einen erschrockenen Blick. Hatte ihr nächtlicher Besuch auf dem Telegrafenamt tatsächlich so viel Zeit gekostet?

»Schnell«, sagte Nellie, winkte dem Telegrafenbeamten noch einmal freundlich zu – eine Geste, die dieser begeistert erwiderte – und war durch die Tür verschwunden.

»Können Sie richtig schnell rennen?«, fragte Brown.

»Natürlich«, erwiderte Nellie.

Ohne viel Federlesens griff er nach ihrer Hand, und die beiden liefen durch die dunklen, nur vom Mond erhellten Gassen in Richtung Hafen. Zu Nellies unendlicher Erleichterung lag die Victoria noch vor Anker, und nun herrschte auch viel mehr Betrieb als vorhin. An den Landungsbrücken angekommen, ließ Brown ihre Hand los und überreichte ihr ihre Reisetasche. »Auf Wiedersehen, Nellie Bly«, sagte er. »Sie werden das Rennen gewinnen.«

13. Kapitel

Von Brindisi, Italien, nach Port Said, Ägypten,
Dienstag, 26. November 1889

Als Nellie erwachte, fand sie sich in einer erstaunlichen Position vor: Sie war klitschnass und stand aufrecht neben dem Bett. Verwirrt sah sie an sich herunter, als ihr langsam bewusst wurde, was geschehen war: Sie hatte das Bullauge in der Nacht nicht geschlossen, und durch den Fahrtwind drang nun offenbar Wasser zu ihr herein, auch ihr Gesicht war nass, und Nellie schmeckte Seife auf ihrer Zunge. Da von Deck laute Schrubbgeräusche hereindrangen, hatte sie wohl Putzwasser abbekommen. Angewidert verzog sie das Gesicht und mühte sich dann mit dem Bullauge ab.

Draußen war es schon hell. Sie sollte sich für den Tag ankleiden, verspürte jedoch gleichzeitig eine derart bleierne Müdigkeit, dass sie sich kurz entschlossen mit einem Seufzer wieder ins Bett kuschelte und sofort wieder einschlief. Es war jedoch, wie sich zeigen sollte, nicht ganz einfach, in dieser Kabine zu schlafen: Kurz darauf stand ein Schiffsdiener neben ihrem Bett und bot ihr Tee an, den sie ablehnte, dann kam eine kleine Frau mit weißer Haube an ihr Bett, um zu fragen, ob sie baden wolle – was Nellie ebenfalls ablehnte.

Und schließlich stand wieder der Schiffsdiener in der Tür und erklärte ihr, er müsse nun dringend ihre Kabine herrichten, der Kapitän inspiziere sie jeden Tag. Die Erwähnung des Kapitäns ließ Nellie schlagartig wach werden. »Wie heißt denn Ihr Kapitän?«, fragte sie hoffnungsvoll.

Die Antwort des Schiffsdieners fiel jedoch enttäuschend aus. »Johnson, Miss.«

Immerhin hatte Nellie es nun aus dem Bett geschafft. Nachdem der Schiffsdiener sich verabschiedet hatte, ging sie an Deck, wo sie zu ihrer Enttäuschung erfuhr, dass sie das Frühstück verpasst hatte. Ihr Magen protestierte, doch der Oberkellner fügte zu ihrer Beruhigung hinzu, dass es ohnehin bald Zeit zum Mittagessen sei. Nellie nutzte die Gelegenheit, sich auf dem oberen Deck umzusehen. Das Bild glich dem auf der Augusta Victoria: Gut gekleidete, kultivierte Menschen, die über das Deck flanierten oder sich auf den Liegestühlen ausruhten. Allerdings waren sie im Gegensatz zu den Passagieren auf der Augusta Victoria sommerlich gekleidet, und auch Nellie war an diesem Morgen – dem ersten, an dem sie nicht frierend aufgewacht war – ohne ihren Wintermantel an Deck gekommen. Wenn das so weiterging, würde sie ihr Reisekleid in die Wäscherei geben und ihr Sommerkleid herausholen.

Lächelnd trat sie an die Reling. Das ruhige Wasser, so blau, wie Nellie es noch nie gesehen hatte, lag schimmernd da und mutete wie Seide an, es stieß leise an die Seitenwände des Schiffs, das ruhig dahinglitt. Die milde Luft war so sanft wie Rosenblätter und ebenso süß – eine Luft, wie Nellie sie noch nie erlebt hatte. Sie stand da, inmitten all der fremden Menschen, auf fremden Gewässern, und dachte sich: Wie süß doch das Leben ist! Mit einem Mal wurde sie von einem derartigen Glücksgefühl erfasst, dass sie hätte jubeln wollen.

Als sie sich umwandte, blickte sie in das Gesicht eines jungen Burschen, er mochte etwas jünger sein als sie selbst, Nellie schätzte ihn auf Anfang 20. Er hatte semmelblondes Haar, auf dem eine schiefe Kappe saß, und grinste sie an, wobei seine himmelblauen Augen Funken zu sprühen schienen. Sein Gesicht war über und über mit Sommersprossen bedeckt.

»Na?«, fragte er.

»Na?«, fragte Nellie zurück.

»Allein unterwegs?«, erkundigte sich der Bursche und deutete eine Verbeugung an. »Ich heiße Finn und reise mit meiner Schwester Fiona nach Ceylon.«

»Schön«, erwiderte Nellie. »Ich bin Nellie Bly und reise um die Welt.«

»Dann sind Sie doch keine reiche Erbin«, stellte er fest und wirkte kein bisschen enttäuscht.

»Nein«, erwiderte sie verwundert. »Wie kommen Sie denn darauf?«

»Sehen Sie nicht hin«, raunte der sympathische blonde Junge. »Aber die vier Herren dort hinten haben sich vorhin darüber unterhalten, als Sie an Deck kamen.«

»Oh«, machte Nellie und musste ebenfalls grinsen. Das Leben an Bord war doch überall gleich. Sie dachte daran, wie sie auf der Augusta Victoria Passagiere beobachtet und sich gemeinsam mit Olivia – wie es ihr wohl inzwischen ging? – Geschichten zu ihnen ausgedacht hatte. »Aber wie kommen die Leute denn darauf, ich sei eine reiche Erbin?«, fragte sie ratlos. »So sehe ich doch nun wirklich nicht aus.«

»Eben deswegen!«, flüsterte der Sommersprossige verschwörerisch. »Man hat beobachtet, dass Sie nur mit einer winzigen Tasche an Bord kamen. Sie sind so unermesslich reich, dass Sie die Nase von den irdischen Besitztümern voll haben und mit ganz wenig auskommen wollen.«

Nellie lachte hell auf. »Das ist es, was man sich über mich erzählt? Okay, dann passen Sie auf, Finn. Ich bin zwar keine reiche Erbin, aber ich finde es spannend, wie die Leute reagieren, wenn sie denken, ich wäre eine. Lassen wir Sie noch eine Weile in dem Glauben?«

»Einverstanden.«

Der Spaß trieb schnell die schönsten Blüten: Als Nellie sich nach dem Abendessen, das sie in dem prachtvollen, mit Pflanzen geschmückten Speisesaal auf dem Oberdeck eingenommen hatte, zu einem kleinen Spaziergang über das Schiff aufmachte, fiel ihr ein schmaler aschblonder Mann auf, der ihr in einiger Entfernung folgte. Sie erkannte in ihm einen der vier Herren, die sie für eine reiche Erbin hielten – auch, wenn Finn gebeten hatte, nicht hinzusehen, hatte Nellie sie aus dem Augenwinkel sehr genau gemustert. Vermutlich versuchte der Mann nun, sich an sie heranzumachen – in der Hoffnung auf eine gute Partie, dachte Nellie amüsiert. Sie stellte sich an die Reling, sah auf das Meer hinaus, und ganz wie sie es erwartet hatte, blieb sie nicht lang allein. Der Aschblonde hatte sich neben sie gestellt. »Bitte entschuldigen Sie meine Aufdringlichkeit, aber Sie sind bezaubernd schön.«

Nellie hätte fast laut herausgeprustet. Ungeschickter hätte der Mann es nicht anstellen können.

»Sie meinen wohl, bezaubernd reich?«

»Oh!«, rief der junge Mann überrascht. »Das sprechen Sie so offen an? Ich dachte, das wollen Sie geheim halten?«

Was für ein Spaß, dachte Nellie bei sich und beugte sich dem jungen Mann entgegen. »Sie scheinen mir vertrauenswürdig zu sein«, raunte sie.

»Das ehrt mich aber, dass Sie so empfinden«, begeisterte er sich. »Es geht mir ebenso. Ich habe gleich eine ganz besondere Verbindung zwischen uns gespürt.«

»Sie auch?«, rief Nellie begeistert und freute sich schon darauf, Finn später von diesem Gespräch zu erzählen. »Wollen Sie sich nicht einmal vorstellen?«

»Oh, ich bitte um Verzeihung«, sagte der junge Mann hastig und deutete eine Verbeugung an. »Sie haben mich ganz durcheinandergebracht. Mein Name ist Michael of Kent, ich wurde mit einer schweren Bürde geboren.«

»Oh«, rief Nellie erschrocken und hatte augenblicklich ein schlechtes Gewissen. Hatte sie am Ende jemanden verspottet, der an einem schweren Schicksal zu tragen hatte?

»Ja«, sagte Michael of Kent mit bebender Stimme. »Ich bin der zweite Sohn.«

»Ich verstehe nicht?« Nellie sah ihn ratlos an.

»Der Zweitgeborene!« Klagend erwiderte er ihren Blick. »Ich erbe weder den Titel noch das Geld. All das wird mein Bruder erhalten. Und genau deshalb«, bedeutungsvoll sah er Nellie an, »genau deshalb ist die Begegnung mit Ihnen schicksalhaft.«

Nellie glaubte zu verstehen. Andererseits war das, was dieser Mann da von sich gab – wenn er es so meinte, wie er es sagte –, derart dreist, dass es eigentlich nicht wahr sein konnte.

»Das müssen Sie mir näher erklären«, sagte sie daher um Freundlichkeit bemüht und musterte ihn aufmerksam. Er sah eigentlich nicht schlecht aus, dachte sie, entfernt erinnerte er mit seiner hochgewachsenen Gestalt und dem blonden Haar sogar an ihren Kapitän, zugleich entfaltete er aber eine ganz andere Wirkung: Um seinen Mund lag ein beleidigter Zug, der ganze Ausdruck hatte etwas Verweichlichtes. Der ewig zu kurz Gekommene.

»Ich habe immer eine Frau wie Sie gesucht«, sagte er und nahm ihre Hand, während er ihr eindringlich in die Augen sah.

»Aha«, machte Nellie. »Aber Sie kennen mich doch gar nicht.«

»Ich weiß, was ich wissen muss«, sagte er. »Sie haben Geld, sind also in der Lage, mir den Lebensstandard auf Dauer zu erhalten.«

Nellie wusste nicht, ob sie lachen oder weinen sollte. Sie entschied sich weder für das eine noch für das andere, sondern bedachte den jungen Mann mit einem guten Rat. »Ich stehe nicht zur Verfügung«, erklärte sie ihm. »Aber ich habe eine Empfehlung für Sie: Wenn Sie das nächste Mal eine reiche Erbin umgarnen wollen, dann zeigen Sie nicht so deutlich, dass Sie hinter ihrem Geld her sind.«

»Aber ich dachte … ich wollte nur …«, stammelte Michael of Kent, der nun merkte, dass er einen Fehler gemacht hatte und die reiche Erbin, die er schon sicher in seinen Armen gewähnt hatte, ihm zu entschweben drohte.

Doch Nellie hob abwehrend die Hand. »Lassen Sie es gut sein«, sagte sie und eilte davon, um Finn aufzusuchen. Sie musste ihm unbedingt von ihren Erlebnissen erzählen.

Michael of Kent ging Nellie nach dem für ihn sicherlich sehr peinlichen Erlebnis aus dem Weg und strafte sie mit eisiger Verachtung, wann immer er ihr begegnete. Dafür hatte Nellie zwei Tage später schon den nächsten Verehrer: Als sie gerade ausnahmsweise allein war – die meiste Zeit verbrachte sie mit dem jungen Geschwisterpaar –, fiel mit einem Mal ein Schatten auf sie.

Nellie sah hoch und blickte in die grünen Augen eines kleinen braunhaarigen Mannes, der eher noch ein Junge war. »Ist es gestattet?«, fragte er.

»Sicher«, sagte Nellie und fragte sich im Stillen, ob sie nun den nächsten Heiratsantrag erhalten würde. In der Tat starrte der Braunhaarige, der sich als Christopher Hurt vorstellte und Engländer war, sie genauso unverwandt an wie der blonde Zweitgeborene.

»Kann ich Ihnen helfen?«, erkundigte sich Nellie freundlich.

»Ich bewundere Sie«, stieß der junge Mann hervor.

»Aha«, machte Nellie und wiederholte, was sie auch dem Zweitgeborenen zwei Abende zuvor gesagt hatte: »Sie kennen mich doch gar nicht.«

Und ganz wie der Zweitgeborene zwei Abende zuvor sagte nun auch dieser Mann: »Ich weiß, was ich wissen muss.«

»Und was wissen Sie?«, fragte Nellie mit dem Anflug von Ärger. Das Gespräch vorgestern hatte sie ja noch halbwegs amüsant gefunden, aber wenn sie nun ununterbrochen Avancen seltsamer Art bekäme, wäre es doch sicherlich vernünftiger, wenn sie mit dem Gerücht aufräumte, eine reiche Erbin zu sein.

»Ich weiß, dass sie nur mit einer einzigen Tasche reisen.«

»Oh«, machte Nellie. »Und was finden Sie daran so ansprechend? Ich dachte immer, dass Männer es mögen, wenn Frauen viel Schmuck und Geschmeide bei sich haben, um sich für sie schön zu machen. Mich hingegen werden Sie bei warmen Temperaturen immer nur in diesem roséfarbenen Seidenkleid sehen.«

»Also«, versicherte der junge Mann, »es könnte Ihnen kein Kleid besser zu Gesicht stehen als dieses hier.«

»Aber Sie selbst sind doch sehr erlesen gekleidet«, sagte Nellie und musterte die auf Hochglanz polierten Schuhe, die akkurat gebügelte Hose, das faltenfreie Hemd samt Einstecktuch.

»O ja«, erwiderte Christopher Hurt. »Ich lege großen Wert auf Garderobe und kleide mich mindestens drei Mal täglich um.«

»Auch hier an Bord?«, fragte Nellie erstaunt.

»Auch hier an Bord«, bestätigte Hurt.

»Aber mit wie vielen Koffern reisen Sie denn dann?«

»Mit neunzehn«, gestand der junge Mann kleinlaut.

»Neunzehn Koffer!«, rief Nellie so laut, dass Hurt sich verlegen umsah, doch keiner der anderen Passagiere schenkte ihnen Beachtung.

»Neunzehn Koffer«, wiederholte Nellie etwas leiser. »Aber wenn Sie so viel Wert auf Kleidung legen und so viel Gepäck bei sich haben, warum bewundern Sie mich dann so?«

»Eben deswegen«, erklärte Christopher Hurt. »Sie müssen wissen, seit ich neun Jahre alt bin, bin ich im Grunde ununterbrochen auf Reisen. Ich habe mir immer gewünscht, mich zu verlieben und zu heiraten. Und bin immer davor zurückgeschreckt, weil ich dachte, wenn ich schon neunzehn Koffer mit mir führe, dann muss eine Frau, die ja bekanntlich zehn Mal so viel Gepäck hat, hundertneunzig Koffer dabei haben. Und da kommen Sie mit Ihrer Tasche daher, und alles scheint so einfach zu sein.«

»Warum sind Sie denn ständig gereist?«, fragte Nellie mitfühlend. Ihr wurde klar, dass der junge Mann vermutlich keine Heimat hatte.

»Meine Eltern sind Diplomaten«, erklärte er. »Wir sind

ständig umgezogen, und teilweise wurde ich auch in Europa auf ein Internat geschickt.«

»Und wohin reisen Sie jetzt?«, fragte Nellie, die mit einem Mal fast mütterliche Gefühle für diesen jungen Mann verspürte.

»Zurück zu meinen Eltern«, sagte er. »Meine schulische Ausbildung ist beendet.«

Nellie lächelte. »Freuen Sie sich auf Ihre Eltern?«

Er hob die Schultern und senkte sie wieder. »Ich kann es Ihnen gar nicht sagen«, erklärte er. »Ich weiß nicht genau, welche Richtung mein Leben nun nehmen wird.«

»Sie werden es herausfinden«, war Nellie zuversichtlich.

Er nickte. »Ich hoffe es«, sagte er und sah sie dann fragend an. »Und Sie? Warum reisen Sie mit derart kleinem Gepäck? Stimmt es, dass Sie eine reiche Erbin sind und so wenig bei sich haben, um nicht aufzufallen? Wenn es nämlich stimmt, dann kann ich Ihnen sagen, dass Sie das Gegenteil erreichen. Durch Ihr kleines Gepäck lenken Sie nämlich erst recht die Aufmerksamkeit auf sich.«

Das hatte Nellie auch schon bemerkt. Jetzt schüttelte sie lachend den Kopf. »Nein«, sagte sie. »Nein, ich bin keine reiche Erbin. Ich bin Journalistin und will in fünfundsiebzig Tagen um die Welt reisen. Ich habe nur deshalb so wenig bei mir, damit es mich beim Umsteigen nicht behindert und ich im Zweifel schnell rennen kann.« Was sich in Brindisi ja auch als sehr vorteilhaft erwiesen hatte.

»Ach so«, sagte der junge Mann. »Nun bewundere ich Sie noch mehr.«

Er erhob sich wieder und lächelte ihr schüchtern zu. »Sie werden das schaffen, Nellie Bly. So wahr ich hier stehe.«

Nellie hatte mit dem irischen Geschwisterpaar Freundschaft geschlossen. Zu ihrer Gruppe gehörte auch ein etwas älterer Handelsreisender namens Robert Seaman.

Sie nahmen die Mahlzeiten gemeinsam ein und unterhielten sich über die anderen Passagiere an Bord. Auch Nellies Bewunderer mit den 19 Koffern gesellte sich dann und wann zu ihnen, vor allem, wenn die Herren, so wie jetzt, ein Wurfspiel namens Quoits spielten, an dem er sich mit Begeisterung beteiligte.

»Schön, dass wir uns begegnet sind«, sagte Finns Schwester Fiona, die ihrem Bruder wie aus dem Gesicht geschnitten war, als sie es sich neben Nellie auf einem Liegestuhl gemütlich gemacht hatte.

»Ja, das finde ich auch«, sagte Nellie. »Ihr seid ein tolles Geschwisterpaar.«

»Hast du Geschwister?«, fragte Fiona und wandte den Kopf, um Nellie von der Seite anzusehen.

»Habe ich«, sagte Nellie verträumt. »Neun Stiefgeschwister aus der ersten Ehe meines Vaters und vier weitere. Bis meine zwei kleinen Schwestern geboren wurden, war ich der Liebling der Familie, aber für meinen Vater blieb ich das immer, bis er starb.«

»Dann hast du insgesamt dreizehn Geschwister«, zählte Fiona zusammen. »Da hatte deine Mutter sicherlich alle Hände voll zu tun.«

»Nun, als meine Mutter meinen Vater heiratete, waren die meisten meiner Stiefgeschwister bereits volljährig. Ich hatte bis zum Tod meines Vaters eine wunderbare Kindheit. Ich bin von allen behütet worden, und alle riefen mich Pink.«

»Pink?«

»Meine Mutter hat mich immer in Rosa gekleidet, rosa

Kleidchen, rosa Strümpfe, rosa Schuhe ... Deshalb war ich für alle in der Familie nur Pink.«

»Das ist ja witzig«, kicherte Fiona.

»Ja, aber so hat man mich schon lange nicht mehr genannt«, sagte Nellie versonnen und fuhr dann fort: »Manchmal fehlen mir meine Geschwister sehr.«

»Das kann ich verstehen. Ohne Finn wäre ich nur ein halber Mensch.«

Sie bedachte ihren Bruder mit einem liebevollen Lächeln, der just in diesem Moment den Kopf wandte, sie ansah und es erwiderte. Nellie musterte die beiden und verspürte leisen Neid. Wie wunderbar musste es sein, eine derart enge Verbundenheit zu einem Bruder oder einer Schwester zu haben. »Ich bewundere, was du tust«, sagte Fiona.

»So besonders ist das auch nicht«, wehrte Nellie ab und deutete auf zwei Schottinnen in den mittleren Jahren. »Diese beiden reisen schließlich auch um die Welt.«

»Aber sie sind zu zweit und nicht allein, und außerdem lassen sie sich zwei Jahre Zeit«, ließ Fiona den Einwand nicht gelten. »Nein, Nellie Bly, ich bleibe dabei. Ich bewundere dich. So wie viele hier an Bord. Dein Redakteur scheint viel von dir zu halten.«

»Inzwischen schon«, sagte Nellie selbstbewusst. »Aber zunächst musste ich eine Feuerprobe bestehen.«

»Eine Feuerprobe?«

»Für meinen ersten Auftrag ließ ich mich in die Irrenanstalt Blackwell's Island einliefern – und habe dort eine Woche sozusagen verdeckt ermittelt.«

Fiona machte große Augen. »Unglaublich«, staunte sie. »Und wie hast du es geschafft, dort hineinzukommen?«

Nellie kicherte. »Ich habe beim Behelfsheim für Frauen in

der 2nd Avenue um Unterkunft gebeten. Dort habe ich dann so getan, als hätte ich furchtbare Angst vor meinen Mitbewohnerinnen und den Aufseherinnen. Ich habe die ganze Zeit geschrien, dass sie mich umbringen wollen.«

»Nein!«, staunte Fiona. »Und dann haben sie dich gleich ins Irrenhaus gesteckt?«

»Nicht gleich«, sagte Nellie. »Sie haben erst mal die Polizei gerufen und mich vor Gericht gestellt. Leider hatte der Richter dann Mitleid mit mir. Als ich dann aber auch von ihm behauptete, er wolle mich umbringen, war mein Weg nach Blackwell's Island frei. Der Rückweg allerdings nicht.«

»Wie meinst du das?«, fragte Fiona.

»Na ja«, sagte Nellie. »Es war für meine Kollegen gar nicht so leicht, mich wieder rauszubekommen. Zwischendurch hatte ich schon Angst, dort für immer bleiben zu müssen.« Ihre Stimme wurde ganz leise, als sie ergänzte: »Das ist der schrecklichste Ort, den ich je gesehen habe, Fiona.«

»Das klingt ja fürchterlich«, sagte die andere erschrocken.

»Ist es auch. Ich wurde in eiskaltes Wasser gesteckt – auch mit dem Kopf, bis ich dachte, ich würde ertrinken. Sie haben mich mit stahlharten Bürsten geschrubbt. Ich habe schon gefürchtet, meine Haut würde sich auflösen.«

»Wie entsetzlich!« Fiona hatte Tränen in den Augen.

»Weißt du, diese Reise bedeutet mir sehr viel. Dieser Wettkampf mit Jules Vernes Romanfigur. Aber meine Geschichte über die Irrenanstalt – damit habe ich wirklich etwas Gutes bewirkt.«

»Wie meinst du das?«, erkundigte sich Fiona.

»Ich habe alles veröffentlicht, was ich gesehen habe. Daraufhin wurden Untersuchungen eingeleitet, mit der Folge, dass sich vieles sehr zum Besseren gewandelt hat. Ich war selbst noch einmal dort und konnte mich persönlich davon überzeugen.«

Fiona nahm ihre Hand und drückte sie. »Jetzt bewundere ich dich noch mehr, Nellie Bly.«

14. Kapitel

Port Said, Ägypten, Mittwoch, 27. November 1889

Zwei Tage nach ihrer Abreise erreichten sie am Spätnachmittag ihre erste Station: Die Victoria ging in Port Said, in der Nähe der Einfahrt in den Suezkanal vor Anker, um Kohle aufzunehmen. Vor 30 Jahren hatte es hier nicht mehr als einen nackten Sandstreifen gegeben, nur von Pelikanen und anderen Wasservögeln bewohnt. 1859 hatte der französische Unternehmer und Diplomat Graf Ferdinand de Lesseps seinen Jugendfreund Muhammad Said, den Vizekönig von Ägypten, dazu überreden können, Land für einen Kanal zur Verfügung zu stellen, der den Orient mit dem Okzident verband. An dessen Nordende baute Lesseps einen Hafen, den er zu Ehren des Vizekönigs Port Said nannte.

Für den Hafen wurde ein tiefes Becken ausgehoben und zwei Wellenbrecher angelegt, die über eine Meile weit ins Meer ragten. Fast 30.000 Steinblöcke, jeweils neun Kubikmeter groß und knapp 20 Tonnen schwer, mussten dazu aufeinandergetürmt werden.

Nellie stand neben Fiona, Finn und Robert an der Reling. Sie blickte auf die unzähligen kleinen Boote, die über die in der Sonne glitzernde Wasseroberfläche angefahren kamen.

Wenig später hatte die kleine Flotte das Schiff umringt. Die Boote wurden von Arabern mit nacktem Oberkörper gesteuert, und Nellie bemerkte erstaunt, dass diese nicht gerade zimperlich miteinander umgingen: Sie stießen sich gegenseitig zur Seite, schrien, fluchten und zerrten aneinander. »Was haben Sie nur?«, fragte Nellie verwundert.

Robert, der weit Gereiste, hatte natürlich eine Erklärung parat. »Sie haben Angst, dass es nicht genügend Passagiere für jeden gibt. Sie verdienen ihren Lebensunterhalt damit, Passagiere an Land und wieder zurückzubringen.«

Bewundernd sah Nellie Robert an, musterte dessen markantes und doch irgendwie feines Gesicht von der Seite. Auch wenn sie einander bisher eher zurückhaltend begegnet waren, fühlte sie sich in seiner Nähe wohl und irgendwie – geborgen. Er schien auf alles eine Antwort zu haben, war aber nicht im Mindesten aufschneiderisch. Robert bemerkte ihren Blick und schenkte ihr ein Lächeln. Rasch sah Nellie wieder aufs Wasser und beobachtete, wie der erbitterte Kampf der Fischer in ihren Booten sich noch zuspitzte: Einer der Bootsführer packte einen anderen, der ihm den Weg abgeschnitten hatte, sogar beim Kragen und schmiss ihn in die Fluten. Der Kampf eskalierte, als die Bootsleiter heruntergelassen wurde, über die die Passagiere nach unten steigen konnten. Die arabischen Bootführer klammerten sich regelrecht daran fest, als hinge ihr Leben davon ab. An Deck eilten einige Matrosen herbei, um Gegenmaßnahmen zu ergreifen. Mit langen Stangen versuchten sie die Araber von der Treppe fernzuhalten. Die Passagiere an Bord zögerten dennoch, nach unten zu gehen. Keiner wollte der Erste sein, schließlich wusste man nicht, ob die Araber sich gegenüber ihren Gästen ebenso unfreundlich gebärden würden wie gegenüber ihren Konkurrenten.

»Kommt«, ermunterte Nellie ihre Freunde. »Sie werden uns schon nichts tun. Sie wollen ja Geld mit uns verdienen.«

»Vielleicht sollten wir uns aber doch mit einem Knüppel bewaffnen«, meinte Finn halb ernst, halb im Scherz, doch seine Schwester hakte ihn nur mit einem »Ach, Quatsch« unter und zog ihn mit sich in Richtung Treppe. »Zusammen sind wir stark.«

Das Geschwisterpaar schritt zuerst hinunter und stieg in eines der Boote. Dessen Fahrer strahlte über das ganze Gesicht. Nellie wollte gerade zu ihnen klettern, als sie am Arm gepackt und in ein anderes Boot gezogen wurde. »*Better*, Miss«, erklärte ihr der Bootsführer und grinste sie an.

»Was fällt Ihnen ein?«, schimpfte Nellie und wollte sich daranmachen, das Boot wieder zu verlassen, doch inzwischen war auf der Treppe und rundherum ein derartiges Chaos ausgebrochen, dass sie keine Chance hatte, in das andere Boot zu gelangen. Zu ihrer Erleichterung war ihr Robert mit einem beherzten Satz gefolgt, sodass sie zumindest Verstärkung hatte. »Sie warten bestimmt an Land auf uns«, sagte er tröstend und deutete auf das Boot vor ihnen. Dicht an dicht saßen Fiona und Finn nebeneinander und drehten sich, als hätten sie sie gehört, zu ihnen um und winkten.

Sie hatten etwa die Hälfte der Strecke zurückgelegt, als das Boot plötzlich stoppte. Grinsend drehte sich der schmale Bootsmann zu ihnen um und streckte seine Hand aus. »Geld. Jetzt«, forderte er.

Nellie spürte, dass sie wütend wurde. Nachdem der kleine Mann sie gewaltsam in sein Boot gezerrt hatte, nutzte er ihre hilflose Lage nun unverschämt aus. Denn es war vollkommen klar, dass er nicht weiterfahren würde, wenn sie nicht den Preis bezahlten, den er verlangte. Womöglich würde er sie sogar über Bord stoßen.

Sie wollte gerade den Lederbeutel hervorzerren, in dem sie immer eine kleine Menge Geld bereithielt, als Robert ihr mit einer abwehrenden Geste bedeutete, ihres zu behalten, und dem Araber ein paar Münzen reichte. »Das sollte genügen.«

Der Mann grinste noch breiter und deutete sogar eine kleine Verbeugung an. In gebrochenem Englisch erklärte er: »Haben keine gute Erfahrung mit Engländer. Bringen an Land und dann kriegen kein Geld, sondern Prügel.«

Nellie sah ihn skeptisch an. So wie der Mann sich gebärdete, schien eher er derjenige zu sein, der für Probleme sorgte.

Nach etwa einer Viertelstunde waren sie am Strand angekommen, und dort warteten, wie erhofft, bereits Fiona und Finn auf sie und sahen ihnen grinsend entgegen.

»Na, habt ihr es überlebt?«, scherzte Finn.

»Knapp«, gab Nellie zurück.

»Was für ein herrlicher Sand!«, rief Fiona und bückte sich, um die heiße, weiche Masse durch ihre Finger rinnen zu lassen. Nellie tat es ihr gleich.

Ihn zu durchqueren erwies sich allerdings als recht schwierig, da sie bei jedem Schritt knöcheltief einsanken, bis sie endlich die Hauptstraße erreichten. Und kaum war das geschehen, waren sie schon wieder umringt: Wie zuvor die arabischen Männer bestürmten sie jetzt eine Gruppe von Jungen – Nellie schätzte, dass sie zwischen zehn und zwölf Jahren alt waren –, doch auf ihre Esel zu steigen.

Nellie betrachtete die verschieden großen Tiere und spürte augenblicklich Mitleid in sich aufsteigen: Sie mussten mit ihrem Fell in dieser Gluthitze furchtbar schwitzen! Dabei waren sie doch so empfindsame Wesen. Nellie war bei einem sechs Monate andauernden Aufenthalt in Mexiko immer wieder den grauen Tieren begegnet. Mexiko war ihre erste große Reise für eine Zeitung – damals noch der *Dispatch* – gewesen, allerdings hatte die Redaktion darauf bestanden, dass sie eine Anstandsdame begleiten müsse, daher war ihre Mutter mitgekommen. Nellie berichtete über die Arbeits- und Lebensbedingungen in Mexiko; als jedoch die mexikanische Regierung Kenntnis von ihren Artikeln erlangte, sahen Mutter und Tochter sich gezwungen, sofort das Land zu verlassen, andernfalls drohte ihnen die Verhaftung. Nach ihrer Rückkehr aus Mexiko schrieb sie die Praktiken der Regierung unter General Porfirio Díaz in einem Buch nieder, das ein großer Erfolg wurde.

»Das hier ist Gladstone!«, sagte einer der Jungen, der kleinste unter ihnen, in diesem Moment und sah sie flehentlich an. »Steigen Sie auf, sehen Sie hier Gladstone mit seinen zwei wunderschönen schwarzen Augen!«

Nellie war beeindruckt ob des guten Englischs des Knaben und bekam mit halbem Ohr mit, dass seine Kameraden ihm diesbezüglich in nichts nachstanden. Der Junge neben ihm hatte Fiona ins Visier genommen und versuchte sie zu überzeugen, auf Mrs. Maybricks zu reiten, während Finn und Robert einen Ausritt auf Victor Hugo und S. Grant angeboten bekamen.

»Ich würde gerne auf einem Esel reiten«, ließ sich Fiona vernehmen, und auch Finn schien der Idee etwas abgewinnen zu können. Nellie lächelte. An einem Eselritt hatte sie schon seinerzeit in Mexico viel Freude gehabt. Sie sah Robert an, dass er etwas zögerte. »Kommen Sie«, sagte sie ermutigend. »Es macht wirklich Spaß und ist ganz einfach. Esel sind gemütliche Tiere, Sie werden nur etwas durchgeschaukelt, und Sie können sich an der Mähne festhalten. Sehen Sie, so.«

Mit einer eleganten Bewegung hatte sie sich, gestützt von dem grinsenden jungen Mann, auf Gladstone geschwungen. Als auch ihre drei Begleiter aufgestiegen waren, trotteten sie hintereinander durch das malerische Städtchen, das im grellen Sonnenschein etwas verschlafen dalag. Die Häuser warfen lange schwarze Schatten auf die Straße. Die Jungen, die je einen Esel führten, trieben die armen Tierchen mit scharfen Zischlauten an und stießen den vor ihnen laufenden Eseln dann und wann auch mit einem spitzen Stock in den Po. Nellie hatte allerdings nicht den Eindruck, dass irgendetwas davon die Esel in irgendeiner Weise beeindruckte. Dennoch rief sie empört »He!«, als das Tier vor ihr wieder einmal den Stock zu spüren bekam, was wiederum den Eselstreiber ganz und gar nicht zu beeindrucken schien.

»Wie wäre es mit einem Besuch im Spielcasino?«, schlug Finn nach Beendigung des Ausritts vor.

Fiona verzog das Gesicht. »Darauf habe ich nun so gar keine Lust«, sagte sie. »Viel lieber würde ich durch das Städtchen bummeln.«

»Ach, komm doch mit«, bat Nellie sie mit leuchtenden Augen. »Das wird ein Spaß.«

Fiona seufzte. »Also gut. Ich kann ja schlecht alleine hier herumlaufen. Aber danach gehen wir noch in die Geschäfte.«

»Das ist doch ein guter Plan«, freute sich Finn, hakte seine Schwester unter und steuerte mit ihr auf den Eingang zu. Robert und Nellie wechselten einen kurzen Blick und folgten den Geschwistern.

Drinnen wirkte alles sehr edel, was in seltsamem Kontrast zu dem eher einfachen Leben der normalen Bevölkerung stand.

Um mehrere Tische herum saßen Männer – Fiona und Nellie waren natürlich die einzigen Frauen –, die ihr Geld auf den Tisch warfen, als gäbe es kein Morgen, und dann gebannt dabei zusahen, wie der Croupier in Livree das Rouletterad drehte. Je nachdem, ob das Ergebnis nun positiv oder negativ für die Spieler ausfiel, zuckten ihre Mundwinkel leicht nach unten oder oben – weitere Gefühlsregungen zeigten sie nicht.

Nellie und ihre Begleiter ließen sich an einem der freien Spieltische nieder, kramten in ihren Taschen und legten ihr englisches Gold auf die Farben und Zahlen des auf dem Tisch aufgemalten Tableaus. Schließlich sagte der Croupier: »Rien ne va plus!« Robert übersetzte für sie, dass man nun nichts mehr verändern dürfe. Atemlos beobachtete Nellie, wie die Kugel sich drehte, doch zu ihrer Enttäuschung landete sie auf einer Zahl, auf die keiner von ihnen gesetzt hatte. Mit unbewegter Miene sammelte der Croupier das Gold ein.

»Das hole ich mir aber zurück«, sagte Finn ärgerlich. »Geht ihr mit?«

»Was denkst du denn?«, fragte Nellie und setzte mit dem Anflug eines schlechten Gewissens noch mehr Münzen.

Nach einer Stunde stand Robert ruckartig auf. »Es reicht«, sagte er entschlossen. »Wir werden hier noch arm.«

»Aber …«, setzte Finn zu einem Protest an, doch Robert schüttelte erbarmungslos den Kopf. »Raus hier«, sagte er und stand auf.

Wie begossene Pudel folgten die drei anderen ihm zur Tür.

»Jeden Piaster haben sie mir aus der Tasche gezogen«, murmelte Robert, und Nellie dachte, dass sie den gutmütigen Geschäftsmann, den so leicht nichts aus der Ruhe bringen konnte, noch nie so betrübt erlebt hatte. Kurz entschlossen hakte sie ihn unter und stellte verwundert fest, dass Robert ob dieser vertraulichen Geste etwas errötete. Sollte er etwa Gefallen an ihr finden? Wie schon an Deck betrachtete sie ihn auch jetzt wieder aufmerksam aus den Augenwinkeln. Schlecht sah er nicht aus mit seinem dichten schwarzen Haar, dem drahtigen Körperbau und dem freundlichen Lächeln.

»Ihr habt mir versprochen, dass wir noch ein wenig spazieren gehen, bevor wir zurück aufs Schiff müssen«, erinnerte Fiona in diesem Moment. »Es ist wirklich ganz reizend hier.«

Finn verzog das Gesicht. »Wir haben doch schon genug Geld ausgegeben.«

»Du hast es versprochen, Finn!«, schmollte Fiona. »Nur deshalb bin ich mit ins Casino gekommen.«

»Da hat sie recht«, sprang ihr Nellie zur Seite. »Und so ein kleiner Spaziergang bringt uns auf andere Gedanken.«

Kurz darauf schlenderten sie durch die schmalen, vom vielen Kohlestaub ganz grauen Gässchen, in denen sich ein Stand an den anderen drängte.

»Die sind aber aufdringlich«, ärgerte sich Fiona, als sie feststellten, dass sie kaum einen Schritt machen konnten, ohne dass ihnen einer der Händler in den Weg trat, um ihr »verlockende Spitzenarbeiten« zu »unschlagbar günstigen Preisen« anzubieten. »Ich würde ja zu gerne etwas kaufen«, sagte sie. »Aber nicht, wenn sie mich so bedrängen.«

»Vor allem fürchte ich, wenn du beim einen was kaufst und beim anderen nicht, dann geht das nicht gut aus«, murmelte Nellie, die sich ebenfalls unbehaglich fühlte.

Sie beschleunigten ihre Schritte, bogen um eine Ecke

und fanden sich in einer etwas ruhigeren Straße wieder, in der kleine ägyptische Figuren angeboten wurden. Auch hier kamen die Händler auf sie zu, zeigten sich allerdings deutlich zurückhaltender.

»Woran das wohl liegt?«, fragte Fiona, während sie eine kleine, handgeschnitzte Dose bewunderte.

»Ich denke, weil hier nicht so viele Ausländer sind, es ist ja etwas abseits«, vermutete Finn und deutete auf die Dose. »Willst du sie kaufen? Du hast ja noch etwas Geld im Gegensatz zu mir.«

Fiona nickte. »Sie ist wunderhübsch. Ich möchte von jeder unserer Stationen eine Kleinigkeit mitbringen – als Andenken.«

Nellie seufzte. »Das würde ich auch gern«, sagte sie. »Aber damit würde ich mir zu viel Gepäck aufhalsen.«

»Dann kaufen Sie sich doch einen Hut«, empfahl Robert und deutete auf eine große Auswahl von Strohhüten im benachbarten Geschäft.

»Das ist eine gute Idee«, befand Nellie. »Einen Hut, der mich gegen die Sonne schützt, brauche ich sowieso, und die Wollkappe, die ich aus New York mitgebracht habe, hat beim Umsteigen noch in meiner Tasche Platz.«

»Und wenn nicht, könntest du sie trotzdem nicht tragen«, sagte Fiona grinsend. »Erstens würde man dich für verrückt halten, und zweitens würdest du einen Hitzschlag erleiden, wenn du bei diesen Temperaturen allen Ernstes eine Wollmütze tragen würdest.«

»Wollen das?«, fragte in diesem Moment ein schüchterner Junge mit glattem schwarzen Haar und deutete auf die Dose, die Fiona in den Händen hielt.

»Oh«, sagte sie. »Oh ja.«

»Fünfzehn«, erklärte der Junge.

»Sie müssen handeln«, sagte Robert. »Sie nennen immer mindestens den doppelten Preis.«

Doch Fiona schüttelte den Kopf. »Ach nein«, murmelte sie. »Das wäre mir peinlich, und fünfzehn Piaster sind doch wirklich nicht zu viel für diese wunderbare Handarbeit.«

Sie händigte dem etwas irritiert dreinblickenden Jungen das geforderte Geld aus und nahm die kleine Dose entgegen, um sie dann in ihrer Tasche zu verstauen. »Und jetzt kaufen wir deinen Hut«, bestimmte sie und hakte Nellie unter.

Im Gegensatz zu Fiona feilschte Nellie nach allen Regeln der Kunst: Als der Verkäufer den Preis nannte, schlug sie die Hand vor den Mund und sah ihn mit großen Augen an. »So expensive«, staunte sie und nannte eine Gegensumme.

Der Mann schüttelte den Kopf. »No, Miss. Good quality. *Best* quality.« Er machte ein Gegenangebot.

Doch Nellie blieb hart, lehnte ab und zog Fiona mit sich fort.

»Wolltest du den Hut denn nicht?«, fragte Fiona erstaunt. »Er stand dir wirklich gut und war überhaupt nicht teuer. In Schottland würdest du dafür das Zehnfache bezahlen.«

»In New York auch. Mindestens.«

»Ja, aber warum kaufst du ihn dann nicht?«, fragte Fiona ratlos. »Ihr habt doch schon gehandelt.«

»Warte es ab«, sagte Nellie geheimnisvoll.

In diesem Moment ertönte hinter ihnen lautes Rufen. »Miss! Miss!«

»Na also«, murmelte Nellie. »Genau darauf habe ich gewartet.«

Sie wandten sich um und sahen den Händler, den Hut in der Hand, auf sich zurennen. »Okay, Miss«, sagte er und sah sie finster an. »Okay.«

Nellie grinste, holte das Geld heraus und drückte es dem Mann in die Hand. Er schenkte ihr noch einen letzten bösen Blick und ging zurück zu seinem Stand.

»Na, einen Freund hast du jedenfalls nicht gewonnen«, sagte Finn. »Er schien ziemlich verärgert zu sein.«

»Ach«, machte Nellie, »das gehört zum Spiel.«

Während sie sich den Hut auf den Kopf setzte, bemerkte sie, dass Robert sie unverwandt ansah. Verwirrt erwiderte sie seinen Blick.

»Woher weißt du das alles? Zum Beispiel das mit dem Handeln?«, fragte Fiona.

»Ich habe viel gelesen, bevor ich aufgebrochen bin«, erklärte Nellie beinahe erleichtert. »Nicht nur Monsieur Vernes Buch.«

»Wann hattest du denn so viel Zeit zu lesen?«, wunderte sich Fiona. »Ich dachte, du hattest vor deiner Abreise nur zwei Tage?«

»Das war auch so«, bestätigte Nellie. »Aber antreten wollte ich die Reise schon vor einem Jahr, und in diesem Jahr habe ich mich informiert.«

Sie erstanden noch ein Band, das Nellie, der hiesigen Mode entsprechend, um ihren Hut wand, und schlenderten dann weiter durch die Stadt.

»Wie prachtvoll diese Häuser sind«, staunte Nellie und deutete, nachdem sie eine Weile gegangen waren, auf die Fassaden der Gebäude, die einen kleinen Platz umstanden. Sie waren über und über mit prachtvollen Schnitzereien verziert. »In New York wäre so etwas ein Vermögen wert.« Die anderen pflichteten ihr bei.

Die Stimmung in diesem Teil der Stadt war sehr viel ruhiger als im unmittelbaren Zentrum, vielleicht auch deshalb, weil die Menschen, die hier unterwegs waren, Fremde zwar offenbar gewohnt waren, ihnen aber nichts verkaufen wollten. Sie beachteten sie kaum. In der nächsten Straße wurde Nellie jedoch mit einer großen Anzahl von Bettlern konfrontiert, die rechts und links des Weges kauerten und sie flehentlich anblickten. Sie waren nicht aufdringlich, dennoch war Nellie dankbar, dass Finn vor ihr seine Schritte beschleunigte und Robert den Griff um ihren Arm etwas verstärkte. In Nellie tobte eine Mischung aus Mitgefühl, Entsetzen und Ekel, dessen sie sich nicht erwehren konnte. Denn die Menschen, die dort auf der Straße saßen, wiesen so schreckliche Formen des Leidens auf, dass sie, selbst wenn sie sich insgeheim dafür schämte, gegen die Übelkeit ankämpfen musste. Ein Mann hatte keine Beine mehr und saß mit dem Rumpf auf dem Boden, einer Frau fehlte die Nase, ein Junge hatte derart verdrehte Gliedmaßen, dass er wirkte wie ein Schlangenmensch. Nellie war versucht, ihnen allen etwas zu geben, doch Robert zischte, als hätte er ihre Gedanken erraten: »Nicht: Wenn Sie Ihren Geldbeutel zücken, sind plötzlich Hunderte da, dann kommen Sie hier nicht mehr raus.«

Nellie nickte und war froh, nun von der Pflicht zu helfen, die sie empfand, gewissermaßen freigesprochen worden zu sein. Sie atmete auf, als sie am Ende der Straße den Strand erblickte. In einiger Entfernung sah sie ihr Schiff im Hafen liegen. Es war ein wenig wie nach Hause kommen, und Nellie verspürte Vorfreude darauf, wieder an Bord zu gehen und es sich am Abend in ihrem Bett gemütlich zu machen.

»Schau mal, dort«, rief Fiona und deutete nach links. Nellie folgte ihrem Blick – und war fasziniert. Also da sind die Frauen!, dachte sie. Sie hatte sich schon gewundert, dass sie den ganzen Tag über, bis auf das Mädchen in dem Geschäft, ausschließlich Jungen und Männer gesehen hatte, und vermutet, dass die Frauen die Hausarbeit erledigten. Nun aber sah sie viele Frauen auf einmal: Sie führten mit Feuerholz bepackte Kamele, waren klein und zierlich und von oben bis unten in schwarze Gewänder gekleidet: Selbst ihre Gesichter hatten sie bedeckt. Beim Näherkommen sah Nellie, das sie über den Augen eine Art goldenes Gestell trugen, das wohl auch noch diesen Bereich verdecken sollte.

Eine der Frauen hatte einen splitternackten kleinen Jungen, er mochte vielleicht ein halbes Jahr alt sein, auf dem Arm.

»Wie anmutig sie sich bewegen«, murmelte Finn wie verzaubert und sah den Frauen hinterher.

»Du solltest aufhören zu starren, Bruderherz«, empfahl Fiona streng. »Ich kann mir nicht vorstellen, dass die Männer es hier gutheißen. Nicht umsonst sind die Frauen derart verhüllt.«

»Ich frage mich eher, ob ihnen unter ihrem Gewand nicht furchtbar heiß ist«, ließ sich Nellie vernehmen, die selbst in ihrem Seidenkleid stark schwitzte und dankbar für den Hut war, den sie erstanden hatte. Während ihr Blick einem Wasserträger folgte, der mehrere gut gefüllte Säcke aus Ziegenhäuten geschultert hatte, erstarrte sie plötzlich. »Ein Krokodil!«, rief sie aufgeregt. Die anderen folgten ihrem Blick und sahen das riesige grüne Tier, das ermattet am Strand lag. Mehrere Männer hatten es mit dicken Seilen gefesselt. »Dieses Krokodil tut keinem mehr was«, murmelte Robert an Nellies Seite, und sie hatte den Eindruck, dass das Tier ihn wirklich dauerte. Sie stellte fest, dass er ihr immer sympathischer wurde.

Inzwischen hatten sie das Ufer erreicht, wo schon die

Boote vor Anker lagen. Diesmal prügelten sich die Männer nicht um ihre Kunden. Sie wussten ja: Alle, die sie am Morgen an Land gebracht hatten, mussten wieder zurück. Und diesen Umstand nutzten sie geschickt für sich aus: Sie verlangten doppelt so viel wie für die Hinfahrt.

»Das ist Wucher!«, rief Nellie erbost.

»Nein, Miss«, widersprach ihr der Bootsmann, der sie zuvor auch schon transportiert hatte. »Das ist das Gesetz. Und das besagt, dass sich die Preise nach Sonnenuntergang verdoppeln.«

»Ach!«, rief Nellie wütend. »Und wo steht es, dieses Gesetz?«

Plötzlich spürte sie eine Hand auf ihrem Arm. »Lassen Sie es gut sein«, sagte Robert. »Diesen Kampf können Sie nicht gewinnen. Wir sind auf sie angewiesen, und das nutzen sie aus.«

Brummelnd fügte sich Nellie in ihr Schicksal. »Nun gut«, sagte sie. »Ich mag nur keine Ungerechtigkeiten. Und ich mag es nicht, ausgenutzt und übers Ohr gehauen zu werden.« Sie wollte ihre Geldbörse hervorziehen. »Diesmal bezahle aber ich.«

Doch Robert schüttelte vehement den Kopf. »Das kommt überhaupt nicht infrage«, sagte er. »Zumal das ein schlechtes Geschäft für Sie wäre. Schließlich ist es nun doppelt so teuer. Ich zahle. Für uns beide.«

Wie auch auf der Hinfahrt, fuhren Finn und Fiona in dem Boot vor ihnen. Als sie in der Abenddämmerung auf das Schiff zusteuerten, lagen lauter Kähne rund um die Victoria, die Bekohlung war also noch nicht beendet. Sie waren mit kleinen Laternen bestückt, die die schmalen, dunklen Körper der Männer beleuchteten, die, beladen mit schweren Säcken, eilig die steile Rampe zwischen den Kähnen und dem Schiff hinauf- und hinuntereilten. Sie unterhielten sich laut, ihre hellen Stimmen drangen in den Nachthimmel, an dem bereits die ersten Sterne zu sehen waren. In diesem Moment schien einer der Männer einen Scherz gemacht zu haben, lautes Lachen drang zu ihnen herüber. Nellie wandte den Kopf, um sich zu vergewissern, dass Robert die Szene ebenfalls bemerkt hatte, und genau in diesem Moment drehte auch er sich zu ihr um.

Wie schon beim Hutkauf sahen sie einander für einen Augenblick unverwandt in die Augen.

15. Kapitel

Suezkanal und Ismailia, Ägypten, Donnerstag, 28. November 1889

Es war viel zu heiß, um zu schlafen. Und so kam es, dass die Spätaufsteherin Nellie bereits früh am nächsten Morgen auf den Beinen war. Sie musste sich eingestehen, dass das aber auch ein wenig an ihrer Neugierde lag: Sie war ausgesprochen gespannt auf den Suezkanal, dessen Ende sie in der kommenden Nacht erreichen sollten, bevor sie über das Rote Meer fahren und die Südküste des Jemen ansteuern würden. Zu ihrer großen Freude hatten sich auch Robert, Finn und Fiona schon am Frühstückstisch eingefunden. Das Geschwisterpaar begrüßte sie strahlend, während Robert ihr einen eigenartigen Blick sandte, der in Nellie leises Herzklopfen verursachte. War sie im Begriff, sich in diesen Mann zu verlieben? Dabei hatte sie doch gedacht, der Kapitän … Aber der Tag gestern und dann noch die beinahe romantische Bootsfahrt unter dem Sternenhimmel …

Etwas verlegen setzte sie sich, und sogleich eilte ein Kellner herbei, um ihr Kaffee einzuschenken und nach ihren Wünschen zu fragen. Nellie verspürte zu dieser für sie so ungewöhnlich frühen Uhrzeit noch gar keinen Hunger und entschied sich für einen Teller Obst, wie ihn auch Fiona vor sich stehen hatte, die sie sogleich fragte: »Was ist das?«

Fiona erklärte bereitwillig: Papaya, Bananen, Rambutan und Emblican.

Mit geschickten Fingern schälte sie die Früchte und hatte, als sie probierte, das Gefühl, dass ihre Geschmacksnerven explodierten.

»Köstlich!«, rief sie und wandte sich spontan an Robert. »Möchten Sie auch mal?«

Erst da wurde ihr bewusst, wie intim diese Geste war. Sein Essen mit jemandem zu teilen, ihm vielleicht sogar eine solche Frucht in den Mund zu stecken, das war … unerhört.

An seinem Blick sah sie, dass er ihre Überlegungen teilte, doch in diesem Moment trat zu Nellies Erleichterung der junge Mann an den Tisch, der mit seinen 19 Koffern reiste und Nellie bereits seine Bewunderung ausgesprochen hatte. »Ich wünsche guten Appetit«, sagte er.

»Danke«, erwiderte Nellie freundlich und froh, etwas von Roberts betörender Gegenwart abgelenkt zu sein. »Möchten Sie sich zu uns setzen?«

»Sehr gern«, rief der junge Mann erfreut und nahm sogleich Platz. »Ich hatte gestern schon gehofft, mich zu Ihnen gesellen zu dürfen, aber als ich es dann endlich an Land geschafft hatte, waren Sie schon weg.«

»Ein Glück, sonst hätten wir die schmachtenden Blicke für Miss Bly den ganzen Tag ertragen müssen«, murmelte Robert so leise, dass Nellie klar war, dass er nur für sich selbst gesprochen hatte. Sie konnte ein Lächeln nicht unterdrücken. Ganz offensichtlich war er eifersüchtig!

»Seht mal nach draußen«, rief Finn aufgeregt und deutete hinaus. »Das müssen wir uns vom Oberdeck aus ansehen.«

Er erhob sich, doch Fiona warf ihm einen strafenden Blick zu, und Finn setzte sich brav wieder. »Natürlich nur, wenn die Damen es erlauben.«

»Unbedingt«, rief Nellie und sprang ebenfalls auf. »Frühstücken können wir später immer noch, aber dieses Schauspiel, das sehen wir so schnell nicht noch einmal.«

Minuten später stand die fünfköpfige Gruppe an der Reling des Oberdecks und staunte. Sie fuhren gerade durch einen riesigen Graben, der rechts und links von hohen Sandbänken begrenzt wurde. Es war unerträglich heiß, und Nellie fächelte sich mit der Hand etwas Luft zu.

»Sie gestatten?«, fragte Robert und zog einen zauberhaften Spitzenfächer hervor. »Ich habe ihn gestern für Sie erstanden. Ich konnte einfach nicht widerstehen.«

»Da … danke«, sagte Nellie. Als er ihr den Fächer reichte, berührten sich kurz ihre Finger, und erneut schlug ihr Herz etwas schneller. Robert schien es ebenso zu gehen.

»Warum fährt das Schiff so langsam?«, fragte Fiona in diesem Moment und gab Robert damit offenbar eine willkommene Ablenkung, denn er begann sogleich eifrig zu referieren:

»Es ist gesetzlich festgeschrieben, dass Schiffe den Suezkanal nicht schneller als mit fünf Knoten passieren dürfen.«

»Und warum?«, wollte nun Hurt wissen.

Robert schien dessen Bewunderung für Nellie entweder vergessen oder zumindest für den Moment verziehen zu haben, denn er schenkte Hurt einen regelrecht freundlichen Blick und erläuterte dann bereitwillig: »Bei einer schnelleren Fahrt kommt es zu einer recht starken Strömung. Das würde den Sandbänken schaden, die dadurch ausgespült und an Stabilität einbüßen würden.«

Nellie konnte auch etwas zur Unterhaltung beitragen:

»Wusstet ihr, dass der Suezkanal dieses Jahr den vierzigsten und dreißigsten Geburtstag feiert?«

»Vierzigsten und dreißigsten? Wie geht denn das?«, wollte Finn wissen.

»Nun«, erklärte Nellie. »Die Bauarbeiten begannen 1859, also vor vierzig Jahren, und wurden 1869, also vor dreißig Jahren, vollendet.«

»Wie klug Sie doch sind«, sagte Hurt und sah sie schwärmerisch an.

Robert, dessen Eifersucht nun wohl wieder erwacht war, ließ ein verärgertes Räuspern ertönen und riss die Unterhaltung dann erneut an sich.

»Leider sind beim Bau des Kanals viele Menschen gestorben«, sagte er.

»Menschen sind gestorben?«, fragte Nellie erschrocken. »Wieso?«

»Weil die Arbeit denkbar hart ist«, erklärte er. »Die Männer, die hier für den Bau angestellt waren, haben den niedrigsten Lohn erhalten, den man sich vorstellen kann. Und die Arbeit an dem etwa einhundert Meilen langen Kanal war so schwer, dass viele mit dem Leben bezahlen mussten.«

»Wie schrecklich«, murmelte Nellie, und die Wälle, die sie passierten, wirkten auf einmal furchtbar bedrohlich.

Um die Mittagszeit legte die Victoria in der Bucht von Ismailia an, einer ebenfalls von dem französischen Diplomaten de Lesseps im Jahre 1863 gegründeten Stadt. Ursprünglich hatte sie Timsah geheißen, nach dem nahe gelegenen Timsahsee – Krokodilsee –, dann war sie jedoch zu Ehren des damaligen ägyptischen Vizekönigs Ismail Pascha in Ismailia umbenannt worden. Während der Bauphase des Suezkanals war sie eine bedeutende Stadt gewesen, doch als er fertiggestellt war, zogen die Bauarbeiter weiter. Nun lebten hier nur noch rund 3.000 Einwohner.

Während die neuen Passagiere an Bord kamen, blieb genug Zeit, den Palast des Khediven zu besichtigen, der ein Stück abseits des Strandes inmitten eines unfassbar grünen Waldes lag. Nellie war in Begleitung von Finn und Fiona von Bord gegangen, Robert hatte sich entschuldigt. Nellie war von der Absage zum einen enttäuscht, sie fragte sich, ob es an ihr lag, zum anderen aber auch erleichtert, da seine Gegenwart sie vollkommen durcheinanderbrachte.

»Du bist so schweigsam«, bemerkte Fiona, als sie vor dem imposanten lang gestreckten Palast standen und das Eingangsportal bestaunten.

»Ach«, wehrte Nellie ab, »ich bin nur müde.« Auf keinen Fall wollte sie ihrer Begleiterin etwas von ihrem Gefühlschaos erzählen.

Fiona sandte ihr zwar einen zweifelnden Blick, drang aber nicht weiter in sie, und kurz darauf war es auch schon Zeit, an Bord zurückzukehren.

Der Rest der Reise verlief in träger Eintönigkeit. Gelegentlich sah sie einige Araber am Ufer entlanglaufen. »Bakschisch!«, riefen sie. »Bakschisch!« Einmal erblickte Nellie eine große Anzahl von Menschen – Männer wie Frauen –, die Kanalarbeiten verrichteten, um die Ufer zu befestigen. Und über alldem lag eine lähmende, bleierne Hitze.

»Dabei haben wir noch Glück«, ließ sich Robert eines Abends träge vernehmen, als sie bis spät in die Nacht an Deck saßen, weil es in den Kabinen einfach zu heiß war.

»Glück?«, fragte Finn und wandte müde den Kopf, um seinen Mitreisenden anzusehen.

»Bei einer meiner ersten Reisen durch den Suezkanal gab es noch kein elektrisches Licht, das nachts an den Bug gehängt wurde. Die Durchfahrt bei Nacht war daher viel zu gefährlich. Man hätte mit einem entgegenkommenden Schiff zusammenstoßen oder gegen die Sandbank laufen können.«

»Und was tat man stattdessen?«, fragte Fiona. »Das Schiff mit Kerzen beleuchten?«

Robert schüttelte lachend den Kopf. »Nein«, sagte er. »Die Schiffe mussten in der Nacht im Kanal anlegen. Deshalb dauerte die Reise zum einen länger, und zum anderen entfiel der Fahrtwind.«

»Eine schreckliche Vorstellung«, fand Nellie und fächelte sich mit ihrem Fächer eifrig Luft zu.

Am Ufer tauchte nun ein arabisches Zeltlager auf, und Nellie blickte fasziniert auf die malerische Szene. Um ein Feuer saßen mehrere Menschen, in einiger Entfernung rasteten Kamele. Musik drang zu ihnen herüber. »Ob sie ihr Abendessen zubereiten?«, fragte Nellie verträumt.

In diesem Moment begann Finns Magen laut und vernehmlich zu knurren. »Dieses Wort erinnert meinen Magen ganz offensichtlich daran, dass ich Hunger habe.«

Kurz darauf kamen sie in der Bucht von Suez an, und sogleich war das Schiff von zahlreichen kleinen Segelbooten umringt. Ihre weißen Segel schimmerten im Sonnenlicht, und so magisch, wie das Schiff die kleinen Boote anzog, wurde Nellie ein wenig an Motten erinnert, die das Licht umschwirrten.

»Ob sie sich wieder um uns prügeln?«, fragte sie halb scherzhaft, halb besorgt.

»Um Sie würde ich mich auch prügeln«, entfuhr es Robert dicht an ihrem Ohr. Sie wandte den Kopf und sah ihn an. Sein Blick war derart eindringlich, dass es ihr einen Schauer über den Rücken jagte.

»Wenn ich es richtig sehe, kommen sie nicht, um uns abzuholen, sondern um uns etwas anzubieten«, lenkte sie ab und deutete auf die zahlreichen Menschen, die an Bord kamen und Früchte, Fotos und Muscheln feilboten. Auch einige Gaukler befanden sich unter ihnen. Die Passagiere empfingen sie mit Begeisterung, boten die Händler und Künstler doch eine willkommene Ablenkung von der langen und am Ende dann doch etwas eintönigen Reise. Auf besonderes Interesse stieß ein Schwarzer, der einen Turban um den Kopf geschlungen hatte. Er trug eine ausgebeulte Tasche bei sich, in der zwei Echsen und ein Kaninchen hausten, stellte sich als Zauberer vor und bestimmte Nellie, seine Assistentin zu sein. Sie musste ein weißes Stofftaschentuch überprüfen und dann halten, während er einen schmalen Messingarmreif in das Tuch legte. Er schlug das Taschentuch zu und forderte sie auf, sich zu vergewissern, dass sie den Armreif noch ertasten konnte. Der Mann pustete einmal, und zum großen Erstaunen der Zuschauer war der Armreif verschwunden. Auch Nellie war höchst verblüfft. Sie hatte weder den Mann noch das Taschentuch auch nur eine Sekunde aus den Augen gelassen. Während der Zauberer den Armreif hatte verschwinden lassen, waren allerdings auch das Kaninchen und die Echsen verschwunden. Der erboste Zauberer beschuldigte die Passagiere, die Tiere gestohlen zu haben, und wollte sich gar nicht wieder beruhigen. Schließlich waren alle Schiffsdiener und auch die Mehrzahl der Passagiere damit beschäftigt, die Tiere zu suchen, und nach etwa einer Stunde wurden sie gefunden und landeten wohlbehalten wieder in der Tasche des Mannes. »Scheint doch kein echter Zauberer zu sein« flüsterte Fiona Nellie grinsend ins Ohr. »Sonst hätte er seine Tierchen ja einfach wieder herbeigehext.«

Nellie bedauerte es zwar ein wenig, dass nicht genügend Zeit blieb, um in Suez von Bord zu gehen, andererseits war sie aber auch froh um jede Minute, die sie dadurch einsparte. Auch wenn sie die Reisegeschwindigkeit nicht beeinflussen konnte, befand sie sich doch in einem Wettlauf gegen die Zeit. Am nächsten Morgen überquerten sie bereits das Rote Meer, und auch wenn sie es sich nicht hatte vorstellen können: Jetzt war es sogar noch heißer als während ihrer Fahrt durch den Suezkanal. Zwar gab es verschiedentlich Konzerte wie auch kleine Theaterstücke, und die Passagiere vertrieben sich die Zeit mit Gesellschaftsspielen, doch es war so heiß, dass sie an nichts wirklich Freude fanden. Die Männer schliefen an Deck, wo wenigstens eine kleine Brise wehte, die Frauen wagten es der Schicklichkeit wegen nicht und blieben in ihren stickigen Kabinen, wo sie allerdings kaum ein Auge zutaten. In diesen Nächten quälte sich die wach liegende Nellie mit dem Versuch, ihre eigenen Gefühle zu verstehen. Sie konnte nicht umhin zuzugeben, dass die Stimmung zwischen ihr und Robert regelrecht aufgeladen war. Wenn er sie berührte, war es ihr, als zuckten 1.000 Blitze durch ihren Körper, sie fand seine Nähe berauschend und genoss sie immer mehr. Und das machte ihr Angst. Wenngleich sie für den blonden Kapitän zweifelsohne ein wenig geschwärmt hatte, so war das, was Robert in ihr auslöste, damit nicht zu vergleichen. Da war etwas Unmittelbares, das sie auf einer Ebene berührte, von der Nellie nicht gewusst hatte, dass es sie überhaupt gab. Doch als sie um drei Uhr morgens endlich erschöpft einschlief, träumte sie von Robert, der sich im Traum allerdings in ihren bösen Stiefvater verwandelte. Schweißgebadet fuhr sie hoch. Nein. Sie war noch nicht bereit für ihn.

16. Kapitel

Aden, Jemen, Montag, 2. Dezember 1889

Es war kochend heiß, als sie am 2. Dezember vor Aden ankerten. Großbritannien hatte das auf einer Halbinsel gelegene Dorf 1839 erobert, den Hafen befestigt und Aden von einem kleinen Dorf mit gerade einmal 600 Einwohnern zu einem bedeutsamen Kohlen- und Warendepot für Schiffe ausgebaut. Dieser einzige Tiefseehafen an der südarabischen Küste erwies sich als enorm wichtig für die Handelsbeziehungen mit Indien. Mit der Fertigstellung des Suezkanals erhielt der britische Flottenstützpunkt riesige Bedeutung, denn von hier aus hätte der Zugang zum Roten Meer blockiert werden können.

»Wir liegen einen Tag vor dem Zeitplan«, freute sich Nellie beim Frühstück, und plötzlich machte ihr die Hitze gar nichts mehr aus. Sie platzte beinah vor Energie und konnte es kaum erwarten, das Schiff zu verlassen und endlich wieder festen Boden unter den Füßen zu haben. »Worauf wartet ihr noch?«, fragte sie ihre drei Reisebegleiter beim Frühstück, als diese keine Anstalten machten, von Bord zu gehen.

»Es ist so unglaublich heiß«, ächzte Fiona. »Sogar der

Schiffsarzt hat empfohlen, dass wir das Schiff nicht verlassen sollen.«

Nellie sah sie mit großen Augen an. »Du willst dir das wirklich entgehen lassen? Das siehst du niemals im Leben wieder.«

Fiona erhob sich seufzend. »Du hast ja recht. Wenn nicht jetzt, wann dann? Und den ganzen Tag hier in der Hitze herumsitzen macht es ja auch nicht besser. An Land sind wir wenigstens etwas abgelenkt. Ich bin dabei.« Auffordernd sah sie ihren Bruder an. »Du auch?«

Finn stand brummelnd auf. »Da kann ich ja wohl schlecht Nein sagen. Kommen Sie auch mit?«, fragte er Robert.

Er erhob sich lächelnd. »Natürlich bin ich dabei«, sagte er, sah bei seiner Antwort aber Nellie an.

»Also, dann.«

Wie schon in Port Said umfuhren auch hier Boote das Schiff, die anboten, die Passagiere an Land zu bringen. Anders als bei ihrem ersten Landgang waren die Bootsführer hier aber in keiner Weise aufdringlich – und das, obwohl deutlich weniger Aussicht auf Kundschaft bestand als in Port Said, wo sehr viel mehr Menschen von Bord gegangen waren.

Das große Boot, das die vier Freunde mieteten, wurde von vier Ruderern angetrieben. Sie waren alle schmalgliedrig, aber verfügten über eine enorme Kraft, was deutlich wurde, als sie die Ruder scheinbar mühelos wieder und wieder ins Wasser tauchten und das Boot pfeilschnell vorantrieben, als stelle das Wasser nicht den geringsten Widerstand dar.

Der Führer des Bootes war ein junger und sehr freundlicher Mann, der so viel Schmuck trug, dass es an seinem zarten Körper beinahe skurril aussah. Nellie dachte, dass selbst eine dicke, große Amerikanerin mit so viel Schmuck überladen gewirkt hätte. Um den Hals und die nackte Brust des Jemeniten waren goldene und silberne Perlenschnüre geschlungen, seine Hüfte war in eine bunte Schärpe gewickelt, an Armen und Handgelenken klemmten dicke, goldene Reifen, und an jedem Finger und jedem Zeh steckten mehrere Ringe. Sein Haar war gelb, was einen merkwürdigen Kontrast zu seiner dunklen Haut bildete.

Der Bootsführer sprach recht gut Englisch und ließ keinen Zweifel daran, dass er darauf zum einen sehr stolz war und es zum anderen auch anwenden wollte.

»Haben Sie eine Familie?«, erkundigte sich Nellie interessiert und hoffte, dass diese Frage nicht als unhöflich galt. Doch offensichtlich hatte sie im Gegenteil genau die richtige Frage gestellt, denn der Mann – sein Alter war unmöglich zu schätzen – strahlte und erklärte stolz, er habe drei Frauen und elf Kinder. Und er hoffe, mit Gottes Hilfe noch mehr Nachwuchs zu bekommen.

Nun wagte sich auch Fiona vor und deutete auf die weiße Masse, die zwei der Ruderer auf ihrem schwarzen Haar trugen. »Was ist das?«, erkundigte sie sich interessiert. »Schützt es gegen die Sonne?«

Lachend schüttelte der Bootsführer den Kopf. »Nein«, sagte er und sandte ihr einen bewundernden Blick aus seinen blitzenden schwarzen Augen. »Das ist Kalk, es bleicht unser Haar. Wir Männer wollen auch so schönes blondes Haar wie Sie und der Mister«, erklärte er.

»Nur die Männer?«, fragte Nellie überrascht. »Die Frauen nicht?«

Der Bootsführer schien ihre Frage ungemein komisch zu finden, denn er wollte sich ausschütten vor Lachen und sagte etwas zu seinen drei Helfern, die ebenfalls in lautes

Gelächter ausbrachen. Dann endlich beantwortete er ihre Frage. »Nein, Miss«, sagte er und wischte sich die Lachtränen aus den Augenwinkeln. »Die Frauen nicht.«

Nellie überlegte, was an ihrer Frage so erheiternd gewesen war, und an den Blicken der anderen sah sie, dass es ihnen ebenso erging. Sie hakte aber nicht nach, zumal sie inzwischen fast das Ufer erreicht hatten. Stattdessen bewunderte sie die unfassbar weißen Zähne, die sichtbar wurden, wenn die Männer sie anlachten, was sie fast ununterbrochen taten; und auf einmal hatte sie riesige Lust auf das Kaugummi, das sie in New York beinahe ständig kaute, aber aus Platzmangel zu Hause gelassen hatte. »Denkst du, das liegt an dem Kontrast zu ihrer dunklen Haut? Dass die Zähne so weiß sind?«, fragte sie Fiona leise.

Doch ihre Begleiterin schüttelte den Kopf. »Nein«, sagte sie. »Sie haben wirklich außergewöhnlich weiße Zähne. Davon kann unsereins nur träumen.«

Als sie an Land gingen – sie legten an einer gut ausgebauten Pier an, mehrere Steinstufen führten hinauf an das Ufer –, glaubte Nellie, den Grund für dieses unglaubliche Weiß zu erkennen: Unzählige Einheimische, denen sie begegneten, kauten auf weichen, faserigen Zweigen herum. Die Hölzer wurden an kleinen Ständen am Straßenrand verkauft. Wer einen solchen Zweig erstanden hatte, befreite ihn von seiner Rinde und polierte dann damit seine Zähne.

»Die muss ich haben«, sagte Nellie und kaufte eine Handvoll der kleinen Stäbchen, die nur einen Penny kosteten. Fiona tat es ihr nach, die Herren verzichteten. »Man sollte diese Stäbchen auch in Amerika und Europa verkaufen«, sagte Nellie. »Damit könnte man sicher reich werden.«

»Gute Idee«, scherzte Fiona. »Sollen wir uns zusammentun?«

»Das machen wir«, erwiderte Nellie gut gelaunt. »Und dann verkaufen wir auch noch Straußenfedern und Boas.« Sie deutete auf eine große Menge Einheimischer, die die Neuankömmlinge unbedingt auf ihre Erzeugnisse aufmerksam machen wollten, jedoch von einem Schutzmann, der die Uniform der englischen Krone trug, zurückgehalten wurden.

Da Aden rund fünf Meilen vom Hafen entfernt lag, mieteten sich die Reisenden einen Wagen und ließen sich in die Stadt kutschieren. Finn hatte vorne neben dem Fahrer Platz genommen, Fiona und Nellie saßen auf der Rückbank je an einem Fenster, Robert hatte sich großzügig bereit erklärt, den Mittelsitz einzunehmen. Da der Wagen recht eng war, saß Nellie dicht an ihn gepresst und spürte seine nackte Haut auf ihrer, was sie ungemein erregte. An der Art, wie er sie ansah, erkannte sie, dass es ihm ebenso erging.

»Ich finde das komisch«, sagte Fiona in diesem Augenblick und riss sie aus ihren Gedanken.

»Was ist komisch?«, fragte Nellie.

»Dieser Mann mit seinen drei Frauen. Ich glaube, ich könnte keine zwei Männer auf einmal lieben.«

»Vielleicht geht das doch irgendwie«, entfuhr es Nellie.

»Ich glaube auch, dass das möglich ist«, ließ sich Robert in diesem Moment vernehmen und sah auf einmal ungemein traurig aus.

Nellie verspürte einen Stich im Magen. Bezog er das auf sie beide? War er am Ende gar bereits verheiratet?

Mit halbem Ohr lauschte sie dem Gespräch, das sich unterdessen zwischen den Geschwistern entsponnen hatte. Nun erfuhr Nellie auch, dass der junge Finn eine Verlobte namens Rose hatte, die in Ceylon auf ihn wartete. Die Tante der beiden besaß auf der Insel eine Teeplantage, die von Roses Familie lag in unmittelbarer Nachbarschaft.

Nellie beteiligte sich aber nicht an dem Gespräch und sah aus dem Fenster, während sie sich Roberts Nähe nur allzu bewusst war. Nachdem sie ein ganzes Stück am Strand entlanggefahren waren, passierten sie nun einige ärmliche Häuser, die diese Bezeichnung eigentlich gar nicht verdient hatten, sondern eher Hütten genannt werden mussten. Sie folgten der Straße den Vulkan Dschabal Schams hinauf, in dessen Krater der älteste Stadtteil Kraytar lag. An manchen Stellen war er durch eine hohe Mauer gesichert, damit die Reisenden nicht abstürzten.

Während Nellie, Finn, Fiona und Robert bequem hinaufgefahren wurden, passierten sie unzählige Fußgänger. Fasziniert verharrte Nellies Blick auf einer Gruppe schwarzer Frauen, die barfuß und hocherhobenen Hauptes den Vulkankegel hinaufstiegen – oder besser: schwebten, als bereite ihnen all das gar keine Mühe. Ihre bloßen Füße schienen die spiegelglatt wirkende Straße kaum zu berühren, ihre zarten Körper waren in dünne, farbenfrohe Seidenstoffe gehüllt. Eine war, wie Nellie fand, schöner anzusehen als die andere. Sie hatten hüftlanges schwarzes Haar, das sie mit langen, bunten Federn geschmückt hatten. Anders als der Bootsführer und zahlreiche andere, die Nellie gesehen hatte, seit sie an Land gegangen war, trugen diese Frauen keinen Schmuck – außer den Federn, was ihre Schönheit aber eher noch unterstrich.

Als sie ein Stück nach oben gefahren waren, begegnete der Wagen einer weiteren Gruppe von Frauen, die ganz anders aussah als die erste, aber nicht weniger hinreißend war. Nellie dachte, dass sie wirkten wie perfekte, dunkle Statuen. Sie waren in dünne, farbenfrohe Seidenkleider gehüllt, die mit unnachahmlicher Eleganz um ihre Hüften geschlungen waren und ihnen bis über die Knie fielen. Das Kleidungsstück ließ die makellosen Arme frei, um die sich Ketten und Armreifen wanden. Auch an den Fußgelenken, an den Fingern und an den Zehen trugen die Frauen Schmuck, ebenso an den Ohren – vom Ohrläppchen bis zum oberen Ende reihte sich ein Ring an den anderen. So eng aneinander waren die Schmuckstücke gesetzt, dass es aussah, als bestünde der ganze Rand der Ohrmuschel aus reinem Gold. Teilweise war der Schmuck so schwer, dass er das Ohrläppchen bis fast auf die Schulter herabzog. Manche Frauen trugen auch ornamentartigen Schmuck an der Nase. Die Sonne spiegelte sich in dem Edelmetall wider und ließ es strahlen und funkeln.

»Donnerwetter«, entfuhr es Finn. »Jetzt weiß ich, woher das mit der blendenden Schönheit kommt.«

Fiona verzog das Gesicht. »Ich weiß nicht«, sagte sie. »Für mich sind diese Frauen ein gutes Beispiel dafür, dass weniger manchmal mehr ist. Ich finde, dass der viele Schmuck sie regelrecht entstellt.« Sie deutete auf eine Frau, deren Schmuck ihre Ohren im rechten Winkel vom Kopf abstehen ließ. »Diese Frauen sind wunderschön, aber mit etwas weniger Schmuck wären sie noch viel schöner.«

Nellie musste ihr im Stillen recht geben.

Als sie in etwa den Gipfel des Berges erreicht hatten, passierte der Wagen ein riesiges, majestätisch anmutendes Steintor. Rechts und links standen Wachmänner, die das Fahrzeug aber nicht anhielten. »Das ist der Eingang zum englischen Fort«, ließ sich der scheinbar allwissende Robert nun vernehmen. Nellie war erleichtert, dass er sich wieder am Gespräch beteiligte, nachdem er vorhin, als sie davon gesprochen hatten, ob man mehrere Menschen gleichzeitig lieben konnte, in dieses eigenartige Schweigen verfallen war.

Während Robert erzählte, passierte der Wagen eine Schlucht. Hoch ragten die Felswände rechts und links in den Himmel. Nellie überlegte, ob die Schlucht wohl künstlich in den Berg gehauen worden war, um Fuhrwerken und Fußgängern den Weg über den Berg und wieder hinab zu ersparen. Die Enge der Schlucht unterstrich jedoch den Anblick, der sich ihnen bot, kaum dass sie sie wieder verlassen hatten: Aden, im Krater eines Vulkans gelegen, breitete sich vor ihnen aus. Plötzlich wimmelte es von Menschen, uniformierten Schutzmännern auf prächtigen Rössern, Wasserträgern, die ihre kostbare Fracht in Ziegenhautsäcken auf dem Rücken trugen, mit Steinen beladenen Kamelen und reich mit Schmuck behängten Männern und Frauen. Die meisten Männer hatten kalkgebleichtes Haar, und überall blitzten schneeweiße Zähne. Vor allem jedoch sah Nellie Bettler, die die Kutsche umringten, kaum dass sie angehalten hatte. Doch sogleich waren englische Schutzmänner zur Stelle, um sie zu vertreiben und den Reisenden sicheres Geleit zu geben. So faszinierend die Menschen waren: Ihre Häuser und Geschäfte wirkten auf Nellie nicht sonderlich einladend, was den anderen genauso erging. Sie spazierten einige Zeit lang durch unbefestigte, schmutzige Straßen zwischen den niedrigen Lehmhäusern. Hier waren die Menschen eher zurückhaltend, keiner bedrängte sie, aber alle starrten sie stumm an, was Nellie etwas unheimlich war. Sie war erleichtert, dass sie sich in der Begleitung ihrer Freunde befand – wenn Robert sich auch nach wie vor ungewöhnlich schweigsam, fast schon unfreundlich, gebärdete. Die engen Gässchen mündeten in einem Platz, auf dem offenbar im vorderen Teil Kamele und im hinteren Ziegen verkauft wurden, doch niemand schien sich für sie zu interessieren, die Verkäufer schliefen zwischen den Tieren auf dem Boden.

Etwas desillusioniert machte sich die Gruppe wieder auf den Rückweg zum Schiff. Im Hafen wurden sie schon von dem dreifachen Ehemann mit den elf Kindern erwartet, der ihnen strahlend entgegenging und Geld für die Rückfahrt haben wollte. Allerdings sollte die, wie schon in Port Said, doppelt so viel kosten wie auf dem Hinweg, was diesmal Roberts Zorn erregte. Dabei war er es doch gewesen, der Nellie in Port Said beruhigt und einfach bezahlt hatte! Er versuchte, mit dem Mann zu diskutieren, doch der tat, als würde er ihn nicht verstehen und kein einziges Wort Englisch sprechen. Robert wurde noch wütender. »Wir wissen genau, dass Sie Englisch können, Sie Hallodri«, spie er dem Mann entgegen und packte ihn am Kragen. »Und Sie werden uns jetzt zu unserem verdammten Schiff bringen, und zwar zu dem Preis, der dort auf den Tafeln angeschrieben steht.« Mit dem Kinn deutete er auf das Blechschild, das zur Information Reisender bereitstand. »Und kommen Sie bloß nicht auf die Idee, uns irgendwas von einem Gesetz zu erzählen, das besagt, dass es nach einer bestimmten Uhrzeit teurer wird.«

Nellie und Fiona wechselten einen betroffenen Blick, während Finn versuchte, den aufgebrachten Robert von dem Bootsführer wegzuziehen, zumal er bemerkt hatte, dass andere Einheimische auf den Streit aufmerksam geworden waren und drohend näher kamen.

»So kenne ich ihn gar nicht«, flüsterte Fiona.

»Ich auch nicht«, murmelte Nellie. »Er ist schon die ganze Zeit so komisch.«

Inzwischen war auch einer der Schutzmänner zu ihnen geeilt und fragte, ob es ein Problem gebe. Aufgebracht erzählte Robert, dass der Bootsführer versucht habe, sie über den Tisch zu ziehen. Der Schutzmann verwies auf die Tafel, ließ sich das Geld auszahlen, überreichte es dann mit einigen scharfen Worten dem Bootsfahrer und verpasste ihm obendrein noch einen kräftigen Tritt. Der Mann gab sich geschlagen und fuhr seine Gäste zurück zu ihrem Schiff. Anders als die Hinfahrt, verlief diese Rückfahrt aber nun in eisigem Schweigen, zu dem Robert beitrug: Er sagte während der ganzen Überfahrt kein Wort und bedachte Finn, Fiona und Nellie nach Ankunft auf dem Schiff nur mit einem kurzen Nicken, bevor er sich mit einem Brummen zurückzog und den ganzen Abend nicht wieder blicken ließ. Ratlos sah Nellie ihm nach. Was war nur in ihn gefahren?

Obwohl sie die eigenartige Stimmung Roberts sehr bedrückte, zwang Nellie sich, an Bord zu bleiben und sich nicht allzu viele Gedanken zu machen. Gemeinsam mit Finn und Fiona stand sie an der Reling und sah den jungen Kerlen zu, die neben dem Schiff Kunststücke vollführten. »Sie heißen Somali Boys«, erfuhren Finn, Fiona und Nellie von dem Kapitän, der sich sonst eher rarmachte, sich nun aber zu ihnen gesellte.

»Das ist unglaublich«, staunte Nellie. »Sie scheinen ja regelrecht auf dem Wasser zu sitzen. Wie machen sie das?« Sie starrte fasziniert auf die Männer, die auf der Wasseroberfläche hockten wie auf einem Stuhl. Da die Sonne auf ihre dunkle Haut schien und sie sich nicht bewegten, wirkten sie wie Bronzeskulpturen. Ein Bild vollendeter Schönheit.

Die Männer saßen nebeneinander in einer langen Reihe. Und dann hoben sie an zu rufen, einer nach dem anderen, die ganze Reihe entlang: »Oh! Yo! Ho! Oh! Yo! Ho! Oh! Yo! Ho!«

»Wenn Sie ihnen Silbermünzen zuwerfen, tauchen sie danach«, erklärte der Kapitän, und die Passagiere zögerten nicht lang und entlohnten die Männer großzügig für diese besondere Darbietung. Auch Nellie warf eine Silbermünze hinab und blickte dem flachen Metall nach, als es die Wasseroberfläche traf. Und dann dachte sie voller Bedauern an Robert. Wie schade, dass er diesen Moment nicht mit ihr teilte!

17. Kapitel

Colombo, Ceylon, Sonntag, 8. Dezember 1889

Nellie war außer sich vor Begeisterung: Sie hatten tatsächlich einen weiteren Tag gewonnen und würden Colombo zwei Tage vor ihrer geplanten Ankunft erreichen! Als die Victoria um 9 Uhr morgens in den Hafen einfuhr, klopfte ihr das Herz zum Zerspringen angesichts all der unglaublichen Schönheit, die sich da vor ihr auftat. Ihr Blick saugte sich an dem üppigen Grün der wogenden Palmen fest, das ihr vorkam wie eine langersehnte Oase in einer kargen Wüste. Die Schönheit dieser tropischen Insel, die sich inmitten dieses schier endlosen tiefblauen Meers erstreckte, war einfach atemberaubend. Nellie verwunderte es nicht, dass Muslime wie Christen gleichermaßen gemutmaßt hatten, hier und nur hier befinde sich das Paradies. Und obendrein hieß der höchste Berg, der nun von der Morgensonne erleuchtet wurde und in einem faszinierenden Lila strahlte, passenderweise auch noch Adam's Peak!

Nellie hob ihr Gesicht der sanften Brise entgegen, die vom Land her auf die See wehte. Wie betörend es roch! Es war ein süßlicher Duft, wie das Parfüm einer reichen und sehr sinnlichen Frau. Doch Nellies feine Nase machte noch andere

Gerüche aus: Zimt, Vanille und ... sie schnupperte: Ja, es roch ganz eindeutig nach Kakao!

Trotz ihrer Vorfreude auf die Insel spürte Nellie Traurigkeit in sich aufsteigen: Nun galt es, sich von Finn und Fiona zu verabschieden, die von einer Kutsche der Teeplantage ihrer Tante abgeholt wurden. Selten war Nellie ein Abschied so schwergefallen. Sie zog die Geschwister nacheinander an sich, die als Erste von Bord gingen, nachdem sie sich auch von Robert verabschiedet hatten. Mit einem Mal fühlte sie sich ungemein einsam. Nur mit Mühe gelang es ihr, ihre Tränen zu unterdrücken.

»Begleiten Sie mich in einem der landestypischen Boote?«, drang Roberts Stimme in ihre Gedanken. »Ich verspreche Ihnen, Sie werden es nicht bereuen.«

Stirnrunzelnd sah sie ihn an. Sie wurde aus diesem Mann einfach nicht schlau. Nach seinem seltsamen Betragen in Aden war er einen ganzen Tag verschwunden gewesen, um sich ihrer Gruppe dann plötzlich wieder anzuschließen, charmant wie eh und je. Und jetzt stand er neben ihr und wollte eine Bootsfahrt mit ihr unternehmen. Ob er einfach nur Mitleid hatte, weil er ihren Abschiedsschmerz bemerkte? Sein Mitleid wollte sie ganz bestimmt nicht. Und ohnehin: Sein Verhalten in den letzten Tagen hatte sie verunsichert und ihre vorsichtige Seite noch mehr zutage gebracht. »Nun geben Sie sich einen Ruck«, schmeichelte ihr Robert. »Sie können mir vertrauen. Ich war schon oft im Orient und kenne ihn wie meine Westentasche.«

Nellie zögerte immer noch. Ihre Zurückhaltung lag ja nicht darin begründet, dass sie ihm nicht zugetraut hätte, ein kundiger Reisebegleiter zu sein. Aber sie konnte ihm schlecht erklären, dass sie sein Verhalten in den letzten Tagen durcheinandergebracht und verwirrt hatte, ohne ihm gleichzeitig zu eröffnen, dass sie mehr für ihn empfand. »Also gut«, sagte sie. »Wagen wir es.«

Als sie das Boot, das sie nun besteigen sollten, allerdings etwas näher in Augenschein nahm, hätte sie ihre Zusage am liebsten wieder rückgängig gemacht. Es war ein ausgehöhlter Baumstamm, ausgesprochen winzig, vielleicht zwei Fuß breit und fünf Fuß lang. Da es sich zur Bootsmitte hin verengte, konnte man die Füße nicht nebeneinanderstellen, sondern war gezwungen, sie hintereinander zu platzieren. Zweifelnd sah sie Robert an, der sie hingegen anstrahlte, als er ihr gegenüber Platz nahm. Hinter seinem Rücken hockte – wie auch hinter Nellie – ein schmaler Mann mit einem Paddel in der Hand, das ebenfalls wenig vertrauenerweckend aussah. Trotz Nellies Zweifeln erreichten sie wenig später unbeschadet das Ufer.

»Na«, sagte Robert, »war doch gar nicht so schlimm.«

»Das stimmt«, sagte Nellie, die dennoch mehr als erleichtert war, wieder festen Boden unter den Füßen zu haben.

»Darf ich Sie zu Ihrem Hotel geleiten?«, fragte Robert höflich. »Ich nehme an, Sie sind ebenfalls im Grand Oriental untergebracht.«

»Ja«, bestätigte Nellie. »Und Sie dürfen mich begleiten.«

Wie immer, wenn sie an Land kamen, waren sie sofort von Menschen umringt, die ihnen etwas verkaufen wollten oder anderweitig ihre Dienste anboten. In der Tat benötigten sie jemanden, der sie zu ihrem Hotel bringen konnte, und Robert stieg ohne viel Federlesens in die nächstbeste Rikscha, zog Nellie hinter sich her und nannte dem Fahrer die Adresse. Als sie so dicht neben ihm auf der Sitzbank saß, begann Nellies Herz wieder schneller zu schlagen, doch wie so manches Mal in den letzten Tagen stellte sie fest, dass Robert ihrem Blick auswich. Er plauderte über Belanglosigkeiten oder flüchtete sich, wie jetzt, in Vorträge, und Nellie hatte den Eindruck, dass er auf keinen Fall einen intimeren Moment zwischen ihnen zulassen wollte, was sie zugleich kränkte und erleichterte. Jetzt hielt ihr Robert einen – sehr interessanten – Vortrag über Ceylon, während die Rikscha durch die viel befahrenen Straßen brauste.

»Colombo steht seit 1796 unter britischer Herrschaft und seit 1815 die ganze Insel Ceylon«, setzte er an. »Davor unter holländischer und davor wiederum unter portugiesischer. Heute leben siebentausend Briten auf Ceylon.«

»Und einige Schotten, wie die Tante von Finn und Fiona«, bemerkte Nellie. »Und nach allem, was die beiden berichtet haben, muss es dort herrlich sein.«

»Oh, ja, das ist es. Das kann ich aus eigener Anschauung bestätigen. Die meisten leben auf riesigen Plantagen in palastartigen Häusern mit Blick auf das Meer.«

»Oh, ist das hübsch«, rief Nellie aus, als sie das Grand Oriental mit dem imposanten Säulengang erblickte.

»Allerdings sah es nicht immer so einladend aus«, erwiderte Robert. »Zunächst stand hier nur ein einfaches einstöckiges Gebäude mit offener Veranda, das von dem holländischen Gouverneur bewohnt war. Dann wurde es jedoch von den royalen Truppen übernommen und in eine Kaserne umgewandelt.«

»Hm«, machte Nellie nur. »Und wie ging es dann weiter?«

»In den frühen Siebzigern übernahm es der damalige Gouverneur, Sir Robert Wilmot-Horton«, erklärte ihr Robert. Wilmot-Horton engagierte den Architekten JG Smither und ließ es dann in das Grand Oriental Hotel umbauen, das am

5. November 1875 offiziell eröffnet wurde. Beworben wurde es damit, dass es »das einzige vollständig in europäischem Besitz befindliche und voll ausgestattete Hotel im Osten« wäre, geführt »von erfahrenen Europäern«.

Als sie das Hotel mit seinen über 150 Luxus- und Halbluxuszimmern betraten, verschlug es Nellie für einen Augenblick den Atem angesichts all der Pracht. Es gab herrliche Säulengänge, in denen, in kleinen Nischen, gemütliche Polstersessel neben Marmortischchen standen. Die Gäste saßen plaudernd beisammen, zwischen sich ein Tablett mit köstlich aussehenden Limonaden, Tee und Früchten. Der Portier zeigte Nellie ehrerbietig ihr Zimmer mit dem großen, gemütlichen Bett, dem zierlichen Waschtisch und dem kleinen Balkon mit Blick auf den tropischen Garten.

Sie hatte mit Robert verabredet, gleich nach dem Bezug der Zimmer gemeinsam das Mittagessen einzunehmen. Als sie auf dem Weg dorthin durch einen weiteren Säulengang schritten, gingen Nellie schier die Augen über. Der ganze lange Flur war ein riesiger Basar. Zierliche Frauen mit seelenvollen schwarzen Augen boten herrliche Stoffe und Spitzen feil, Händler priesen die prachtvollsten Edelsteine an. Dabei waren sie viel weniger aufdringlich als die Verkäufer, die Nellie in Port Said erlebt hatte. »Das ist aber nur hier im Hotel so«, erklärte Robert, als Nellie ihn darauf ansprach. »Man hat ihnen beigebracht, dass die Hotelgäste, sofern sie aus dem Okzident kommen, viel eher etwas kaufen, wenn sie nicht dazu genötigt werden und der Händler Zurückhaltung übt.« Während Nellie neben Robert durch den Säulengang schritt, präsentierten die Händler dunkle Smaragde, schillernde Diamanten, samtige Perlen und tiefrote Rubine auf dicken roten Samtkissen.

»Die haben ja alle amerikanische Münzen an den Handgelenken baumeln«, erkannte Nellie verblüfft, die zum ersten Mal seit ihrer Abreise aus New York wieder amerikanisches Geld zu Gesicht bekam.

»Gut beobachtet«, meinte Robert lachend, und Nellie war froh, dass die Stimmung zwischen ihnen im Moment recht unbefangen war. »Die Händler sind regelrecht verrückt nach amerikanischen Münzen. Der Kurs ist zwar schlecht, für amerikanische Dollar werden Sie kaum etwas oder nur zur Hälfte ihres Werts kriegen. Aber wenn Sie ein Zwanzigdollar-Goldstück haben, sollten Sie es an einen Händler verkaufen. Sie erzielen dafür hohe Preise. Viel mehr, als das Goldstück eigentlich wert ist.«

»Damit sie es sich an die Handgelenke hängen können, das ist klar«, kombinierte Nellie. »Ich verstehe nur den Sinn nicht. Sie haben doch Steine, die um ein Vielfaches schöner sind als diese Goldstücke.«

Robert zuckte die Achseln. »Es ist hier wohl das Symbol für Reichtum und Erfolg«, erklärte er und deutete auf einen Händler, an dessen Uhrenkette sage und schreibe 20 Goldmünzen baumelten, wie Nellie schätzte, die natürlich auf diese Entfernung nicht genau nachzählen konnte, ohne den Mann allzu auffällig anzustarren.

Am Ende des Säulengangs zweigte der Speisesaal ab. Wie Nellie es schon vermutet hatte, stand er den anderen Räumlichkeiten des Hotels in seiner Pracht in nichts nach, vor allem aber war es im Vergleich zu der drückenden Hitze draußen angenehm kühl. Zahlreiche kleine Tische waren hübsch eingedeckt und mit traumhaftem Blumenschmuck versehen, an der Decke hingen prachtvoll gestickte Stoffbahnen, die an Bambusstangen befestigt waren. Neben jeder

Stoffbahn stand ein Junge, der einen Flaschenzug bediente, durch den die Stoffbahnen in Bewegung gehalten wurden.

»Das Prinzip des Fächerns«, erkannte Nellie. »Durch die Bewegung der Stoffbahnen sorgen sie dafür, dass immer ein leichter Lufthauch weht.«

»Sie haben das System durchschaut«, lobte er. »Das sind sogenannte Punkas. Ich habe sie auch schon auf vielen Schiffen gesehen. Vermutlich werden wir auf dem nächsten Schiff auch in diesen Genuss kommen.«

Nellie nickte. Sie hatten schon vor einiger Zeit festgestellt, dass ihre Reiseroute bis Hongkong die Gleiche sein würde, und insgeheim freute sie sich, dass sie sich von Robert noch nicht verabschieden musste – trotz ihrer wirren Gefühle und seines dann und wann durchaus merkwürdigen Benehmens.

Ein zierlicher, dunkeläugiger Mann trat zu ihnen, deutete eine Verneigung an und geleitete sie zu ihrem Tisch.

Das Essen war fremdländisch und scharf, aber es schmeckte Nellie hervorragend. »Vor allem ist es mal eine Abwechslung zu dem ewig gleichen Essen auf der Victoria«, sagte sie genüsslich kauend.

»Nun ja, immerhin haben sie sich Mühe gegeben, die Mahlzeiten immer wieder anders anzuordnen und sich jeden Tag einen neuen Namen überlegt.«

»Ich finde vor allem die Kellner viel angenehmer als die Schiffsdiener. Die waren teilweise schon recht unfreundlich«, bemerkte Nellie. Sie beobachtete die diensteifrigen Boys mit ihrer bronzefarbenen Haut und den sanften Augen, die zwischen den Tischen umhereilten, und bewunderte die ebenen, zarten Gesichtszüge. Ihr langes, glattes schwarzes Haar war auf dem Hinterkopf zu einem griechischen Knoten gebunden. Sie trugen weiße Leinengewänder und darüber weiße

Jacken, ihre blitzsauberen braunen Füße waren nackt und machten auf dem Fliesenboden kaum ein Geräusch.

»Ich kann nur die Männer so schlecht von den Frauen unterscheiden«, sagte sie.

»Das ist ganz einfach«, wusste Robert. »Die Männer tragen einen Schildpattkamm im Haar, die Frauen nicht.«

»Oh, tatsächlich«, sagte Nellie, die diesen Unterschied erst jetzt bemerkte. »Aber warum tun sie das?«

»Diese Frage kann ich Ihnen nicht beantworten«, bedauerte Robert. »Aber es ist hier ebenso ein Zeichen für Männlichkeit wie in Amerika ...«, er suchte nach einem Vergleich und fuhr dann fort, »Hosen zu tragen. So wenig, wie Sie auf die Idee kommen würden, eine Hose anzuziehen, kommen die Frauen hier auf den Gedanken, sich einen solchen Kamm ins Haar zu stecken.«

»Interessant«, murmelte Nellie. Was für eigenartige Besonderheiten es doch in den unterschiedlichen Ländern gab.

18. Kapitel

Colombo, Mount Lavinia, Ceylon, Montag, 9. Dezember 1889

»Und Sie sind sich sicher?«, vergewisserte sich Nellie und sah Robert zweifelnd an, der lachen musste. Ihr fiel auf, dass er nun schon den zweiten Tag herrlich unbefangen mit ihr umging.

»Ganz sicher«, sagte er.

Nellie verzog das Gesicht. Auf der Victoria hatte sie schon einmal versucht, zum Tiffin, wie Frühstück hier allgemein genannt wurde, Curry zu essen, aber ihr hatte sich beinahe der Magen umgedreht.

»Das Curry hier an Land ist etwas ganz anderes, glauben Sie mir«, beteuerte Robert. »Es ist außerordentlich wohlschmeckend und ein echtes Erlebnis.«

»Wenn Sie meinen«, sagte Nellie und rang sich dazu durch, ein echtes Curry zu bestellen, was der zuständige Boy mit strahlender Begeisterung quittierte und im nächsten Moment begann, eine Platte nach der anderen auf den Tisch zu stellen. Es gab Reis, Garnelen, Huhn- und Rindfleisch, und während Nellie sich mit Reis und Garnelen begnügte, langte Robert auch bei den anderen Beilagen kräftig zu. Auf einer weiteren Platte wurden eingelegtes Obst, Chutney und diverse scharfe Lebensmittel serviert. »Bedienen Sie sich«, sagte Robert. »Typischerweise geben Sie drei Stück zu ihrer Reis-Garnelen-Mischung.« Nellie tat, wie ihr geheißen.

»Nun kommt die Bombay-Duck, Madam«, kündigte der Kellner stolz an, und Nellie fiel nicht zum ersten Mal auf, dass die Boys sie, wenn sie mit Robert speiste, mit »Madam« statt mit »Miss« ansprachen. Offenbar hielt man sie für ein Ehepaar, wie Nellie etwas verlegen feststellte. Rasch richtete sie ihre Konzentration auf die erwartete Ente, und ihr lief bereits das Wasser im Mund zusammen. Sie liebte Ente, auch wenn sie diese eher zum Abendessen als zum Frühstück zu verspeisen pflegte. Während sie irritiert bemerkte, dass Robert sie regelrecht lauernd anstarrte, hielt der Kellner ihr eine Platte unter die Nase – und Nellie entgleisten zu Roberts Erheiterung die Gesichtszüge. Statt auf die erwartete knusprige Ente starrte Nellie auf einen Haufen getrockneter Fische, die in der Mitte aufgeschlitzt waren. Mit einer Verbeugung stellte der Kellner die Platte vor ihr ab und entfernte sich, während Nellie Robert strafend ansah. »Sie haben das gewusst«, sprach sie das Offensichtliche aus. »Sie haben gewusst, dass ich mir bei dem Begriff ›Bombay-Duck‹ etwas ganz anderes vorgestellt habe.«

Lachend und entschuldigend sah er sie an. »Ja«, gestand er. »Bitte verzeihen Sie. Aber die Verlockung war einfach zu groß, und ihr Gesichtsausdruck, als Sie die Fische gesehen haben, einfach zu herrlich.«

»Würden Sie anders dreinblicken, wenn Sie eine leckere Ente erwarten würden und stattdessen getrocknete Fische bekämen?«, fragte Nellie und musste nun ebenfalls lachen.

»Ich habe beim ersten Mal genauso geschaut«, gestand er. »Und der Schah von Persien auch.«

»Der Schah von Persien?«, fragte Nellie erstaunt.

»Ja, diese Geschichte hat man mir zu meiner ersten Bombay-Duck serviert. Der Schah von Persien erhielt die Nachricht, dass ein bedeutender indischer Würdenträger ihm einen riesigen Berg von besonders köstlichen Bombay-Ducks zusenden wolle. Der Schah war hingerissen und ließ für viel Geld Teiche anlegen, damit die Bombay-Ducks eine schöne neue Heimat hätten. Aber dann bekam er zu seinem Entsetzen keine prachtvollen Enten, sondern einen großen Berg stinkender, getrockneter Fische. Aber sie schmecken besser, als sie aussehen«, versprach Robert und deutete auf Nellies Teller. »Nun müssen Sie alles vermischen, und dann wünsche ich guten Appetit«, erklärte er und machte sich sogleich selbst ans Werk. Nellie tat es ihm nach, probierte – und wähnte sich im Himmel. Es schmeckte ihr so gut, dass sie noch eine Portion aß und noch eine dritte, bis sie bemerkte, dass sie Herzrasen bekam. Und das lag dieses Mal nicht an Robert, sondern am vielen Curry.

Nach dem Frühstück brachen Nellie und Robert zu einem Ausflug in das südlich gelegene Mount Lavinia auf. Nellie staunte, wie makellos die Straßen waren, die sich glatt und rot durch die ganze Umgebung zogen. Große Stücke von ihnen waren von Bäumen beschattet, die ihre Äste weit über die Straße reckten, und da sie sich mit den Bäumen auf der anderen Straßenseite vereinten, bildeten sie so etwas wie einen Laubengang.

Wie weit entfernt war New York mit seinen grauen, kaputten Straßen! »New York könnte sich ein Beispiel nehmen«, sagte sie zu Robert, der neben ihr in der Kutsche saß, und gestand ihm damit, was sie vor ihrem englischen Kollegen nicht hatte zugeben wollen. »Dort sind die Straßen in einem schrecklichen Zustand.«

»Mag wohl sein«, stimmte Robert zu. »Allerdings sind diese Straßen hier von Gefangenen unter schrecklichen Voraussetzungen gebaut worden.«

Nellie verzog das Gesicht. Wie so oft trog auch hier der schöne Schein. Rechts und links war die Straße gesäumt von kleinen, schilfgedeckten Häuschen, vor denen Menschen saßen, Kinder spielten und Hühner herumliefen. Es war ein Bild des Friedens.

»Erkennen Sie ihn wieder?«, fragte Robert. »Mount Lavinia haben wir vom Schiff aus gesehen.«

»Ich erinnere mich an dieses prachtvolle Gebäude auf dem Hügel.« Sie deutete nach vorne auf ein über dem Meer gelegenes Hotel, und Robert nickte. »Ein beliebtes Ausflugsziel, vor allem, wenn es heiß ist. Es weht den ganzen Tag über eine erfrischende Brise.«

Nellie hätte das Hotel gerne besucht, doch sie wurden zum Abendessen wieder im Grand Oriental erwartet. Robert tröstete sie damit, ihr anschließend noch die Galle-Face-Promenade zeigen zu wollen. Diese sei abends nach Anbruch der Dunkelheit ohnehin am schönsten.

Nellie wurde nicht enttäuscht: Die tiefrote Promenade verlief am Strand und glänzte im Mondschein. Man konnte endlos auf ihr entlangwandeln, während neben ihnen die Wellen an den Strand rollten und sich an der Sandbank brachen, wodurch sie einen bezaubernden, immerwährenden Rhythmus erzeugten. Die Sterne funkelten am Himmel, überall waren Paare zu sehen, die sich in den Armen hielten oder küssten, und die süßliche Luft, die für Ceylon so charakteristisch war, tat ein Übriges: Die Stimmung war von einer schweren Romantik, der man sich nicht entziehen konnte. Auf einmal war auch die Spannung zwischen ihr und Robert wieder überdeutlich zu spüren. »Schauen Sie, dort«, sagte er und nahm ihren Arm, eine Berührung, die in Nellie sofort Herzklopfen auslöste. Er deutete auf das dunkle Meer, auf dem sich hier und da hohe weiße Schaumkronen bildeten. Erstaunt sah Nellie, dass ein Mann mitten im Wasser stand, und wie so oft, wenn sie von etwas abgelenkt wurde, fing sie sich wieder und konnte mit Roberts Nähe nun besser umgehen.

»Was tut er da?«, fragte sie besorgt.

»Er fischt«, erklärte Robert, und seine dunklen Augen glühten in der Dunkelheit. »Angeblich beißen die Fische in der Nacht besser an als bei Tag.«

»Aber wenn ihn die Wellen fortreißen?«, fragte Nellie besorgt.

»Das passiert nicht«, beruhigte er sie, und es klang beinahe zärtlich. »Die Männer, die nachts ins Meer gehen, sind erfahren genug. Sie gehen kein Risiko ein.«

Sie schlenderten weiter, vorbei an Soldaten der Krone, die über die Promenade patrouillierten und ihnen freundlich zunickten.

»Haben Sie Lust, noch eine Kleinigkeit zu trinken?«, fragte Robert und deutete auf das Hotel, das am Ende der Promenade inmitten eines Palmenwäldchens stand.

Nellie zögerte. Einerseits würde sie nichts lieber tun, als diesen Abend, diese besondere Stimmung noch etwas zu genießen, zumal sie es immer noch bedauerte, dass für einen Besuch im Mount Lavinia am Mittag keine Zeit geblieben war. Andererseits war sie sich der nun wieder veränderten Stimmung zwischen Robert und ihr sehr bewusst – und das machte ihr Angst. Doch, sagte sie sich, wann würde sie jemals wieder hier sein und die Gelegenheit bekommen, im Galle-Face-Hotel zwischen den Säulen der steingefliesten Veranda auf einer Chaiselongue Platz zu nehmen und durch das Palmenwäldchen dorthin zu schauen, wo der Ozean den Sandstrand küsst?

Nickend stimmte Nellie zu, und kurz darauf nahmen sie auf der Veranda Platz. Schweigend saßen sie nebeneinander, lauschten auf das Plätschern der Wellen, die an den Strand spülten, und dem ewigen Rauschen, das vom Meer herüberdrang. Nellies Gedanken glitten in die Vergangenheit, in ihre Kindheit, zu den erfüllten und unerfüllten Lebensträumen. Und dann und wann musterte sie verstohlen den Mann an ihrer Seite.

Ein Boy hatte zwei Gläser erfrischende Limonaden gebracht, Robert lächelte Nellie zu und nahm einen Schluck. Am Tisch vor ihr ließ sich ein Liebespaar nieder, und Nellie und Robert hatten nur zwei Möglichkeiten: Entweder einander oder das Liebespaar anzusehen, das nahe beieinandersaß, die Hände ineinander verschlungen, zärtliche Worte flüsternd.

Schweigend blickte Robert ihr in die Augen, nie war die Spannung zwischen ihnen so spürbar gewesen. Nellie bekam Panik. »Die Armen«, stieß sie mit Blick auf das Liebespaar hervor, die Worte waren schneller aus ihrem Mund, als sie sie verhindern konnte. Ihr war klar, dass sie sie nur ausgesprochen hatte, um der Eindringlichkeit seines Blicks zu entkommen. Und aus dem gleichen Grund, um sich aus ihrer emotionalen Not zu befreien, sprach sie nun weiter: »Liebe, das ist doch nur eine Verirrung der menschlichen Natur. Wer ihr verfällt, läuft Gefahr, in der Hölle zu landen.«

Betroffen sah er sie an. »Nellie«, sagte er leise. »Ich bin froh, dass Sie es endlich ansprechen. Diese Irrfahrt zwischen Himmel und Hölle erlebe ich, seit ich Ihnen begegnet bin.«

Nein, dachte Nellie und wünschte, sie könnte ihre Worte wieder einfangen, sie ungesagt machen, zumal sie mit ihnen genau das Gegenteil dessen erreicht hatte, was sie eigentlich gewollt hatte. Stumm sah sie ihn an, während er ihre Hand nahm. Sie entzog sie ihm nicht, war wie gelähmt, unfähig sich zu bewegen, einerseits hätte sie sie ihm gerne entrissen, andererseits ihn angefleht, seine Hand nie wieder aus der ihren zu lösen.

»Seit Sie mir begegnet sind, Nellie«, sagte Robert, »bin ich vollkommen durcheinander. Ich bin in Liebe zu Ihnen entbrannt. Aber ich darf es nicht sein, denn zu Hause in Sevilla wartet meine Frau. Ich bin seit zwanzig Jahren mit ihr verheiratet und liebe sie von ganzem Herzen.«

Rasch entzog Nellie ihm ihre Hand. Sein Geständnis bewegte sie zutiefst. Sein Geständnis bewegte sie zutiefst und zerriss ihr das Herz, zugleich war sie aber auch froh, dass sie nun endlich Klarheit hatte.

»Nun habe ich Sie verletzt«, sagte er betroffen. »Weil Sie auch gemerkt haben, dass da etwas zwischen uns ist. Vielleicht empfinden Sie ebenso wie ich und haben sich … Hoffnungen gemacht. Und nun erkläre ich Ihnen, dass ich verheiratet bin.«

Nellie schüttelte den Kopf. »Sie haben mich nicht verletzt«, versicherte sie. »Oder doch, ein wenig vielleicht schon. Aber es überwiegt die Erleichterung, dass wir endlich offen miteinander sprechen können. Denn ich habe mich gelegentlich über Ihr Betragen gewundert, vor allem dann, wenn Sie so abweisend waren.«

Er nickte entschuldigend. »Das war ich immer dann, wenn mich meine Gefühle für Sie übermannten und ich mir keinen anderen Rat wusste, als den größtmöglichen Abstand zu Ihnen einzunehmen.«

»Deswegen haben Sie sich auch zurückgezogen, als in Port Said die Rede davon war, ob man zwei Menschen lieben kann«, erkannte Nellie.

»Genau so ist es«, sagte Robert. »Und ich habe viel darüber nachgedacht, was Liebe ist.«

Gespannt sah Nellie ihn an. »Sagen Sie es mir?«, bat sie. »Ich weiß es nämlich nicht.«

»Nun«, begann Robert und bestellte mit einem Handzeichen noch ein Glas Limonade für jeden, »auf jeden Fall gibt es einen Unterschied zwischen Liebe und Verliebtsein, Letzteres hat auch sehr viel mit körperlichem … nun ja …«

Nellie bemerkte, dass er nicht unhöflich sein wollte, und auch wenn dieses Thema sicherlich kein passendes Gesprächsthema für eine junge Frau war, half sie ihm doch aus der Verlegenheit: »Körperlichem Verlangen zu tun«, vollendete sie seinen Satz.

»Ja«, sagte er, und wieder traf sie sein glühender Blick, in dem solches Begehren lag, dass Nellie die Luft wegblieb. »Wenn ein Mann und eine Frau, die sich gegenseitig mögen und körperlich anziehend finden, viel Zeit miteinander verbringen, besondere Dinge miteinander erleben und dann auch noch solch romantische Momente wie diesen teilen, da kann man schon mal durcheinanderkommen.«

»Aber Sie denken, das ist keine Liebe?«, fragte Nellie.

»Ich denke, es ist Verliebtheit«, erklärte Robert, »zumindest von meiner Seite. Ich schäme mich vor meiner Frau dafür, aber es ist mir passiert. Ich habe mich in Sie verliebt,

Nellie. Aber ich habe mir geschworen, diesem Drang nicht nachzugeben.«

Nellie nickte und dachte, dass es vermutlich nicht viele Männer gab, die so standhaft bleiben würden. »Vielleicht ist es bei den Arabern doch nicht so schlecht. Dass man mehrere Menschen lieben darf, allerdings müsste das natürlich auch für die Frauen gelten«, sagte sie nachdenklich und war sich vollkommen darüber im Klaren, wie verwerflich das, was sie da gerade sagte, nach dem allgemeinen westlichen Sittenverständnis war und dort sogar unter Strafe stand.

»Denn auch ich glaube, dass ich mich in Sie verliebt habe, und mein körperliches Verlangen nach Ihnen ist … ist übermächtig.« Sie wusste sehr genau, dass sie mit allen Regeln der Schicklichkeit brach, aber bei diesem Gespräch galten ohnehin andere Gesetze. Sein Blick war dunkel vor Verlangen, und er schluckte hart.

»Vielleicht ist der gegenseitige Zauber nun noch größer geworden«, flüsterte Nellie. »Weil es immer schöner ist, von etwas zu träumen, als es dann tatsächlich zu besitzen.«

Er atmete schwer und fragte leise: »Und Sie? Gibt es jemanden? Außer mir?«

Nellie zögerte. »Würde Sie das nicht verletzen?«

Er schüttelte den Kopf. »Nein. Ich möchte alles wissen über dieses faszinierende Geschöpf, das mir da gegenübersitzt.«

»Nun gut«, sagte Nellie. »Aber es ist ohnehin nichts, was mit unserer Begegnung vergleichbar wäre. Nur eine kleine Schwärmerei. Er ist Kapitän auf dem Schiff, mit dem ich beinah von New York nach London gefahren wäre«, begann sie zu erzählen. »Da ich meinen Auftrag sehr kurzfristig erhielt, war es ein Wettlauf mit der Zeit. Es war unklar, welches der beiden Schiffe ich erreichen würde. Am späten Abend habe ich mich auf den Weg zum Hafen gemacht, um die Lage mit den beiden zuständigen Redereien zu klären. Und da geriet ich leider in die Hände eines nicht sonderlich wohlmeinenden Hafenarbeiters.«

»Oh«, machte Robert und sah so wütend aus, als wolle er den Übeltäter am liebsten sofort zur Rechenschaft ziehen. »Ist Ihnen etwas ...«

Doch Nellie schüttelte den Kopf. »Nein«, sagte sie. »In dieser misslichen Lage hat der Kapitän mich gefunden – und gerettet.« Sie kicherte. »Er hat den Kerl einfach in eine Pfütze geworfen.«

Robert nickte zufrieden. »Geschah ihm recht. Und ich hätte ihm weit Schlimmeres gewünscht.«

»Ja. Ich hatte gehofft, es noch auf das Schiff zu schaffen und mit ihm meine Reise anzutreten. Doch es war vollkommen unmöglich.«

»Und das war alles?«, fragte Robert und klang absurderweise regelrecht enttäuscht. »Danach haben Sie ihn nicht mehr gesehen? Nichts mehr von ihm gehört?«

»Na ja«, sagte Nellie. »Wie man es nimmt. Meine Mutter ist zum Schiff geeilt, weil sie ja auch nicht sicher sein konnte, ob ich auf diesem abreisen werde, und auf keinen Fall meinen Abschied verpassen wollte. Da sind die beiden sich begegnet, und als klar wurde, dass ich es nicht mehr schaffe, hat er ihr einen Brief mitgegeben.«

»Es wäre impertinent zu fragen, was in dem Brief stand. Aber er scheint dann ja regelrecht auf Sie gewartet zu haben. Ich denke, dass er Ihre ... kleine Schwärmerei erwidert.«

»Aber mehr war es eben nicht als eine kleine Schwärmerei«, betonte sie dann.

Stumm sahen sie einander eine Weile an, dann fragte Nellie: »Glauben Sie, dass es so etwas wie Liebe auf den ersten Blick gibt?«

Robert zögerte, nahm einen großen Schluck von seiner Limonade und sagte dann: »Ich glaube, im Idealfall erkennt man im Moment des sich Verliebens, aus dem dann Liebe erwachsen kann, die beste Form des Gegenübers. Ganz intuitiv. Und wenn das der Beginn einer glücklichen Liebe ist, dann gelingt es einem vielleicht, diese beste Seite des Gegenübers dauerhaft zum Klingen zu bringen. Umgekehrt gilt das Gleiche, sodass diese beiden besten Seiten – oder wir können auch Saiten sagen, mit ai – miteinander schwingen und eine wunderbare Melodie erzeugen.«

Nellie war beeindruckt von Roberts Gedanken und seiner Art, sich auszudrücken. In diesem besten Fall wäre es dann selbst ihr mit ihrer Zurückhaltung möglich, sich auf die Liebe einzulassen.

»Und im schlechtesten Fall?«, konnte sie nicht umhin zu fragen.

»Im schlechtesten Fall glauben wir unsere Wünsche und Träume bei unserem Gegenüber zu finden, ohne zu bemerken, dass diese Wünsche und Träume gar nicht zu ihm passen. Und wenn wir es dann bemerken, ist es manchmal schon zu spät. Die Gefahr, dass so etwas passiert, ist nicht gerade gering, vor allem dann nicht, wenn das Gegenüber dieses Spiel mitspielt.«

Betroffen sah Nellie ihn an. Er hatte die Form der Liebe angesprochen, vor der sie sich ängstigte. Wie klug er war! Auf einmal hatte sie das Gefühl, von diesem Mann verstanden zu werden – mit all ihren Abgründen und Ängsten.

»Und das kann leicht und ganz unmerklich passieren,

weil das Gegenüber die Wünsche und Träume erahnt und ja gefallen will und sich deshalb vielleicht verstellt, ohne es zu bemerken?«, fragte sie atemlos.

»Ganz genau«, sagte Robert, seinerseits beeindruckt, und sah ihr für einen Moment mit seiner alten Zärtlichkeit in die Augen. »Sie sind eine kluge Frau, Nellie Bly.«

»Wie war das mit Ihrer Gattin?«, fragte sie. »Und wie ist es jetzt?«

Er zögerte. »Mit meiner Frau war es wie in meinem ersten Beispiel«, sagte er dann. »Wir haben einander gesehen, die beste Seite im anderen hervorgerufen und sie gemeinsam gelebt. Durch sie bin ich ein besserer Mensch. Und sie durch mich wohl auch.«

Nellie verstand, zugleich aber war sie verwirrt. »Aber welche Rolle spiele ich dabei?«, fragte sie. »Wenn Ihre Frau Ihre große Liebe ist, wie konnte dann so etwas … passieren?«

»Das ist eine gute Frage«, sagte Robert. »Und glauben Sie mir, ich bin ausgesprochen verwirrt. Vielleicht liegt es daran: Nach zwanzig Jahren Gemeinsamkeit ist die Liebe groß, aber die Verliebtheit weg. Vielleicht hatte der Schmetterling in mir ein wenig Sehnsucht zu tanzen.«

Sie schwieg.

»Nun habe ich Sie verletzt«, sagte er betroffen. »Das wollte ich nicht.«

»Nein«, sagte sie. »Nein, Sie waren nur ehrlich. Und das Beispiel Ihrer Liebe zu Ihrer Frau zeigt mir, dass es diese wunderschönen, romantischen Geschichten tatsächlich gibt.«

Er nickte und trank sein Glas aus. »Ja«, sagte er. »Es gibt sie, diese Märchen. Und Sie werden das Ihre erleben. Da bin ich mir ganz sicher.«

Kurze Zeit später entschieden sich Robert und Nellie zum Aufbruch. Nun, wo sie sich ausgesprochen hatten, war keine Spur der Befangenheit mehr zwischen ihnen, dafür aber sehr viel innige Zuneigung, fast schon Zärtlichkeit. Robert winkte einem Ochsenkarren, und sie nahmen nebeneinander auf der Rückbank Platz. Das Mondlicht verlieh der ohnehin schon so lieblichen Landschaft noch weichere Konturen, das Meer schlug sanft ans Ufer, das Zirpen der Grillen war beinah übermächtig laut. Robert und Nellie sahen einander an, zaghaft nahm er ihre Hand. Sie wussten, das war das Höchste, was sie sich erlauben würden, und sie wussten, dass es ein Abschied war. Ein Abschied von der zarten und nie gelebten Romanze, die sie verband.

Sie hatten das Hotel fast erreicht, als ein Polizist auf die Straße trat und sie mit weit ausholenden Bewegungen aufforderte anzuhalten. Der Fahrer rief etwas auf Singhalesisch, der Polizist erwiderte etwas, und es klang nicht sehr freundlich. Schließlich erschien der Polizist neben der Ladefläche. »Steigen Sie aus«, sagte er schneidend. »Sie sind verhaftet.«

»Verhaftet?«, rief Nellie verwundert, und absurderweise dachte sie für einen Moment, dass sie wegen Händchenhaltens mit einem verheirateten Mann unter Strafe gestellt würde. Doch das war natürlich Unsinn – und es gab auch keinen, der diese intime Geste hätte beobachten können.

Robert, der ebenso erstaunt, aber auch amüsiert wirkte, erkundigte sich freundlich nach dem Grund der Verhaftung. »Die Kerze in einer der Lampen an Ihrem Fahrzeug ist heruntergebrannt, Sir«, ließ der Polizist ihn schmallippig wissen. »Ich lege Ihnen und Ihrer Begleiterin zur Last, teils unbeleuchtet gefahren zu sein. Daher nehme ich Sie unter Arrest.«

Nellie musste ein Lachen unterdrücken. Es war noch gar nicht so lange her, da hatte sie sich alle erdenkliche Mühe gegeben, um verhaftet und in die Irrenanstalt eingeliefert zu werden. Und nun sollte sie wegen einer heruntergebrannten Kerze in ein ceylonesisches Gefängnis? Ein Erlebnis wäre das sicherlich, dachte Nellie abenteuerlustig. Allerdings wusste sie nicht, wie lange man für das Delikt »heruntergebrannte Kerze im Straßenverkehr« ins Gefängnis kommen konnte. Was, wenn sich dadurch ihre Weiterfahrt verzögerte?

Doch Robert hatte das Problem längst gelöst und dem aufgebrachten Polizisten erklärt, heruntergebrannte Kerzen lägen schließlich nicht in ihrer Verantwortung, sondern einzig und allein in der des Fahrers. Er unterstrich sein Argument mit einer großzügigen »Spende«, und so lag Nellie eine halbe Stunde später in ihrem Bett statt in einer Gefängniszelle. Schlaf fand sie jedoch lange Zeit nicht. Zu viel hatte sich an diesem aufregenden Tag ereignet. Morgen würde sie Colombo verlassen und nach Hongkong weiterreisen. Sie wusste, dass sie Ceylon und insbesondere den Abend mit Robert nie vergessen würde. Vielleicht war das der größte Teil der Reise gewesen, den sie gestern Abend zurückgelegt hatte. Der Reise auf dem Weg zu sich selbst.

19. Kapitel

Colombo, Ceylon, Dienstag, 10. Dezember 1889

Nellie hatte keine Lust aufzustehen. Ihr Bett war so gemütlich, ihr Traum so wunderbar. Schmetterlinge gab es dort, die von Blüte zu Blüte tanzten, einer der Schmetterlinge war ganz besonders groß und besonders schön, und er verharrte lange in einem riesigen gelben Kelch.

Ein Geräusch von der Tür her ließ sie zusammenschrecken, unter halb geschlossenen Lidern erkannte sie einen Kellner, der wie schon tags zuvor Kaffee und Toast auf den kleinen Tisch neben ihrem Bett abstellte. Das Bett war mit großen Vorhängen vom restlichen Raum abgetrennt und bot ihr damit Schutz vor den Blicken des Kellners. Nachdem der Mann wieder hinausgegangen war, drehte sich Nellie im Bett um, ließ Toast Toast und Kaffee Kaffee sein und versuchte, wieder in ihren schönen Traum zurückzufinden. Das war ihr gerade einigermaßen gelungen, als sie von einem lauten Klappern erneut aus ihren Träumen gerissen wurde. Sie öffnete ein Auge und erspähte eine Krähe, die in aller Ruhe dabei war, ihr Toastbrot zu verspeisen. Der Vogel war offenbar durch die weit geöffnete Balkontür hereingeflogen und schien nicht das geringste schlechte Gewissen zu haben und auch nicht scheu zu sein. Im Gegenteil, die Krähe warf Nellie einen vorwurfsvollen Blick zu, als sie sich im Bett bewegte. *Komm nur nicht auf die Idee, mir diesen Toast streitig zu machen*, schien sie Nellie stumm mitzuteilen. *Du hast schließlich geschlafen. Aber den kalten Kaffee, den kannst du haben. Der schmeckt scheußlich. Empörend, mir so etwas vorzusetzen!*

»Iss du nur deinen Toast. Ich bevorzuge seit gestern ohnehin Curry«, teilte sie der Krähe mit, die die Tatsache, dass Nellie sich nun anschickte aufzustehen, allerdings so beunruhigte, dass sie sich entschied, mit einem empörten Krächzer davonzufliegen. »Dann eben nicht«, seufzte Nellie und machte sich daran, sich anzukleiden. »Ich gehe jetzt jedenfalls Curry essen.«

Doch als sie das Erdgeschoss betrat, wo sich auch der Frühstücksraum befand, erlebte sie eine böse Überraschung. Die rund 20 Passagiere der P&O, die genau wie Nellie nach Hongkong weiterreisen wollten und hier Quartier bezogen hatten, waren in heller Aufregung. Sie scharten sich um eine Anschlagtafel, auf der geschrieben stand, dass die Oriental, die heute den Hafen verlassen und Penang, Singapur und Hongkong ansteuern sollte, nicht pünktlich würde ablegen können: Man musste noch auf die aus Kalkutta kommende Nepaul warten, um von dieser Post und Passagiere zu übernehmen. Die Verspätung würde vermutlich mindestens drei Tage dauern.

»Sie ist noch nicht mal in Sicht«, empörte sich eine Passagierin, die Nellie aufgrund ihrer vielen Schimpferei bereits an Bord aufgefallen war. »Ich denke, die Nepaul ist das langsamste Schiff auf den Weltenmeeren.«

Nellie war verzweifelt: Bisher war alles hervorragend gelaufen, nun drohte ihr Zeitplan zu platzen. Sie schenkte sich das Curry und fragte sich sofort zum nächsten Telegrafenamt durch, um eine Depesche nach New York zu schicken. Acht Worte kosteten 25 und jedes weitere Wort nochmals fünf Cent. *Wurde in Colombo aufgehalten, kann erst in drei Tagen weiterreisen. Nellie Bly.*

Sie hoffte, dass ihre Prophezeiung sich erfüllen würde. Denn momentan war keineswegs sicher, dass ihre Verspätung nur drei Tage dauern würde. Klar war jedoch eines: Würde sie länger währen, hatte sie keine Chance, in Hongkong ihr nächstes Schiff zu erreichen. Und damit hätte sie ihren Wettlauf gegen Phileas Fogg verloren.

Robert gab alles, um Nellie von der inneren Unruhe abzulenken, so schrecklich fand sie es, festzusitzen und nichts tun zu können. Er nötigte sie zu einem Besuch auf der Teeplantage von Finn und Fionas Tante, und Nellie stimmte halbherzig zu. Die Aussicht darauf, die Geschwister noch einmal zu sehen, war ebenso verlockend wie ein Tag mit Robert, auch wenn dieser ob ihrer gegenseitigen Eingeständnisse sicherlich von einer gewissen romantischen Melancholie geprägt sein würde. Nellie sah aus dem Fenster, als die Kutsche die Galle-Face-Promenade entlangfuhr. Sie beobachtete Männer, Frauen, Kinder, Ochsen, Pferde, Büffel und Hunde. Mitten in dem See lag eine kleine grüne Insel,.und Nellie entdeckte mehrere Wäscher, die ihre Stoffe in das Wasser tunkten, sie auswrangen, gegen eine Holzwand schlugen und sie schließlich zum Trocknen ausbreiteten. Die Straßen waren voller Fußgänger, Kühe, Fahrräder, Rikschas und Kutschen. Überall an den Straßenrändern standen Tempel, und als Robert, der bisher schweigend und offenbar in seine eigenen Gedanken versunken neben ihr gesessen hatte, vorschlug, einen der

Tempel zu besuchen, stimmte Nellie eifrig zu. Robert tippte dem Fahrer auf die Schulter und bedeutete ihm, beim nächsten Tempel anzuhalten.

Dort angekommen, wies ein schlanker Wächter sie an, die Schuhe auszuziehen. Nellie rümpfte die Nase. Der Boden war furchtbar dreckig, und die Vorstellung, dass hier schon Tausende andere Menschen mit ihren bloßen Füßen entlanggelaufen waren, empfand sie als nicht sonderlich einladend. Robert schien damit jedoch nicht das geringste Problem zu haben.

»Zögern Sie nicht«, sagte da eine sanfte Stimme hinter ihr. Nellie fuhr herum und sah sich einem winzigen, kahl rasierten Mann gegenüber, der in ein orangefarbenes Tuch gewickelt war.

»Lassen Sie sich nicht von Äußerlichkeiten wie Schmutz abhalten«, sagte der Mönch. »Die Menschen tun das viel zu oft und dringen dadurch nicht zum Kern der Dinge vor. Sie bleiben an der Oberfläche hängen, so wie Sie an diesem Dreck, wenn Sie deshalb den Tempel nicht betreten. Und selbst wenn es erlaubt wäre, die Schuhe anzulassen: Sie würden nicht empfinden, was sie empfinden, wenn Sie diesen heiligen Boden barfuß berühren, so wie das Tausende, ja Millionen Buddhisten jeden Tag tun.«

»Und was empfinde ich dann?«, fragte Nellie, doch der Mönch lächelte nur. »Probieren Sie es aus.«

Nellie nickte, ihre Pingeligkeit war ihr nun ein wenig peinlich. Rasch zog sie die Schuhe aus und stellte sie neben Roberts.

Vorsichtig betrat sie die glatten Steinfliesen.

»Schließen Sie die Augen«, sagte der Mönch. »Nehmen Sie einfach nur wahr.«

Nellie tat, wie ihr geheißen – und wusste sofort, was der Mann meinte. Von diesem Boden schien eine intensive Energie auszugehen, als sei er durch den Glauben all der Menschen, die hier tagtäglich hineinströmten, regelrecht aufgeladen worden. Lange stand sie so mit geschlossenen Augen.

»Darum geht es«, sagte der Mann leise. »Darum, einfach nur wahrzunehmen.«

Nellie und Robert blieben lange in dem Tempel. Irgendwann setzten sie sich auf einen warmen Stein, im Angesicht eines mächtigen goldenen Buddhas – der Stupa.

»Darum geht es. Einfach nur wahrzunehmen«, wiederholte Nellie leise und dachte, dass das wohl in allem so war, auch und gerade in Begegnungen mit anderen Menschen. Was hatte der Mönch gesagt? Dass man viel zu oft an den Äußerlichkeiten hängen blieb, sich abschrecken oder anlocken ließ und dadurch das Wesentliche gar nicht zu erleben vermochte?

»Ich möchte mehr über den Buddhismus erfahren«, sagte sie leise zu Robert.

»Dann ist die Verspätung doch zu etwas gut.«

»Alles ist zu etwas gut, Robert«, erwiderte sie leise.

Als sie den Tempel verließen, war ihr Fahrer eingeschlafen. Nellie fiel auf, dass er die Zeit ihrer Abwesenheit aber nicht nur zum Schlafen genutzt hatte, sondern auch dazu, seinen Wagen zu schmücken.

Auf der schmalen Armatur vor ihm hockte ein kleiner Elefantengott. Und der war nun mit einem herrlich duftenden weißen Blütenkranz bedeckt.

»Das sind Jasminblüten«, erklärte Robert.

Nellie hatte die langen weißen Ketten, die von sanftäugigen Frauen am Straßenrand verkauft wurden, schon verschiedentlich als Schmuck an Haaren, Rikschas und Karren bewundert, wobei sie fand, dass die Blüten sich in den glatten schwarzen Haaren der Singhalesinnen viel hübscher ausnahmen als an den Kutschen und anderen Fahrzeugen.

»Viele Hindus stehen morgens vor Sonnenaufgang auf, um ihrem Gott ein paar Blüten zu holen. Jeder Hindu kann sich selbst für einen Gott entscheiden, den er anbetet. Das hier ist Ganesha, der Elefantengott.«

Dieses Wort hatte der schlafende Singhalese verstanden. »Yes, Sir, Ganesh«, bestätigte er. »Schöne Tempel nicht weit von hier für Ganesh. Wollen sehen?«

Fragend sah Robert Nellie an. »Möchten Sie auch einen hinduistischen Tempel kennenlernen?«, erkundigte er sich. »Dem Fahrer würden wir eine große Freude machen. Dann kann er auch dem dortigen Ganesha ein paar Blumen bringen.«

»Warum nicht?«

Robert nickte dem Fahrer zu, der strahlte und sagte: »Temple Sri Kailawasanathan Swami Devasthanam, Sir.«

»Das ist der älteste hinduistische Tempel auf Ceylon«, erklärte Robert. »Er ist Ganesha und Shiva gewidmet.«

»Ganesh«, bestätigte der Fahrer wieder strahlend und wackelte mit dem Kopf. Diese ungemein rasche und ungemein grazile Bewegung von rechts nach links hatte Nellie schon verschiedentlich beobachtet und fasziniert versucht nachzuahmen, was ihr jedoch nicht gelungen war. Bei ihr wirkte das nur sehr hölzern und steif. Kurz darauf erreichten sie einen riesigen, hohen Tempel, der Nellie durch seine schiere Höhe an ein New Yorker Hochhaus erinnerte. Er war über und über mit bunten Gottheiten geschmückt.

Wieder musste Nellie die Schuhe ausziehen, es machte

ihr jedoch nichts mehr aus. Auch hier empfand sie die Kraft, die durch den Boden floss, aber sie erlebte sie nicht so intensiv wie in dem buddhistischen Tempel. Sie hatte den Eindruck, dass es hier viel voller war. Es herrschte zwar einerseits eine konzentrierte Innigkeit, andererseits aber auch quirlige Geschäftigkeit. Der Tempel war viel dunkler als der buddhistische, den sie zuvor besucht hatten, es gab viel mehr Altäre und Nischen. Es roch intensiv nach Räucherstäbchen und den Blüten, die die Frauen zu Füßen ihrer Gottheiten niederlegten. »Im Hinduismus gibt es über drei Millionen Götter«, flüsterte Robert Nellie zu. »Aber die meisten Menschen verehren Vishnu, Shiva und Shakti.«

»Und Ganesha«, meinte Nellie.

»Und Ganesha«, bestätigte Robert. »Er ist Shivas Sohn. Auf dem Gipfel von Adam's Peak steht übrigens auch ein Tempel für ihn, falls Sie sich dort hinaufbemühen möchten.«

»Bei der Hitze?« Nellie winkte dankend ab. Sie sahen sich in die Augen. Und dann lächelten sie. Gleichzeitig. Die gegenseitige Anziehungskraft hatte nicht nachgelassen. Aber Nellie spürte, dass es ihnen zunehmend gelang, sie in ein anderes Gefühl der Zuneigung zu verwandeln: in echte Freundschaft.

»Ich würde gerne noch weitere buddhistische Tempel besuchen«, sagte Nellie, als sie wieder aus dem Tempel traten.

»Sagen sie Ihnen mehr zu als die hinduistischen?«

»Ja«, bestätigte Nellie. »Aber ich kann Ihnen gar nicht sagen, warum.«

»Lassen Sie uns morgen nach Kandy fahren«, schlug er vor und fügte schmunzelnd hinzu: »Das Schöne ist ja: Durch die Verspätung ist uns Zeit miteinander geschenkt worden, die wir nun, da die Dinge zwischen uns geklärt sind, viel unbefangener und ohne schlechtes Gewissen genießen können.«

»Das stimmt«, bestätigte Nellie, obwohl sie insgeheim bedauerte, dass dieses so intensive Gefühl zwischen ihnen zwar nicht erloschen, aber doch zumindest eingedämpft war; wie bei einem Paradiesvogel, den man in einen Käfig sperrte.

»In Kandy können wir den Zahntempel besuchen«, sagte er. »Aber nun sollten wir uns auf den Weg zur Teeplantage von Finn und Fiona machen.«

»Einverstanden.«

Als die Kutsche, die sie inzwischen gegen die Rikscha getauscht hatten, die breiten Straßen unten am Ufer verließ, um sich den Berg hinaufzuarbeiten, stellte Nellie fest, dass die Wege auch hier außerordentlich gut ausgebaut waren. Wenn das überhaupt ging, so gefiel es ihr hier noch besser als am belebteren Strand. Egal von welcher Stelle aus, sie hatten eine gigantische Aussicht auf das Meer, vor dem sich in schier endloser Weite dichte Palmenwälder und tiefgrüne Reisfelder erstreckten. Die Stille, die sie hier empfand, rief in ihr eine ähnliche Empfindung hervor wie der Moment, in dem sie in dem buddhistischen Tempel gestanden hatte. Es war, als sei sie völlig im Einklang mit sich und mit der Welt, die sie umgab, auch mit dem Mann der neben ihr saß, trotz der Entsagung, die sie sich auferlegt hatten. Nellie fühlte einen tiefen Frieden in sich aufsteigen.

20. Kapitel

Loocecondera, Delthota, Ceylon, Dienstag, 10. Dezember 1889

»Hier scheint die Teeplantage zu beginnen«, riss Robert sie aus ihren Gedanken und deutete auf ein kleines Holzschild. *Loocecondera* stand dort in schwungvollen weißen Buchstaben geschrieben. Nellie nickte und sah sich in der Erwartung, nun das Wohnhaus zu erblicken, gespannt um, doch sie entdeckte nichts als endlose grüne Hänge. Je höher die Kutsche kam, desto häufiger entdeckte Nellie aber Teepflückerinnen – bunte Sprenkel in dem endlosen Grün. Sie hatten sich gegen die große Hitze die Enden ihrer Saris um den Kopf geschlungen und trugen auf ihren Rücken große Säcke, in die sie ihre Ernte gaben. Einige der Frauen sahen neugierig auf, als das Gespann vorbeifuhr, einige wenige winkten ihnen auch mutig zu, die meisten beachteten sie jedoch gar nicht. »Diese Arbeit muss furchtbar anstrengend sein«, bemerkte Nellie. »Vor allem bei dieser Hitze.«

Nachdem sie weitere zehn Minuten durch das dichte Grün gefahren waren, tauchte vor ihnen auf einmal ein bezauberndes schneeweißes Haus auf. Es hatte einen umlaufenden, prachtvollen Säulengang, in dem Nellie Sitzgelegenheiten erblickte. Weiße Vorhänge schützten vor allzu starkem Sonnenlicht, doch Nellie hatte den Eindruck, dass es hier oben in den Bergen etwas kühler war.

Aus dem Haus eilte ein Einheimischer in Livree auf sie zu und sah sie forschend an. »Kann ich Ihnen helfen?«, fragte er höflich.

Doch noch bevor Nellie oder Robert die Gelegenheit hatten, dem Diener zu erklären, dass sie Finn und Fiona besuchen wollten, erklang von drinnen ein lautes Quietschen. Kurz darauf sauste ein blonder Wirbelwind durch die Tür und fiel Nellie um den Hals. Der Diener lächelte bei diesem Anblick. Es war unschwer zu übersehen, dass er die junge, lebhafte Schottin ins Herz geschlossen hatte.

»Wie gut, dass ihr da seid«, sagte Fiona leise, nachdem sie auch Robert begrüßt hatte. Nellie bemerkte nun bestürzt, dass die junge Frau ausgesprochen bedrückt wirkte.

»Aber was ist denn geschehen?«

Fiona seufzte. »Es ist Finn«, sagte sie. »Da haben wir die ganze Reise gemacht, um hier seine Verlobte zu treffen, und nun …«

»Ja?«, fragte Nellie, die wusste, dass Finn die Tochter des benachbarten Plantagenbesitzers heiraten sollte, wodurch die beiden Plantagen dann zu einer einzigen großen verschmelzen würden. Finn hatte dem Wiedersehen mit seiner Verlobten sehr entgegengefiebert, denn auch wenn die Hochzeit im Grunde von den Familien arrangiert worden war, handelte es sich bei der jungen Frau um seine Jugendliebe, wie er Nellie an einem langen Seetag gestanden hatte. Die beiden kannten einander von Kindesbeinen an und hatten im zarten Alter von 16 und 17 Jahren den ersten scheuen Kuss unter Palmen getauscht.

»Rose ist verschwunden«, raunte Fiona. »Angeblich ist sie sehr krank und muss sich erholen, aber ihr Bruder, der mit Finn befreundet ist, fand es nicht gut, wie ihm da so einiges vorgemacht wurde, und hat ihm die Wahrheit erzählt. Rose hat sich wohl Hals über Kopf in einen Reisenden verliebt, der auf ihrer Teeplantage Station machte. Der Mann war sehr viel älter als sie und hat ihr vollkommen den Kopf verdreht, was nicht folgenlos blieb, wenn du verstehst, was ich meine. Man hat sie nun zu irgendeiner Tante geschickt, nach der Geburt soll sie das Kind zur Adoption freigeben und dann Finn heiraten.«

Etwas verlegen blickte Fiona zu Robert, doch der winkte ab. »Keine Sorge, mir für meinen Teil ist das ganz und gar nicht peinlich«, versicherte er. »Aber es tut mir unendlich leid für Finn.«

»Der arme Finn«, seufzte Nellie. »Dann kommt unser Besuch vielleicht gerade recht, und er lässt sich von uns etwas ablenken?«

»Das hoffe ich«, sagte Fiona, dann sah sie die anderen beiden an, als würde sie sich ihrer jetzt erst bewusst. »Aber warum seid ihr denn überhaupt hier? Solltet ihr nicht längst auf dem Schiff sein?«

»Sollten wir, aber heute Morgen haben wir erfahren, dass es drei Tage später ablegt, und uns gedacht: Nutzen wir die Zeit doch für einen Besuch bei euch.«

»Oh, nein!«, rief Fiona. »Ich meine, ich freue mich natürlich sehr über den Besuch, aber gefährdet das nicht all deine Pläne?«

»Wenn die Verspätung wirklich nur drei Tage ist, dann reicht es noch«, sagte Nellie. »Aber es darf nicht mehr sehr viel passieren.«

»Das wird schon klappen«, war Fiona überzeugt. »Ich …«

In diesem Moment kam Finn aus der Haustür. Er blickte äußerst niedergeschlagen drein, doch seine Miene hellte sich etwas auf, als er seine beiden Freunde erblickte.

»Sagt nicht, dass ich euch eingeweiht habe«, bat Fiona, und Robert erwiderte: »Du kannst dich auf uns verlassen.«

»Hallo, was macht ihr denn hier?«, rief Finn. Er gab sich zwar redliche Mühe, doch der für ihn so typische Schwung war nicht zu spüren.

»Unser Schiff hat drei Tage Verspätung«, informierte ihn Nellie. »Und da haben wir uns gedacht, wir schauen mal, was ihr so treibt.«

Finn nickte finster. »Ich weiß, dass Fiona euch alles erzählt hat. Ihr braucht nicht so zu tun, als wüsstet ihr es nicht.« Liebevoll sah er seine Schwester an. »Das muss dir nicht leidtun. Es ist vollkommen in Ordnung.«

»Schlimme Sache«, ließ sich Robert vernehmen und klopfte Finn mitfühlend auf die Schulter. »Wenn Sie erlauben, würden wir Sie gerne ablenken.«

»Es wäre mir ein Vergnügen«, sagte Finn grinsend. »Und wenn Sie erlauben, und du natürlich, Nellie, zeige ich euch die Plantage.«

»Es wäre uns ein Vergnügen«, wiederholte Nellie die Worte ihres Freundes.

»Dürfen wir euch zunächst eine Erfrischung anbieten?«, fragte Fiona. »Oder sollen wir erst zur Besichtigung starten?«

»Also, ich hätte nichts dagegen, gleich die Plantage zu besichtigen, und würde die Einladung gern annehmen«, sagte Nellie und sah Robert fragend an, der zur Bestätigung nickte. Dabei bemerkte sie, dass die Geschwister einen Blick tauschten.

»Wenn das Schiff doch wohl erst in drei Tagen ablegt«, meinte Fiona, »würden wir euch gerne unsere Gastfreundschaft anbieten.«

»Das wäre großartig!«, rief Nellie begeistert, fügte jedoch nach einem Blick auf Robert hinzu: »Wobei ich natürlich nur für mich sprechen kann und wir auch nur eine Nacht bleiben können. Falls das Schiff doch früher ablegt.«

»Nein, Miss Bly«, sagte er und sah sie bedeutungsvoll an. »Ich denke, Sie können für uns beide sprechen. Ich bin dabei, allerdings wollten wir uns morgen gerne Kandy ansehen.«

»Das können wir auch gemeinsam«, schlug Finn vor, blickte dann aber interessiert zwischen Nellie und Robert hin und her: »Es sei denn, Sie beide wollen allein sein.«

Robert lachte auf. »Hätten wir euch denn dann hier aufgesucht? Aber da ich der Älteste von uns allen bin, schlage ich vor, dass wir einander duzen, wenn wir doch nun noch mehr Zeit miteinander verbringen.«

»Na, endlich«, rief Fiona und strahlte.

Beim Mittagessen lernten sie Finns und Fionas Tante kennen. Mrs. Taylor erwies sich als echte Schönheit: Sie mochte um die 40 Jahre alt sein, hatte lockiges blondes Haar, das sie aufgesteckt trug, leuchtend blaue Augen und rosige Wangen, die ihr Gesicht erstrahlen ließen. Ihre Gestalt war von ungemeiner Anmut, ihr Wesen von großer Herzlichkeit. Sie begrüßte Nellie und Robert wie verloren geglaubte Familienmitglieder. »Ich bewundere ja so, was Sie tun«, sagte sie zu Nellie. »Ich hätte nie den Mut dazu gehabt, schon gar nicht ohne meinen Mann.«

»Wo ist denn Ihr werter Herr Gemahl, wenn ich mir die Frage erlauben darf?«, fragte Robert, während zwei aufmerksame und zurückhaltende Boys ihnen den zweiten Gang – leichten Reis mit Gemüse und einer curryartigen Soße – servierten.

»Oh, Sie werden ihn leider erst zum Abendessen kennenlernen. Er ist von früh bis spätabends auf den Plantagen unterwegs, um sich zu vergewissern, dass alle ihre Arbeit gut erledigen und dass es allen gut geht. Außerdem führt er heute Mr. Lipton über die Teefelder und die Teefabrik.«

Nellie sah ihre Gastgeberin erstaunt an. Dass sich die Plantagenbesitzer um das Wohlbefinden der Arbeiter sorgten, widersprach allem, was sie über den Umgang der Weißen mit den einheimischen Arbeitern gehört hatte.

»Mein Onkel hatte einen Vorarbeiter aus England, der seine Macht jedoch missbraucht und die Arbeiter schrecklich behandelt hat«, erklärte Finn. »Seit er das herausgefunden hat, vertraut er niemandem mehr und übernimmt die Kontrollgänge lieber selbst. Seither ist die Stimmung viel besser, und die Arbeiter geben sich die doppelte Mühe.«

Nellie lächelte und dachte an die armen Menschen, die beim Bau des Suezkanals so schrecklich hatten schuften müssen. Für sie wäre ein Arbeitgeber wie Mr. Taylor ein Segen gewesen! Sie war schon gespannt darauf, ihn am Abend kennenzulernen.

Den Nachmittag verbrachten Nellie und Fiona wunderbar träge auf der Veranda unter den prachtvollen Säulen bei herrlichen Früchten und hausgemachter Limonade. Finn und Robert waren in die Fabrik aufgebrochen – Robert interessierte sich für die Maschine, die die Teeblätter brach, und wollte sie sich gern von dem dafür zuständigen Arbeiter ausführlich erklären lassen.

Als die Männer gegangen waren, wandte Fiona den Kopf

und sah die neben ihr ruhende Nellie fragend an. »Auf dem Schiff war unschwer zu übersehen, dass da etwas zwischen euch ist«, sagte sie. »Nun wirkt ihr noch vertrauter miteinander. Was ist passiert?«

Nellie lächelte und entschied sich, vollkommen offen zu sein. »Wir haben uns unsere Gefühle füreinander gestanden, uns aber in gegenseitigem Einvernehmen entschieden, sie nicht auszuleben. Robert ist verheiratet.«

»Oh«, machte Fiona. »Das tut mir leid.«

Nellie zuckte die Achseln. »So ist das Leben.« Nachdenklich blickte sie auf das Meer, das in der Ferne schimmerte. »Ich habe das Gefühl, dass diese Reise viel mehr ist als nur ein Wettlauf gegen eine literarische Figur. Vielleicht muss man reisen, um sich selbst zu verstehen.«

»Ich weiß ganz genau, was du meinst.«

»Zu Hause in New York, da war ich regelrecht getrieben. Getrieben von meiner Arbeit, immer auf der Jagd nach der nächsten Geschichte.«

»Und das ist jetzt nicht mehr so?«, wunderte sich Fiona. »Immerhin befindest du dich im Wettlauf gegen die Zeit.«

»Doch«, sagte Nellie. »Im Großen ist das noch so. Natürlich will ich vorankommen. Aber ich bin nicht mehr so getrieben, und genau dadurch habe ich mehr Kraft. Verstehst du, was ich meine?«

»Ja.«

»Ich spüre, dass diese Reise mich irgendwie … weitet«, fuhr Nellie fort. »Die Beschäftigung mit anderen Kulturen und der Sichtweise der Menschen auf die Dinge, all die Begegnungen.«

Sie musste an den Mönch denken, den sie im Tempel getroffen hatte.

»Und in all das passt deine Begegnung mit Robert?«

Nellie seufzte. »Ja. Ich glaube, wenn ich etwas auf dieser Reise gelernt habe, dann ist es Gelassenheit. Die Dinge so zu akzeptieren, wie sie sind, und nicht nur das: Sie auch zu lieben, wie sie sind. Sich nicht dagegen zu wehren und nicht zu versuchen, sie in eine andere Richtung zu bringen.«

»Das klingt ein bisschen nach Schicksalsergebenheit«, murmelte Fiona. »Die Hindus glauben ja zum Beispiel, dass alles vorherbestimmt ist. Aber ich frage mich immer: Wenn doch ohnehin alles vorherbestimmt ist – führt das dann nicht dazu, dass man sich im Leben gar nicht mehr anstrengen muss?«

»Ich glaube, es ist eine Mischung aus beidem«, sagte Nellie nachdenklich. »Man kann das Schicksal auf jeden Fall beeinflussen. Durch Entscheidungen, die man trifft.«

»Aber sind diese Entscheidungen nicht auch schon irgendwo vorherbestimmt und festgelegt?«

»Wenn ja«, sagte Nellie, »dann wäre mit Sicherheit auch das Verhalten einer jeden Person festgelegt – und ob sie ihr Schicksal in die Hand nimmt oder nicht.«

»Diese Fragen werden wir wohl nie beantwortet bekommen«, murmelte Fiona.

»Nein«, bestätigte Nellie. »Hast du schon einmal etwas von Novalis gehört?«

»Der deutsche Schriftsteller?«, fragte Fiona. »Gehört habe ich von ihm. Aber noch nie etwas gelesen.«

»So bekannt ist er ja auch nicht«, beruhigte sie sie. »Er hat einmal gesagt: ›Ganz begreifen wir uns nie. Aber wir können und werden weit mehr als uns begreifen.‹«

»Ein kluger Satz«, fand Fiona.

»Ja«, sagte Nellie. »Und ich denke, das gilt auch für zwischenmenschliche Beziehungen, also für Robert und mich. Ich glaube, es gibt so viele Verschiedenheiten, wie es Menschen gibt. Nur versuchen wir immer schnell, eine Beziehung in Schubladen zu stecken und einzuordnen. Ist es nun Freundschaft? Ist es Liebe?«

»Und was ist es zwischen Robert und dir?«

»Eben etwas, das sich nicht einordnen lässt«, sagte Nellie versonnen. »Und das macht es so wunderbar.«

Als Nellie, nachdem sie sich in ihrem Zimmer ein wenig frisch gemacht hatte, den Vorraum des großen Speisesaals betrat, warteten Finn und Fiona schon ungeduldig auf sie. Von Robert war allerdings noch nichts zu sehen, ebenso wenig von dem Ehepaar Taylor und dem beim Mittagessen angekündigten weiteren Gast Thomas Lipton. Kurz nachdem sich die drei begrüßt hatten, stießen neben Robert auch der Onkel und die Tante des Geschwisterpaars zu ihnen. »Miss Bly, Mr. Seaman, ich möchte sie herzlich bei uns auf Loocecondera begrüßen«, hieß der grauhaarige Herr mit den lebhaften Augen sie willkommen.

»Vielen Dank, Mr. Taylor, ihre Plantage ist sehr beeindruckend«, ließ sich Robert vernehmen.

»Ja«, erwiderte er voller Stolz. »Das ist sie in der Tat.«

»Seit wann leben Sie schon in Ceylon?«, fragte Nellie neugierig.

»Nun«, sagte Taylor, »seit 1852.«

Verwundert blickte Nellie ihn an und überschlug schnell im Kopf: »Das war dann vor siebenunddreißig Jahren.«

»Genau«, bestätigte Taylor. »Als ich Schottland verließ, war ich siebzehn Jahre alt.«

»So jung«, staunte Nellie.

»Im Grunde war es eine Flucht«, gestand Taylor in überraschender Offenheit.

»Eine Flucht?«, fragte Nellie interessiert nach.

»Ja, meine Mutter starb, als ich gerade neun Jahre alt war, und als mein Vater wieder heiratete ...«

»Kamen Sie mit Ihrer Stiefmutter nicht klar«, vermutete Nellie. Als sie in die Augen des Mannes blickte, erkannte sie das gleiche unausgesprochene Leid, das sie selbst nur zu gut kannte.

Mr. Taylor nickte und setzte dann seine Erzählung fort. »Doch zunächst arbeitete ich auf einer Kaffeeplantage – auf Ceylon wurde bei meiner Ankunft überwiegend Kaffee angebaut. Tee spielte da noch keine große Rolle.«

»Mr. Lipton«, rief Mrs. Taylor in diesem Moment und unterbrach damit das Gespräch zwischen Nellie und ihrem Mann, »darf ich Ihnen Mr. Seaman und Miss Bly vorstellen?«

»Angenehm«, sagte Lipton, schüttelte Robert die Hand und verbeugte sich dann leicht vor Nellie, um ihr die Hand zu küssen: »Sir Thomas Johnstone Lipton.«

Mrs. Taylor bat zu Tisch und nickte einem der Diener zu.

Als die Suppe aufgetragen wurde, wandte sich Nellie an den neben ihr sitzenden Teeplantagenbesitzer, während der Rest der Tafelrunde in andere Gespräche vertieft war. »Entschuldigen Sie bitte meine Wissbegierde, aber wieso wird jetzt hier überwiegend Tee angebaut und kein Kaffee mehr?«

»Kaum war ich in Ceylon angekommen, wurden die Kaffeepflanzen vom sogenannten Kaffeerost heimgesucht. Es ist ein Pilz, der die Blätter der Pflanzen befällt und dazu führt, dass sie absterben.«

»Oje«, entfuhr es Nellie.

»Dann bin ich nach Indien gereist und habe dort intensiv den Teeanbau studiert.«

»Und als Sie wieder nach Ceylon zurückgekehrt sind …«

»Habe ich Tee angebaut«, ergänzte James Taylor.

Sie wurden durch die Diener unterbrochen, die die Suppenteller ab- und den nächsten Gang, eine köstlich aussehende Pastete mit einem Gemüsesalat, auftrugen.

»Ich konnte Jahr für Jahr die Menge an angebautem Tee steigern, und gerade habe ich mit Mr. Lipton vereinbart, dass er unseren Tee in Großbritannien als Ceylon-Tee vermarkten wird«, fuhr Taylor fort.

»Das ist ja großartig«, rief Nellie. »Ich gratuliere.«

»Jetzt lass die arme Miss Bly mit deinen Teegeschichten in Ruhe«, mischte sich Mrs. Taylor ins Gespräch und sagte dann entschuldigend: »Mein Mann würde am liebsten Tag und Nacht über Tee parlieren.«

»Das macht mir nichts aus«, beschwichtigte Nellie ihre Gastgeberin. »Im Gegenteil, ich finde es sehr interessant. Ich habe heute Mittag die Pflückerinnen gesehen und mich schon da gefragt, wie es dann weitergeht mit den Teeblättern.«

»Nun«, ließ sich Mr. Taylor vernehmen, der seine Frau triumphierend anblickte, »zunächst müssen unsere Pflückerinnen ein feines Händchen beweisen, denn es sollten nur die jungen Blätter und Knospen geerntet werden. Diese werden dann in Körben gesammelt und zu meiner Teefabrik gebracht. Die Körbe müssen nochmals von Hand nachsortiert werden, um zu große oder alte Blätter und Zweige zu entfernen. Anschließend legt man diese zum Verwittern auf sogenannten Trockenbetten aus, damit sie Feuchtigkeit abgeben. Wenn die Blätter genug getrocknet sind, gibt man sie auf Rollen, dort werden sie gebrochen und der noch in den Blättern enthaltene Saft freigesetzt. Und dieser setzt die Fermentierung in Gang, und die gerollten Blätter nehmen eine dunklere Farbe an.«

»Und dann kann man daraus Tee aufbrühen?«

»Nein, noch nicht ganz. Wenn die Blätter weit genug fermentiert sind, stoppt man den Prozess, indem die Blätter in einer Trockenmaschine vollständig getrocknet werden. Und dann werden die Teeblätter nochmals mithilfe einer Rüttelplatte sortiert, um letzte Verunreinigungen zu beseitigen. Dann trennt man die gerollten Blätter, die ganz geblieben sind, von den gebrochenen.«

»Was für ein Aufwand für eine Tasse Tee«, stieß Nellie fasziniert hervor. »Ich werde Tee zukünftig mit viel mehr Achtsamkeit trinken.«

21. Kapitel

Kandy, Ceylon, Mittwoch, 11. Dezember 1889

Der Mönch saß auf der Terrasse, die seine niedrige Hütte umspannte. Vor ihm auf dem Tisch lag ein aufgeschlagenes Buch, in das er mit konzentrierter Miene schrieb. Dann tunkte er seine Feder in das Tintenfass und schrieb weiter. Sein Mönchsgewand aus alter Goldseide, das er um den Körper geschlungen hatte, leuchtete in der Sonne.

Wie gebannt starrte Nellie auf das Bild. Sie hatte schon immer gern anderen Menschen beim Schreiben zugesehen, und auch ihr eigenes Schreiben, ihre Schreibplätze, waren ihr wichtig. Wie viele hatte sie auf dieser Reise schon gehabt! Im wackligen Zug, an wankenden Schreibtischen an Deck, an Stränden und gestern Abend in ihrem wunderbaren Gästezimmer auf der Teeplantage mit Blick auf das Meer. Wenn sie Artikel verfasste, war es, als betrete sie ein eigenes Zimmer, das aber nicht abgeschlossen war, sondern auf die Einflüsse um sie herum reagierte. In diesem Zimmer war die Konzentration zu Hause, die Innigkeit, die entstand, wenn man allein war mit sich und den Worten, manchmal um sie ringend, manchmal demütig vor ihrer Macht und der Gnade, mit Worten Bilder, ach was, ganze Gemälde schaffen zu können.

Der Mönch hob den Kopf. Lächelte. Er legte die Feder in eine kleine Holzschale neben dem Buch, erhob sich, legte die Handflächen aneinander und verbeugte sich. Nellie tat es ihm gleich. Der Mann zeigte auf zwei große Bodenkissen, die einander gegenüber auf der Terrasse lagen, und bedeutete Nellie Platz zu nehmen.

»Willkommen«, sagte er lächelnd. »Sie sind Amerikanerin.«

Überrascht sah Nellie auf. »Woher wissen Sie das?«

»Ich kenne viele Amerikaner«, sagte er. »Sie besuchen mich, und ich erhalte jedes Jahr Hunderte Briefe. In Amerika suchen mehr Menschen ihr Heil im Buddhismus als in jedem anderen Land.«

Nellie staunte. Amerika und der Buddhismus – das passte in ihren Augen so gar nicht zusammen. Aber vielleicht ging es vielen Amerikanern ja so wie ihr? Dass sie Sehnsucht nach etwas hatten, das sie hier fanden?

»Was wissen Sie über den Buddhismus?«, fragte der Priester.

Nellie schüttelte, leicht beschämt, den Kopf. »Nicht viel«, sagte sie. »Eigentlich habe ich diese Religion erst gestern entdeckt.« Sie berichtete von der Begegnung mit dem Mönch.

»Im Grunde ist der Buddhismus keine Religion, sondern ein Gefühl, das durch Meditation erzeugt wird. Ich habe den Eindruck, als seien Sie in diesem Moment in einem Zustand der Meditation gewesen und hätten den Buddhismus mehr oder weniger … von innen heraus begriffen.«

Nellie nickte.

»Im Buddhismus geht es darum, durch Erleuchtung zur Wahrheit zu gelangen. Buddha kommt übrigens von dem Wort *budh*, was so viel bedeutet wie erwachen«, erklärte der Priester.

Tatsächlich fühlte sich Nellie seit gestern auf eine ganz neue Weise wach, so als nehme sie viel mehr Dinge wahr als sonst und begreife jetzt erst den Facettenreichtum des Lebens.

»Buddha ist also der Erwachte?«

»Der Erwachte, der Erleuchtete, ja«, bestätigte der Mönch. »Kennen Sie seine Geschichte? Nein? Also, Siddharta Gautama war der Sohn eines Radschas. Er wuchs in einem prachtvollen Palast auf. Seine Familie gehörte der Kshatrija-Kaste an. Vom Leben draußen und vom Leid der Menschen wusste er lange Zeit nichts. Es ging ihm gut, er hatte alles, was er sich nur wünschen konnte, aber dennoch fühlte er sich sehr leer. Er spürte, dass ihm etwas fehlte.«

Nellie lauschte fasziniert. »Wann lebte er?«

»Im 6. Jahrhundert vor Christus«, berichtete der Mönch. »Auf der Suche nach dem, was ihm fehlte, begab er sich auf Reisen. Er verließ den Palast und das komfortable Leben und sah zum ersten Mal Krankheit, Armut, Leid und Tod. Das traf und erschütterte ihn zutiefst, und er wollte unbedingt etwas finden, mit dem er die Menschen aus ihrem Leid befreien konnte. Auf der Suche nach einer Antwort wurde er Mönch, dachte jahrelang nach, fastete und fand schließlich unter einem Feigenbaum die Erleuchtung. Er begann, durch das Land zu ziehen, seine Lehre zu verkünden und den Menschen den Weg aus ihrem Leid zu zeigen. Seine Anhänger gaben ihm den Namen Buddha.«

»Und wie funktioniert er, der Weg aus dem Leid?«, wollte Nellie wissen.

»Nun, das Leid entsteht dadurch, dass die Menschen mehr und mehr und mehr besitzen wollen. Es endet, wenn sie diese Gier überwunden haben«, erläuterte der Mönch.

»Der Weg dorthin wird im Buddhismus achtfacher Pfad genannt. Er hilft den Buddhisten, die Gier zu überwinden. Der Mensch wird so oft wiedergeboren, bis ihm dies gelungen ist. Die Seele kann erst zur Ruhe kommen, wenn sie keine Wünsche mehr hat. Dann erreicht man das Nirvana. Wenn man das Nirvana erreicht hat, muss man nicht mehr wiedergeboren werden, und das Leiden hat ein Ende.«

»Aber das Leben ist doch nicht nur Leid«, widersprach Nellie. »Im Gegenteil. Es bietet doch auch sehr viel Freude.«

Ruhig sah der Mönch sie an. »Was ist es, das Ihnen Freude bereitet?«

Nellie dachte nach. »Oh, da gibt es vieles«, sagte sie. »Das passende Wort für das gefunden zu haben, was ich zum Ausdruck bringen möchte. Eine besondere Begegnung«, sie dachte an Robert, der mit den anderen gegenüber beim Zahntempel auf sie wartete. »Diese Reise mit all den Eindrücken.«

Der Mann lächelte. »Sie haben vieles genannt, aber keine irdischen Besitztümer. Sie sind auf einem guten Weg. Vielleicht sind Sie bereits auf dem Weg ins Nirvana, Ihre Seele ist schon oft wiedergeboren worden.«

Seine Worte faszinierten und verunsicherten Nellie gleichermaßen – und sie ließen ihr gestriges Gespräch mit Fiona in einem anderen Licht erscheinen. Es gehe darum, die Gier zu überwinden, hatte der Mönch gesagt. Das sei der Weg aus dem Leid und der Weg zum Glück. Vielleicht ließ sich das ja nicht nur auf ein ganzes Leben anwenden, sondern auch auf die vielen kleinen Dinge, die einem begegneten. Denn: War ihr nicht genau das mit Robert widerfahren? Sie hatten ihrem Verlangen widerstanden, wodurch etwas entstanden war, das Nellie tatsächlich als reinstes Glück empfand.

»Wichtig sind die guten Taten, die Sie im Laufe eines Lebens tun«, sagte der Mann. »Die Achtung und der Respekt vor anderen Lebewesen macht Sie selbst glücklich und ist auch schon der Weg aus persönlichem Leid. Es ist egal, ob Sie nun Hindu sind, Buddhistin, Christin oder Jüdin. Wichtig ist, dass Sie immer wieder aufs Neue versuchen, ein guter Mensch zu sein.«

Nachdenklich verabschiedete sie sich zehn Minuten später von dem Mönch, um zu ihren Freunden zu stoßen und gemeinsam mit ihnen den prachtvollen weißen, von einem Wassergraben umgebenen Zahntempel mit dem auffallenden achteckigen Turm zu besuchen, der so hieß, weil dort angeblich ein Zahn jenes Mannes aufbewahrt wurde, dessen Geschichte sie soeben erfahren hatte.

Anders als bei ihren bisherigen gemeinsamen Ausflügen, bei denen Robert die anderen an seinem Wissen teilhaben ließ, war es nun Fiona, die das Wort ergriff. »Ich kenne den Tempel gut«, sagte sie. »Er hat mich schon als Kind fasziniert, besonders anbetungswürdig fand ich den Schrein mit dem goldenen Zahn. Ich habe stundenlang davorgestanden.«

»Können wir ihn sehen?«, fragte Nellie.

»Der Schrein ist nur drei Mal täglich geöffnet und wird dann von Pilgern regelrecht gestürmt«, sagte Finn nun. »Wir können es versuchen, aber aus meiner Sicht ist der Zahn auch nicht wirklich besonders. Viel faszinierender finde ich den Tempel als solchen. Kein Wunder, dass sie fast hundert Jahre gebraucht haben, um ihn zu erbauen.«

Mittlerweile hatten sie den Tempel betreten, und Nellie sah sich staunend um. Über ihr spannte sich eine halbrunde

Decke, die, ebenso wie die Wände des Eingangsportals, reich geschmückt war.

»Spannend ist doch vor allem die Geschichte, die sich um den Zahn rankt«, mischte sich der scheinbar allwissende Robert nun doch ins Gespräch. »In ihm ist angeblich Buddhas spirituelle Energie gespeichert, er soll die Kraft haben, Regen zu machen. Dadurch löste der Zahn in der Vergangenheit einige Begehrlichkeiten aus. Indische Herrscher gerieten seinetwegen in furchtbaren Streit.«

Das war sicher genau das Gegenteil von dem, was Siddharta gewollt hätte, schoss es Nellie durch den Kopf, während Finn meinte: »Ganz richtig. Und von meinem Onkel weiß ich ja sehr gut, wie lebensnotwendig der Regen hier manchmal sein kann. Kein Wunder also, dass sich die indischen Könige um ihn stritten.«

»Wer den Zahn gerade besaß, wurde regelrecht verehrt«, fuhr Robert fort. »Weil er durch den Zahn sozusagen direkten Beistand Buddhas hatte und auch, weil sein Volk sicher sein konnte, dass es niemals unter Dürre leiden muss. Deshalb ging mit dem Besitz des Zahns auch immer der Anspruch auf den Thron einher.«

»Aber wenn es indische Könige waren – wie gelangte der Zahn dann nach Sri Lanka?«, wollte Nellie wissen.

»Um das Jahr 300, es mag etwas später gewesen sein, befand sich der Zahn im Besitz von Guhaseeva, König von Kalinga. Er wurde von benachbarten Herrschern wegen des Zahns bedroht«, erklärte er. »Als die Situation sich immer mehr zuspitzte, flohen seine Tochter Hemamala und deren Gatte mit dem Zahn nach Ceylon. Hemamala hatte den Zahn in ihrer Haarspange versteckt.«

»Als Kind habe ich mal die Esala Perahera miterlebt«, rief

Fiona begeistert. »Das ist eine riesige Prozession mit unzähligen Blumen und Elefanten, alles ist geschmückt, und alle sind aufgeregt. Sie machen diese Prozession einmal im Jahr, damit es Regen gibt. Inzwischen ist sie leider verboten.«

»Was?«, fragte Nellie. »Warum denn das?«

»Den Briten ist der Zahn zu mächtig«, erklärte Finn. »Das ging übrigens den Portugiesen auch schon so. Sie haben den Zahn nach Goa gebracht und zerstört.«

»Aber ich denke, der Zahn befindet sich dort oben in dem Schrein!«, rief Nellie. »Und was in aller Welt hatten die Portugiesen nun gegen den Zahn?«

»Ihnen wurde der König zu mächtig«, wusste Fiona. »Und die Singhalesen sagen, dass es den Portugiesen nur gelungen sei, eine Kopie zu entwenden. Das dort oben«, sie deutete hinauf, »ist angeblich der echte Zahn.«

»Und warum haben die Briten die Prozession verboten?«, hakte Nellie nach, während sie durch den prachtvollen Tempel schritten.

»Auch sie mögen die Macht nicht, die davon ausgeht«, erklärte Fiona. »Ich denke auch, dass die Verehrung ihnen fremd und dadurch unheimlich ist.« Sie lächelte. »Ich glaube aber, hinsichtlich der Verehrung des Zahns ist das letzte Wort noch nicht gesprochen. Michael, das ist Roses Bruder, hat mir nämlich erzählt, dass es durch das Verbot derartige Unruhen gab, dass sich das wohl bald wieder ändern wird.«

Sie lächelte verträumt, und Nellie blickte sie prüfend an. Und auf einmal fand sie bestätigt, was sie gestern schon geahnt hatte: Nicht nur Finn war in einen Spross der Nachbarfarm verliebt. Fiona schien es ebenso zu gehen!

22. Kapitel

Von Colombo, Ceylon, nach Penang, Malaysia, Samstag, 14. Dezember bis Montag, 16. Dezember 1889

So froh Nellie war, als die Reise endlich weiterging – zumal es der Nepaul gelang, etwas von der Verzögerung wieder einzuspielen –, so traurig war sie andererseits, Ceylon verlassen zu müssen. Diese Insel war wirklich ein ganz besonderer Ort, und sie beneidete Finn und Fiona ein wenig um deren Leben dort. Beim Abschied hatten sie sich gegenseitig versprochen, sich zu schreiben und Kontakt zu halten, und Nellie hatte sich fest vorgenommen, ihre neuen Freunde irgendwann einmal besuchen zu kommen. Im Gegensatz zu der aufregenden Zeit an Land vergingen die Tage nun in träger Eintönigkeit. Nellie verbrachte viel Zeit an Deck mit Robert, sie lasen, unterhielten sich oder lagen einfach nur nebeneinander und sahen auf das Meer hinaus. Ganze 9.000 Meilen hatte Nellie inzwischen zurückgelegt, und als sie zwei Tage nach der Abfahrt um sieben Uhr morgens das auch Prince of Wales Island genannte Penang erreichten, lagen sie nur noch um sechs Stunden zurück. Nellie war außer sich vor Glück, wenn sie auch ein leises Bedauern verspürte, dass sie deshalb in Penang nur sechs Stunden Landgang hatte. Doch den würde sie nutzen! Sowohl für Robert als auch für sie war es selbstverständlich, dass sie die Stunden an Land gemeinsam verbringen würden. Seite an Seite nahmen sie in einem Sampan Platz, einem flachen, langen Boot, dessen Paddel am Heck befestigt war. Ein malaiischer Ruderer bediente es und brachte seine Gäste sicher und ohne jedes Gefeilsche an Land.

»Möchtest du in einen Tempel, oder hast du von Tempeln erst einmal genug?«, fragte Robert.

Nellie schüttelte den Kopf. »Ich habe von Tempeln noch lange nicht genug«, erklärte sie. »Und mich interessiert, ob die Tempel hier auf der malaiischen Halbinsel anders sind als in Ceylon, sie sind ja ebenfalls buddhistisch.«

»Du wirst staunen«, versprach er.

»Gibt es auf der Welt eigentlich irgendetwas, das du noch nicht gesehen hast? Mir scheint, du bist auf jedem Fleckchen Erde schon einmal gewesen.«

Er lachte. »Da täuschst du dich. Ich kenne nur diese Strecke recht gut, weil ich sie einmal im Jahr bereise, um meine Handelspartner zu treffen. Und daher weiß ich auch, dass wir es schwer haben werden, einen Fahrer zu finden, der uns versteht. Zumindest, wenn wir Englisch sprechen.«

Zu Nellies Erstaunen sagte Robert nun ein paar Worte in einer fremd klingenden Sprache zu dem kleinen Mann, der neben einer Rikscha stand. Auf dessen kugelrundem Gesicht breitete sich sogleich ein Strahlen aus, und er bedeutete Nellie und Robert, Platz zu nehmen.

»Du kannst Malaiisch?«, staunte Nellie.

»Nur ganz wenig«, winkte er ab. »Was man braucht, um durchzukommen. Eben weil sie hier nicht Englisch sprechen.«

»Aber warum tun sie das nicht?«, wollte Nellie wissen. »In jedem Hafen, in dem wir bisher waren, haben sie zumindest leidlich englisch gesprochen.«

»Die Malaysier sind ein stolzes Volk. Und sie sind auch stolz auf ihre Sprache. Deshalb sprechen sie keine andere.«

Wenig später hatte die Kutsche den Tempel erreicht, und Nellie stieg hinter Robert aus.

»Ist das hübsch«, rief sie und bestaunte das in Blassrot und Weiß gehaltene, gebogene Dach, auf dem Drachen thronten. Sie hatten die Schweife erhoben und die Mäuler aufgerissen. In den Bogengängen, die den Tempel umgaben, gingen Gläubige umher. Die Szenerie wurde von Lampions erleuchtet, die von der Decke hingen und auch das Gold der ornamentverzierten Wände zum Leuchten brachten.

Nellie und Robert betraten das dunkle Innere des Tempels, wo es ebenfalls zahlreiche kleine Götterstatuen gab. Die Gläubigen brachten ihnen Opfergaben, aber anders als in Ceylon, wo das vor allem Blüten gewesen waren, brachte man den Göttern hier Reis und Fleisch dar. Der Duft vermischte sich mit den Schwaden der obligatorischen süßlich riechenden Räucherstäbchen. Eine Frau, die ihr Kind in einem Tuch auf dem Rücken trug, verbeugte sich tief vor einer reich bemalten Götterstatue. Vor dem Tempel schwammen Goldfische in einem Teich, dahinter saßen einige Mönche vor einem Pavillon, deren Erscheinungsbild stark an die Mönche in Ceylon erinnerte. Auch ihre Köpfe waren kahl rasiert, auch sie trugen altgoldene Gewänder.

Einer der Mönche erhob sich, ging auf sie zu, griff mit der Rechten nach Nellies und mit der Linken nach Roberts Hand und führte sie dann zu den anderen Mönchen. Man bat sie, auf dicken Bodenkissen Platz zu nehmen, und lud sie zum Tee ein, der in kleinen Porzellantassen ohne Milch und Zucker gereicht wurde. Da die Mönche kein Englisch sprachen und Roberts Malaiisch nicht annähernd für eine Konversation ausreichte, saßen sie schweigend beisammen, tranken ihren Tee, lächelten einander an und nahmen den nächsten Schluck. Sobald Nellie oder Robert ihre Tasse geleert hatten, sprang einer der Mönche eifrig auf und schenkte nach. Nellie wusste nicht so recht, was nun von ihnen erwartet wurde und ob sie sich so einfach verabschieden konnten. Robert half ihr schließlich aus der Verlegenheit, indem er den Mönchen mit Händen und Füße klarmachte, dass sie nun aufbrechen mussten, da ihr Schiff bald ablege. Zu Nellies Erleichterung schienen die Priester zu verstehen. Der Mann, der sie vorher am Goldfischteich abgeholt hatte, erhob sich, was Nellie und Robert ihm rasch gleichtaten, dann reichte er ihnen wieder die Hände und brachte sie dorthin zurück, wo er sie zuvor zu sich eingeladen hatte.

***

Auf der Rückfahrt zu ihrem Schiff bemerkte Nellie, dass ein Sturm aufkam. »Zum Glück sind wir ein bisschen früher zurück als geplant«, murmelte Robert stirnrunzelnd und blickte besorgt zum Himmel hoch. Die Wolken zogen dunkel und Unheil verkündend schnell über das Firmament. Der Wind frischte vom Meer aus immer stärker auf und bog die Palmen bedrohlich nach unten. »Denkst du, dass wir sonst mit den Booten nicht mehr an Bord kommen würden, wenn es schlimmer wird?«, fragte sie besorgt.

»Ganz genau«, bestätigte er. »Offen gestanden hoffe ich, dass das jetzt überhaupt noch möglich ist.«

»Und wenn nicht?«, fragte Nellie erschrocken.

»Dann werden wir eine Lösung finden«, sagte er beruhigend. »Wir sind ja nicht die einzigen Passagiere, die dieses Problem haben.«

Doch Nellie war voller Sorge. Die Oriental würde doch nicht ohne sie ablegen?

Ihre Sorge war nicht ganz unbegründet – doch es ging noch alles gut: Als sie den Hafen erreichten, wartete bereits das Beiboot des Schiffes auf sie. Der zweite Steuermann der Oriental rief ihnen entgegen. »Gott sei Dank, dass Sie da sind. Sie sind die letzten Passagiere, die noch nicht an Bord gegangen sind.«

»Aber das Schiff legt doch erst in zwei Stunden ab?«, rief Nellie.

»Das ist richtig«, bestätigte der Mann. »So war es zumindest geplant. Aber wenn wir noch halbwegs rauskommen wollen, müssen wir jetzt fahren. Der Sturm tobt nur hier vor Penang, aber dort wird er heftig.«

Sie stiegen in das Beiboot und steuerten auf das Schiff zu. Das Boot schwankte beängstigend, und Nellie griff instinktiv nach Roberts Hand. Er drückte ihr die Hand, und es fühlte sich gut an. Wenn Nellies Herz auch angesichts der Berührung, die sie in den letzten Tagen strikt vermieden hatten, etwas schneller schlug, so stand diese Empfindung doch nicht im Vordergrund. Ganz deutlich überwog das Gefühl der Geborgenheit und Sicherheit, die ihr diese Geste gab.

Nellie war erleichtert, als sie die – allerdings sehr wackelige – Gangway erreichten, und noch mehr, als sie endlich an Deck angekommen waren.

»Wir legen sofort ab«, informierte der Steuermann sie.

Gleich darauf setzte sich der Pott auch schon in Bewegung.

Nellie stand neben Robert an der Reling und blickte auf die schäumende See. »Das war knapp«, ächzte sie.

In diesem Moment hörten sie unter sich lautes Fluchen und Geschrei. »Was ist denn da los?«, wunderte sich Nellie und lehnte sich etwas vor, um einen Blick auf das unter ihr liegende Deck erhaschen zu können.

»Rund fünfzig Kulis, die die Kohlesäcke angeliefert haben, sind noch an Bord, Miss«, erklärte der zweite Steuermann stirnrunzelnd. »Offenbar wusste der Kapitän nicht, dass sie noch nicht wieder im Hafen sind.«

»Und nun?«, fragte Nellie, der die verzweifelten Männer unten an Bord leidtaten. In diesem Moment näherte sich von hinten der erste Steuermann.

»Wo bleiben Sie denn!«, blaffte er seinen Kollegen an. »Wir müssen die Männer an Land bringen. Mit dem Beiboot.«

Der zweite Steuermann wurde blass. »Wie bitte? Aber das Schiff fährt doch schon. Und der Sturm …«

»Wir können Sie ja nicht mit nach Hongkong nehmen«, murrte der Mann schlecht gelaunt. »Glauben Sie mir, ich habe ebenfalls überhaupt kein Interesse an dieser Aktion. Aber der Kapitän hat es befohlen, und wir wissen doch beide, dass der Kapitän keine Entscheidungen treffen würde, die irgendjemanden in Gefahr brächten.« Streng sah er den ihm offensichtlich Untergebenen an.

»Na … natürlich nicht«, stammelte der Mann und trollte sich bedrückt nach unten.

»Der Arme«, sagte Nellie voller Mitgefühl. »Mir wäre auch alles andere als wohl dabei, nun noch mal mit einem kleinen Boot loszumüssen.«

Ermattet von der Aufregung des Tages ging Nellie an diesem Abend früh zu Bett und fiel beinahe sofort in einen tiefen, traumlosen Schlaf, aus dem sie allerdings viel zu früh wieder geweckt wurde, als es aus der Nachbarkabine brüllte: »Guten Morgen! Wie geht es Papas Lieblingen denn heute Morgen?«

Nellie fuhr erschrocken hoch und rieb sich verwundert die Augen. Gestern war die Nachbarkabine noch unbewohnt gewesen. Offenbar war selbige aber in Penang von einer Familie bezogen worden, dessen Oberhaupt sich nun lautstark nach dem Befinden erkundigte. Begeistertes Kreischen war die Antwort.

»Wie nennt Dolly Darling seine Mama? Sag, Dolly Darling, wie nennt Dolly Darling Mama?«

»Mama!«, kreischte Dolly Darling zum Entzücken seines Vaters.

»Bravo, Dolly Darling!«, lobte der dann auch gleich. »Und wie nennt Dolly Darling Papa? Sag, Dolly Darling, wie nennt Dolly Darling Papa?«

»Papa!«, piepste das Stimmchen.

»Bravo, Dolly Darling«, lobte das Familienoberhaupt erneut. »Und wie macht das Iah-Eselchen, mein kleiner Liebling?!«

Darauf hatte das Dolly Darling keine Erwiderung, doch der eifrige Vater gab nicht auf: »Mein Schatz, wie macht das Iah-Eselchen? Erzähl Papa, wie das Iah-Eselchen macht!«

Nellie stöhnte auf und zog sich die Decke über den Kopf, um weiterzuschlafen. Doch der Sprachunterricht im Nachbarzimmer nahm seinen Lauf, und Dolly Darling musste dem engagierten Vater nun auch noch erläutern, wie die Miau-Katze und wie der Wauwau-Hund machten.

Irgendwann gab Nellie auf und entfloh schlecht gelaunt zum Frühstück, wo sie einem amüsierten Robert ihr Leid klagte.

Kurz darauf erschien am Nachbartisch eine junge Frau mit zwei Kindern, die ohne Frage herzallerliebst anzusehen waren. Das kleine Mädchen mochte etwa eineinhalb Jahre alt sein und trug ein gelbes Kleidchen und ein dazu passendes Schleifchen im nicht vorhandenen Haar. Seine große Schwester hatte ein identisches Kleidchen und eine identische Schleife an, mit dem Unterschied, dass ihre Garnitur hellblau war und sie durchaus über Haare verfügte.

»Guten Morgen«, rief Nellie herüber. »Ist das das Baby, das Iah-Eselchen macht?«

Das Kindermädchen, eine schmale, unscheinbare Person mit dunkelblondem Haar, das sie zu einem Knoten geschlungen hatte, blickte irritiert zu ihr herüber.

»Nellie!«, tadelte Robert amüsiert.

»Bitte entschuldigen Sie«, sagte Nellie versöhnlich. »Aber der Vater hat seinen Kindern heute Morgen Sprachunterricht gegeben, und ich wurde Zeugin, da ich in der Nachbarkabine logiere. Er hat die Kinder gefragt, wie das Iah- …«

»Oh«, machte das Kindermädchen und um ihre Mundwinkel zuckte es verdächtig, als sie unterbrach: »Ich war beim Sprachunterricht ebenfalls anwesend. Ich schlafe bei den Kindern. Die Eltern haben eine Kabine am anderen Ende des Ganges, damit sie ungestört sind.«

»Na, prima«, murmelte Nellie vor sich hin. »Kein Wunder, wenn der Vater dann so ausgeruht ist, dass er seinen Kindern morgens eine Lektion erteilen kann.«

Robert verschluckte sich beinahe an seinem Kaffee, und

Nellie klopfte ihm fürsorglich auf den Rücken. »Geht's?«, fragte sie.

»Danke«, erwiderte er, musste aber schon wieder kichern. Das Kindermädchen schien ihre Erheiterung zu teilen, denn es warf ihnen wieder und wieder amüsierte Blicke zu und war offensichtlich froh, in dem sympathischen Paar am Nachbartisch Leidensgenossen gefunden zu haben.

In diesem Moment schwebten die Eltern herein. Die Mutter, eine hochgewachsene, schlanke Blondine, sah aus wie eine Puppe. Der Vater war ein wenig kleiner, etwas rundlich und schien vor Stolz auf seine wohlgeratenen Kinder und auf seine hübsche Frau beinah zu platzen. »Hat Papas Familie schon fein gefrühstückt?«, erkundigte er sich, während die Mutter die Kinder keines Blickes würdigte und sich einfach an ihrem Tisch niederließ.

Nellie verspürte augenblicklich Mitleid mit den Kleinen und war etwas versöhnt mit dem morgendlichen Lärm. Bei so einer gefühlskalten Mutter hatten sie den überschwänglichen Vater mehr als verdient. Die Beobachtung vom Frühstückstisch sollte sich in den nächsten Tagen bestätigen. Die kleinen Mädchen versetzten alle Passagiere an Bord ebenso in Entzücken wie ihren Vater, der sich rührend um die beiden kümmerte. So begeistert die Passagiere von ihnen waren, so empört waren sie über die Mutter, die ihre Kinder gar nicht zu bemerken schien, sondern ihre Tage nur auf dem Liegestuhl verbrachte, wo sie friedlich schlummerte oder ein Buch las und dann und wann ein tiefes Seufzen von sich gab, als ruhe die Last der Welt auf ihren Schultern. Voller Mitgefühl für die Kinder sagte sich Nellie, dass die Kleinen die Liebe ihres Vaters dringend brauchten, was ihr auch über die nächsten beiden Morgen hinweghalf. Dennoch zwang diese Tatsache sie, die Langschläferin, jeden Morgen drei Stunden früher als gewohnt aus den Federn, und Laune und Gleichmut verschlechterten sich von Tag zu Tag.

Irgendwann platzte Nellie der Kragen und sie war außerstande, sich zurückzuhalten. Als der Vater sagte: »Erzähl Papa, wie das Iah-Eselchen macht, Dolly Darling!«, schrie sie in verzweifelter Wut: »Dolly Darling, ich flehe dich an, sag deinem Vater endlich, wie das Iah-Eselchen macht! Ich will schlafen!«

Es folgte eine belastende Stille, die vor Entrüstung und Überraschung schwer wog. Nellie bedauerte ihren Ausbruch zwar, genoss die unendliche Ruhe aber viel zu sehr, um sich allzu viele Gedanken zu machen, und schlief wieder ein. Sie träumte, dass sie von Kindern auf Eseln einen schlammigen Hügel hinuntergejagt wurde. Und die Kleinen riefen immer wieder: »Iah, Dolly Darling! Iah, Dolly Darling!«

23. Kapitel

Singapur, Mittwoch, 18. Dezember bis Donnerstag, 19. Dezember 1889

Nellie bebte vor Ungeduld: Sie erreichten die Gewässer vor Singapur zwar am geplanten Tag, dem 18. Dezember 1889, aber vom Hafenlotsen, der dem Kapitän den Weg weisen sollte, war weit und breit nichts zu sehen. »Wenn wir Pech haben, dürfen wir heute nicht mehr in den Hafen einfahren«, informierte sie Joshua, der zweite Steuermann, der sich, seit er Nellie und Robert mit dem Beiboot aus Penang geholt hatte, etwas mit ihnen angefreundet hatte und sie hier und da mit Informationen von der Brücke versorgte.

»Oh, nein«, rief Nellie. »Dann würden wir in Singapur ebenso wenig Zeit haben wie in Penang. Und ich möchte die Stadt so gerne ausführlich besichtigen.« Insgeheim hatte sie sich schon auf einen abendlichen Bummel mit Robert gefreut.

»Ich glaube, das wäre dann Ihr kleinstes Problem«, ließ sie der zweite Steuermann wissen.

»Mein kleinstes Problem? Wie meinen Sie das?«

»Nun«, setzte Joshua an, »da die Oriental ein Postschiff ist, hat sie die Verpflichtung, vierundzwanzig Stunden im Hafen zu liegen. Wenn wir in diesen heute Abend nicht mehr einfahren können, dann fürchte ich, wird sich unsere Abfahrt verzögern.«

»Und dann könnte es sein, dass ich mein Schiff in Hongkong nicht mehr erreichen werde«, stöhnte Nellie entsetzt, und alle Gelassenheit war mit einem Mal wie fortgeblasen. »Bitte, das darf nicht passieren.«

Endlich kam der Lotse an Bord, doch er brachte schlechte Nachrichten: Ein Anlegemanöver im Hafen bei Dunkelheit sei viel zu riskant, das Dampfschiff müsse außerhalb des Hafens ankern.

»Verdammt«, rief sie. »Verdammt, verdammt, verdammt. Ich kann es nicht glauben. Da sind wir endlich angekommen, und werden auf den letzten Meilen derart aufgehalten. Jetzt war alles umsonst.«

»Hör mir zu, Nellie«, sagte Robert, nahm sie sanft bei den Schultern und sah sie eindringlich an. »Umsonst war deine Reise auf keinen Fall. Du hast so viel erlebt, so viel gesehen, wir sind uns begegnet …«

Sie rang sich ein Lächeln ab. »Du hast recht«, sagte sie. »Umsonst war diese Reise nicht. Ich habe sehr viel gelernt. Auch über mich selbst. Und ich dachte, ich hätte auch Gelassenheit gelernt.«

»Gelassenheit kann man leicht an den Tag legen, wenn man sie nicht braucht«, erwiderte Robert. »Ich würde sagen, du hast sehr wohl gelernt, wie wichtig Gelassenheit ist. Du bekommst nun eine Menge Prüfungen auferlegt, in denen du dich darin üben kannst. Es wäre zu leicht, wenn einem diese Gelassenheit einfach geschenkt würde. Das beginnt mit Papas Sprachkursen am Morgen und geht mit der Tatsache, dass wir nun nicht an Land gehen können, weiter. Du kannst es nicht ändern, Nellie. Also nimm es an.«

Nellie sah ihn betroffen an. Wie recht er mit seinen Ausführungen doch hatte. Sie schloss die Augen und fühlte sich für einen Moment in den buddhistischen Tempel zurückversetzt, den ersten, den sie je betreten hatte. Sie empfand wieder dieses intensive Gefühl und merkte, dass sie ganz ruhig wurde. Robert hatte recht. Sie konnte es nicht ändern, was ihren unruhigen Geist fast in den Wahnsinn trieb. Doch wenn sie die Zeit nutzte, die sie hier sinnlos vor Anker lagen, um die Kunst der Gelassenheit zu üben und vielleicht noch ein wenig zu schreiben, dann wäre diese Zeit gar nicht verloren.

»Da wir ja nun heute nicht von Bord gehen können – würdest du mir die Freude bereiten, mich zum Abendessen zu begleiten?«, fragte Robert. Es war eine rhetorische Frage, da sie die Mahlzeiten ohnehin miteinander einnahmen, ohne sich jeden Abend, jeden Mittag und jeden Morgen aufs Neue zu verabreden.

»Es wird mir ein Vergnügen sein«, stimmte sie dennoch lächelnd zu. »Und dann werde ich mich früh in meine Kabine zurückziehen und mich in der Kunst der Gelassenheit üben. Und wenn Papa morgen früh wieder Sprachunterricht erteilt, werde ich es schweigend über mich ergehen lassen.«

»Gibt Papa denn trotz deines Ausbruchs noch Sprachunterricht?«, wunderte sich Robert.

»Nein«, sagte Nellie. »Und er würdigt mich keines Blickes mehr – und ehrlich gesagt tut mir mein Ausbruch auch leid. Ich habe der Familie ihr morgendliches Ritual verdorben.«

»Es muss dir nicht leidtun«, tröstete Robert grinsend. »Dolly Darling ist bestimmt froh, dass sie ihren Tag nicht mehr mit Eselslauten beginnen muss.«

Nellie erwachte am nächsten Morgen zwar nicht durch ein Iah, aber stattdessen durch ein heftiges Klopfen an der Tür.

Murrend stand sie auf und öffnete. Zu ihrem großen Erstaunen stand Robert vor ihr, und sein Blick sagte ihr, dass ihn ihr Anblick in ihrem dünnen Nachtgewand alles andere als kaltließ.

»Robert?«, fragte sie gähnend. »Ich muss gestehen, von dir geweckt zu werden ist sehr viel angenehmer, als von Kinderstimmen aus dem Schlaf gerissen zu werden. Aber konntest du mir den Schlaf nicht doch gönnen?«

»Du wirst mich noch dafür lieben, dass ich dich geweckt habe«, prophezeite er.

»Aber ich liebe dich doch ohnehin …« Erschrocken brach sie ab. Die Worte waren ihr einfach so herausgerutscht, und sie hatten nicht die Bedeutung einer Liebeserklärung, waren ein wenig lapidar dahingesagt, wie man einer Freundin erklärt, sie für irgendeinen Freundschaftsdienst zu lieben. Und wenn die Dinge zwischen ihr und Robert anders lägen, hätte sie sie ihm auch vollkommen unbefangen zurufen können. Aber die Dinge lagen eben nicht anders.

»Ist das so?«, fragte er rau, und sie sah das Verlangen in seinem Blick. Er trat einen Schritt vor, stand nun ganz in der Kabine. Mit dem Fuß stieß er die Tür zu, sein Gesicht war nur noch wenige Inches von dem ihren entfernt.

Nellies Herz klopfte zum Zerspringen. Das Blut rauschte in ihren Ohren. Nein, dachte sie. Ja, dachte sie. Ein Kuss, ein einziger Kuss konnte doch nicht so schlimm sein. Sie sehnte sich in diesem Moment nach nichts mehr, als dass er sie endlich in seine Arme zöge und ihr unbändiges Verlangen stillte, das mit voller Wucht wieder aufgelodert war. Doch Robert zögerte eine Sekunde zu lang, dann machte er einen raschen Schritt nach hinten und prallte gegen die Tür. Schwer atmend und schweigend starrten sie einander an.

»Ich wollte dir eigentlich nur sagen«, brachte er schließlich hervor, »dass wir am Kai liegen. Kohle wird auch bereits nachgeladen, und die Oriental wird von einer Flotte kleiner Boote umschwärmt, auf denen Händler mit allerlei verlockenden Waren unterwegs sind.«

Nellie nickte. »Da ... danke«, sagte sie. »Ich kleide mich rasch an und komme dann an Deck.«

»Gut«, sagte Robert hastig. »Ich warte oben auf dich.«

Und dann floh er aus der Kabine.

Als er gegangen war, ließ sich Nellie schwer atmend auf dem Bett nieder. Ihr ganzer Körper brannte vor unerfülltem Verlangen. Wie gern hätte sie sich Robert hingegeben, hier auf diesem Bett, an diesem wunderbaren Morgen, im Hafen von Singapur – aber sie war dankbar, dass sie beide dem Sog dieses unbeschreiblichen Augenblicks widerstanden hatten. Dass sie stark genug gewesen waren. Wie es wohl sein würde, ihm gleich zu begegnen? Würde die alte, erotisch geladene Befangenheit, die sie seit ihrem Gespräch in Colombo so erfolgreich in Freundschaft umgewandelt hatten, wieder zu spüren sein?

Sie machte sich rasch zurecht und war dabei etwas sorgfältiger als sonst, dann eilte sie an Deck. Er stand dort und kam ihr entgegen.

»Nellie«, sagte er, und an seinem Blick sah sie, dass die Szene in der Kabine, wenngleich sie widerstanden hatten, etwas verändert hatte. »Ich hätte nicht kommen dürfen. Ich war für einen Moment versucht, alle Vernunft fallen zu lassen.«

»Ja«, erwiderte sie leise. »Das geht mir ebenso. Und ich frage mich …«

»Ja?«, fast flehend sah er sie an.

»Nun, wenn unsere Gefühle füreinander so stark sind, ob sie dann nicht doch … irgendwie …«

»Ob wir dann nicht doch irgendwie ein Recht darauf haben, sie auszuleben?«, fragte er.

Sie schluckte. Nickte. »Ja.«

Eindringlich sah er sie an, und sein Blick verstärkte ihre Gefühle noch.

»Ich frage mich das auch«, sagte er mit belegter Stimme. »Aber die Antwort darauf können wir nicht jetzt finden, wo unser Verlangen nacheinander so …«

»… übermächtig ist.«

Diesmal war sie es, die seinen Satz vollendete.

»Ja. Das Verlangen überdeckt alles andere. Vor allem raubt es uns den Verstand. Wir dürfen ihm nicht nachgeben.«

»Mit dem Mönch in der buddhistischen Schule sprach ich über Gier«, sagte Nellie. »Und darüber, dass man erst glücklich werden kann, wenn man die Gier überwindet.«

»Momentan wäre ich am glücklichsten, wenn ich meiner Gier nach dir nachgeben könnte.« Robert seufzte. »Aber der Mann hat recht. Wir müssen unsere Gier nach einander überwinden. In Hongkong werden sich unsere Wege trennen, bis dahin ist es nicht mehr lang. Dann werden wir merken, was da zwischen uns ist und war und vielleicht sein wird. Wenn wir uns getäuscht haben und du zu mir gehörst und ich zu dir, dann werden wir auch zueinanderfinden. Ansonsten werde ich zu meiner Frau zurückkehren, und du wirst hoffentlich eines Tages deinem Kapitän wiederbegegnen, und wir werden froh sein, dem Verlangen widerstanden zu haben.«

»Ja«, flüsterte sie. »Ja, das ist der richtige Weg.«

Der Gedanke daran, dass ihnen nicht mehr viel Zeit miteinander blieb, versetzte ihr einen heftigen Stich, und die Vorstellung, sich bald von ihm verabschieden zu müssen, vielleicht für immer, erschütterte sie bis ins Mark.

Nach dem Frühstück ließen sich Nellie und Robert an Land bringen, wo sie einen Gharry mieteten, einen kleinen Pferdewagen mit gitterartigen Fenstern, der von einem winzigen Pony gezogen wurde. Nellie blickte aus dem Fenster, vor allem, um ihn nicht ansehen zu müssen, aber sie wurde schnell von der Szenerie draußen vollständig in ihren Bann gezogen. Die Straße schimmerte im hellen Sonnenlicht wie der glatt polierte Boden eines Ballsaales, dann und wann fielen Schatten von den hohen Bäumen auf die glänzende Oberfläche. Rechts und links reihten sich idyllische Häuser aneinander, die auf Pfählen standen. Nellie vermutete, dass der Boden für eine andere Bauweise zu sumpfig war. In den Erdgeschossen der Häuschen befanden sich häufig Läden, in denen kunterbunte Artikel aller Art zum Kauf angeboten wurden, vor den Häusern saßen Chinesinnen mit ihren Kindern, die allesamt bunte Einteiler trugen.

»Die Familien wohnen meist über den Geschäften«, sagte Robert in ihre Betrachtungen hinein, und Nellie war froh, dass er die Stille durchbrach und sie wieder ein unverfängliches Gesprächsthema gefunden hatten.

»Ob ich mich auch so frisieren lassen soll?«, fragte sie, bemüht um einen leichten Tonfall, und deutete auf einen der zahlreichen Barbiere, der gerade im Begriff war, einem Chinesen den landestypischen Haarschnitt zu verpassen: Glatt rasiert bis auf einen etwa tellergroßen

Büschel am Hinterkopf, der zu einem langen Zopf geflochten wurde.

»Besser nicht«, sagte Robert und sah sie zärtlich an. »Wobei: Wenn du dann auch noch Betelnüsse kauen würdest, wie es hier alle tun, und dir die rote Farbe aus dem Mund laufen würde, würde ich mich vielleicht so vor dir fürchten, dass ich nie wieder in Versuchung käme, dich zu …«

Nellie lachte unsicher, erwiderte aber ehrlich: »Ich weiß nicht, ob ich das nun gut oder schlecht finden sollte.«

»Das weiß ich auch nicht, Nellie«, meinte er und seufzte. »Und glaube mir: Ich würde viel dafür geben, wenn das anders wäre.«

Das Mittagessen nahmen Nellie und Robert im Hotel l'Europe ein. »Es ist zauberhaft«, fand Nellie, als sie auf das lange, flache, weiß gestrichene Gebäude zusteuerten, das von einem gepflegten Stück Rasen umgeben war. Auf der Terrasse, auf der große Tücher Schutz vor der Sonne boten, wurden die Mahlzeiten serviert, beide hatten sich voller Vorfreude auf die französische Spezialitätenkarte des Hotelrestaurants gestürzt. Nellie hatte sich für ein Steak Café de Paris entschieden, und Richard genoss ein Coq au vin, ehe sie gemeinsam eine köstliche Crème brulée verspeisten.

Mit einem zufriedenen Lächeln tupfte sich Nellie die Mundwinkel mit der gestärkten weißen Leinenserviette ab und genoss den fantastischen Blick über das Meer. Und sie genoss auch Roberts Anwesenheit, diese seltsame Stimmung, die von unerfüllter Sehnsucht, Abschiedsschmerz und Freude am Beisammensein geprägt war.

»Ich würde gern noch einen mohammedanischen Tempel besuchen«, sagte sie. »Einfach zum Vergleich.«

»Wir können es versuchen. Aber nach allem, was ich weiß, ist es gar nicht so einfach, in einen mohammedanischen Tempel hineinzukommen. Und als Frau könnte das noch schwieriger werden.«

Nellie verdrehte die Augen. Wenn es eines gab, was sie auf dieser Welt ungerecht fand, dann war es die dauernde Schlechterstellung der Frau. Sie musste an die Anfänge ihrer Laufbahn denken, als man ihr immer wieder sagte, Männer seien für ihren Beruf viel geeigneter. Und daran, dass es erst in zwei Bundesstaaten ein Wahlrecht für Frauen gab. Und schließlich daran, dass man alleinstehende Frauen in amerikanischen Hotels auf die Nebeneingänge verwies.

Doch Robert sollte recht behalten, und selbst er wurde am steinernen Tor des mohammedanischen Tempels abgewiesen. Stattdessen fuhren sie weiter zu einem Hindutempel, einem niedrigen Bau, der von einer hohen Mauer umgeben war. Der Weg, der von dieser Mauer zum Eingang führte, war von Bettlern gesäumt. Zwei Priester eilten ihnen entgegen und bedeuteten ihnen, sich die Schuhe auszuziehen. Damit hatte Nellie inzwischen kein Problem mehr. Doch der ältere der beiden Priester erklärte ihr in gebrochenem Englisch, sie solle die Schuhe anlassen. »Only Mister«, erklärte er.

»Oh«, sagte Nellie. »Ich würde meine Schuhe aber ebenfalls lieber ausziehen.« Zwar war der Boden hier noch viel schmutziger als in Ceylon, aber Nellie fand inzwischen den Gedanken merkwürdig, den heiligen Boden mit Schuhen zu betreten. Doch da erklärte der Mann, sie dürfe den Tempel gar nicht betreten, weder mit noch ohne Schuhen.

»Aber warum?«, fragte Nellie empört, doch der Priester schüttelte erbarmungslos den Kopf: »Señora: Mother no!«

»Ich bin no Señora!«, verteidigte sich Nellie empört in

einem Mix aus Englisch und Spanisch. »Yo Señorita!« Robert musste lachen: »Nein, Nellie, du bist tatsächlich keine Mutter«, sagte er dann liebevoll. »Aber du wärst eine ganz wundervolle.«

Nellie zuliebe verzichtete auch Robert darauf, den Tempel zu besichtigen. Er wolle jede Minute, die ihnen noch blieb, mit ihr genießen, erklärte er. Daher hatten sie Zeit, einen Affenkäfig zu besuchen. Nellie war besonders beeindruckt von dem gewaltigen Orang-Utan, der inmitten des Geheges, umgeben von lauter kleinen Affen, Hof hielt. Ja, Hofhalten war der richtige Ausdruck, denn der Affe schien sich in der Bewunderung, die ihm zuteilwurde, regelrecht zu sonnen. Er ignorierte seine Bewunderer allerdings stoisch und ließ seinen Blick über deren Köpfe hinweg in die Ferne schweifen. Nur dann und wann bewegte er sich, um sich seinen Kopf zu kratzen, als würde er darüber nachdenken, was das hier denn alles solle. Bewegung kam erst in das große Tier, als ihm einer seiner Bewunderer eine Nuss anbieten wollte, sich jedoch nicht traute, seine Hand durch das Gitter zu stecken, was Nellie gut verstehen konnte. Da die Gitterstäbe recht eng standen, war der Affe seinerseits außerstande, seine Finger zu der von ihm augenscheinlich sehr begehrten Nuss durch die Stäbe zu stecken. Also trat er dicht an die Stäbe heran und schob seine gewaltigen Lippen vor.

Der Mann zögerte. Als er allerdings gewahr wurde, dass er im Zentrum der Aufmerksamkeit stand, steckte er die Nuss mit einer sehr raschen Bewegung todesmutig in die gewaltigen Lippen des Tieres, das die Gabe zufrieden verspeiste. Sodann nahm es wieder auf seinem ausladenden Hinterteil Platz und ließ den Blick erneut in die Ferne schweifen.

»Monkey, Miss, very cheap«, riss eine Stimme Nellie aus ihren Betrachtungen. Sie wandte den Kopf und sah sich einem kleinen Chinesen gegenüber, er mochte vielleicht 15 oder 16 Jahre alt sein. Auf seiner Schulter hockte ein Affe. Beide sahen Nellie erwartungsvoll an.

»You want this monkey«, teilte der Bursche ihr mit.

Nellie musste lachen. Da sprach sie einfach ein chinesischer Junge an und erklärte, sie wolle diesen Affen haben, und er sei auch sehr billig.

Der Affe sah sie traurig an. *Hat er etwa nicht recht?*, schien sein Blick zu sagen. *Willst du mich nicht? Bitte nimm mich mit, ich fühle mich hier so einsam und allein.*

»Gut«, sagte Nellie. »Gut, ich nehme ihn.«

»Nellie!«, wandte Robert an ihrer Seite überrascht ein. »Bist du sicher? Was willst du denn mit einem Affen?«

»Ihm die Welt zeigen«, sagte Nellie schlagfertig und zählte dem jungen Burschen das geforderte Geld – es war in der Tat nicht viel – in die Hand. Der Bursche grinste und setzte ihr den Affen auf die Schulter, der sofort begann, Nellie am Kopf zu kraulen.

»Siehst du?«, wandte sich Nellie grinsend an Robert, »er mag mich.«

»Wer mag dich nicht?«, wagte er eine Gegenfrage. »Ich hoffe nur, dass du ihn problemlos mit an Bord nehmen darfst.«

Nellie durfte: Der Kapitän hieß ihren neuen Reisebegleiter, den sie McGinty taufte, an Bord herzlich willkommen. Er ließ ihn sogar umsonst mitreisen.

24. Kapitel

Auf See, Mittwoch, 18. Dezember bis Donnerstag, 19. Dezember 1889

Die See war ungemein stürmisch, doch anders als zu Beginn der Reise störte sich Nelli nicht im Geringsten daran. Sie war eine der wenigen, der der durch den Monsun ausgelöste heftige Wellengang nichts anhaben konnte. Selbst der Schiffsarzt und der Kapitän hatten mit schrecklicher Übelkeit zu kämpfen. Nellie aber saß mit angehaltenem Atem an Deck und beobachtete, wie der Bug zunächst steil nach oben ragte, um dann mit rasender Geschwindigkeit nach unten zu stürzen, so als wolle er bis auf den Grund des Meeres hinabtauchen. Die schwüle Luft legte sich wie ein schwerer Mantel um sie. »Wie geht es dir?«, fragte Nellie und setzte sich besorgt zu Robert, der ganz grün um die Nase war. Neben ihm saß der Affe und sah ihn mitfühlend an.

»Gar nicht gut«, ächzte Robert. »Nun habe ich bereits Dutzende Seereisen unternommen, aber so übel habe ich mich noch nie gefühlt. Und ich jammere wirklich nicht schnell.«

»Ich weiß.« Nellie strich ihm liebevoll eine Strähne aus der Stirn. »Kann ich dir irgendwas bringen?«

Er schüttelte den Kopf. »Ich denke, ich begebe mich in meine Kabine.«

»Bist du sicher?«, rief Nellie erschrocken. »Dort ist es sicherlich noch schlimmer. Die frische Luft tut dir doch gut!«

Doch Robert schüttelte nur erschöpft den Kopf und rappelte sich hoch. »Nein«, widersprach er. »Zumal von frischer Luft nicht die Rede sein kann. Es ist derart drückend und schwül.«

»Soll ich dich bringen?«

»Lass nur«, winkte er ab. »Das schaffe ich noch alleine. Offen gestanden möchte ich nicht, dass du mich in diesem Zustand allzu lange siehst.«

»Aber …«, setzte Nellie zu einem Protest an, brach dann aber ab. Sie erinnerte sich noch zu gut, wie unangenehm ihr ihre Seekrankheit vor den anderen gewesen war. Zwar waren sie und Robert so vertraut miteinander, dass ihnen das eigentlich nicht hätte peinlich sein dürfen. Doch andererseits: Gerade von einem Menschen, für den man so viel empfand wie sie beide füreinander, wollte man so nicht gesehen werden.

Voller Mitgefühl blickte Nellie ihm nach und ließ sich dann seufzend auf einem der Deckstühle nieder.

»Guten Tag«, sagte da eine dünne Stimme neben ihr. »Ich bin froh, dass ich Sie einmal allein antreffe.«

Nellie wandte den Kopf und blickte in das wächserne Gesicht eines jungen Mannes mit etwas zu langem braunen Haar, der sie aus dunklen Augen anstarrte.

»Sie haben einen solchen Mann nicht verdient«, teilte er ihr mit. »Wären Sie meine Frau, ich würde Sie auf Händen tragen.«

»Oh«, setzte Nellie zu einer Verteidigung Roberts an. »Wir sind nicht …«

»Ich bin in Liebe zu Ihnen entbrannt«, verkündete der Mann, den Nellie noch nie zuvor bemerkt hatte.

»Das, äh, oh …«, stammelte sie und dachte, dass die eigenartigen Verehrer auf dieser Reise ja wirklich zahlreich waren, wenn ihre Motive allerdings auch eher als eigenartig einzustufen waren. Der erste hatte es auf ihr Geld abgesehen, der zweite auf ihre Fähigkeit, mit wenig Gepäck zu reisen; nun war sie gespannt, was den Jagdtrieb dieses jungen Mannes geweckt haben mochte. Ob es die Tatsache war, dass sie mit einem Affen reiste? Sie musste ein Kichern unterdrücken. Oder fand er es vielleicht reizvoll, eine scheinbar unglückliche Frau vor ihrem scheinbar lieblosen Ehemann zu retten, für den er Robert zu halten schien?

»Ich weiß«, fuhr der junge Mann fort, »dass ich momentan keine gute Figur mache. Aber ich verspreche Ihnen, ich kann sehr adrett aussehen. Wenn Sie auch nur eine Woche mit mir zusammen in Hongkong verweilen würden, dann würde ich Ihnen beweisen, wie hübsch ich sein kann.«

»Oh. Wenn das so ist, dann überlege ich in der Tat, sogar sechs Wochen dortzubleiben«, entgegnete Nellie amüsiert.

»Dann spüren Sie es also auch?«, rief der see- und liebeskranke Mann entzückt. »Diese unglaubliche Verbundenheit zwischen uns?«

Zu ihrer Erleichterung rettete Affe McGinty sie aus ihrer Not, indem er das tat, was Nellie in diesem Moment ebenfalls gern getan hätte: Er rannte einfach davon und gab Nellie damit die willkommene Gelegenheit, es ihm gleichzutun, ohne allzu unhöflich zu sein.

Der liebeskranke Mann ließ nicht locker. »Haben Sie über meine Worte nachgedacht?«, fragte er sie am nächsten Tag der Überfahrt. »Werden Sie Ihren Mann für mich verlassen? Spüren Sie auch diese Schicksalsverbundenheit?«

»Das … ähhh«, machte Nellie und wünschte sich McGinty herbei, doch der hatte auf Anweisung des Kapitäns inzwischen bei den Seeleuten Quartier nehmen müssen und durfte, anders als seinerzeit Hündchen Homie, nur zu besonderen Anlässen an Deck.

Sie musste wohl selbst mit der Situation klarkommen. Zu Nellies Entsetzen ließ er sich zu ihren Füßen nieder, klammerte sich an die Armlehne ihres Stuhls und fragte:

»Finden Sie es schön zu leben?«

»Ja, ich mag das Leben. Das Wissen, dass es irgendwann im Tod endet, ist das Einzige, das mich betrübt«, erwiderte Nellie wahrheitsgemäß.

»Sie haben keine Ahnung, wie das Leben sein kann, sonst würden Sie das nicht sagen«, seufzte der Mann, der sich inzwischen als Jamie vorgestellt hatte, leidenschaftlich. »Wir könnten gemeinsam über Bord springen, Hand in Hand, und ehe die anderen es wüssten, würden wir schon in Frieden ruhen.«

Nellie schauderte, dieser Kerl hier war mit Abstand der unheimlichste ihrer bisherigen Verehrer.

»Was für eine absurde Idee!«, sagte sie kühl. »Und ich bin sicher, dort im Meer ist es ganz und gar nicht so fried …«

»Doch«, fiel er ihr ins Wort. »Davon bin ich zutiefst überzeugt. Ich will es Ihnen beweisen. Ertrinken ist ganz wunderbar. Man gleitet sanft dahin …«

»Tatsächlich?«, fragte Nellie, Interesse heuchelnd. »Ich glaube eher, dass das ein ziemlich schrecklicher Tod ist.« Sie wagte nicht aufzustehen, weil sie befürchtete, dass die erste Bewegung mit ihrer Bestattung im tosenden Meer enden würde. Dieser Mann war ohne Frage imstande, sie über Bord zu werfen und hinterherzuspringen! Unauffällig sah sie sich um. Das sonst so belebte Deck war menschenleer, die See wirkte auf einmal sehr bedrohlich. Sie war ganz allein mit diesem offenbar Verrückten. Nellie fröstelte und versuchte einzuschätzen, wie stark der Liebeskranke war. Doch sie brauchte nicht lange nachzudenken. Ihr war völlig klar, dass er ihr körperlich absolut überlegen war. Zumal ihm sein Wahn sicherlich noch zusätzlich Kräfte verleihen würde.

»Erzählen Sie mir davon«, stieß sie hervor. Sie musste Zeit gewinnen. Wenn sie Glück hatte, würde jeden Moment jemand an Deck kommen und sie aus ihrer bedrohlichen Lage erlösen. Und tatsächlich: Während sie seinen Ausführungen mit halbem Ohr lauschte, kam ausgerechnet Robert auf sie zu. Erleichtert atmete sie auf.

»Mein Mann und ich haben uns übrigens versöhnt«, teilte sie Jamie unbarmherzig mit. »Er sollte uns nicht miteinander sehen, er ist sehr eifersüchtig. Und dann hätten Sie Ihre Todessehnsucht schneller erfüllt, als Ihnen lieb ist.«

Jamie erblasste, während Nellie aufsprang und dem überraschten Robert entgegeneilte.

»Liebling!«, rief sie, fiel ihm um den Hals und küsste ihn stürmisch.

Als ihre Lippen die seinen berührten, war es um ihre streng auferlegte Zurückhaltung geschehen – und um seine auch. »Nellie«, stöhnte Robert und presste sie eng an sich, sodass sie seine Erregung spüren konnte. Heiße Wellen fluteten durch ihren Körper. Er schlang seine Arme fester um sie und küsste sie so leidenschaftlich, dass ihr die Knie weich wurden.

Ein Geräusch aus Richtung der Liegen brachte Nellie

wieder zur Besinnung. Sie löste sich aus seinem Armen und wandte sich um. Der Liebeskranke war im Begriff, mit hängenden Schultern das Deck zu verlassen.

»Nellie«, murmelte Robert benommen. »Was …«

»Verzeih«, sagte sie. »Entschuldige. Ich …«

»Da gibt es nichts zu entschuldigen. Du bist meiner tiefsten Sehnsucht nachgekommen. Und hast sie zugleich noch angefacht.«

»Das wollte ich nicht«, stammelte Nellie. »Die Situation ist mir entglitten. Wir hatten doch gesagt, dass wir unserem Verlangen nicht nachgeben.«

»Das hatten wir«, bestätigte er. »Aber wenn du mir dann entgegenstürmst, dich mir an den Hals wirfst und mich leidenschaftlich küsst, glaubst du ernsthaft, ich könnte dir dann noch widerstehen? Ich bin doch auch nur ein Mann.«

Jetzt sah sie leisen Ärger in seinem Blick.

»Verzeih«, flüsterte Nellie. Und dann erzählte sie. Von ihrem lästigen Verehrer, dass sie ganz allein gewesen waren. Dass sie Angst gehabt hatte. »Und weil Jamie ohnehin glaubt, wir seien ein Ehepaar, schien mir das die Lösung des Problems. Als du an Deck kamst, sagte ich ihm, dass wir uns versöhnt haben, und …«

Flehend sah Nellie ihn an, doch in Roberts Gesicht stand nicht die sonstige, liebevolle Zärtlichkeit, sondern kalte Wut. Nellie erschrak.

»Du bist mir böse«, stellte sie fest.

»Ja, Nellie. Das bin ich«, schleuderte er ihr entgegen. »Weißt du, welche Willenskraft ich aufbringen musste, um dich nicht in meine Arme zu reißen und so zu küssen, wie wir uns gerade eben geküsst haben – und noch viel mehr?«

»Das weiß ich«, flüsterte sie. »Das ging mir doch ebenso.«

»Wir haben uns gemeinsam dafür entschieden, dem nicht nachzugeben«, fuhr er fort. »Und dann stürmst du einfach auf mich zu und machst alles zunichte. Aber nicht, weil du es vor Sehnsucht nach mir nicht mehr ausgehalten hast, sondern weil ich dir gerade recht kam, um dich vor einem unliebsamen Verehrer zu retten.«

Sie schluckte und musste alle Kraft aufwenden, um nicht in Tränen auszubrechen. Er hatte ja recht!

»Ich habe nicht nachgedacht«, flüsterte sie. »Ich wollte dir eigentlich nur um den Hals fallen. Und als ich dir dann so nah war, da … da war ich nicht mehr in der Lage, es zu stoppen. Bitte. Lass uns nicht streiten.«

Doch Robert schüttelte den Kopf. »Entschuldige«, sagte er knapp. »Aber ich muss jetzt allein sein.«

25. Kapitel

Auf See, Donnerstag, 19. Dezember 1889

Nellie war den Tränen nah. Sie war vollkommen durcheinander. In Roberts Armen zu liegen, ihren Gefühlen endlich freien Lauf zu lassen, hatte sich so richtig angefühlt – und zugleich so falsch. Der Kuss hatte ihre Empfindungen aber in jedem Fall noch verstärkt, und so verletzte es sie umso mehr, dass er sich jetzt so brüsk von ihr zurückzog. Zum ersten Mal, seit ihre gemeinsame Reise begonnen hatte, aßen sie nicht zusammen. Nellie fürchtete schon, dass sich der liebeskranke Jamie nun zu ihr gesellen würde – das hätte sie nicht ertragen. Doch der hatte sich offenbar bekümmert in seiner Kabine eingeschlossen, wenn er nicht längst über Bord gesprungen war, auf der Suche nach dem Frieden.

»So allein?«, fragte eine männliche Stimme neben ihr. »Wo ist denn Ihr Begleiter?«

Nellie blickte auf. »Robert geht es heute nicht gut.« Sie lächelte den zweiten Steuermann Joshua, der sie einst an Bord gebracht hatte und der sie seither treu mit Informationen versorgte, freundlich an. »Setzen Sie sich doch, wenn Sie möchten.«

»Eigentlich ist mir nicht gestattet, mit den Passagieren zu speisen«, zögerte er.

»Bitte«, beharrte Nellie.

»Nun gut«, sagte er, immer noch zögernd, und sah sich vorsichtig um. »Außer mir liegen ja ohnehin alle flach.«

»Und wenn Sie Ärger bekommen, dann sage ich, dass ich Sie gebeten habe, mich zu beschützen«, erklärte Nellie.

»Sie zu beschützen?« Überrascht sah er sie an. »Sie wirken nicht so, als würden Sie unbedingt Schutz benötigen.«

»Doch!« Sie erzählte ihm, was sich zugetragen hatte, ließ die Begegnung mit Robert allerdings aus.

»Du lieber Himmel!«, rief Joshua bestürzt. »Ich habe auf meinen Reisen ja schon viel erlebt, aber das ... Wir sollten das dem Kapitän melden. Er kann den Mann in Ketten legen.«

Nellie winkte ab. »Lassen Sie«, bat sie. »Ich will nicht schuld sein, dass der Arme seine weitere Reise gefesselt zurücklegen muss.«

»Aber Sie fühlen sich bedroht!«

»Das schon«, gab Nellie zu. »Ich werde einfach zusehen, dass ich mich in Zukunft nicht mehr allein an Deck aufhalte.«

Joshua nickte. »Wann immer ich kann, leiste ich Ihnen Gesellschaft.«

»Danke«, sagte sie und lächelte dem jungen, freundlichen Mann zu. »Und Sie? Gibt es eine Dame, mit der auch Sie gerne auf dem Meeresgrund weilen würden?«

Er lachte hell auf. »Eher im Himmel der Liebenden«, sagte er. »Aber ich fürchte, ich habe in Liebesdingen wenig Glück.«

»Wollen Sie mir Ihre Geschichte erzählen?«, fragte Nellie Anteil nehmend. »Ich könnte etwas Ablenkung gebrauchen.«

Er seufzte und nickte. »Offen gestanden liebe ich zwei Frauen.«

Das gibt es doch nicht, schoss es Nellie durch den Kopf. Sie war offenbar alles andere als allein mit ihren Problemen.

»Es sind zwei Amerikanerinnen«, vertraute er ihr an. »Ich habe sie auf der Fahrt von Thames nach Ägypten kennengelernt und mich – und ich weiß, dass das merkwürdig klingt – in beide auf einmal verliebt.« Verlegen sah er sie an. »Es ist mir etwas peinlich, darüber zu sprechen.«

»Nein«, versicherte Nellie. »Bitte, fahren Sie fort.«

»Keiner der beiden habe ich meine Liebe gestanden«, sagte er. »Ich war zu verwirrt und überzeugt: Die, an die ich am meisten denken muss, wenn wir uns nicht mehr sehen, weil sie von Bord gegangen sind, hat mein Herz wirklich berührt. Ihr wollte ich schreiben.«

Nellie lächelte still in sich hinein. Hatte Robert ihr nicht ganz ähnliche Worte gesagt? Vor ihrem schrecklichen Streit …

»Und?«, fragte sie neugierig. »War das so?«

Seufzend schüttelte er den Kopf. »Leider nein. Aber selbst wenn, hätte es mir auch nichts genutzt. Ich habe nämlich die Anschriften verloren.«

»Oh«, sagte Nellie. »Was für eine traurige Geschichte. Aber ich bin mir sicher: Wenn eine der beiden die Richtige ist, dann werden Sie sich wiederfinden. Und wenn nicht, war es nicht die Richtige.«

»Das klingt schön«, seufzte er. »Aber ob das Leben auch immer so romantisch ist wie unsere Fantasie?«

Manchmal sogar noch schöner, dachte Nellie und musste an den Kuss denken, den Robert und sie getauscht hatten.

Sofort begann ihr Herz wieder zu rasen. Sie vermisste ihn ganz schrecklich.

In dieser Nacht fand Nellie keinen Schlaf. Ständig fühlte sie Roberts Lippen auf den ihren, seinen Körper eng an sie gepresst, inhalierte seinen Duft, und in ihrer Fantasie gingen sie weiter, viel weiter … Ihre Sehnsucht raubte ihr fast den Verstand, ihr Kummer auch. Sie verstand, dass Robert ihr so böse war, und sie hatte Angst, dass er ihr nicht verzeihen und sie im Schlechten auseinandergehen würden.

Das Schiff schwankte bedrohlich hin und her, und auf einmal vernahm Nellie ein lautes Klatschen von der Kabinentür. Erschrocken richtete sie sich auf – und hatte sofort nasse Füße. Sanken Sie? Lief Wasser in das Boot? Dann, dachte Nellie finster, würde sich wenigstens die Todessehnsucht ihres lästigen Verehrers erfüllen. Plötzlich war Nellie sich sicher, dass das Schiff untergehen würde und ihr letztes Stündlein geschlagen hatte.

Nellie starb in jener Nacht ebenso wenig wie alle anderen Passagiere. Als sie am nächsten Morgen an Deck kam, sah sie Robert zu ihrer Enttäuschung nicht am Frühstückstisch sitzen. Dafür war Joshua schon auf den Beinen und lächelte ihr freundlich zu. »Na?«, fragte er. »Haben Sie die Nacht gut überstanden? Eine stürmische Fahrt der Oriental nach China, das muss ich schon sagen.«

»Nasse Füße hab ich allerdings bekommen.«

Er lachte. »Nasse Füße? Da sind Sie ja noch glimpflich davongekommen. Wollen Sie was Lustiges hören?«

»Oh, ja, bitte«, raunte Nellie. »Lustige Geschichten kann ich heute Morgen unbedingt gebrauchen.«

»Dann erheitere ich Sie gerne zum Frühstück damit«, sagte er. »Ich habe mir beim Kapitän hochoffiziell die Erlaubnis eingeholt, Ihnen ein wenig Gesellschaft leisten zu dürfen, solange Mr. Seaman krank ist. Ich sagte ihm, dass Sie von einem Passagier belästigt wurden.«

Erschrocken sah Nellie ihn an. Das hatte sie ihm eigentlich in Vertrauen erzählt. Trotz allem wollte sie nicht, dass der liebeskranke Mann Ärger bekam.

»Keine Sorge«, sagte Joshua, der ihre Gedanken zu erraten schien. »Ich habe seine Identität nicht verraten.«

»Danke«, sagte sie, setzte sich und bot ihm formvollendet einen Platz an. »Bitte.«

»Ein Deck unter Ihnen war die Situation noch viel schlimmer als bei Ihnen. Zur Sicherheit haben wir nachgesehen, ob alles in Ordnung ist. Der Mann dort drüben«, er deutete mit dem Kinn auf einen dickbäuchigen Mittvierziger, einen Engländer, »fand ich mit einer Zigarettenkiste vor, mit der er panisch versuchte, Wasser abzuschöpfen und aus dem Fenster zu schütten. Über seinen Pyjama hatte er seine Rettungsweste gezogen.«

Nellie prustete los. »Sogar die Kiste der lebensgefährlichen Zigaretten scheint ihre christliche Mission erfüllen zu müssen«, meinte sie kichernd.

»Mit dem Herrn reist sein Neffe, ein etwa zwanzigjähriger Knabe«, berichtete Joshua weiter. »Während sein Onkel die Kabine ausschöpfte, klammerte er sich betend und klagend an das obere Bett. Er war sicher, dass das Schiff sinkt. Sein Onkel war sehr verärgert, dass er weder die Rettungsweste anziehen noch ihm behilflich sein wollte, das Wasser aus der Kabine zu bekommen.«

»Ja, hätte er denn noch eine zweite Zigarrenkiste gehabt?«,

fragte Nellie mit gespielter Anteilnahme, und nun prustete auch der Seemann heraus. »Ich weiß es nicht«, japste er. »Ich habe wirklich nicht die leiseste Ahnung. Aber dafür noch eine andere Geschichte für Sie.«

»Bitte!«, rief Nellie. »Her damit.«

»Ich entdeckte auch das junge Ehepaar, das sich auf Hochzeitsreise befindet und in Colombo mit an Bord gekommen ist.«

»Ja«, sagte Nellie. »Ich weiß, wen Sie meinen.«

»Ich fand sie in Rettungswesten vor.«

»Daran ist in dieser Situation doch nichts Ungewöhnliches?«, fragte Nellie.

»Das nicht«, grinste Jones. »Aber die Braut teilte mir dann mit, die Rettungswesten seien zum Schlafen sehr unbequem.«

»Haben sie denn geschlafen? In dieser Situation?«, wunderte sich Nellie.

»Eben nicht«, triumphierte der zweite Steuermann. »Aber wie sich herausstellte, haben sie jede Nacht in Schwimmwesten verbracht, seit sie an Bord gekommen sind. Sie dachten, das mache man so.«

Erneut musste Nellie laut lachen, und Joshua fiel ein.

Als sie sich wieder beruhigt hatten, fragte Nellie: »Wie hat denn McGinty die Nacht überstanden?«

»Gut«, grinste der zweite Steuermann. »Wir haben ihm ordentlich zu trinken gegeben.«

Nellie begriff und sah ihn mit großen Augen an. »Ihr habt meinen Affen betrunken gemacht?«

»Er hat sein Recht energisch eingefordert. Aber keine Sorge, es ist ihm gut bekommen.«

Nach der finsteren Nacht tat es Nellie gut, mit Joshua zu lachen, auch wenn ihre Traurigkeit nur für einen Moment verflog. Als sie an Deck ging, hielt sie Ausschau nach Robert, konnte ihn jedoch nicht finden. Da der Liebeskranke ebenfalls nirgendwo zu sehen war, sich aber ansonsten ausreichend Passagiere an Deck befanden, nahm Nellie Platz. Sie hatte sich gerade gesetzt, als das Schiff zu einer Seite wegsackte wie eine Kutsche, die in einen Straßengraben gerät. Nellie schrie auf und schlitterte mit ihrem Liegestuhl über das ganze Deck.

»Nellie!«, hörte sie plötzlich Roberts erschrockene Stimme rufen. »Um Himmels willen, Nellie!« Er hechtete hinter ihr her, um ihren Stuhl zu packen, als das Schiff urplötzlich zur anderen Seite kippte. Nun schlitterte Nellie über das ganze Deck in Richtung der entgegengesetzten Reling. »Nellie!« brüllte Robert. »Halt dich fest!«

In letzter Sekunde bekam Nellie mit beiden Händen das eiserne Geländer zu fassen, doch sie hatte so viel Schwung, dass sie durch die oberen und unteren Verstrebungen des Relingprofils gedrückt wurde. Nur weil Nellie sich verzweifelt festklammerte, konnte sie verhindern, durch das Oberlicht in den eine Etage tiefer befindlichen Speisesaal zu stürzen.

Verzweifelt sah sie sich nach Robert um und beobachtete aus dem Augenwinkel, wie er in diesem Moment herumgewirbelt wurde und auf dem Gesicht landete.

»Robert!«, keuchte Nellie und zog sich mit aller Kraft über das Geländer ganz nach oben. Sie krabbelte zu ihm und drehte ihn um.

»Nellie«, flüsterte er mit schmerzverzerrtem Gesicht. »Gott sei Dank. Ich hatte solche Angst um dich.«

»Und ich um dich.«

»Hast du dich verletzt?«

Sie schüttelte den Kopf. »Nein. Aber du.« Roberts Nase blutete heftig. »Kannst du aufstehen?«

Sie nahm ihn am Arm, während er sich mühevoll hochrappelte. »Ich denke schon.«

Zum Glück machte das Schiff nun wieder ruhigere Fahrt, und es gelang Nellie, Robert auf einen Stuhl zu helfen.

»Ich hole den Schiffsarzt – falls der nicht wieder mit seiner Seekrankheit zu kämpfen hat«, sagte Nellie. »Und du rührst dich nicht von der Stelle.« Sie sah Robert streng an.

»Der Schiffsarzt hat zwar immer noch mit seiner Seekrankheit zu kämpfen, aber das bedeutet nicht, dass er keine Passagiere verarzten kann«, erklang eine Stimme hinter ihnen.

Nellie wandte sich um und sah sich dem Mediziner gegenüber, der eine ungesunde grünweiße Gesichtsfarbe aufwies. »Die Arbeit geht mir nicht aus«, sagte er und machte eine ausholende Geste, die das ganze Deck umfasste. Erst jetzt erinnerte sich Nellie an die anderen Passagiere und folgte seinem Blick. Ungefähr ein Dutzend Verletzter lag auf dem Boden oder auf den Liegen, ebenso viele waren ihnen zu Hilfe geeilt.

»Was haben wir denn hier?«, fragte der Schiffsarzt und sah sich Robert genauer an. Sekunden später hatte er die Antwort: »Ganz eindeutig eine gebrochene Nase«, sagte er. »Da kann man leider nicht viel machen, da Sie Ihre Nase ja ohnehin nicht bewegen. Haben Sie außerdem Beschwerden? Kopfschmerzen? Übelkeit? Schwindel?«

Robert wiegte den Kopf hin und her. »Das kann ich gar nicht genau sagen«, erklärte er. »Aber ein wenig benommen fühle ich mich schon.«

»Sie sollten sich die nächsten Tage Ruhe gönnen«, sagte er. »Am besten gehen Sie in Ihre Kabine, falls wir noch einmal Seegang haben sollten, das Mobiliar dort ist immerhin fest verschraubt. Sie dürfen nicht riskieren, erneut durch die Gegend geschleudert zu werden. Ich würde Sie ja begleiten, aber ich fürchte, ich werde hier gebraucht.« Er sah sich auf dem Deck um.

»Ich mache das«, sagte Nellie hastig. »Ich bringe ihn … bis zur Tür«, fügte sie unsicher hinzu. »Wenn … wenn das in Ordnung ist.«

Robert nickte. »Aber vorher möchte ich, dass der Doktor auch dich untersucht«, sagte er und fuhr dann an den Mediziner gewandt fort: »Auch sie wurde über das ganze Deck geschleudert.«

»Nun, im Gegensatz zu dir bin ich nirgendwo angestoßen«, wehrte Nellie ab. »Es war gefährlich, aber die anderen verletzten Passagiere brauchen den Herrn Doktor jetzt dringender.«

Robert sah sie zweifelnd an. »Bist du sicher, dass es dir gut geht?«

Sie nickte. »Ganz sicher. Und nun lass uns gehen.«

26. Kapitel

Hongkong, britische Kronkolonie, Montag, 23. Dezember 1889

Der Passagier tobte. »Ich werde Sie verklagen!«, schleuderte er dem zweiten Steuermann entgegen.

»Tun Sie das«, erwiderte Joshua und wechselte einen amüsierten Blick mit Nellie und Robert, die hinter dem Wütenden an Deck standen.

»Sagen Sie das Ihrem Kapitän!«, schnaubte der Mann.

»Das mache ich!«, versprach Joshua seelenruhig. »Sie können sich auf mich verlassen.«

»Wollen Sie denn gar nicht wissen, warum ich Sie verklagen will?«, schäumte der Mann, während Nellie eine Hand vor den Mund presste, um nicht laut loslachen zu müssen.

»Ach so, verzeihen Sie. Warum wollen Sie uns verklagen?«, fragte Joshua brav, und Nellie wusste, was er für einen Heidenspaß an der Situation hatte. Er hatte ihr anvertraut, eines Tages, wenn er nicht mehr zur See fuhr, ein eigenes Buch schreiben zu wollen: *Heitere Erinnerungen eines Seemanns …*

»Sie können sich ja gar nicht vorstellen, was für Dinge ich erlebt habe. Szenen wie die mit der Zigarettendose sind an der Tagesordnung, und ich finde sie immer noch lustig.«

»Sind sie ja auch«, bekräftigte Nellie.

»Ich verklage Sie, weil Sie mich zwei Tage früher in Hongkong abliefern als geplant«, verkündete der Passagier gerade.

»Wie bitte?«, fragte Joshua, nun doch verblüfft. »Sie verklagen uns, weil wir das Ziel früher erreicht haben?«

»Natürlich«, erklärte der Mann. »Ich habe die Schiffspassage für einen bestimmten Zeitraum gekauft. Wenn Sie mich nun vorzeitig an Land bringen, müssen Sie für mein Hotelzimmer aufkommen.«

Nellie bekam Joshuas Antwort nicht mehr mit, denn in diesem Moment raunte Robert: »Ich würde die Gesellschaft auch am liebsten verklagen, weil sie uns zwei Tage früher abliefern. Das raubt mir zwei wertvolle Tage mit dir. Ich hätte so gern Weihnachten mit dir verbracht.«

Nellie nickte, während sie ihre Blicke über die weißen, schlossartig anmutenden Häuser schweifen ließ, die sich an den Berghang schmiegten. Und es gab Berge, wohin das Auge blickte, schließlich handelte es sich um einen Naturhafen, in den man durch eine schmale Passage einfuhr. Als der Kapitän das Schiff mithilfe von Lotsen durch die Enge steuerte, war Nellie ein wenig bang gewesen, ob es ihm wirklich gelingen könnte, in diesem engen Fahrwasser zu navigieren. Doch Robert hatte ihr nur beruhigend die Hand auf die Schulter gelegt und gesagt: »Mach dir keine Gedanken. Er weiß, was er tut.«

»Wie schön es ist«, sagte sie. Die Bucht schimmerte spiegelglatt in der hellen Sonne, in der Schiffe aus aller Herren Länder lagen: Panzerschiffe, Torpedoboote, Postdampfer, portugiesische Lorchas, chinesische Dschunken und Sampans.

Wie gern würde sie diese Stadt mit Robert erleben! Der Abschiedsschmerz drohte ihr das Herz zu zerreißen, auch wenn sie ja eigentlich froh sein musste, dass die Oriental Hongkong ganze zwei Tage früher und somit am 39. Tag ihrer Reise erreicht hatte. Schließlich befand sie sich in einem Wettlauf gegen eine literarische Figur!

»Ich bin noch ein paar Tage länger in Hongkong«, sagte sie hoffnungsvoll. »Vielleicht …«

Doch Robert schüttelte den Kopf. »Ich würde nichts lieber tun, als noch Zeit mit dir zu verbringen«, sagte er. »Aber meine Handelspartner hier in Hongkong haben selbstverständlich Kenntnis davon erhalten, dass ich schon früher ankomme, und ich weiß, dass sie mich von der ersten Minute an mit Beschlag belegen werden.« Entschuldigend sah er sie an. »Die Gattin meines Handelspartners und meine Gemahlin sind gute Freundinnen. Wenn bekannt würde, dass ich die Gesellschaft einer jungen Dame der meiner Geschäftspartnern vorziehe, würde meine Frau vielleicht die falschen Schlüsse ziehen.«

Oder die richtigen, dachte Nellie, doch sie sprach es nicht aus.

»Der Abschied muss hier und jetzt erfolgen«, sagte Robert und sah sie unendlich traurig an.

Nellie schluckte. Die Gangway war bereits heruntergelassen, und sie hatte sich schon von allen verabschiedet – außer von ihm.

»Nellie.« Er nahm ihre Hände und sah ihr tief in die Augen, die bei seinen folgenden Worten feucht schimmerten. »Meine liebe, schöne, lustige, nachdenkliche und mutige Nellie.«

Eine Träne löste sich aus ihrem Augenwinkel und rann ihre Wange herab. Er hob die Hand und wischte sie zärtlich fort. »Nellie.«

»Robert.«

Dann beugte er sich vor und küsste sie auf die Lippen, ganz sanft nur. Während sein Mund noch auf dem ihren ruhte, atmete sie tief ein, sog seinen köstlichen Duft in sich auf, als wolle sie ihn in ihrem Herzen konservieren. »Adieu«, flüsterte sie und wandte sich dann um, um die Gangway hinabzugehen. Tränen brannten in ihren Augen, sie spürte seine Blicke in ihrem Rücken. Doch sie wandte sich nicht noch einmal um.

»Nellie, warte!«, hörte sie jemanden rufen, als sie fast das Ende der Gangway erreicht hatte. Doch es war nicht die ersehnte Stimme, die da nach ihr rief, sondern Joshuas. Hastige Schritte ertönten hinter ihr, dann stand der zweite Steuermann neben ihr und sah sie schwer atmend an. »Mr. Seaman hat mir gerade gesagt, dass er anderweitige Verpflichtungen hat und dass sich Ihre Wege hier trennen. Da wollte ich fragen, ob Sie den Tag heute mit mir verbringen möchten?«

Nellie fühlte ein unbändiges Gefühl der Erleichterung in sich aufsteigen. Jetzt nicht allein zu sein, sondern in Gesellschaft dieses fröhlichen Offiziers, war Gold wert. Er schaffte es immer, sie zum Lachen zu bringen, wie misslich die Lage auch war.

»Das möchte ich sehr gern«, sagte sie.

»Na, dann mal los«, sagte Joshua. Sie hatten das Ende des Piers erreicht, und wie an den anderen Häfen rissen sich die Menschen auch hier darum, mit den Neuankömmlingen Geld zu verdienen. Die Sänftenträger mit ihren halb rasierten Köpfen, um die sie ihre dunklen Zöpfe geschlungen hatten, überboten sich geradezu mit Angeboten. Nellie überließ dem zweiten Steuermann die Verhandlungen und nahm dann in einer der Sänften Platz, während Joshua eine andere bestieg. Nellie ertappte sich bei dem Gedanken, wie schön es wäre, jetzt mit Robert durch die Stadt zu schlendern, vielleicht den Kopf an seine Schulter gelehnt, seine Lippen auf ihren Haaren …

Reiß dich zusammen, mahnte sie sich. *Robert ist verheiratet. Vermutlich wirst du ihn nie mehr wiedersehen.* Dieser Gedanke war so ungemein schmerzhaft, dass sie aufstöhnte. So laut, dass Joshua aus seiner Sänfte, die unmittelbar neben Nellies getragen wurde, besorgt herübersah.

»Alles in Ordnung?«, fragte er.

»Jaja, alles in Ordnung«, versicherte Nellie. »Ich habe mich nur leicht an der Kante gestoßen.«

»Tut es sehr weh?«, fragte der Seemann.

Ja, dachte Nellie, es zerreißt mich nahezu. Doch sie antwortete ihm nur: »Nein, ich bin nur erschrocken.«

Die Männer trugen sie entlang der Küste, vorbei an Lagerhallen und riesigen Häusern, in denen scheinbar unzählige chinesische Familien lebten. Balkon reihte sich an Balkon, was eigentlich recht hübsch wirkte, wenn nicht jeder verfügbare Platz mit zum Trocknen aufgehängter Wäsche voll gewesen wäre. »Offenbar haben die heute Waschtag«, kommentierte Joshua an ihrer Seite.

»Sie sollten ihre ganze Stadt mal waschen«, murmelte Nellie missmutig. »Es ist furchtbar schmutzig hier. Die Stadt ist schmutzig, die Häuser sind schmutzig, und die Träger sind auch schmutzig.«

»Immerhin ist die Wäsche sauber. Das ist doch schon mal ein Anfang«, versuchte der zweite Steuermann sie mit seiner gewohnt humorvollen Art zu trösten, doch Nellie brachte nicht mal ein Lächeln zustande.

»Hey, Bly, was ist denn heute mit Ihnen los?«, fragte Joshua und stieß sie freundschaftlich in die Seite. »So kenne ich Sie ja gar nicht.«

»Ach«, sagte sie und starrte angestrengt hinaus, weil die Tränen schon wieder zu fließen drohten, »ich weiß auch nicht. Ich mag mich heute selbst gar nicht leiden.«

»Kein Wunder, an einem Tag, an dem man den Menschen verlassen muss, den man liebt«, sagte er mitfühlend.

Erschrocken sah sie ihn an. »Was sagen Sie da?«

»Robert und Sie«, erwiderte er. »Das ist nun wirklich nicht zu übersehen.«

»Wir sind nur Freunde«, sagte sie rasch.

»Nein«, widersprach Joshua. »Das sind Sie nicht. Sie lieben sich.«

Nellie schwieg und sah wieder hinaus. Joshua hatte recht. Das, was sie verband, war nicht nur Verliebtheit. Das war Liebe. Eine verbotene Liebe.

Sie zuckte zusammen, als der vordere Träger ein undefinierbares Geräusch ausstieß – etwas zwischen Schnauben und Knurren –, und sah auf.

»Ich bin auch erschrocken«, klärte sie der zweite Steuermann bereitwillig auf. »Aber sie machen das nur, damit die Leute aus dem Weg gehen. Sie dürfen sich das in etwa so vorstellen wie das Tuten einer Eisenbahn.« Tatsächlich reagierten die Einheimischen genauso auf das Schnauben der Sänftenträger, wie das ein Amerikaner oder Europäer getan hätte, wenn eine Eisenbahn pfeifend auf ihn zugerollt wäre. Sie stoben regelrecht auseinander, sobald das Schnauben ertönte.

»Ich würde gern zunächst in das Kontor der Oriental und Occidental Steamship Company gehen, um in Erfahrung zu bringen, wie schnell ich nach Japan weitereisen kann.«

»Klar«, meinte Joshua grinsend. »Da bin ich dabei. Vielleicht ist man dort so begeistert von mir und meinen Fähigkeiten, dass man mich gleich abwerben will. Dann könnte ich Sie noch ein wenig begleiten.«

Nellie erwiderte sein Grinsen. »Das wäre fein«, sagte sie. »Aber wie will man Ihnen Ihre Fähigkeiten ansehen?«

»Das weiß ich auch nicht«, gestand er und kratzte sich am Kopf.

Kurz darauf betraten sie Seite an Seite die Dependance der Oriental und Occidental Steamship Company. Augenblicklich fühlte sich Nellie etwas besser und von ihrem Abschiedsschmerz abgelenkt.

»Wann fährt denn das nächste Schiff nach Japan?«, fragte Nellie den Mann, der im Kontor Dienst tat und ihr bei ihrem Eintreten erwartungsvoll entgegensah.

»Jetzt«, erwiderte der Angesprochene, erhob sich und verschwand in einem Nebenzimmer.

Kurz darauf stand er wieder vor ihr und hatte einen anderen Herrn im Schlepptau. Er war hochgewachsen, um die 40, trug einen Oberlippenbart und hatte das Haar platt an den Kopf gekämmt. Aufmerksam sah er Nellie an.

»Ich wüsste gern, wann das nächste Schiff nach Japan ablegt«, wiederholte sie irritiert.

»Wie ist Ihr Name?«

»Nellie Bly«, entgegnete sie erstaunt.

Als er den Namen hörte, kam Leben in den Mann. »Ich wusste es!«, rief er und fuhr dann aufgeregt fort: »Bitte, Miss Bly. Folgen Sie mir.«

Nellie nickte Joshua zu, ein Zeichen, dass er sie ruhig begleiten könne. Sie hatten gerade auf schlichten Holzstühlen an einem ebenso schlichten Holztisch Platz genommen, als der Mann sich als Mr. Harmon vorstellte und herausplatzte: »Sie werden das Wettrennen verlieren.«

»Was?«, fragte Nellie erstaunt, aber noch keineswegs beunruhigt. »Das glaube ich nicht. Ich habe meine Verzögerung schließlich aufgeholt. Wie meinen Sie das?«, fragte Nellie und musterte ihr Gegenüber misstrauisch. War der Mann verrückt geworden?

Nun sah Mr. Harmon sie seinerseits skeptisch an. »Sie machen doch ein Wettrennen um die Welt?«, vergewisserte er sich, als zweifle er plötzlich daran, dass es sich bei der vor ihm Sitzenden tatsächlich um Nellie Bly handelte.

»Ganz genau, ich befinde mich in einem Wettlauf gegen die Zeit«, sagte sie, nachdem sie einen erstaunten Blick mit Joshua gewechselt hatte.

»Zeit? Sie hieß anders.«

»Sie? Wieso *sie*?«, fragte Nellie und war inzwischen so gut wie sicher, dass der arme Kerl nicht ganz bei Sinnen war.

»Die andere Frau – sie wird den Wettlauf gewinnen.«

»Eine andere Frau?«, fragte Nellie dumpf.

»Ja«, rief er, offenbar erleichtert, dass sie nun endlich zu verstehen schien. Dann sah er sie erschrocken an. »Hatten Sie davon etwa keine Kenntnis? Am selben Tag, an dem Sie in New York ablegten, brach auch eine andere Frau auf, um gegen Sie anzutreten, und ich befürchte, sie wird es schneller schaffen. Sie kam auch gerade hier an. Sie müssen sich fast in die Arme gelaufen sein. Sie erklärte, sie sei bereit, jede Summe zu zahlen, damit Schiffe früher ablegen. Ihre Zeitung hat der Oriental und Occidental Steamship Company zweitausend Dollar angeboten, wenn sie die Oceanic zwei Tage eher aus San Francisco abfahren lassen.«

Nellie starrte ihn entsetzt an. »Und?«, keuchte sie. »Haben sie?«

Mr. Harmon schüttelte beruhigend den Kopf. »Nein. Aber sie haben sich bemüht, sie so früh hierherzubringen, dass sie den englischen Postdampfer nach Ceylon erreicht. Sie sind deshalb vor der geplanten Ankunft angekommen. Sonst hätte sie das Schiff verpasst und zehn Tage warten müssen. Aber so wird sie es rechtzeitig schaffen und kann in drei Tagen weiterfahren.« Bedauernd sah er Nellie an. »Aber Sie, Miss Bly, werden fünf Tage warten müssen. Und da Hongkong nicht genau auf der Hälfte der Strecke liegt, ist sie schon weiter als sie. Sie ist in entgegengesetzter Richtung gereist, was hinsichtlich der Windrichtungen auch Sinn macht.«

Nellie hatte das Gefühl, dass sich unter ihr ein riesiges Loch auftat. Es war vorbei. Alles war vorbei. Ihre Liebe zu Robert, ihre Reise um die Welt.

Matt sah sie auf. »Wie heißt sie?«, fragte sie. »Wer ist die andere?«

»Sie heißt Elizabeth Bisland«, informierte sie der Mann.

Nellie ächzte. Ausgerechnet. Elizabeth Bisland war eine durch und durch bezaubernde Person. Jeder, vor allem jeder Mann, der in ihre Nähe kam, war geradezu hingerissen. Sie war unfassbar klug, sehr vornehm, was an ihrer Abstammung lag, und wunderschön mit ihrem dunklen, weichen Haar und den ebenso dunklen Augen. Elizabeth Bisland galt als schönste Journalistin New Yorks, sie war Nellies härteste Konkurrentin. Wobei Miss Bisland sich nie einen direkten Konkurrenzkampf gegeben hätte. Dazu war sie sich zu fein. Aber genau das hatte sie nun getan: Die Endzwanzigerin *hatte* sich in einen direkten Konkurrenzkampf mit Nellie begeben. »Ich bin erstaunt, dass Sie davon nichts wussten«, fuhr der Mann fort. »Sie behauptete, es habe sich um ein verabredetes Rennen gehandelt.«

Nellie schüttelte den Kopf. »Mein Redakteur würde sich nicht auf ein Rennen einlassen, ohne mich darüber zu informieren«, sagte sie, während sich die Gedanken in ihrem Kopf überschlugen. Sie schäumte vor Wut über Elizabeth Bislands Frechheit, zugleich war sie aber auch fest entschlossen, sich keine Blöße zu geben. Weder vor diesem Mann noch vor irgendjemand anderem. *Lass dir nichts anmerken*, befahl sie sich. *Bleib ruhig*. Kühl sah sie den Mann an und fragte dann:

»Und Sie sind sich sicher, dass ich fünf Tage nicht von hier wegkann?«

»Ich bin mir sicher«, bestätigte er und streute weiter Salz in Nellies Wunden: »Ich glaube, Sie haben verloren. Es ist unausweichlich. Sie werden hier fünf Tage verlieren, und um diese Jahreszeit werden Sie sicherlich eine langsame Überfahrt haben.«

Nellie schnappte empört nach Luft. Lag etwa so etwas wie sensationslüsterne Genugtuung in den Worten dieses Mannes?

In diesem Moment öffnete sich die Tür, und ein junger Herr trat ein. Er trug eine weiße Uniform, hatte schwarzes Haar, dunkle Augen und war Nellie sofort sympathisch.

Mr. Harmon nickte ihm zu und sagte dann zu Nellie, die sich, ebenso wie ihr Begleiter, halb erhoben hatte: »Miss Bly, das ist Mr. Fuhrmann, der Zahlmeister der Oceanic, mit der Sie weiterreisen werden.«

Der junge Mann reichte Nellie die Hand und lächelte ihr freundlich zu. Augenblicklich fühlte sie sich etwas besser, unter Freunden. »Miss Bly«, sagte er. »Bitte entschuldigen Sie. Ich war unten am Schiff, um Sie abzuholen. Aber da waren Sie schon fort. Als man mir auch im Hotel nichts sagen konnte, kam ich auf die Idee, Sie hier zu suchen.«

»Ein Freund hat mich begleitet«, erklärte Nellie mit einem angedeuteten Lächeln in Richtung Joshua, der sie angesichts der schlimmen Neuigkeiten mitleidsvoll ansah. »Ich bedauere, Ihnen so viele Umstände zu machen.«

»Umstände! Sie sind jetzt unter Landsleuten, und wir freuen uns, Ihnen behilflich sein zu können. Sie hatten die schlechtesten Verbindungen, die man nur haben kann«, wurde Mr. Fuhrmann nicht müde, sie zu ermutigen, und ließ mit seinen folgenden Worten keinen Zweifel daran, dass er von ihrer Konkurrentin Kenntnis hatte: »Jeder, aber wirklich jeder weiß, dass es sich um Ihre Idee handelt und dass man nun versucht, Ihnen den Ruhm streitig zu machen. Sie werden die Anerkennung bekommen, Miss Bly. Ob Sie nun vor Miss Bisland ankommen oder nach ihr.«

»Danke«, sagte Nellie und reckte das Kinn ein wenig vor. So freundlich Mr. Fuhrmann auch war – sein offensichtliches Mitgefühl war fast noch schlimmer als die Häme seines Kollegen. Sie war Nellie Bly, eine bekannte New Yorker Journalistin. Sie brauchte kein Mitleid! Sie hatte bisher alles geschafft, was sie nur wollte, und sich selbst von ihren mörderischen Kopfschmerzen, die sich in diesem Moment erstmals wieder bemerkbar machten, nicht unterkriegen lassen. Sie brauchte weder Mitgefühl noch ein Wettrennen mit einer Kollegin. Elizabeth Bisland war sich zu fein, einen direkten Konkurrenzkampf mit Nellie aufzunehmen? Gut. Diesmal war *sie,* Nellie, sich eben zu fein! Sie atmete tief durch, dann sagte sie: »Ich bin angetreten, in fünfundsiebzig Tagen die Welt zu umrunden, und wenn ich dieses Ziel erreiche, werde ich froh sein. Ich fahre nicht mit Miss Bisland um die

Wette, sondern mit Phileas Fogg. Wenn sie die Reise schneller bewerkstelligen möchte, dann soll sie es tun. Ich halte mich an meine Route.«

»Bravo!«, rief Joshua an ihrer Seite und applaudierte demonstrativ. Nellie lächelte ihm dankbar zu.

Mr. Fuhrmann und Joshua begleiteten Nellie zum Hotel, wo sie sich endgültig von dem zweiten Steuermann verabschiedete. Auch Mr. Fuhrmann empfahl sich. »Sie wollen sich sicher erst einmal frisch machen«, vermutete er. »Wenn Sie erlauben, würde ich Sie morgen früh gern abholen. Ich habe eine Überraschung für Sie.«

»Es wäre mir ein Vergnügen«, stimmte Nellie lächelnd zu.

Allein in ihrem Zimmer, ließ Nellie sich benommen aufs Bett sinken. »Verdammt, verdammt, verdammt, verdammt!«, rief sie und trommelte mit den Fäusten wütend auf die Matratze ein. Nun, wo niemand außer Gott ihr Zeuge war, konnte und wollte sie nicht mehr an sich halten, keine Haltung mehr bewahren und keine Contenance, sondern ihrer Wut auf Elizabeth Bisland freien Lauf lassen. Was fiel dieser eingebildeten Person eigentlich ein? Ihr einfach so die Idee zu klauen! Sicherlich hatte der freundliche Zahlmeister recht: Selbst wenn Elizabeth sie besiegen würde, würde ihr, Nellie, ein gewisser Triumph bleiben – denn es war ihre Idee gewesen, das war allgemein bekannt. Dennoch würde dieser Triumph geschmälert werden, wenn die andere die Welt schneller umrundete als sie selbst. Sie würde ihr die Show stehlen! Und hübscher war sie auch noch! Nellie sprang auf, ging ins Badezimmer und starrte sich im Spiegel an. Ausgiebig kämmte sie sich das Haar, doch sie wusste: Sie konnte kämmen, so viel sie wollte,

Elizabeth Bisland würde immer schöner sein als sie. Und nun offenbar auch noch schneller!

Grimmig holte Nellie ihr Notizbuch hervor, um sich ihren Ärger von der Seele zu schreiben. Da stieß sie auf das Buch von Jules Verne. Und plötzlich war sie wie elektrisiert: War ihr literarisches Vorbild nicht ebenfalls in Hongkong hängen geblieben? Atemlos schlug sie das Buch auf und suchte nach der Stelle, an der Phileas Fogg versuchte, doch noch die Carnatic zu erreichen, die ihm davongefahren war. Er folgte ihr mit einem Lotsenboot und hatte den Plan, sie in Shanghai einzuholen und dann seine Reise nach Yokohama fortzusetzen: Würde ihm das nicht gelingen, würde er dort nicht das Paketschiff nach San Francisco erreichen. Nellie hatte die Stelle gefunden und las wie gebannt von Phileas Foggs Überfahrt von Hongkong nach Shanghai, die ihr ja selbst noch bevorstand:

Als John Bunsby die Dunkelheit, und mit dem Dunkel die Sturmesgewalt sich steigern sah, ward er doch lebhaft unruhig, und berieth mit den Bootsleuten, ob es nicht gerathen sei, beizulegen.

Darauf trat er zu Herrn Fogg und sprach:

»Ich glaube, Ew. Gnaden, es wäre wohl gethan, einen Hafen an der Küste zu suchen.«

»Ich glaub's auch«, erwiderte Phileas Fogg.

»Ah!«, sagte der Pilot, »aber welchen?«

»Ich weiß nur einen«, versetzte gelassen Herr Fogg.

»Der ist?«

»Schangai.«

Der Pilot wußte nicht gleich den Sinn der Antwort, die zähe Ausdauer zu fassen. Darauf rief er:

»Nun ja! Ew. Gnaden hat Recht. Nach Schangai!«

Und die Richtung der Tankadere ward unveränderlich nordwärts festgehalten.

Es war eine wahrhaft erschreckliche Nacht, und ein Wunder, daß die kleine Goelette nicht umschlug. Zweimal war sie nahe daran, und es wäre alles von Bord weggefegt worden, hätten die Seile zur Befestigung nicht gehalten. Mrs. Aouda war ganz erschöpft, aber ließ keinen Klagelaut hören. Mehrmals mußte Herr Fogg sie gegen die Gewalt der Wellen schützen.

Nachdenklich sah Nellie auf. Ein Lotsenboot! Wäre das die Rettung? Doch sie verwarf den Gedanken sofort wieder, schließlich wäre das gegen die Vereinbarung gewesen, die sie mit Cockerill und Pulitzer getroffen hatte: Sie durfte nur öffentliche Verkehrsmittel benutzen und sich keine Fahrzeuge mieten, um schneller voranzukommen. Um sich abzulenken, las sie weiter:

Es ward wieder Tag, und das Gewitter dauerte ununterbrochen mit entfesselter Wuth. Doch änderte sich der Wind in Südost; ein günstiger Umstand, und die Tankadere setzte ihren Weg auf dem tobenden Meere fort, dessen Wellen mit den von der neuen Windrichtung getriebenen zusammenstießen, ein Widerprallen, wobei ein minder fest gebautes Boot zertrümmert worden wäre.

Von Zeit zu Zeit konnte man durch den nun gebrochenen Nebel die Küste wahrnehmen, aber nirgends ein Schiff. Die Tankadere war das einzige, welches die See hielt.

Um Mittag ergaben sich einige Zeichen, daß der Sturm sich legte; und als sich die Sonne zum Horizont hinabsenkte, sprach sich dies noch entschiedener aus. Die kurze Dauer desselben hing mit seinem heftigen Auftreten zusammen. Nun konnten die erschöpften Passagiere etwas Speise zu sich nehmen und ein wenig ausruhen.

Plötzlich wurde Nellie von einer derart bleiernen Müdigkeit übermannt, dass sie es vorzog, zu Bett zu gehen. Sie legte das Buch neben ihr Notizbuch, zog sich ihr Nachthemd an, legte sich aufs Bett und schlief erschöpft ein.

27. Kapitel

Hongkong, britische Kronkolonie, Dienstag, 24. Dezember 1889

»Miss Bly?«

»Ja?«

»Sie haben Besuch. Der Kapitän der Oceanic möchte Sie begrüßen«, teilte ihr einer der Pagen mit.

»Ich komme.«

Während sie nach unten eilte, fragte Nellie sich, wie der Kapitän, der in den nächsten Wochen über ihr Schicksal bestimmte, wohl aussehen mochte. In ihrer Vorstellung war er ein kleiner, dicker, bärtiger, älterer und etwas brummiger Mann.

Als sie im Salon ankam, sah sie sich suchend um. Doch da war kein älterer, bruddeliger Mann, nur ein ausgesprochen gut aussehender, hochgewachsener und muskulöser Herr um die 40 in weißer Uniform. Da hatte er sie auch schon entdeckt und kam ihr ein paar Schritte entgegen.

»Guten Tag, Miss Bly«, sagte er lächelnd.

Wie vom Donner gerührt stand Nellie da und starrte ihn an.

»Na?«, fragte er. »Ist mir die Überraschung gelungen?«

»A … allerdings«, stammelte Nellie vollkommen überrumpelt.

Besorgt und auch ein wenig enttäuscht sah Kapitän William Smith sie an. »Nun, Ihre Freude scheint sich in Grenzen zu halten.«

»Nein«, sagte sie rasch. »Nein, ich bin nur … ich hätte nicht damit gerechnet. Bitte entschuldigen Sie. Ich freue mich sehr.«

Sie merkte selbst, wie hölzern ihre Worte klangen, und der Kapitän, dessen anfängliches Strahlen auf dem Gesicht nun deutlich distanzierter geworden war, tat ihr leid. Es war offensichtlich, dass er eine andere Begrüßung erwartet hatte.

»Bitte entschuldigen Sie«, sagte Nellie und stieg auch die letzten Stufen hinab, um ihm die Hand zu reichen. »Ich habe mir den Kapitän der Oceanic nur ganz anders vorgestellt.« Sie versuchte sich in einem leichten Tonfall und war erleichtert, als er darauf einging.

»Und wie haben Sie sich den Kapitän der Oceanic vorgestellt?«, erkundigte er sich.

»Klein, dick, alt und bruddelig«, platzte sie heraus. »Ich hätte niemals gedacht, dass Sie es sind!«

Sein Grinsen wurde noch breiter. »Und ich konnte meinerseits die entzückende Nellie, die ich in New York aus den Klauen eines Hafenarbeiters errettet habe, nicht mit der Person übereinbringen, die man mir beschrieben hat.«

»Wie hat man mich denn beschrieben?«, erkundigte sich Nellie.

»Man hat mir gesagt, Sie seien eine alte Jungfer mit entsetzlichen Launen.«

»Oh«, machte Nellie und wusste nicht, ob sie belustigt sein sollte oder gekränkt angesichts der Tatsache, dass man sich derartig wenig schmeichelhafte Dinge über sie erzählte.

Wie einst aus den Armen des Matrosen, befreite er sie jetzt aus ihrer Verlegenheit: »Ich würde Ihnen gern das Happy

Valley zeigen, vorausgesetzt natürlich, Sie haben noch nichts vor.«

»Nun«, sagte Nellie zögernd. »Mr. Fuhrmann hat mir für heute eine Überraschung angekündigt.«

»Er wird nicht kommen«, klärte der Kapitän auf. »*Ich* bin die Überraschung.«

»Na, dann«, sagte Nellie lächelnd, »wüsste ich nicht, was ich lieber täte.«

Und sie meinte, was sie sagte: Das Wiedersehen mit ihrem vermeintlichen Schwarm, dem Kapitän, hatte keine Gefühle in ihr ausgelöst, und dadurch hatte sie hinsichtlich ihrer Gefühle für Robert noch einmal eine Bestätigung erhalten. Auch wenn sie diese Liebe wahrscheinlich niemals leben könnten, ging es Nellie nun doch besser: Sie hatte Klarheit. Und eben weil sie diese Klarheit hatte, konnte sie sich auch voller Freude auf den Ausflug mit dem Kapitän begeben.

»Wollen wir gleich aufbrechen?«

»Mit Vergnügen.«

Seite an Seite nahmen Nellie und Mr. Smith in einer bereitstehenden Jinrikscha Platz. Die Fahrt führte durch die glatten, von Bäumen gesäumten Straßen, vorbei an Exerzierflächen und Kricketplätzen, am Rathaus und an den massiven, schmucklosen Kasernen, bis sie eine von Bergen umgebene Ebene von einem fast unnatürlichen Grün erreichten. Inmitten dieses Grüns verlief eine Pferderennbahn, um die herum mehrere Tribünen errichtet waren. »Leider sind wir schon lange zurück in Amerika, wenn hier Wettrennen veranstaltet werden«, sagte William Smith. »Die Rennen finden jedes Jahr im Februar statt und dauern nur drei Tage, aber in diesen drei Tagen steht hier alles still. Arm und Reich lassen jedwede Tätigkeit ruhen und strömen in Scharen hierher.

Übrigens sind es keine Pferde, die hier um die Wette rennen, sondern mongolische Ponys.«

Nellie sah ihn von der Seite an und dachte, wie schon seinerzeit am Hafen, dass sie noch nie so einen schönen Mann gesehen hatte. Sie stellte fest, dass es sein gutes Aussehen war, das sie in seinen Bann gezogen hatte. Und dass dieses Gefühl von ganz anderer Qualität war als jenes, das Robert in ihr auslöste. Wieder musste sie an ihre Konkurrentin Elizabeth Bisland denken und was die Leute berichteten, die ihr begegnet waren. Dass sie regelrecht fasziniert von dieser jungen Frau waren, wie magisch angezogen. Gleiches erlebte sie nun mit diesem Mann, dessen Augen so ungemein blau leuchteten.

»Haben Sie ein solches Rennen schon einmal erlebt?«, fragte sie.

»Ja«, erwiderte er. »Und ich werde es nie vergessen. Ebenso wie unsere Begegnung.« Unverwandt sah er sie an, und sie wandte rasch den Blick ab. Sie hatte immer noch das Gefühl, dass William wegen der Zurückhaltung, die sie an den Tag legte, enttäuscht war. Doch rasch hatte er sich wieder gefasst und sagte förmlich, aber nicht unhöflich: »Ich freue mich, dass ich nun Teil dieses Abenteuers werden darf, Nellie Bly. Und ich schwöre Ihnen, dass ich Sie pünktlich in San Francisco abliefern werde. So wahr ich Smith heiße.«

Seite an Seite streiften sie über die Friedhöfe verschiedener Religionen und Völker, die man im Happy Valley angelegt hatte. Feueranbeter, Presbyterianer, Episkopalisten, Methodisten, Katholiken, Mohammedaner: Sie alle lagen dicht an dicht unter der Erde.

»Es wirkt gar nicht wie ein Friedhof, sondern eher wie ein

Park«, sagte er, während sie auf den gewundenen Wegen zwischen wunderschönen Büschen und Bäumen dahinschlenderten.

»Ja«, bestätigte Nellie. »Man vergisst ganz, dass man im Tal des Todes ist.«

Nach der friedlichen Einsamkeit im Happy Valley wirkten die Stadtbezirke, durch die sie anschließend fuhren, beinahe paradox überfüllt. »So viele Menschen auf einmal habe ich noch nie gesehen«, murmelte Nellie überwältigt.

»Kein Wunder«, erwiderte William. »Hier leben etwa 1.600 Menschen auf einem halben Hektar.«

»Unglaublich«, staunte Nellie und blickte hinaus in das faszinierende, bunte Gewusel.

»Die Regierung ist schon dabei, etwas zu ändern«, ließ sich der Kapitän vernehmen. »Man versucht, die Bauherren in Hongkong zu zwingen, anders vorzugehen, denn die vielen Menschen und der damit verbundene Unrat führen unweigerlich zu Krankheiten.«

Sie fuhren ein Stück auf der berühmten Queen's Road, als Smith Nellie ein Straßenschild zeigte. »Dort steht auf Chinesisch nicht Queen's Road, sondern ›Gemahlin der Königin‹.«

»Warum denn das?«, fragte Nellie.

»Ich weiß es nicht«, sagte Smith schulterzuckend. »Ich weiß nur, dass sie ursprünglich Main Street hieß und parallel zu dem Strand verläuft, an dem Sir Henry Pottinger 1842 sein Zelt aufschlug.«

»Er war der erste Gouverneur von Hongkong«, glaubte Nellie sich zu erinnern.

»Das stimmt«, bestätigte William. »Wenige Monate später,

nachdem man die Main Street zu Ehren der Königin Victoria in Queen's Road umbenannt hatte, wurde er Gouverneur.«

»Und wann war das?«, wollte Nellie wissen.

»Im September 1842«, sagte William. »Doch die Straße hat durch einen verheerenden Brand am Weihnachtstag 1878 ihr Erscheinungsbild stark verändert.«

»Inwiefern?«

»Nun, der Brand wütete am stärksten im ärmlichen Teil der Straße. Laut einer Augenzeugin, ich meine, sie hieß Constance Gordon-Cumming, dauerte das Feuer siebzehn Stunden lang und brannte vierhundert Häuser nieder. Tausende Einwohner seien obdachlos geworden.«

»Wie furchtbar«, stieß Nellie hervor. »Und das ausgerechnet an Weihnachten.«

»Ja«, stimmte ihr William zu.

Schweigend passierten sie den Hong Kong Club, der erste Herren-Salon in der Stadt, der bereits am 26. Mai 1846 seine Pforten geöffnet hatte, kamen dann am Postamt und schließlich an zahlreichen chinesischen Geschäften vorbei.

»Ich würde gerne in eines hineingehen«, sagte Nellie und sah ihren Begleiter bittend an.

»Aber gern.«

Er tippte dem Jinrikschafahrer auf die Schulter, und der Mann bremste so plötzlich, dass Nellie beinah aus dem Gefährt gefallen wäre. Während hinter ihnen wütendes Protestgeschrei einsetzte und Smith den Fahrer seelenruhig entlohnte, beeilte sich Nellie auszusteigen und über die viel befahrene Straße zu kommen.

Kurz darauf war auch William Smith bei ihr und folgte ihr in das nächstgelegene Geschäft. »Chin-chin«, grüßte ein kleiner Chinese, der in ein buntes Gewand gekleidet war. »Chin-

chin«, grüßte Nellie zurück. Sie wusste, dass dieser Ruf im Chinesischen vieles bedeutete: Guten Tag, gute Nacht, auf Wiedersehen, wie geht es Ihnen?

Ringsum an den Wänden standen deckenhohe Regale aus Schwarzholz, über und über gefüllt mit goldenen und silberfarbenen Statuen und Andenken, Schnitzereien aus Elfenbein, zart duftenden Sandelholzkästchen, Fächern und bunt bemalten Schriftrollen. Der Laden war winzig und erinnerte Nellie an die kleinen Geschäfte in Port Said, die sie gemeinsam mit Fiona besucht hatte. Anders als dort waren die Händler aber nicht aufdringlich: Sie folgten Nellie und William zwar, während sie umhergingen, und rückten hier und da ein besonders schönes oder teures Stück zurecht, drängten aber nicht zum Kauf. Diesmal konnte Nellie nicht widerstehen, sie erwarb eine kunstvoll geschnitzte Sandelholzdose, in der sie ihre Schreibutensilien aufbewahren wollte: ihr Notizbuch, den Federhalter, das Buch von Jules Verne und vielleicht auch den Zeitmesser. Dadurch, überlegte sie, wäre das Kästchen sozusagen gut genutzt und würde kaum Platz wegnehmen.

Als sie bezahlte, stellte sie überrascht fest, dass der Händler die Münze, die sie ihm übergeben hatte, auf eine Waage legte und ihr dann eine Silbermünze zurückgab, die einen merkwürdigen Stempelabdruck aufwies und dadurch etwas deformiert war.

»Keine Sorge«, ermutigte Smith sie. »Das ist hier immer so. Das Silber wird beim Bezahlen gewogen, und wenn der Händler nicht sicher ist, ob das Geldstück echt ist, prüft er das, indem er den Stempel eindrückt. So ein Stück haben Sie nun bekommen.« Er deutete auf die Münze. »Dadurch verliert das Geldstück aber nicht an Wert, im Gegenteil: Ein anderer Händler erkennt nun leichter, dass die Münze schon einmal überprüft worden ist.«

»Merkwürdige Sitten«, befand Nellie und nahm zufrieden das Sandelholzkistchen entgegen, das der Händler ihr mit einem Strahlen übergab.

Zufrieden mit sich und der Welt – und dass trotz ihrer Sehnsucht nach Robert und ihrer Konkurrentin – schlenderte Nellie neben William durch die Straßen und sog die fremden Düfte tief in sich ein. Es roch so köstlich nach Gebratenem, dass Nellie Hunger bekam. Kein Wunder, schließlich hatte der Kapitän sie heute Morgen noch vor dem Frühstück abgeholt.

»Darf ich Sie zu einem Weihnachtsmittagessen einladen?«, fragte er, als könne er ihre Gedanken lesen, und Nellie stimmte begeistert zu.

Er hielt ihr die Tür auf, ein freundlicher Chinese eilte ihr entgegen und führte sie zu einem Tisch, der in der Mitte des Raumes stand und von einer runden Bank umspannt war. Dort saßen bereits zahlreiche Gäste, und Nellie konnte nicht erkennen, wo noch Platz für sie sein sollte, doch der Mann, der sie empfangen hatte, schob einfach unbekümmert einen Chinesen nach rechts und einen anderen nach links. Schließlich bedeutete er Nellie und William strahlend, in der nun entstandenen Lücke Platz zu nehmen. Sie nickte freundlich nach rechts und nach links, doch niemand schenkte ihr Beachtung. »Müssen wir nun auch so sitzen?«, fragte sie ihren Begleiter angesichts der merkwürdig zusammengekauerten Chinesen. Sie hockten auf den Bänken und hatten die Beine angezogen, sodass sich beinahe Knie und Kinn berührten. Kurz über den Knien hielten sie die Schüssel auf Kinnhöhe und schoben sich mit den Essstäbchen den Reis in den Mund. Dazu gab es reichlich Tee mit Milch und Zucker aus winzigen Tassen.

»Ich glaube nicht, dass wir so sitzen müssen«, erklärte William. »Ich für meinen Teil könnte das gar nicht, ohne hintenüberzukippen.«

Nellie kicherte. Sie stellte sich den hünenhaften Kapitän inmitten der eher kleinen Chinesen vor, wie er, hilflos wie ein Marienkäfer, auf dem Rücken lag, während sich der Reis samt zugehörigem Gemüse über seinem Gesicht verteilte.

Ohne dass sie bestellt hatten, stellte ihnen ein weiterer Bediensteter, der dem Platzanweiser zum Verwechseln ähnlichsah, gleich darauf zwei Schüsseln mit einem dampfenden Reisgericht vor die Nase, dazu zwei winzige Tassen Tee, die nachgefüllt wurden, sobald man sie geleert hatte. Nellie war etwas verlegen, als ihr der Reis immer wieder von den Stäbchen rutschte, doch zum Glück konzentrierten sich die Umsitzenden voll und ganz auf ihre Reisschälchen. Keiner interessiert sich für ihre Ungeschicklichkeit. Aus dem Augenwinkel beobachtete Nellie, dass Smith offenbar einige Übung im Essen mit Stäbchen hatte.

Auch wenn sie nicht viel in den Mund bekam: Das, was sie aß, schmeckte ganz und gar himmlisch. Zufrieden und angenehm gesättigt verließen sie das Restaurant kurz darauf, um erneut durch die Straßen zu schlendern. Immer wieder blieb Nellies Blick an einzelnen Männern hängen, die an Kreuzungen oder in Nischen an kleinen Tischen saßen und konzentriert Notizen auf vor ihnen ausgebreiteten Pergamentrollen machten.

»Das sind Berufsschreiber«, erklärte William. »Manchmal sagen sie auch die Zukunft voraus.« In diesem Moment ertönte von hinten laute Musik. Nellie wandte sich um und sah eine riesige Kapelle auf sich zukommen.

»Eine Hochzeitsprozession!«, erkannte William, nahm sie an den Arm und zog sie beiseite. Hinter den Musikanten schritten Kulis, die merkwürdig aussehende, in Blau und Gold gehaltene Figuren vor sich hertrugen.

»Die Figuren zeigen mythologische und historische Szenen, die für die Chinesen wichtig sind«, erklärte William. Es folgten zwei Männer, die ein Banner zwischen sich trugen, an dem etliche wunderhübsch gearbeitete chinesische Lampions hingen. Zu Nellies Erstaunen folgten nun zwei weitere Männer, die auf einer Art Trage ein riesiges gebratenes Schwein schleppten. »Tragen sie das Hochzeitsessen die ganze Zeit über mit sich herum?«, fragte sie verwundert.

Smith lachte. »Nein«, sagte er. »Sie bringen es den Göttern dar, um damit für eine gute Ehe zu bitten.«

»Ah«, erwiderte Nellie verschmitzt. »Deshalb sind die Götter alle so dick.«

»Sie zeigen es ihnen nur und nehmen es dann vernünftigerweise wieder mit.«

Nellie schüttelte den Kopf. »Na, wenn ich so ein Gott wäre, würde ich dann aber meinen Segen erst recht nicht geben. Erst hält man mir etwas derart Leckeres unter die Nase, und dann nimmt man es mir wieder weg.«

Nellie war in Kauflaune: Es war, als hätte der Erwerb des kleinen Kästchens ihre streng auferlegte Zurückhaltung gebrochen. Als sie, nachdem der Hochzeitszug fort war, ihren Weg fortsetzten, entdeckte sie im Schaufenster eines Geschäfts einen prunkvollen Gebetsstuhl.

»Der ist ja zauberhaft«, rief sie und betrachtete das mit

Gold und Ornamenten verzierte Schmuckstück bewundernd. »Ich habe noch nie im Leben etwas Schöneres gesehen.«

Sie stellte sich vor, wie sich dieser Stuhl in ihrem Zimmer in New York machen würde, und hatte plötzlich das Gefühl, dass er den ganzen Zauber ihrer Reise, all die Ruhe, Gelassenheit und Freiheit, die sie hier empfunden hatte, widerspiegelte und sie immer daran erinnern würde. Sofern sie ihn ihr Eigen nennen konnte.

»Ich nehme ihn«, sagte Nellie entschieden.

William sah sie überrascht an und lachte. »Wie?«, fragte er. »Sie kaufen diesen Stuhl und schleppen ihn mit? Sie, die dafür berühmt ist, nur mit einer kleinen Tasche zu reisen, damit Sie beim Umsteigen nicht behindert wird?«

»Das war nicht der einzige Grund«, korrigierte ihn Nellie. »Ich wollte auch mit dem Vorurteil aufräumen, dass Frauen außerstande sind, ohne Schrankkoffer zu reisen. Und nun habe ich ja nicht mehr so viele Umstiege vor mir. Außerdem kann ich den Stuhl gut in der Hand tragen.«

»Sie sind mir eine.« William lachte. »Gehen mit einer kleinen Tasche auf Weltreise und kehren mit Affe und Gebetsstuhl zurück.«

Nellie hörte gar nicht richtig hin und betrat das Geschäft. Als sie an der Ladentheke auch noch Kaugummis entdeckte, war sie vollkommen im Glück. Und so kehrte sie am frühen Nachmittag mit einem Gebetsstuhl, einem Kästchen und einem großen Vorrat Kaugummis in ihr Hotel zurück. Allerdings nur, um ihre Sachen zu holen: Auf Williams Empfehlung hatte sie spontan beschlossen, einen Ausflug nach Kanton zu machen. Da sie ja ohnehin in Hongkong festsaß, konnte sie die Zeit auch nutzen und die chinesische Stadt besichtigen.

28. Kapitel

Von Hongkong nach Kanton, China, 24. Dezember 1889

Der Flussdampfer verfügte über mehrere Decks und wurde von einem Mann gesteuert, der sich als das genaue Gegenteil des attraktiven William Smith erwies. Der Mann, der sich als Kapitän Goggin vorstellte, war massig, rotwangig und kugelrund. Doch er hatte eine wunderbar weiche Stimme, mit der er Nellie nun an Bord der Powan willkommen hieß und erklärte, es sei ihm eine Ehre, die berühmte Weltreisende ins 90 Meilen flussabwärts gelegene Kanton bringen zu dürfen.

Nachdem der Kapitän sich verabschiedet hatte, um das Ablegemanöver zu betreuen, beschloss Nellie, das Schiff auf eigene Faust zu erkunden. Als sie an der Treppe zum Unterdeck vorbeikam, packte sie die Neugierde: Sie wollte auf dem Zwischendeck erkunden, wie die weniger Privilegierten reisten.

Sie stieß die Tür auf – und schreckte zurück. So schlimm hätte sie es sich nicht vorgestellt! Hunderte chinesische Passagiere saßen dicht gedrängt in einem einzigen, riesigen, aber dennoch viel zu kleinen Raum, in dem ein Höllenlärm herrschte und durch den der unverwechselbare Gestank des Opiums waberte. Angewidert rümpfte Nellie die Nase.

Die Passagiere saßen im Schneidersitz auf dem Boden und lasen, manche spielten Karten, andere kochten Reis oder brühten Tee auf. Einige lagen zu Nellies Erstaunen aber auch ausgestreckt auf dem Boden und unterhielten sich. Wie das bei diesem Lärm möglich war, war ihr schleierhaft. Von dem Fremdenführer, der sie zur Powan geführt hatte, wusste sie, dass die chinesischen Passagiere, genau wie die Immigranten auf den Zwischendecks der großen Transatlantikdampfer, ihre eigenen Betten und ihre Verpflegung mitbringen mussten. Als Nellie jetzt die Betten sah, bei denen es sich meist um nicht mehr als einen Fetzen Stroh handelte, schauderte es sie. Hastig ging sie wieder nach oben und stieß vor dem Speisesaal mit einer jungen Frau zusammen.

»Entschuldi …«, setzte Nellie an. Doch dann erkannte sie, wer die andere war – und erstarrte. »Miss Bisland«, keuchte Nellie und spürte sofort Wut in sich aufsteigen. »Sie!«

»Nellie Bly«, stöhnte die Angesprochene auf. »Das ist eine …«

»Überraschung?«, fragte Nellie höhnisch. »Dem kann ich nur zustimmen! Und zwar keine sonderlich schöne.«

»Bitte, Miss Bly«, sagte ihr Gegenüber. »Ich möchte Ihnen das erklären.«

»Auf Ihre Erklärungen kann ich verzichten. Wer nicht genug eigene Ideen hat und bei mir abkupfern muss, ist es nicht wert, dass …«

»Es war nicht meine Idee«, rief Miss Bisland verzweifelt.

»In der Tat«, bestätigte Nellie bissig. »Es war meine.«

»Das meine ich nicht«, erklärte die Journalistin. »Was ich sagen will: Es war nicht meine Idee, gegen Sie anzutreten. Ich habe mich sogar dagegen gewehrt.«

»Also schön«, seufzte Nellie, die sich eingestehen musste, dass sie neugierig geworden war. »Erzählen Sie.«

»Was halten Sie davon, wenn wir gemeinsam das Abendessen einnehmen? Der Kellner hat mich soeben informiert, dass wohl das Menü gleich aufgetragen werden soll.«

»In Ordnung«, brummte Nellie und fluchte innerlich über dieses Weihnachten, das sie nicht nur ohne Robert und ihre Mutter, sondern jetzt zur Krönung auch noch mit ihrer neuen Erzfeindin verbringen sollte. Womit hatte sie das nur verdient!

Nellie musterte ihre Konkurrentin verstohlen, als sie ihr gegenüber Platz nahm. Zu ihrem Leidwesen musste sie sich, wieder einmal, eingestehen, dass Miss Bisland nicht zu Unrecht als schönste Journalistin New Yorks galt. Sie kam auch nicht umhin zu bemerken, wie die anderen Gäste in diesem skurrilen Speisesaal, der über und über mit Schwertern und Gewehren dekoriert war, kaum den Blick von Bisland lassen konnten.

Sie hatten gerade erst Platz genommen, da servierten die Kellner auch schon den ersten Gang, eine köstlich duftende Pastete. »Ich wäre nie von allein auf den Gedanken gekommen, diesen Wettlauf gegen Sie anzutreten. Geschweige denn überhaupt eine solche Reise in Betracht zu ziehen«, versicherte Elizabeth noch vor dem ersten Bissen. Es schien ihr wirklich wichtig zu sein, sich zu erklären, wie Nellie erstaunt bemerkte.

»Dennoch sitzen Sie heute Abend hier«, machte es Nellie ihrem Gegenüber nicht so leicht.

»Man hat mich mehr oder weniger dazu gezwungen.«

»Gezwungen«, echote Nellie. »Das kann ich mir nun wirklich nicht vorstellen. Sie stehen in dem Ruf, sich niemals zu etwas zwingen zu lassen, Miss Bisland.«

»Na ja, gezwungen ist vielleicht etwas übertrieben«, relativierte die Journalistin. »Aber man hat mich mit einem Gehalt und einer Jobgarantie …«

Nellie bemerkte, dass Elizabeth nach dem richtigen Wort suchte. Schließlich sagte sie: »Geködert, ich glaube das trifft es am besten.«

»Verstehe«, ließ sich Nellie vernehmen. »Aber ich dachte, Sie verdienen immer ganz gut mit ihren Kulturaufträgen und den vornehmen Salons, die Sie abhalten. Wie kann man Sie da mit einem guten Auskommen ködern? Und wer ist überhaupt *man*?«

»John Brisben Walker vom *Cosmopolitan*. Und was meinen Verdienst angeht, ist der leider mehr Schein als Sein«, antwortete Elizabeth zunächst auf den ersten Teil von Nellies Frage. »Ich habe eine sehr bescheidene Wohnung, die ich mir noch dazu teile, und ich muss froh sein, wenn ich mit meinen Literaturtipps über die Runden komme. Dabei ist mir diese Reise eher unangenehm. Ich schätze solcherlei Konkurrenzgehabe nicht. Und ich möchte auch nicht im Mittelpunkt stehen.«

Nellie glaubte ihr, denn ihre Aussage passte zu der eher zurückhaltenden und immer sehr vornehm daherkommenden Journalistin. »Umso weniger verstehe ich, warum man ausgerechnet Sie gegen mich hat antreten lassen.«

»Ich weiß es selbst nicht so genau«, sagte Elizabeth offen. »Ich vermute, weil ich ja nur meine monatlichen Literaturtipps schreibe, ging man davon aus, dass ich verfügbar sei.«

Die Stewards räumten den ersten Gang ab und trugen nun mit Maronen gefüllten Truthahn, gebackene Kartoffeln sowie Gemüse mit Röstzwiebeln und Preiselbeersoße auf.

»Das sieht sehr ansprechend aus«, fand Nellie.

»Dem kann ich nur zustimmen«, erwiderte Elizabeth und machte sich daran, ein Stückchen des Truthahns abzuschneiden.

»Köstlich«, ließ sich Nellie vernehmen, und während sie beide mit großem Genuss den Hauptgang ihres Weihnachtsmahls auf der Powan einnahmen, herrschte zwischen den beiden Frauen, die sich doch eigentlich im Wettstreit befanden, friedvolle Schweigsamkeit.

»Frohe Weihnachten, die Damen«, wünschte in diesem Moment der Kapitän, der zu ihnen an den Tisch getreten war.

»Frohe Weihnachten«, erwiderten die Journalistinnen wie aus einem Mund, bevor Nellie hinzufügte: »Darf ich Sie etwas fragen, Kapitän?«

»Alles.«

»Wieso hängen all die Schwerter und Gewehre hier im Speisesaal?«

»Das ist eine weniger erfreuliche Geschichte«, ließ sich Kapitän Goggin vernehmen. »Wollen Sie sie wirklich hören?«

Nellie zögerte. Sie wollte. Aber eine spannende Geschichte ausgerechnet vor der Frau serviert zu bekommen, die ihr auch schon ihre Idee mit der Reise um die Welt geklaut hatte, wenn auch, wie sie sagte, unverschuldet …

»Keine Sorge«, winkte Elizabeth Bisland in diesem Moment ab, die ihre Gedanken zu erraten schien. »Ich nehme Ihnen die Geschichte nicht weg.«

Nellie warf ihr noch einen zweifelnden Blick zu, war aber eigentlich sicher, dass die andere die Wahrheit sagte, und nickte dem Kapitän zu. »Ich würde die Geschichte gern hören. Wollen Sie sich nicht setzen?«

»Mit Vergnügen«, sagte Goggin und nahm, seines unglaublichen Volumens wegen, etwas umständlich Platz. »Vor einigen Jahren hat sich hier eine Piratenbande als Passagiere auf dem Unterdeck eingeschlichen. Und auf ein verabredetes Zeichen hin haben diese Piraten die gesamte Crew ermordet und das Schiff unter ihre Kontrolle gebracht.«

»Das ist ja furchtbar«, rief Elizabeth.

»In der Tat«, sagte der Kapitän betrübt. »Das war es. Aber nach diesem Vorfall hat die Reederei Maßnahmen ergriffen und dafür gesorgt«, er deutete auf die Schwerter und Gewehre, »dass jedem Gast der ersten Klasse und jedem Crew-Mitglied im Notfall eine Waffe zur Verteidigung zur Verfügung steht.«

»Sehr beruhigend«, murmelte Nellie, als auch schon der Nachtisch serviert wurde, Eiscreme mit Orange und Datteln. Der essfreudige Kapitän machte, dass er wieder an seinen Tisch kam.

»Möchten Sie noch mit mir auf das Oberdeck?«, fragte Elizabeth Bisland nach dem Nachtisch beinahe schüchtern.

Nellie zögerte. Ganz hatte sie der Konkurrentin noch immer nicht verziehen. Andererseits war sie nach der gruseligen Geschichte froh, nicht allein sein zu müssen, wenn die zarte Miss Bisland sicherlich auch die Letzte wäre, die sich zu ihrer Verteidigung eignen würde. »Gern«, sagte sie daher und folgte der Journalistin nach oben.

Beide sogen gierig die frische und klare Luft des Abends in sich auf und nahmen auf den Liegestühlen Platz, die dicht an der Reling standen. Lautlos fuhr die Powan den Pearl River entlang und glitt vorbei an unzähligen Reisfeldern. Es wurde immer dunkler, da nicht einmal der Mond die abendliche Szenerie erhellte.

»Welch himmlische Ruhe«, ließ sich Nellie vernehmen.

»Nur das Plätschern des Wassers am Rumpf der Powan ist zu hören. Ist das nicht das beruhigendste und friedlichste Geräusch auf der ganzen Welt?«

»Ja«, stimmte die andere ihr schlicht zu.

»Eigentlich möchte ich diese Stimmung gar nicht stören, aber eine Frage treibt mich um, seitdem ich in Hongkong erfahren habe, dass Sie gegen mich angetreten sind.«

»Stellen Sie sie ruhig«, reagierte ihre Konkurrentin gelassen.

»Wusste meine Zeitung von ihren Plänen?«

»Hm«, entgegnete Elizabeth. »Ja und nein.«

Verwundert blickte Nellie sie an. »Sprechen Sie weiter.«

»Mein Chefredakteur hatte die *New York World* von seinem Plan informiert, uns beide gegeneinander antreten zu lassen, und wollte es als großes Wettrennen zweier Frauen präsentieren.«

»Dann ist es also wahr«, stieß Nellie aufgebracht hervor. Bittere Enttäuschung machte sich in ihr breit. Deshalb hatte es also so schnell gehen müssen! Alles, was Cockerill ihr gesagt hatte, als er sie angeblich ins Vertrauen gezogen hatte, war eine Lüge gewesen!

»Dieser, dieser …«, stieß Nellie hervor.

»Warten Sie«, sagte Elizabeth Bisland rasch. »Cockerill hat sich nicht darauf eingelassen. Er warf Walker sogar aus seinem Büro.«

Nellie war erleichtert, doch es drängte sie dennoch zu erfahren, ob Elizabeth Bisland und deren Reise der eigentliche Grund gewesen war, dass es so schnell gehen musste. Hatte Cockerill sich am Ende zwar nicht auf den Wettbewerb eingelassen, aber doch verhindern wollen, dass die andere Zeitung vor ihnen jemanden um die Welt schickte?

»Wann war das?«, stieß sie hervor.

Fragend sah Elizabeth sie an. »Wie meinen Sie das?«

»War es, bevor oder nachdem bekannt wurde, dass ich um die Welt reise?«

Elizabeth reagierte verwundert. »Danach natürlich. Vorher hätte er doch gar kein Wettrennen vorschlagen können.«

»Danke!« Nellie war erleichtert, dass sie Cockerill Unrecht getan hatte.

29. Kapitel

Kanton, China, Mittwoch, 25. Dezember 1889

Als Nellie am Morgen auf der Powan im Hafen von Kanton erwachte, war sie froh, dass sie ihrem Bedürfnis, so viel wie möglich von China zu sehen, nachgegeben hatte, schließlich begrenzte der Chinese Exclusion Act, der die Einwanderung von Chinesen in die Staaten regulierte, die Zuwanderung. Allzu vielen Chinesen würde sie in ihrer Heimat also nicht begegnen. Und sie wusste auch, dass Hongkong nicht als das »echte« China galt, war es doch bereits seit Langem britische Kronkolonie.

Gut gestärkt und voller Tatendrang wartete Nellie gemeinsam mit Elizabeth Bisland auf den Mann, der sie durch die Stadt der 800 Tempel führen sollte. Sie hatten spontan entschieden, den Tag zusammen zu verbringen, auch wenn Nellie sich zunächst schwergetan hatte, sich dafür zu entscheiden. Sie war hin- und hergerissen: Sie war nach wie vor wütend, dass sie eine Konkurrentin bekommen hatte. Andererseits fand sie die Kollegin seit ihrem gestrigen Gespräch nicht nur interessant und sympathisch, sondern auch faszinierend. Ja, Miss Bisland war es gelungen, auch ihre stärkste

Konkurrentin in ihren Bann zu ziehen, und Nellie verspürte auch so etwas wie journalistische Neugierde zu ergründen, was genau es nun war, das Bislands Zauber ausmachte.

»Ich glaube, das ist unser Führer«, sagte Elizabeth in diesem Moment und deutete auf den älteren Herrn, der sich gerade anschickte, auf sie zuzuhalten. Ihr Fremdenführer, der seinen stämmigen Körper in äußerst edle Gewänder gehüllt hatte, stellte sich als Ah Chum vor und wünschte allen ein frohes Weihnachtsfest.

»Wie prächtig er aussieht«, murmelte Elizabeth.

»Ja«, stimmte Nellie zu und musterte ihn unauffällig. Seine Füße steckten in schwarzen Schuhen, die mit Perlen reich bestickt waren, dazu trug er dunkelblaue Gamaschen. Sein Oberkörper war in eine blaue Tunika gehüllt, über der er eine kurze Seidenjacke trug. Auf seinem Kopf thronte eine runde schwarze Kappe, unter der sein Haarzopf hervorquoll und ihm in den Nacken fiel.

Kapitän Goggin hatte sie beim Frühstück bereits über Ah Chum informiert: Seit 20 Jahren führe er Gäste durch Kanton und verfüge daher nicht nur über beträchtliches Wissen, sondern auch über enormen Reichtum und sei einer der bekanntesten Männer der Stadt. »Ah Chum hat auch schon Prinzen und Staatsmännern die Stadt gezeigt«, hatte der Kapitän so stolz gesagt, als sei Ah Chum ein Mitglied seiner Familie. Vom Goggin wussten sie auch, dass Ah Chum fließend Englisch sprach: Bis zu seinem 14. Lebensjahr habe er in Kanton eine amerikanische Missionsschule besucht.

»Meine Damen«, sagte er und deutete eine Verbeugung an. »Wenn ich bitten dürfte.«

Sie folgten ihm zum Pier und stiegen in eine der von Ah

Cum bereitgestellten Besuchersänften, die aus schlichtem Weidengeflecht gefertigt und an Stangen aus unbehandeltem Holz befestigt waren. Mit einem Anflug von Neid blickte Nellie zu der prachtvollen schwarzen Sänfte ihres Fremdenführers. Fasziniert beobachtete sie das Farbenspiel auf dem mit schwarzer Seide bezogenen Dach der Sänfte, die in dem gleißenden Morgenlicht der Sonne dunkel zu strahlen schien. Auch die Quasten, die an jeder der vier Ecken des Daches hingen, sowie die Tragegriffe waren ganz in Schwarz gehalten, lediglich die Messinggriffe wichen von der stringenten Farbgebung ab. Die Träger – zwei vorne und einer hinten – waren in strahlend weiße Leinenanzüge mit roten Verzierungen gekleidet, wohingegen die restlichen Träger schlichte dunkelblaue Hemden und Hosen trugen. Ah Chum wurde behandelt wie ein König. Und er benahm sich auch so.

Nach einer etwa zehnminütigen Wegstrecke durch die Straßen von Kanton hieß Ah Chum die Träger anhalten, stieg etwas umständlich aus seiner Sänfte und lotste sie durch die engen Gassen von Kanton. Schon nach kurzer Zeit verloren die beiden Frauen jeglichen Orientierungssinn und folgten ihrem Führer durch die sich windenden Gassen immer weiter, mit jeder Wegbiegung schienen sie sich mehr von ihrem Ausgangspunkt zu entfernen. Allein würde sie hier niemals wieder herausfinden, dachte Nellie ein wenig nervös und war froh, dass Elizabeth Bisland sie begleitete. Ab und an wies Ah Chum auf die Namen der Gassen hin: »Straße des langen Lebens, Straße der hellen Wolke, die Straße des aufsteigenden Drachens, Straße der einhundert Enkelsöhne, Straße der neunfachen Segnung, die Straße des tausendfachen Friedens.«

Sie überquerten eine Brücke, die einen trüben und schlammigen Fluss überspannte und an deren Ende ein Tor stand, das von einem Polizisten bewacht wurde.

»Wir betreten nun die Insel Shameen«, sagte Ah Chum und klang, als handle es sich um sein Königreich. Sie durchschritten das Tor, und nachdem er seinen Passagierschein vorgezeigt hatte, wandte er sich erneut an die beiden Frauen: »Auf dieser kleinen Insel leben ausschließlich die fremdländischen Bewohner Kantons, Chinesen ohne Passagierschein dürfen Shameen nicht betreten.«

Betroffen blickten sich Nellie und Elizabeth an.

»Jeden Abend um neun Uhr erfolgt ein Trompetenstoß, und eine Kanone wird abgefeuert als Zeichen, dass nun alle Zugänge zu der Insel geschlossen werden. Laut dem Generalkonsul der Vereinigten Staaten in Hongkong könne sich ein Fremder hier so sicher schlafen legen, als befände er sich in Hongkong oder New York«, sagte Ah Chum und klang sehr stolz.

Sie gingen auf der befestigten Straße vorbei an Banyanbäumen und hübschen Ziegelhäusern mit kleinen, gepflegten Gärten.

»Da hier alles vollkommen unter eigener Verwaltung steht«, erklärte Ah Chum, »haben die Anwohner Straßen angelegt sowie Bäume gepflanzt und ihr Möglichstes getan, damit alles wie ein Stück England aussieht.«

Nellie sah sich beeindruckt um, hoffte aber, dass sie auch noch etwas anderes zu sehen bekämen. Schließlich war sie nach Kanton gekommen, um das echte China zu erleben – und vom echten China war sie hier sicherlich weiter entfernt als in Hongkong.

Sie passierten eine Kirche, einen Bootsschuppen, eine

Radrennbahn und einen Sportclub samt diverser Tennisplätze.

»Da«, rief Nellie plötzlich, als der Fremdenführer seine Gäste vor einem zweistöckigen Ziegelsteingebäude anhalten ließ.

»Die amerikanische Flagge«, stieß Elizabeth an ihrer Seite hervor. Die beiden Frauen strahlten einander an, und Nellie dachte, wie merkwürdig es doch war, dass der Anblick der amerikanischen Flagge ein derartiges Heimatgefühl in ihr auslösen konnte. Seit ihrer Abreise aus New York hatte sie die heimische Flagge nicht mehr zu Gesicht bekommen. Nellie hörte nur mit halbem Ohr zu, als Ah Chum sie darüber informierte, dass es sich bei dem stuckverzierten Gebäude um das amerikanische Konsulat handle.

»Wie sonderbar sich dieser Anblick hier anfühlt«, sagte Elizabeth. »Tröstend und gleichzeitig irgendwie falsch.«

»Ich finde es eigentlich nur schön und ergreifend«, erklärte Nellie. Dann zog sie sich kurz entschlossen ihre Kappe vom Kopf und erklärte: »Es gibt auf der ganzen Welt keine schönere Landesfahne. Und ich verpasse jedem eine Ohrfeige, der etwas anderes sagt.«

Elizabeth sandte ihr zwar zunächst einen irritierten Blick, nahm dann jedoch ihren Sonnenhut ab, legte die rechte Hand auf ihr Herz und sagte: »Dem kann ich nur beipflichten.«

Nach ihrem Ausflug auf die kleine Insel Shameen führte Ah Chum sie zu Nellies Freude zurück ins Stadtzentrum des wuseligen Kantons, deren Hauptstraße kaum mehr als zwölf Fuß breit war.

Manche Gassen waren selbst für eine Sänfte zu schmal, und wenn sich zwei Passanten begegneten, musste sich einer in den nächsten Hauseingang quetschen. Es ging vorbei an den Läden, an denen schmale Schilder in Rot und Gold angebracht waren, Verkaufsständen mit Köstlichkeiten wie Süßigkeiten, Erdnüssen oder kleinen gelben Bohnenküchlein, die Nellie an einem der Stände probierte und die ganz wunderbar schmeckten. Doch nicht alles, was Nellie sah oder roch, war appetitanregend: Mitunter stank es fürchterlich nach fauligem Wasser und den Abfällen, die die Ladenbesitzer einfach auf die Straßen kippten. Besonders unangenehm war der Geruch bei den Fischhändlern, die in den Bottichen vor den Ladentüren ihre lebendige Ware feilboten, während um sie herum auf dem Boden verwesende Fischreste lagen. Ihre Kollegin erbleichte sogar, als sie bei den Schlachtern vorbeikamen, bei denen nicht nur Schweine, Hühner und Enten, sondern auch Störche, Ratten und Schlangen sowie aufgespießte, gehäutete Hunde zum Kauf angeboten wurden. Beim Anblick von Letzterem musste auch Nellie schnell wegsehen, zumal vor ihrem inneren Auge das Bild des kleinen Homie aufstieg, um den sie sich, als er sich während ihrer Überfahrt in der Obhut des Fleischers befunden hatte, immer wieder Sorgen gemacht hatten.

Kurz darauf hatten sie zu Nellies Erleichterung den geruchsintensiven Teil Kantons verlassen. Ah Chum hieß die Träger anhalten und bat die beiden Frauen auszusteigen. Er führte sie durch eine sehr schmale Gasse in einen kleinen Hinterhof. »Hier«, verkündete er feierlich, »befindet sich die Hinrichtungsstätte von Kanton. Hierher werden die zum Tode Verurteilten in Strohkörben getragen.« Nellie und Elizabeth wechselten einen betretenen Blick. »Aufgespießte, gehäutete Hunde und eine Hinrichtungsstätte – das ist ja ein schönes Weihnachten«, murmelte Nellie, der auf einmal eigenartig beklommen zumute war. Doch Ah Chum kannte keine Gnade. Er verschränkte die Arme vor seiner Brust und beugte den Kopf nach vorne: »In dieser Position müssen sich diese armen Seelen vor dem Scharfrichter hinknieen. Ebenso, wie sie vor dem Kaiser ihren Kotau, ihre Ehrerbietung, zu machen pflegen.«

Als Nellie ihren Blick schweifen ließ, bemerkte sie, dass die Erde in einem Teil des Hofs rot gefärbt war. Ah Chum bestätigte ihre Vermutung, dass es sich um Blut handelte. »Es ist sogar noch recht frisch«, strahlte er. »Gestern wurden hier elf Männer geköpft. Wie schade, dass Sie noch nicht hier waren. Dann hätten Sie dem Spektakel beiwohnen können.«

Erneut wechselte Nellie einen Blick mit ihrer Kontrahentin. Elizabeth teilte das Bedauern des Ah Chum offensichtlich ebenso wenig wie sie, sondern war froh, am Heiligen Abend nicht Zeuge einer Hinrichtung geworden zu sein.

»Ungefähr vierhundert Gefangene werden hier jedes Jahr hingerichtet«, fuhr Ah Chum fort. »Außer im Jahr 1855, da wurden im Rahmen der Rebellion von Taiping innerhalb eines einzigen Jahres über fünfzigtausend Aufständische auf diesem schmalen Streifen Erde exekutiert«, strahlte Ah Chum, senkte seine Stimme dann zu einem vertraulichen Flüstern und raunte: »Der Geruch des Todes war in diesen Tagen noch eine halbe Meile entfernt wahrnehmbar.«

Das war zu viel für Elizabeth, und sie stürzte, eine Entschuldigung murmelnd, davon. Nellie überlegte, ob sie ihr nacheilen sollte, doch dann sah sie das triumphierende Blitzen im Gesicht des Fremdenführers und unterstellte ihm im Stillen, dass er es von vorneherein darauf angelegt hatte, die Grenzen seiner Gäste auszutesten. *Den Gefallen tue ich dir nicht*, erklärte sie ihm stumm und sagte sich, dass Elizabeth alt genug war, auf sich selbst aufzupassen, und sicher gleich zurückkehren würde. Ihr Blick fiel auf einige Holzkreuze, die an einer hohen Steinmauer lehnten. »Was ist das?«, fragte sie.

Ah Chum grinste, wie Nellie fand, diabolisch und gab ihr dann die Erklärung: »Wenn Frauen zum Tode verurteilt werden, fesselt man sie an diese Kreuze, ehe sie in Stücke geschnitten werden. Diese Form der Hinrichtung nennt sich Lingchi, und das Zerschneiden folgt immer der gleichen Reihenfolge. Man beginnt mit den fleischigen Teilen wie den Oberschenkeln und den Brüsten, um mit Nase und Ohren, Fingern und Zehen fortzufahren, bis nur noch der blutende Torso übrig ist.«

Nellie kämpfte gegen eine Welle der Übelkeit an. Zu gern wäre sie Elizabeth gefolgt, doch diesen Triumph wollte sie Ah Chum nicht gönnen, der nun fortfuhr: »Ein geübter Vollstrecker kann diese Prozedur so rasch und geschickt durchführen, dass die betreffende Person zerstückelt und ausgeweidet ist, während sie noch lebt.«

»Und die Männer?«, fragte Nellie.

»Männliche Straftäter werden nur enthauptet«, erklärte Ah Chum, »außer sie haben sich eines besonders schweren Verbrechens schuldig gemacht.«

»Und was sind besonders schwere Verbrechen?«, hakte Nellie nach.

Ah Chum warf ihr einen Blick zu, in dem Nellie widerwillige Anerkennung las. Der blutrünstige Fremdenführer zollte ihr offenbar Respekt für ihr Durchhaltevermögen.

»Sollten sie einen Serien- oder Vatermord begangen haben, würden sie ebenfalls nach dieser Lingchi-Methode hingerichtet und müssten so den Tod einer Frau erleiden, was noch größere Unehre bedeutete.«

Nellie spürte die altbekannte Wut in sich aufsteigen. Nicht nur, dass die Frauen wegen eines geringeren Verbrechens viel härter bestraft wurden als die Männer, nein, es war auch noch eine Schmach, auf die gleiche Weise hingerichtet zu werden wie die Frauen! Sie wollte gegen diese schreiende Ungerechtigkeit aufbegehren, ahnte aber, dass sie damit hier nichts erreichen würde. Doch sie nahm sich fest vor, dieses Thema in einem Artikel in der *New York World* aufzugreifen.

»Möchten Sie ein paar Köpfe sehen?«, fragte Ah Chum freundlich und sah sie lauernd an.

Nellie schauderte und verfluchte in Gedanken ihre Entscheidung, hierhergekommen zu sein. Doch sie sah dem Fremdenführer nur trotzig in die Augen und verkündete bissig: »Ich kann es kaum erwarten.«

Ah Chum wirkte verblüfft, wies sie dann aber an, dem Mann, der am Rand des Innenhofes stand, Geld zu geben. Widerstrebend reichte sie dem Chinesen die geforderte Entlohnung – und dann traf sie fast der Schlag. Ungeniert griff der Mann in einen großen Krug und zog den Kopf eines Menschen hervor.

Nellie schnappte nach Luft. Nun war es um ihre mühsam aufrechterhaltene Contenance geschehen. Sie presste die Hand vor den Mund und stürzte davon. Täuschte sie sich, oder erklang hinter ihrem Rücken das teuflische Lachen Ah Chums?

An der kleinen Straße, die zu dem Hof führte, stand Elizabeth Bisland und sah ihr besorgt entgegen. Nellie hatte niemals gedacht, dass sie über den Anblick ihrer Kollegin einmal derart erleichtert sein könnte. »Seien Sie froh, dass Sie raus sind«, keuchte sie. »Es wurde noch schlimmer. Viel schlimmer.«

Elizabeth nickte. »Ich habe den Eindruck, es bereitete ihm eine diebische Freude, uns zu ängstigen.«

»Den Eindruck habe ich leider auch«, bestätigte Nellie finster. »Was für ein Scheusal.«

Inzwischen war Ah Chum neben ihnen aufgetaucht, erkundigte sich heuchlerisch nach ihrem Wohlbefinden und wies sie dann an, ihm zur nächsten »Sehenswürdigkeit« zu folgen. Schlimmer konnte es zwar nicht mehr werden, aber auch der nächste Punkt, zu dem der Fremdenführer sie geleitete, taugte nicht unbedingt, Weihnachtsstimmung aufkommen zu lassen: Er brachte sie zum nahe gelegenen Gefängnis, einem imposanten Steinbau, und zeigte ihnen diverse Folterinstrumente wie gesplitterte Bambusruten zum Auspeitschen, Daumenschrauben und andere Vorrichtungen. Der Fremdenführer führte sie in einige Schreibstuben, in denen Richter ihrer Arbeit nachgingen. Zu ihrem Erstaunen bemerkte Nellie, dass sie mitnichten über ihre Gerichtsakten gebeugt saßen, sondern dem Glücksspiel frönten und sich dem Opiumkonsum hingaben.

»Sind das wirklich Richter?«, fragte Nellie betroffen, die bei dem Anblick schmerzlich an ihren verstorbenen Vater denken musste. Auch er war Richter gewesen und hatte seine Sache mehr als gewissenhaft erledigt. Sie mochte sich gar nicht ausmalen, was er zu diesen Zuständen hier gesagt hätte.

»Ja«, antwortete Ah Chum.

»Aber«, insistierte Nellie. Doch Ah Chum schüttelte hastig den Kopf und auf einmal hatte er gar nichts mehr mit dem blutrünstigen Fremdenführer gemein, der seine Gäste um jeden Preis aus der Fassung bringen wollte. »Später«, sagte er. »Wir reden später.«

Als sie das Gefängnis verlassen hatten und sich wieder auf dem Weg zu den Sänften befanden, führte Ah Chum aus, was er ihnen zuvor nicht hatte sagen können oder wollen. »Man geht hier davon aus, dass das Opium, das die Richter zu meinem Leidwesen konsumieren, auf einem Schiff der Peninsular and Oriental Steam Navigation Company nach China gebracht worden ist.«

»Mit meinem Schiff?«, fragte Nellie. »Mit dem ich nach Hongkong gereist bin?«

Ah Chum nickte nur. »Die Reederei bekam viele Subventionen, um ihre Streckennetze auszubauen, da die britische Regierung einen möglichst günstigen Transportweg für das in Indien produzierte Opium nach China suchte.«

»Wollen Sie damit sagen, dass die Briten hier Opiumhandel betreiben?«, fragte Nellie.

»Ja«, bestätigte Ah Chum. »Bevor die Briten mit dem Opiumhandel begannen, war China wirtschaftlich beinahe unabhängig.«

»Inwiefern unabhängig?«, fragte dieses Mal Elizabeth nach.

»Nun, wie selbst die Engländer gestehen, hatten wir, ich zitiere, ›das beste Essen der Welt, nämlich Reis; das beste Getränk, nämlich Tee, außerdem die beste Kleidung, nämlich Baumwolle, Seide und Pelz‹. Noch dazu ›Porzellan, Farben, Tapeten, Kunstobjekte und handgewebte Stoffe, denen nachgesagt wird, dass sie es mit allem, was die neuen mechanischen Webstühle aus Lancashire produzieren, jederzeit aufnehmen könnten‹«, sagte Ah Chum bitter.

»Aber ich verstehe immer noch nicht, warum die Briten denn nun ausgerechnet Opium nach China bringen«, hakte Nellie nach. Sie hatte dem Fremdenführer sein Benehmen von vorhin zwar noch nicht verziehen, mutmaßte aber nun, dass er zwischen Engländern und Amerikanern vielleicht nicht scharf trennte und es mit ihm durchgegangen war.

»Nun, die Chinesen haben schnell am Opium Gefallen gefunden, konnten es jedoch nicht selbst herstellen«, erklärte er jetzt. »Und die Engländer waren frustriert, weil China so viel mehr ins Vereinigte Königreich verkaufte als umgekehrt. Deshalb setzten sie auf das Opium. Damit finanzierte das in Kanton gerauchte Opium den Tee für London.«

»Es waren rein wirtschaftliche Erwägungen«, fasste Elizabeth zusammen.

»Richtig, Miss«, bestätigte Ah Chum. »Laut dem Vizekönig von Hunan gab es im Jahr 1838 bereits vier Millionen Opiumraucher. Das gefiel dem chinesischen Kaiser nicht, er stellte das Opiumrauchen unter Verbot und ließ Tausende Opiumschmuggler sowie Händler und Süchtige verhaften.«

»Und wie haben die Briten reagiert?«, wollte Nellie wissen.

»Nun, die Reaktion ließ eine Weile auf sich warten, aber als es den Chinesen 1839 gelang, Opium im Wert von zwei Millionen Pfund Sterling zu konfiszieren und dann zu verbrennen, erklärten die Briten China den Krieg.«

»Sie erklärten ihnen den Krieg, weil diese kein Rauschmittel in ihrem Land haben wollten?«, hakte Nellie erstaunt nach.

Ah Chum nickte nur, und Nellie und Elizabeth wechselten einen empörten Blick.

»Die Briten waren natürlich in der Übermacht«, fuhr der Fremdenführer fort. »Sie entsandten einen beachtlichen Flottenverband an die chinesische Küste. Die Chinesen hatten nur eine provisorische Streitmacht, die sich lediglich aus Teesackträgern, einer Flottille aus chinesischen Dschunken und requirierten Fischerbooten zusammensetzte. Sie konnten nicht lange standhalten, und 1842 war der Spuk zunächst vorbei. China musste Hongkong dauerhaft an die britische Krone abgeben und weitere fünf Häfen, so auch Kanton, für den englischen Handel öffnen«, erklärte Ah Chum.

»Und was war mit dem Opium?«, fragte Elizabeth.

»Der Handel mit Opium blieb zuerst weiterhin offiziell verboten, doch die chinesische Regierung konnte nach der Niederlage die Verbote nicht mehr durchsetzen.«

»Aber der Opiumhandel blieb nicht dauerhaft verboten?«

»Richtig«, bestätigte Ah Chum.

Inzwischen hatten sie die Sänften erreicht, und der Fremdenführer bedeutete Elizabeth und Nellie einzusteigen. Kurz darauf hielten die Träger vor einem buddhistischen Tempel. »Das ist der Tempel des Schreckens, und er steht ausgerechnet in der Straße der Mildtätigkeit und Liebe. Er gilt als beliebtester Tempel Kantons«, erklärte Ah Chum, der inzwischen ausgestiegen war und geschickt den Bettlern auswich, die um Almosen flehten.

»Haben Sie die Zähne schon bemerkt?«, fragte Nellie Elizabeth, als sie neben ihr auf den Tempel zusteuerte, und zeigte auf die merkwürdigen Ketten, die an eigenartigen Skulpturen, Bäumen und Hauswänden hingen und auf denen, Perlen gleich, ein Zahn neben dem anderen aufgereiht war.

»Tatsächlich«, sagte Bisland verblüfft und fragte dann, an Ah Chum gewandt: »Was hat es denn mit diesen Zähnen auf sich?«

»In diesem Viertel gibt es viele Zahnärzte«, erklärte der Chinese. »Indem sie zeigen, wie viele Zähne sie bereits gezogen haben, beweisen sie, wie gut sie in ihrer Arbeit sind, und werben so für sich und ihre Praxis.«

»Also auf mich wirkt das eher abschreckend«, murmelte Nellie schaudernd.

»Auf mich auch«, bestätigte Elizabeth.

»Bitte folgen Sie mir«, sagte Ah Chum und bat sie ins Tempelinnere, wo er sie zielstrebig in eine Ecke führte und auf die Figur deutete, die dort thronte.

»Das ist der Opiumgott«, sagte er.

»Und was machen die Frauen dort?«, fragte Nellie und zeigte auf die beiden Damen, die unmittelbar vor dem Gott standen.

»Vermutlich sind es Frauen opiumabhängiger Männer«, ließ Ah Chum sie wissen. »Sie schmieren dem Gott Opium um den Mund, um so dafür zu sorgen, dass die Betroffenen von ihrem Laster erlöst werden.«

»Ein eigener Gott für Opium«, wunderte sich Nellie.

»Man muss sich klarmachen, was übermäßiger Opiumkonsum bedeutet«, erläuterte Ah Chum. »Schließlich ist es nicht nur so, dass die Abhängigen sehr stark abmagern, sie verändern auch ihr ganzes Verhalten und werden zu einer fast unerträglichen Belastung für ihre Familien.«

Nellie nickte bedrückt. Was hatten die Engländer den armen Chinesen nur angetan!

Auch wenn der Rest des Tages wesentlich beschaulicher verlief, waren die beiden Frauen völlig erschöpft, als sie am Abend auf die Powan zurückkehrten. Nellie ließ sich seufzend auf einen der Liegestühle fallen, die auf dem Oberdeck bereitstanden. »Was für ein seltsamer Weihnachtsfeiertag«, sagte sie, mehr zu sich selbst als zu Bisland, die neben ihr Platz genommen hatte.

»Allerdings«, bestätigte Elizabeth.

30. Kapitel

Hongkong, britische Kronkolonie, Mittwoch, 26. Dezember – Freitag, 28. Dezember 1889

Die Powan hatte kaum am Pier in Hongkong festgemacht, als bereits ein Mitarbeiter der Reederei auf sie zueilte. »Miss Bisland, endlich«, rief er. »Wir haben auf Sie gewartet.«

»Wieso das denn?«, fragte Elizabeth verwundert.

»Schnell, schnell, Ihr Schiff legt ab«, gemahnte der junge Mann ganz aufgeregt zur Eile.

»Aber das sollte doch erst übermorgen weiterfahren«, wandte Elizabeth ein.

Nellie glaubte, nicht richtig gehört zu haben! Natürlich hatte sie sich mit Elizabeth arrangiert, und sie verstanden sich mittlerweile gut, aber im Hintergrund war der Gedanke der Konkurrenz stets präsent gewesen. Nun ging ihr zweierlei durch den Kopf: Hätte ihr Schiff aus Kanton auch nur ein kleines bisschen Verspätung gehabt, hätte Elizabeth ihren Anschluss verpasst, was für Nellie natürlich großartig gewesen wäre. Nun aber war das Gegenteil der Fall: Während sie selbst ihrem Zeitplan noch immer hinterherhinkte, sparte Elizabeth durch die Tatsache, dass ihr Schiff nun auch noch früher ablegte, noch mehr Zeit. Die Journalistin wandte sich zu ihr um, und Nellie las so etwas wie Bedauern in ihrem Blick, als sie sagte: »Auf Wiedersehen, Miss Bly.«

»Auf Wiedersehen, Miss Bisland«, erwiderte sie. Bei diesem Wiedersehen würden sie wissen, wer von ihnen beiden die Wettfahrt gewonnen hatte, und wenn nicht noch ein Wunder geschah, würde Elizabeth diejenige welche sein. Dann bliebe Nellie nicht viel anderes übrig, als die Behauptung zu wiederholen, sie habe die Herausforderung gar nicht mitgemacht, sondern sei nur gegen Phileas Fogg um die Welt gereist.

Elizabeth zögerte, so als wolle sie noch etwas zu Nellie sagen, doch der Reedereiangestellte mahnte erneut zu Eile. »Wir müssen jetzt wirklich, Miss Bisland.«

Sie nickte. »Entschuldigung«, sagte sie noch, warf Nellie einen letzten Blick zu und eilte die Gangway hinab.

Als Nellie wieder in ihrem Hotel angekommen war, lag dort eine Nachricht für sie an der Rezeption bereit. Voller Ungeduld und in der Hoffnung auf Ablenkung von ihren momentan mehr als finsteren Gedanken, riss sie den Umschlag auf, doch als sie die Zeilen überflog, musste sie lächeln. Kapitän Smith lud sie für den Folgetag zu einer Besichtigung des Victoria Peak ein, der zu Ehren der Königin so benannt worden war und mit seinen rund 17.000 Fuß den höchsten Punkt der Insel bildete.

»Die Einheimischen nennen ihn Tai Ping Shan, Berg des großen Friedens«, erklärte Kapitän Smith, als sie am nächsten Morgen die Talstation der Standseilbahn erreicht hatten, die von der Stadt bis zum 1.000 Fuß über dem Meer gelegenen Victoria Gap führte.

»Ich bin froh, dass ich da nicht hinaufsteigen muss«, sagte Nellie. Sie bezahlten ihre 54 Cent pro Person und bestiegen die Gondel.

Smith lachte. »Bevor die Seilbahn vor einem Jahr eröffnet wurde, hätten Sie auch nicht zu Fuß hinaufmüssen«, sagte er. »Damals wurden die Menschen in Sänften den Berg hinaufgewuchtet.«

»Die armen Träger«, murmelte Nellie, um dann überrascht zu fragen: »Die Seilbahn gibt es erst seit einem Jahr?«

»Ja. Und sie wird, wie man sieht, sehr gut angenommen. Im ersten Jahr wurden fast 150.000 Passagiere den Hang hinaufgebracht.«

Die Bahn setzte sich in Bewegung, und Nellie blickte bewegt aus dem Fenster. Wie wunderbar es war, so schwerelos durch die Natur zu schweben!

Als sie oben ausstiegen, streckte sie ihr Gesicht sehnsüchtig der kühlen Brise entgegen. »Jetzt verstehe ich, warum so viele Menschen auf den Berg wollen. Es geht ihnen nicht nur um den Ausblick, sondern auch um die hervorragende Luft.«

»Ganz genau so ist es«, bestätigte Smith. »Viele, die es sich leisten können, verbringen im Sommer ganze Monate hier. Das Hotel Craigiburn ist ganz wunderbar. Darf ich es Ihnen zeigen?«

»Sehr gern«, erwiderte Nellie und dachte, dass es keinen Platz auf der Welt gab, an dem sie jetzt lieber wäre. Außer vielleicht an Roberts Seite.

William winkte zwei Sänftenträger herbei, und sie ließen sich durch die wunderschöne Berglandschaft zum Hotel tragen.

Nellie war begeistert, als sie kurz darauf vor dem prächtigen weißen Hotel standen. Der Page öffnete ihnen freundlich die Tür und hieß sie herzlich willkommen.

Als sie die Hotellobby betraten, war Nellie wie verzaubert von der eleganten Ausstattung und den vielen Blumenbouquets, die einen betörenden Duft verströmten. »Es ist wunderschön.«

»Das freut mich zu hören«, sagte ein gut aussehender Mann um die 40. »Bitte entschuldigen Sie meine Aufdringlichkeit, aber wenn jemandem mein Hotel gefällt, freut mich das natürlich ungemein.«

»Sie sind der Besitzer?«, rief Nellie begeistert. »Dann kann ich nur gratulieren. Ihr Hotel ist ganz und gar zauberhaft, und die Lage und der Ausblick sind einmalig.«

»Dabei haben Sie noch gar nicht alles gesehen, Sie sind ja erst angekommen. Darf ich Sie beide zu einem Rundgang einladen?«

Nellie blickte Smith fragend an, doch der Kapitän nickte nur zustimmend.

»Es wäre mir eine große Ehre«, erwiderte Nellie. »Aber ich möchte mich Ihnen gerne vorstellen, mein Name ist ...«

»Miss Nellie Bly«, unterbrach sie der Hotelbesitzer zu ihrer Überraschung. »Selbstverständlich verfolge ich Ihre Reise mit großem Interesse. Mein Bruder lebt in Amerika und hat auch einen Tipp abgegeben.«

»Einen Tipp?«, fragte Nellie verständnislos.

»Na, für das Gewinnspiel, bei dem man raten soll, wie lange ihre Reise dauert. Natürlich geht mein Bruder davon aus, dass Sie schneller als Phileas Fogg sind.«

Und hoffentlich auch schneller als Miss Bisland, dachte Nellie, die sich aber insgeheim sehr darüber freute, dass man sie nun sogar schon in China quasi auf der Straße erkannte.

»Aber Sie wissen natürlich nicht, wer ich bin«, sagte der freundliche Hotelbesitzer. »Mein Name ist Crawford.«

»Angenehm«, erwiderte Nellie, und der Kapitän fügte hinzu: »Da ich längst nicht so bekannt bin wie Miss Bly: Mein Name ist William Smith. Ich bin Kapitän des Schiffes, das sie wieder nach Amerika bringen wird.«

»Dann fahren Sie mal, so schnell Sie können«, sagte Crawford und klopfte Smith auf die Schulter.

»Darauf können Sie wetten.«

Mr. Crawford führte sie zunächst auf die große Terrasse, von der aus sich ein atemberaubender Blick über Hongkong eröffnete.

»Das Hotel ist erst ein gutes Jahr alt, es wurde gemeinsam mit der Peak Tram eröffnet«, ließ sich Mr. Crawford vernehmen. »Und ich kann Ihnen sagen: Die Bauarbeiten waren äußerst mühselig. Schließlich mussten bedauernswerte Kulis alles, vom Mauerwerk bis zum Bett, von der Stadt auf die Höhe von über fünfzehnhundert Fuß über dem Meer nach oben tragen.«

»Eigentlich müssten wir jetzt zu Fuß bis zum Gipfel hinauf, um das viele Essen zu verdauen«, ächzte Nellie eine Stunde später – Crawford hatte sie nach der Führung durch das Hotel noch zu einem unbeschreiblich köstlichen Abendessen auf der Terrasse eingeladen.

»Kein Problem«, sagte William ungerührt. »Laufen wir.«

»Nein«, wehrte Nellie erschrocken lachend ab. »Ich habe das nicht ernst gemeint.«

»Da bin ich ja erleichtert«, erwiderte William augenzwinkernd. »Ich nämlich auch nicht.«

Auch wenn die Träger sie nach wie vor dauerten, stieg Nellie nur zu gern in die Sänfte, um sich nach oben tragen zu lassen. Das letzte Stück gingen sie allerdings zu Fuß – und als sie den Gipfel erreicht hatten, seufzte Nellie ergriffen auf. Eine derart majestätsche Aussicht hatte sie noch nie gesehen. Die Bucht schimmerte inmitten der Berge, die sie umgaben, still und funkelnd. Häuser schmiegten sich an den gegenüberliegenden Berghang, die eher wie Kunstwerke als wie Wohngebäude wirkten und deren Lichter zusammen mit denen der vielen Boote die Nacht erleuchteten.

Lächelnd sah sie Kapitän Smith von der Seite an. »Danke«, sagte sie. »Danke, dass Sie mir das gezeigt haben. Es ist das schönste Weihnachtsgeschenk, das ich je bekommen habe.«

»Ich wollte Ihnen das unbedingt noch zeigen, bevor wir morgen ablegen«, sagte Smith. »Und was diese Bisland angeht, müssen Sie sich auch keine Sorgen machen. Die Oceanic hat schon mehrere Geschwindigkeitsrekorde gebrochen. Sie werden Amerika vor Miss Bisland erreichen. Das verspreche ich Ihnen.«

31. Kapitel

Yokohama, Japan, Donnerstag, 2. Januar 1890

Zwei Tage war das Jahr gerade alt, als die Oceanic, nachdem sie die lang gezogene Bucht passiert hatte, in Yokohama anlegte und Nellie von Bord ging. Die Passagiere wurden mit zauberhaften Sampas, die Nellie ein wenig an Kanus erinnerten, und kleinen Dampfbooten an Land gebracht. Einige der Passagiere, die in Hotels erster Klasse untergebracht waren, wurden direkt mit den Hotelbooten vom Schiff abgeholt. Nellie jedoch, obwohl sie ebenfalls in einem erstklassigen Hotel, dem Grand Hotel, Quartier beziehen würde, stieg nicht in ein Hotelboot, sondern ließ sich mit einem der allgemeinen Dampfboote an Land bringen: Sie wollte zunächst noch ins Kontor der Reederei und außerdem ein Telegramm an die Zeitung schicken, um über ihre Ankunft in Japan zu informieren.

William, der sie begleitet hatte, half ihr aus dem Boot. Seite an Seite stiegen sie eine große Steintreppe empor und fanden sich am sogenannten Bund wieder, der bekannten, von Bäumen gesäumten Uferpromenade – Nellie fühlte sich wie in einer anderen Welt. Nie zuvor hatte sie derart schöne, graziöse, ja, hoheitsvolle Menschen gesehen! Vor allem die japanischen Mädchen mit ihren Kirschmündern, ihren schwarzen, leuchtenden Augen, dem glatten, glänzenden und zauberhaft geschmückten Haar, den so kostbar wirkenden Kleidern, die ihre natürliche Anmut unterstrichen, hatten es ihr angetan. Hongkong kam ihr im Vergleich einfach nur überfüllt und schmutzig vor.

»Ich denke, wir nehmen eine Jinrikscha«, schlug William vor und deutete auf mehrere Japaner, die mit ihren Fahrzeugen bereitstanden und sie anlächelten. Nellie lächelte zurück. Wie anders waren die Rikschafahrer im Vergleich zu jenen, die sie in Ceylon oder in China gesehen hatte. Die Japaner waren sehr elegant gekleidet und trugen blitzsaubere marineblaue Gewänder, die ihnen bis zu den Knien reichten. Die Beine steckten in seidenglatt anliegenden Strumpfhosen, dazu hatten sie kurze Jacken mit weiten, wallenden Ärmeln an, die an heißen Tagen sicherlich sehr angenehm sein mussten. Heute allerdings war es eher kühl, da es in der Nacht geregnet hatte, und Nellie nahm dankbar die Decke an, die der Rikschafahrer ihr reichte, um sie über ihren Beinen auszubreiten. Dabei betrachtete sie den Mann noch genauer. Er trug wie alle seine Kollegen einen pilzförmigen Hut, sein Haar war tiefschwarz, lockig und oberhalb des Nackens sauber geschnitten. Als der Rikschafahrer ihr den Rücken zuwandte, um die Stangen des zweirädrigen Fahrzeugs aufzunehmen, erkannte sie auf seinem Rücken und auch auf den Ärmeln ein kunstvolles Wappen.

»Das ist das Familienwappen«, erklärte William, der in seiner Rikscha direkt neben Nellie gefahren wurde und ihren Blick bemerkt hatte. »Jede japanische Familie besitzt eines, und alle Mitglieder der Familie tragen es mit Stolz, selbst die Kinder.«

Während die beiden Rikschafahrer ihre Fahrzeuge die Straße entlangzogen, lauschte Nellie unter ihrem Baldachin auf die Geräusche. Es war im Vergleich zu Hongkong unglaublich still – und unglaublich sauber –, nur dann und wann ertönte Kinderlachen, das von den kleinen, bunt gekleideten Japanern kam, die auf der Straße merkwürdige, kastenartige Drachen aufsteigen ließen. Und ab und zu klang der Fetzen einer Melodie zu ihr herein, die von Kulis herrührte, die an einem Joch befestigte Ware transportierten und dabei sangen. Anders als bei den Rikschafahrern waren ihre Haare nicht im Nacken gestutzt, ihre Köpfe waren bis auf einen kleinen Kringel kahl rasiert.

Nach kurzer Fahrt hatten sie das Kontor der Reederei erreicht, wo Nellie ihr Telegramm aufgab, dann fuhren sie weiter zum Grand Hotel. Unterwegs passierten sie den an der französischen Pier gelegenen Ruder- und Sportverein, Hotels, Handelskontore und ausländische Konsulate. Nellie konnte kaum glauben, dass Yokohama noch vor gut 30 Jahren nicht mehr als ein kleines Fischerdorf gewesen war. Das hatte sich erst 1853 geändert, als der US-Commodore Matthew Perry mit seiner Flotte in der Bucht von Edo gelandet war und den japanischen Shogun Tokugawa Iesada gezwungen hatte, die über 200 Jahre andauernde Abschottungspolitik Japans zu beenden. Fünf Häfen hatte Japan letztendlich für die USA öffnen und den amerikanischen Staatsbürgern das Recht zuerkennen müssen, in diesen Häfen zu leben und Handel zu treiben. Infolge dieser Ereignisse war Yokohama schließlich zum ersten Seehafen erklärt worden. Der Hafen hatte sich mittlerweile zum bedeutendsten Japans entwickelt: Rund 85.000 Einwohner lebten inzwischen in der Stadt, Japaner wie Ausländer, die hier Handel trieben. Yokohama gliederte sich in japanische und ausländische Viertel. Wie Nellie noch feststellen sollte, unterschieden sich ihre jeweiligen Häuser drastisch voneinander. Während die Japaner in einfachen Behausungen wohnten, lebten die meisten Ausländer in herrlichen Villen, die sich an die Klippen über dem Meer schmiegten.

Nellies Grand Hotel war am südlichen Ende des Bund gelegen und erstreckte sich hinter einem Hof voller herrlich blühender Bäume lang und elegant direkt am Ufer. Die zahlreichen kleinen Erker erweckten den Anschein, dass es sich um ein Schlösschen handelte. Ein lächelnder Butler führte sie zu ihrem Zimmer, das licht, groß und ungemein luxuriös war. Es verfügte sogar über eine Dampfheizung und elektrische Klingeln! Das Beste aber war der Ausblick: Durch eine hohe französische Tür gelangte man auf eine große Terrasse, die eine herrliche Aussicht auf die Bucht von Yokohama erlaubte. Nellie sah sich hier, an wärmeren Abenden, bereits sitzen und an dem zierlichen Tischchen ihre Notizen in ihr Reisetagebuch machen. Jetzt packte sie die kleine Sandelholzkiste sorgsam aus und tat das, was sie überall auf der Welt als Erstes machte, wenn sie an einem Ort angekommen war, an dem sie für mindestens einen Tag bleiben würde: Sie richtete sich ihren Schreibplatz mit Notizbuch, Tintenfass und Federhalter ein.

Draußen zog die Dunkelheit herauf. Nellie trat auf die Terrasse und blickte zu den Schiffen hinüber, die in der Bucht lagen, unter ihnen die Oceanic, ihr zeitweises Zuhause. Das Schiff, das sie nach New York zurückbringen sollte. Jetzt hob sie sich dunkel vom Himmel ab, während über ihr der Mond aufging und erste Sterne zu sehen waren. Am Ufer schimmerten rosafarbene Punkte, die sich bewegten. Nellie erkannte bei genauem Hinsehen, dass es sich um Papierlaternen handelte, die die Rikschafahrer an ihre Fahrzeuge gehängt hatten.

Ein Lächeln überflog ihr Gesicht, und mit etwas Wehmut musste sie an Robert denken. Das hier war ohne Zweifel das Paradies. Der romantischste Ort, den sie je gesehen hatte. Wie schade, dass sie ihn nicht mit ihrem Liebsten zusammen genießen konnte.

Stattdessen wartete nun William unten zum Abendessen auf sie, und Nellie beeilte sich, in den Speisesaal zu kommen. Sie freute sich auf das Essen, denn zum einen verspürte sie einen großen Hunger, zum anderen hatte William ihr erklärt, dass sie hier das beste Dinner in ganz Yokohama bekäme. »Die Besitzer des Hotels sind zwei Franzosen, beide ehemalige Küchenchefs.«

Nellie bestellte als Vorspeise Fisch à la Chambord, dann gebratenen Kapaun mit Trüffeln und schließlich Pudding à la Dubarry.

»Köstlich«, befand sie nach dem Mahl und lehnte sich glücklich seufzend zurück. »Und die Bediensteten sind die besten, die ich auf meiner ganzen Reise bisher erlebt habe.« Sie trugen blaue Strümpfe, hautenge Hosen, weiße Leinenjacken und wirkten sehr gepflegt. Nellies Blick blieb an den Schuhen der Japaner hängen, und sie fragte sich, wie es möglich war, darauf auch nur halbwegs elegant zu gehen. Die Sandalen bestanden aus einem kleinen Brett, das mittels zweier dünner Holzstege auf ganze vier Zoll erhöht wurde. Wie es schien, waren die Schuhe lediglich durch einen Riemen zwischen dem ersten und zweiten Zeh am Fuß befestigt. Nachdem sie die japanischen Füße samt Schuhwerk eine Weile lang angestrengt beobachtet hatte, schlussfolgerte Nellie, dass die Schuhe lediglich dadurch hielten, dass die Träger beim Gehen den großen Zeh gegen den zweiten drückten und so das Band festhielten, das den Fuß mit der schweren Holzsohle verband. Das musste furchtbar unbequem sein!

»Wie wäre es mit einem Verdauungsspaziergang?«, fragte William in ihre Gedanken hinein.

»Eine gute Idee«, ächzte Nellie. »Ich bezweifle aber, dass ich imstande bin, mich zu bewegen.«

William lachte. »Das dürfte kein Problem sein, denn mit Spaziergang meinte ich eigentlich, ob Sie Lust haben, sich mit einer Jinrikscha durch das nächtliche Yokohama tragen zu lassen.«

»Das klingt schon besser«, stimmte Nellie freudig zu. »Wollen wir gleich aufbrechen?«

Im Hof standen zahlreiche Rikschas für die Gäste bereit. Nellie war entzückt, nun in eines der zweiräderigen Fahrzeuge steigen zu können, an dessen Dach eine der liebreizenden rosafarbenen Laternen befestigt war. Seite an Seite fuhren die Rikschafahrer Nellie und Kapitän Smith durch den europäischen Teil Yokohamas, besonders gut gefiel ihr The Bluff, ein Viertel, in dem sich eine viktorianisch anmutende Villa an die andere reihte, meist nur durch prächtige Gärten getrennt.

Dann ging es über eine Brücke nach Shichiu, wo die Japaner lebten. Im Gegensatz zum europäischen Viertel, wo es eher ruhig zugegangen war, herrschte hier drangvolle Enge. Eine Rikscha reihte sich an die nächste, viele Menschen waren aber auch zu Fuß unterwegs, und das Klappern ihrer Holzsandalen drang durch die Nacht.

»Möchten Sie eine Tasse Tee?«, fragte William, doch Nellie schüttelte den Kopf. »Ich habe wirklich das Gefühl, dass nicht das geringste bisschen mehr in meinen Magen passt«, wehrte sie ab.

»Dann sollten Sie Sake probieren.«

»Sake?«, erkundigte sich Nellie, während William die beiden Rikschafahrer anwies anzuhalten. Nellie beobachtete, wie der Händler die Flüssigkeit aus großen weißen Porzellanflaschen in kleine Tässchen goss, die von Machart und Aussehen einem Fingerhut glichen. William reichte ihr eines, und Nellie war überrascht: »Das ist ja heiß.«

»Heute ist es ja auch eher kühl«, erwiderte William. »Sake kann sowohl heiß als auch kalt getrunken werden.«

Nellie hob den winzigen Becher an die Lippen, probierte vorsichtig und verzog das Gesicht. William lachte. »Am besten alles in einem Rutsch«, empfahl er und fügte dann hinzu: »Kalter Sake schmeckt wie Weißwein, warmer wie Wodka.«

»Dann sollte ich es wohl eher mit dem kalten Sake probieren.«

»Nun kommen Sie schon, Bly, enttäuschen Sie mich nicht«, ließ William nicht locker. »Sie wollen doch sonst auch immer beweisen, dass Frauen mit Männern mithalten können.«

Er wollte sie herausfordern! Das konnte er haben. Mit einem Ruck stürzte Nellie das Getränk hinunter und schüttelte sich angewidert.

»Auch wenn es Ihnen nicht schmeckt – seine Geschichte ist sehr alt«, bemerkte William. »Wahrscheinlich wird Sake in Japan hergestellt und getrunken, seit es den Nassreisanbau gibt.«

»Und wann war das?«, wollte Nellie wissen.

»Vor Ewigkeiten«, erwiderte William, »noch vor Christus,

gegen Ende der Jômon-Zeit. Sie wollen aber nicht wissen, wie der Sake ursprünglich hergestellt wurde.«

»Nun sagen Sie schon«, begehrte Nellie.

»Gut«, entgegnete William grinsend, »Sie haben es nicht anders gewollt. Angeblich wurde der Reis zerkaut und dann in Gefäße gespuckt. Dort ließ man ihn, bis die Gärung einsetzte.«

»Wieso gärt denn zerkauter Reis?«, fragte Nellie in journalistischer Neugierde und fügte hinzu: »Ich kenne mich auf diesen Gebieten nicht sonderlich gut aus.«

»Ich auch nicht«, sagte Smith, »aber so viel weiß ich: Beim Kauen verwandelt der Speichel die im Reis enthaltene Stärke in Zucker. So ähnlich, wie wenn man lange Brot kaut, dann schmeckt das mit der Zeit auch süß; und dank dem Zucker gärt der ganze Sud vor sich hin und wird zu Alkohol.«

»Ich hoffe, heute wird der Sake nicht mehr dieserart hergestellt«, meinte Nellie schaudernd.

»Da kann ich Sie beruhigen, Miss«, mischte sich nun zu ihrer beider Überraschung der Sake-Verkäufer ins Gespräch. »Seit dem fünften Jahrhundert verwenden wir Pilzkulturen, das macht das Ankauen überflüssig.«

»Da bin ich aber froh«, machte Nellie erleichtert.

»Wir Japaner lieben unseren Sake«, ließ der Mann sie wissen. »Er fand sich vielfach in Gedichten wieder, und es gibt die Sage, dass man erst Sake trinken darf, nachdem man ein Lied gesungen hat.«

»Oh«, sagte Nellie und sah den Mann entschuldigend an. »Aber wir haben kein Lied gesungen.«

Der Japaner, dem der Austausch zunehmend Freude zu bereiten schien, winkte ab. »Das können Sie selbstverständlich gern nachholen.«

Plötzlich erklang in Nellies Inneren eine Melodie, und beinahe unbewusst begann sie leise zu singen:

»Nelly Bly! Nelly Bly! Bring de broom along,
We'll sweep de kitchen clean, my dear,
And have a little song.«

William schlug sich mit der flachen Hand gegen die Stirn. »Natürlich!«, sagte er. »Mir kam der Name Nellie Bly so bekannt vor.« Fragend sah er sie an. »Sie sind aber nicht die Frau in diesem Lied, oder? Das passt so gar nicht zu Ihnen.«

Nellie schüttelte lachend den Kopf. »Nein. Aber ich habe meinen Namen dank dieses Lieds erhalten. Eigentlich heiße ich Elizabeth Cochrane.«

»Elizabeth Cochrane?« Er sah sie verwundert an. »Das passt auch nicht zu Ihnen. Und warum nennen Sie sich nun Nellie Bly?«

»Das ist eine längere Geschichte«, sagte Nellie. »Wenn Sie mögen, erzähle ich sie Ihnen auf der Weiterfahrt.«

»Es wäre mir ein Vergnügen.«

Sie verabschiedeten sich von dem freundlichen Sake-Händler und stiegen in ihre Rikschas. Als sie nebeneinander durch die Straßen fuhren, begann Nellie zu erzählen: »In meiner Jugend lebte ich in Pittsburgh. Und dann las ich eines Tages einen Artikel im *Pittsburgh Dispatch*, über den ich mich sehr geärgert habe.«

»Um was ging es in diesem Artikel?«, erkundigte sich William interessiert.

»Um Frauen«, sagte Nellie knapp. »Der Kolumnist Erasmus Wilson schrieb unter dem Pseudonym ›Stiller Beobachter‹, kurz SB, dass die Sphäre der Frau ihr Zuhause sei und dass sie in der Öffentlichkeit in Grunde nichts zu suchen hätte.«

»Das kann ich mir vorstellen, dass Sie sich darüber geärgert haben«, bemerkte William schmunzelnd.

»Ich habe mich nicht nur darüber geärgert, ich habe dem *Dispatch* auch diesen Ärger mitgeteilt«, erklärte Nellie. »Unter dem Pseudonym ›Einsames Waisenmädchen‹ habe ich dem *Dispatch* einen geharnischten Leserbrief geschrieben. Den fand der Chefredakteur George A. Madden offenbar erfrischend: Er ließ eine Anzeige drucken, über die er das ›Einsame Waisenmädchen‹ aufforderte, sich in der Redaktion zu melden. Ich war schon etwas nervös und dachte, ich bekäme nun sicherlich eine gehörige Standpauke für meine Frechheit.«

»Aber das ist nicht geschehen?«, fragte er.

Sie schüttelte den Kopf. »Nein. Er fand meinen Stil erfrischend und gut, daher bat er mich, einen Artikel über die weibliche Sphäre zu schreiben. Das habe ich getan. Das war mein Anfang als Reporterin beim *Dispatch*. Und Madden erklärte mir, ich brauche ein Pseudonym. Also ein anderes als ›Einsames Waisenmädchen‹, schließlich galt es für eine Frau als unschicklich, unter ihrem eigenen Namen zu schreiben. Wir hatten viele Ideen und haben alle wieder verworfen. Und dann ging draußen ein Laufbursche vorbei und pfiff fröhlich vor sich hin.«

»Lassen Sie mich raten« sagte Smith. »Es war die Melodie von Nelly Bly, Nelly Bly, bring de broom … «

»Ganz genau«, bestätigte Nellie. »Der Schriftsetzer hat dann aus Versehen aus dem y von Nelly ein ie gemacht, und damit war Nellie Bly geboren.«

»Eine faszinierende Geschichte«, fand William.

»Und warum haben Sie sich eigentlich in Ihrem Leserbrief einsames Waisenmädchen genannt? Sie waren – sind – doch, nach allem, was Sie erzählt haben, nur Halbwaise? Haben Sie keine gute Bindung an Ihre Mutter – falls diese Frage nicht zu persönlich ist?«

»Nein, das ist schon in Ordnung«, sagte sie und fügte dann nachdenklich hinzu: »Ich kann es Ihnen gar nicht sagen, warum ich mich so genannt habe. Vielleicht, weil mich der Verlust meines geliebten Vaters so sehr traf, als wäre ich Vollwaise geworden? Aber ich habe durchaus ein gutes Verhältnis zu meiner Mutter, wir leben sogar zusammen.«

Und während die Rikschas weiter durch die dunkle Nacht fuhren, flogen Nellies Gedanken zu ihrer Mutter, die den Jahreswechsel weit entfernt in New York vollkommen einsam begehen würde. Wieder einmal packte sie schreckliche Sehnsucht.

32. Kapitel

Yokohama, Japan, Freitag, 3. Januar 1890

Auch am nächsten Morgen war es kühl. Nellie fröstelte und zog die Decke, die in der Rikscha bereitlag, enger um sich. Sie beneidete die Japaner mit ihren weiten Ärmeln, in die sie ihre Arme zogen wie eine Schnecke, die sich in ihr Haus verkroch. Nellie hatte beobachtet, dass vor allem die Frauen ihre Ärmel offenbar auch als Handtaschen benutzten, zumindest zogen sie daraus alles Mögliche hervor, wie Schmuck, Kämme, Geld und ihre aus Reispapier bestehenden Taschentücher. Offenbar befanden sich innen in den Ärmeln Taschen.

Nellie war auf dem Weg zu einem deutschen Missionar namens Otto Schmiedel und seiner Frau. Schmiedel war im Auftrag des Großherzogtums Sachsen-Weimar-Eisenach in Yokohama und sollte dazu beitragen, den protestantischen Glauben in China und Japan zu verbreiten. Das Ehepaar Schmiedel erwartete Nellie bereits vor seinem Haus, das von der Straße her eher bescheiden wirkte, von der Hangseite aus aber palastartig war und einen atemberaubenden Blick auf das Meer bot. Nur zu gern führte sie die freundliche Frau Schmiedel durch ihr Zuhause, und Nellie war entzückt von den schönen Zimmern und den luftigen Veranden, die Zugang zu den orientalisch angehauchten Gärten gewährten. Am meisten beeindruckte die junge Weltenbummlerin jedoch der Blick auf die Bucht von Tokio. Sie ertappte sich bei dem Gedanken, wie wundervoll es wäre, hier mit Robert zu leben …

»Sie sind zu beneiden«, sagte Nellie und lächelte der anderen zu. »Wie verbringen Sie Ihre Tage? Oder unterstützen Sie Ihren Mann bei der Missionsarbeit?«

»Ein wenig«, sagte sie. »Und in unserer Freizeit spielen wir gern Tennis oder Kricket.« Sie deutete auf eine große, ebene Fläche unterhalb der Terrasse.

»Sie haben einen eigenen Tennisplatz?«, staunte Nellie.

»Das wirkt ein wenig dekadent, wie wir sehr wohl wissen«, mischte sich nun Otto Schmiedel ins Gespräch. »Aber in der Tat ist es eigentlich nichts Besonderes. Jedes der hier gebauten Häuser hat einen eigenen Platz.«

Das Ehepaar bat Nellie nach drinnen, wo ein kleiner Imbiss bereitstand, und Nellie lauschte den Ausführungen des Missionars über dessen Arbeit interessiert. Als die Schmiedels sie aber einluden, auch noch den Nachmittag mit ihnen zu verbringen, lehnte Nellie ab. Es drängte sie weiterzukommen. Schließlich war sie nicht in Japan, um das Leben der Europäer dort zu studieren. Sie freute sich unbändig auf die Teezeremonie, an der sie gemeinsam mit William teilnehmen würde, und hatte Angst, zu spät zu kommen. Insofern war sie sehr erleichtert, als sie endlich wieder in ihre Jinrikscha steigen und sich auf den Weg zum japanischen Viertel machen konnte.

Der Weg war nicht lang, kurz darauf hielt der Fahrer vor einem wunderschönen Garten, an dessen Pforte William bereits auf sie wartete. Als Nellie ausgestiegen war, kam eine Frau in einem prachtvollen seidenen Kimono aus der Tür, begrüßte sie und führte sie auf einem gewundenen Pfad, den sie Roji nannte, durch den wundervollen Garten zu einem kleinen, offenen Pavillon, in dessen Mitte sich ein Steinbecken befand. Sie goss Wasser in das Becken, deutete auf die daneben liegende Kelle und verschwand dann ohne ein weiteres Wort.

»Wir werden uns nun waschen«, erklärte William und begann, Gesicht und Hände zu reinigen. »Das hat vor allem symbolischen Charakter: Wir entfernen alles Unreine.«

Nellie nickte, tat es ihm gleich und spürte, dass sie in einer ähnlichen Stimmung war wie seinerzeit in Ceylon in dem buddhistischen Tempel: voll andächtiger Spannung und mit jeder Faser ihres Seins bei den Menschen und ihren Ritualen. »Dieses Waschen ist eine von vier Prinzipien des Sadô, wie die Japaner die Teezeremonie nennen«, fuhr Smith fort. »Sie wird *Sei* genannt und steht für Reinheit und Sauberkeit. Nicht nur wir reinigen uns in diesem Moment: Auch der Teemeister reinigt im Teeraum sein Geschirr und richtet dabei seine volle Aufmerksamkeit auf diesen Prozess. Im übertragenen Sinne wird dabei auch das Herz gereinigt und geordnet, sodass es nun ganz rein und bereit für die Zeremonie ist.«

Fasziniert hatte Nellie ihm zugehört und jedes Wort in sich aufgesogen. »Und was sind die andern drei Regeln?«, fragte sie.

»Das erste Prinzip ist das *Wa,* es steht für Harmonie. Sie werden bemerken, dass während der Zeremonie eine sehr harmonische Stimmung zwischen uns und dem Gastgeber herrscht. Die Regel besagt, dass der Gastgeber dem Gast währenddessen sein ganzes Herz schenkt. Auch die Speisen und die Teeutensilien verkörpern diese Harmonie, die zum Einklang mit sich selbst und mit der Umgebung führen soll. Die dritte Regel, Jaku, steht für Stille im Sinne von innerer Einkehr. Diese Stille ist mit Gelassenheit gleichzusetzen.«

Hellwach sah Nellie ihn an. Gelassenheit! Dieser ganz besondere Zustand, den sie auch in Ceylon erlebt hatte und nach dem sie sich seither immer wieder sehnte, in den sie dann und wann auch fand, von dem sie aber fürchtete, ihn in all der Hektik des Okzidents wieder zu verlieren. »Diese Achtsamkeit und Gelassenheit kann durch die dauernde Ausübung von Wa, Kei und Sei erreicht werden«, erklärte Smith.

»Und was ist Kei?«, begehrte Nellie zu wissen, der zwar dank all dieser Informationen der Kopf schwirrte, die jedoch sehr wohl bemerkt hatte, dass dieser Begriff noch nicht gefallen war. »Ist das das fehlende vierte Prinzip?«, kombinierte sie.

William nickte. »Ganz richtig«, sagte er. »Das erkläre ich Ihnen aber auf dem Weg ins Teehaus, in das wir uns nun begeben dürfen.«

Nellie steuerte hinter ihm auf das kleine und ungemein liebreizende Häuschen zu, das von einem schmalen Wassergraben umgeben war, über den eine Brücke führte. Es war aus Holz und Bambus gearbeitet und reich verziert. »Warum ist die Tür denn so niedrig?«, wunderte sie sich. »Die Japaner sind zwar sehr viel kleiner als wir, aber dort passen doch auch sie niemals hindurch.«

»Das ist der sogenannte Nijiriguchi, der Kriecheingang«, erklärte William. »Und dank ihm praktizieren wir Kei, also Achtung und Respekt, und zwar sowohl gegenüber allen Menschen als auch gegenüber den Dingen wie den Teegeräten. Es ist ein Respekt, der aus einem ganz natürlichen Gefühl der Dankbarkeit heraus geboren wird. Und indem wir uns durch diese kleine Tür begeben, gehen wir automatisch in die Knie, das ist ein Ausdruck unserer Demut. Außerdem werden an der Schwelle jedwede gesellschaftlichen Unterschiede zurückgelassen. Bei der Teezeremonie sind alle gleich.«

Nachdem sie den Eingang passiert hatten, fanden sie sich in einem winzigen und sehr schlicht gehaltenen Raum wieder. Durch das mit dünnem Japanpapier bespannte Fenster fiel Licht herein. Die Frau, die sie schon vom Eingang abgeholt hatte, bedeutete ihnen, sich auf die Tatamimatten zu setzen, die den gesamten Boden bedeckten. Zu Nellies Erstaunen wurde nun Essen gereicht. Auf kleinen Platten und in winzigen Schüsselchen gab es, wunderschön angerichtet, verschiedene Suppen, Reis und eingelegtes Gemüse sowie Reiswein. Nellie und William ließen es sich schmecken, wagten allerdings kaum miteinander zu sprechen.

Nellie stellte fest, dass es durchaus einen ganz eigenen Zauber hatte und beinah schon meditativ zu nennen war, die Mahlzeit schweigend einzunehmen. In dieser recht unbequemen Haltung auf dem Boden zu kauern und zu speisen war ohne Frage außergewöhnlich.

Als sie ihr Mahl beendet hatten, bedeutete die Gastgeberin ihnen, wieder in den Pavillon zu gehen. Nellie wollte sich gerade erkundigen, ob die Zeremonie schon vorbei war – sie war verwundert, dass es bisher noch gar keinen Tee gegeben hatte –, als man sie auch schon wieder mit einem Gong, der fünfmal erklang, hereinbat.

Erneut nahmen Nellie und William auf den Tatamimatten Platz, während die Hausherrin die restlichen Teeutensilien brachte: Die Teeschale, eine Dose für starken und eine Dose für leichten Tee, ein Gefäß mit frischem Wasser, einen eisernen Wasserkessel, einen Löffel aus Bambus und einen Teebesen. Die Gastgeberin verneigte sich vor ihren Gästen und bereitete nun über dem Holzkohlenfeuer, das in einer Grube in der Mitte des Zimmers glühte, den Tee zu.

Alles folgte einem strengen Ritual, sogar der Platz, an dem sie die einzelnen Gegenstände für die Zeremonie abstellte, hatte eine Bedeutung. Auch die Reinigung der Gefäße mit einem ganz bestimmten Tuch schien wichtig zu sein. Es gab mehrere Tücher, und Nellie war verwirrt und bestrebt, das alles irgendwann einmal nachzulesen, jetzt aber begnügte sie sich damit, den ruhigen und fließenden Bewegungen zuzusehen, die beinah wirkten wie ein Tanz. Als der Tee zur Zufriedenheit der Japanerin zubereitet war, goss sie die schaumige, dampfende Flüssigkeit in eine Schale.

»Sie müssen sie entgegennehmen und sich dabei verbeugen, dann reichen Sie die Schale an mich weiter«, sagte William leise. »Ich lehne jedoch ab, dann trinken Sie in drei Schlucken und geben die Tasse zurück.«

Nellie tat, wie ihr geheißen. Der Tee schmeckte cremig, der grüne Schaum war aromatisch und hatte kaum Bitternoten. Sie nahm drei Schluck und gab die Tasse dann an die Japanerin zurück, die sie aufwendig reinigte und sie anschließend William anbot. Dann sah sie Nellie auffordernd an, die nervös wurde. Ganz offensichtlich erwartete die Zeremonienmeisterin etwas von ihr, sie hatte aber keine Ahnung, was das sein konnte. Hilfe suchend wandte sie sich an William, der ihr auch gleich bereitwillig zur Seite sprang. »Das Teeservice ist von erlesener Schönheit, wie meine Begleiterin und ich finden«, sagte er.

Die Gastgeberin verneigte sich leicht. »Es stammt noch von Toyotomi Hideyoshi.«

Nellie wagte nicht, sich zu erkundigen, wer Toyotomi Hideyoshi war. Ihre Gastgeberin hatte ihr Unwissen aber offenbar bemerkt und erklärte bereitwillig: »Oda Nobunaga und Toyotomi Hideyoshi waren die größten und wichtigsten Feldherren unseres Landes. Sie liebten und förderten das Teetrinken sehr. Im Herbst 1587 gab Toyotomi die größte Teegesellschaft, die jemals auf der ganzen Welt stattgefunden hat. Sie dauerte neun Tage. Er lud Teeliebhaber seines Landes, ungeachtet des Standes, nach Kyôto ein.«

»Wie großzügig«, brachte Nellie hervor.

Ihre Gastgeberin, die von unglaublicher Grazie war, schenkte ihr ein Lächeln. »Und viele Tausende nahmen diese Großzügigkeit gerne an. Sie kamen in Scharen, im Gepäck ihre Teegeräte wie Schalen, Feuerzangen, Weihrauchbehälter und Kessel. Jeder der Eingeladenen baute ein kleines Zelt auf, in dem sie Hideyoshi Tee kosten und ihre persönlichen Habseligkeiten begutachten ließen. Es war eine große Ehre.«

»Das kann ich mir vorstellen«, bemerkte Nellie und fragte dann: »Und von dieser Teegesellschaft stammen diese Schalen?«

Ihre Gastgeberin schüttelte den Kopf. »Nein«, sagte sie. »Aber meine Vorfahren waren bedeutende Vasallen, und es war üblich, dass Fürsten und Kriegsherren den erfolgreichsten Männern in ihrem Gefolge Teetöpfe oder Teetassen schenkten. Das war die höchste Anerkennung, die es gab.« Der Stolz war der sonst so bescheiden wirkenden Japanerin deutlich anzuhören, als sie fortfuhr: »Eine solch kunstvolle Tasse als Geschenk bedeutete mehr als eine Standeserhöhung.«

Staunend betrachtete Nellie die Tasse, aus der sie soeben noch ihren Tee zu sich genommen hatte. Was für eine Geschichte sie hinter sich hatte! Sie war froh, dass sie sie davor nicht gekannt hatte, denn sonst hätte sie viel zu große Angst gehabt, das kostbare Stück fallen zu lassen. Wobei es auf den weichen Matten, mit dem das kleine Gebäude ausgelegt war, sicher nicht zerbrochen wäre.

Die höfliche Konversation plätscherte noch eine Weile dahin. Nellie ahnte, dass sich das Gespräch den Regeln folgend nur um Tee drehen sollte – aber sie hatte auch nur dazu und zu nichts anderem Fragen. »Seit wann gibt es diese Teezeremonien?«

Die Japanerin lächelte, offenbar erfreut über ihr Interesse. »Schon seit vielen Jahrhunderten«, erwiderte sie. »Etwa vor fünfhundert Jahren hatte sich die Teezeremonie von der Oberschicht über die Samurai bis hin zu den Bürgern ausgebreitet. Als Vater der Teezeremonie gilt der buddhistische Abt Shogu. Sein Herr, Shôgun Ashikaga Yoshimasa, legte alle seine Regierungsämter nieder. Er wollte sein ganzes Leben der Kunst widmen. Bekannt wurde er auch dafür, dass er den Silberpavillon in Kyôto bauen ließ. Dort erfand er dann gemeinsam mit dem Abt das verfeinerte Ritual des Teetrinkens. Damals wurde auch die Größe der Teehäuser festgelegt, der natürlich auch dieses hier entspricht. Ein Teezimmer ist immer vier und eine halbe Matte groß.«

Nellie sah sich in dem bescheidenen Teehaus um. »Wie faszinierend«, sagte sie.

»Der buddhistische Abt Eisai diente einem sehr jungen und ausschweifenden Herren, dem Shôgun Minamoto no Sanetomo, der dem Wein sehr zugetan war«, fuhr die Japanerin in ihrem Exkurs fort. »Seinem Mönch gelang es, ihm sein Laster mithilfe der Teezeremonie abzugewöhnen. Er schrieb die heilsamen Einflüsse des Teegenusses nieder und machte deutlich, dass es nicht weniger als eine heilige Handlung ist.«

Nachdem sie noch eine Weile geplaudert hatten, verabschiedeten sich Smith und Nellie von der Japanerin. Nellie spürte, dass das, was Smith ihr zuvor angekündigt hatte, tatsächlich eingetreten war: Die Gastgeberin hatte ihnen während der Zusammenkunft ohne Frage ihr ganzes Herz geschenkt.

Nellie und William gingen über den gewundenen Weg wieder zurück zur Hauptstraße, wo die Rikschafahrer noch immer auf sie warteten. Die Rikschas waren so preisgünstig, dass sie es sich leisten konnten, sie warten zu lassen.

»Danke für dieses besondere Erlebnis«, sagte Nellie, noch ganz verträumt.

»Haben Sie schon genug? Oder können Sie noch ein weiteres besonderes Erlebnis vertragen?«

»Oh«, machte Nellie, die sich im Geiste schon darauf eingestellt hatte, nun wieder in ihr Hotelzimmer zurückzukehren und es sich mit Blick auf die Bucht gemütlich zu machen. Doch schließlich war sie nicht zum Ausruhen in Japan, dazu hatte sie auf der langen Schiffspassage noch Zeit genug. Insofern sagte sie begeistert zu. Ihre Spannung stieg umso mehr, da William sich standhaft weigerte, ihr zu verraten, um was für eine Art Überraschung es sich handelte. Die Rikschas fuhren durch das japanische Viertel, zwischen den kleinen Häusern hindurch, die Nellie jetzt, nach dem vorherigen Besuch in dem prachtvollen Haus von Otto Schmiedel, umso winziger erschienen.

»Sie wirken fast wie Puppenhäuser«, sagte sie zu ihrem Begleiter. »Und sie sind so wundervoll geschmückt.«

»Ja«, bestätigte William. »Die Japaner schmücken ihre Häuser, um das neue Jahr zu begrüßen. Es ist für sie ein wichtiges Ereignis, ebenso wie die Kirschblüte, die Sie leider nicht erleben dürfen. Dann hüllt sich das ganze Land in ein zartrosa Festgewand.«

»Davon habe ich schon gehört«, sagte Nellie und gab sich für einen Moment dem Traum hin, eines Tages zur Kirschblüte mit Robert hierher zurückzukehren. Zur Kirschblüte oder vielleicht für immer.

33. Kapitel

Yokohama, Japan, Freitag, 3. Januar 1890

Kurz darauf hielt die Kutsche vor einem der geschmückten japanischen Häuser an, und Nellie ging neben William auf das winzige Gebäude zu. Wie bei den meisten japanischen Häusern ragte auch hier das obere Geschoss über das Erdgeschoss hinaus, sodass ein kleiner überdachter Eingangsbereich entstand. Die Fenster waren nicht aus Glas, sondern mit sehr dünnem Reispapier bespannt, durch das zwar viel Licht fiel, durch das man aber nicht hindurchblicken konnte.

Neben der Tür standen etliche Holzsandalen. Die freundliche Frau, die sie begrüßte, bat sie, ihre Schuhe ebenfalls auszuziehen; anschließend folgten Nellie und William der Japanerin durch eine Schiebetür.

Ihre Gastgeberin – sie trug einen schwarzen Kimono und war wie alle Japanerinnen, die Nellie bisher gesehen hatte, sehr graziös – führte sie hinauf ins Obergeschoss. Hier bemerkte Nellie, dass nicht nur die Türen, sondern auch die Wände aus Schiebeelementen bestanden. Diese waren alle zur Seite geschoben, sodass sich das ganze Zimmer nun als ein einziger, großer Raum präsentierte. Auf dem Fußboden lagen Matten, auf denen sich Nellie und William niederließen. Nellie musste ein Kichern unterdrücken, als sie sah, wie der große Kapitän versuchte, eine bequeme Sitzhaltung zu finden. Nellie vermutete allerdings, dass sie selbst ebenso wenig anmutig aussah. Im nächsten Moment stellte die Frau einen eckigen Kasten vor jedem von ihnen auf, der Wärme verströmte. Bei näherem Hinsehen bemerkte Nellie, dass der Kasten glühende Kohle enthielt. Die kleinen Öfen strahlten eine herrliche Wärme aus und erinnerten Nellie an die glühenden Fußwärmer aus Eisen in Englands Zügen. Als Nächstes brachte die Japanerin eine Kanne Tee sowie ein Tablett mit Tassen und Pfeifen. Nellie hoffte, dass sie um das Rauchen herumkommen würde. Sie hatte schon beobachtet, dass in Japan anscheinend jede Frau ununterbrochen rauchte. »Warum sind wir denn nun eigentlich hier?«, wisperte sie William zu. »Was wird von mir erwartet? Und wer kommt noch?« Sie deutete auf die restlichen Bodenkissen, die bereitlagen.

Doch der Kapitän winkte nur ab. »Sie werden es gleich erfahren«, sagte er geheimnisvoll.

In diesem Moment betrat eine kleine Gruppe Engländer und Amerikaner den Raum. Sie grüßten freundlich und ließen sich auf Einladung der Japanerin nieder, wobei sie sich ebenso ungelenk anstellten wie zuvor William. Und im nächsten Moment erfuhr Nellie, weshalb sie hier war: Mädchen in erlesenen Kimonos mit hängenden, weiten Ärmeln trippelten herein. Ihre Augen wirkten wie tiefschwarzer Samt, ihr glänzendes Haar hatten sie in kunstvolle Locken gelegt und im Nacken zu einem Knoten geschlungen. Sie trugen feine weiße Söckchen, in die für den großen Zeh ein Loch geschnitten war. Die Mädchen nahmen vor den Zuschauern Aufstellung und verneigten sich so tief, dass ihre Köpfe ihre Knie berührten. Geishas!

»Koinbanwa!«, murmelten sie und sogen die Luft hernach tief ein.

»Diese Begrüßung ist ein Zeichen größter Achtung«, klärte William Nellie flüsternd auf.

Von ihnen unbemerkt, war in der Zwischenzeit eine Gruppe Musiker hereingekommen, die nun auf dem Boden Platz nahm und zu spielen begann. Die Geisha-Mädchen öffneten ihre Fächer und fingen an zu tanzen. Nellie starrte sie bewundernd an. Wie zierlich sie waren. Wie schlank ihre Taillen! Gegenüber diesen bezaubernden Wesen verstärkte sich das Gefühl, das sie zuvor gehabt hatte, als sie versuchte, sich einigermaßen anmutig auf die Bodenkissen zu setzen. Obwohl Nellie selbst schlank und eher von kleinem Wuchs war, kam sie sich angesichts dieser vollendeten Grazie vor wie ein grobschlächtiger, dicker Elefant. Und wieder bemerkte Nellie etwas, das sie schon empfunden hatte, als sie das erste Mal Japanerinnen zu Gesicht bekommen hatte. Sie selbst lehnte Schminke vehement ab und fand, dass sie dadurch anstößig wirken würde. Auch hatte sie bisher naserümpfend über alle Frauen geurteilt, die Lippenstift oder Make-up benutzten. Die Japanerinnen trugen jedoch allesamt Rouge und Puder, wodurch sie in Nellies Augen keineswegs anstößig, sondern im Gegenteil noch bezaubernder aussahen. Und das, obwohl sie im Grunde noch Kinder waren. Einige von ihnen hatten auf der Unterlippe nur die Spitze rot eingefärbt. Ihre Lippen wirkten wie zwei köstliche Kirschen.

Nach der Vorstellung verabschiedeten sich die Zuschauer rasch, Nellie bat William aber, noch etwas bleiben zu dürfen. Sie wollte unbedingt mehr über die Geishas erfahren und hoffte, mit ihrer Gastgeberin ins Gespräch zu kommen, die sich auch gleich zu ihr setzte, während ein Mädchen eine Tasse Tee servierte. Unwillkürlich fragte Nellie sich, ob sich hinter der Schale, die sie nun in Händen hielt, auch wieder eine spannende Geschichte verbarg.

»Wie ist die Tradition der Geishas eigentlich entstanden?«, erkundigte sich Nellie.

»Die Ursprünge liegen in den Taikomochi«, erklärte Tomitsuyu. »Das müssen Sie sich vorstellen wie …«, sie schien nach einem passenden Vergleich zu suchen, »wie jemand, der bei Hofe dazu da ist, die Königin zu unterhalten.«

»Stimmt es, dass die Geishas früher Männer waren?«, erkundigte sich William.

»Das ist richtig«, bestätigte sie. »Erst ab dem siebzehnten Jahrhundert gab es auch weibliche Geishas, zur besseren Unterscheidung nannte man sie Onna Geisha. Und erst dann wurde diese Tradition besonders beliebt. Allerdings waren die Oiran gar nicht begeistert, dass nun auch die Geishas weiblich wurden, und fürchteten Konkurrenz. Es liegt aber auch im Interesse der Geishas, hier eine scharfe Linie zu ziehen und Verwechslungen zu vermeiden.«

Nellie war sich zwar nicht sicher, glaubte aber verstanden zu haben, dass es sich bei den Oiran um gut bezahlte Liebesdienerinnen handelte. »Wie alt sind die Geishas denn in der Regel?«, wollte Nellie wissen. »Diese hier sind ja noch Kinder.«

»Oh, sie sind schon groß«, widersprach Tomitsuyu lächelnd. »Die Ausbildung einer Maiko beginnt mit sechs Jahren, sechs Monaten und sechs Tagen.«

»Was ist eine Maiko?«, begehrte Nellie zu wissen.

»Eine lernende Geisha«, erläuterte Tomitsuyu. »Direkt übersetzt bedeutet es eigentlich tanzendes Mädchen, doch die Mädchen lernen nicht nur das Tanzen, sondern viel, viel mehr: Singen und Musizieren, natürlich auf verschiedenen Instrumenten wie den Lauten, den Flöten oder den Handtrommeln. Aber sie lernen auch die Kunst der Kalligrafie. Und sie müssen nicht nur gute Tänzerinnen, sondern auch perfekte Gastgeberinnen sein, weshalb die Mädchen in Konversation ausgebildet werden. Und sie müssen die Teezeremonie beherrschen. Ziel der Ausbildung zur Geisha ist, dass die Mädchen voller Anmut sind, dabei aber auch charmant und gebildet. Anmut wird aber auch in den ganz regulären Schulen unterrichtet. Die Mädchen lernen dort, wie man sich graziös bewegt, wie man Besucher empfängt und unterhält, wie man Stäbchen richtig gebraucht und wie man Tee und Süßigkeiten serviert.«

Kein Wunder, dass die japanischen Frauen allesamt so faszinierend waren, wenn sie diese Ausbildung erfuhren, dachte Nellie. Ihr kam aber der Gedanke, dass diese Grazie und Anmut gar nicht erlernt werden konnte, sondern angeboren sein musste. Oder war es so, wenn etwas über Generationen gelebt wurde, dass einem das dann regelrecht ins Blut überging? Dass es so selbstverständlich war wie die Muttersprache?

»Die Mädchen haben mich wirklich sehr beeindruckt«, sagte Nellie.

»Das beruht auf Gegenseitigkeit«, erwiderte Tomitsuyu. »Sie fragen, ob Sie sich nachher wohl noch mit ihnen unterhalten dürfen.«

»Es wäre mir eine große Freude«, versicherte Nellie. »Ihr Kimono ist wunderschön«, bemerkte Nellie dann und hoffte, dass ein so direktes Kompliment in Japan nicht als unhöflich galt. Sollte das der Fall sein, ließ es die Angesprochene zumindest nicht erkennen und bedankte sich mit einem Lächeln. »In den kalten Monaten, von November bis zur Kirschbaumblüte, tragen wir wattierte Kimonos. Sobald es wärmer wird, sind sie aus dünner Seide.«

»Darf ich Sie noch etwas fragen?«, erkundigte sich Nellie, mutig geworden.

»Aber natürlich«, stimmte Tomitsuyu zu. »Ich freue mich über Ihr Interesse.

»Mir ist aufgefallen, dass manche der Mädchen ihre Lippen auf eine ganz besondere Art schminken. Sie malen nur die Spitze der Unterlippe aus.«

»Das heißt, dass diese Maiko noch kein volles Jahr in Ausbildung ist. Erst danach darf sie sich auch die Oberlippe schminken.«

»Und warum pudert die Geisha ihr Gesicht so stark, dass es fast weiß ist?«

»Dadurch spiegelt sich das Gesicht im Kerzenschein wider, was unserer Kunst noch einmal eine ganz besondere Note verleiht.«

»Sie selbst hingegen sind sehr dezent geschminkt«, fragte Nellie weiter und fand, dass Tomitsuyu auch ohne Schminke eine Schönheit war.

»Eine Geisha schminkt sich umso weniger, je älter sie wird. Sie will mit ihrem Können überzeugen und nicht mit ihrer Schönheit.« Bittend sah Tomitsuyu sie an. »Ich würde nun gern die Mädchen holen. Sie sind schon ganz aufgeregt.«

»Aber natürlich«, stimmte Nellie zu. »Ich freue mich.«

Auf einen leisen Ruf ihrer Oka-san, so wurde die Besitzerin des Okiya genannten Hauses bezeichnet, kamen die Mädchen herein und scharten sich um Nellie. Sie bestaunten und berührten sowohl Nellies Kleid als auch ihren Glücksbringerring. Selbst ihr braunes, krauses Haar, das so anders war als das der Mädchen, schienen die Geishas und Maikos ganz zauberhaft zu finden. »Du bist sehr süß«, sagte das jüngste der Mädchen und schmiegte sich vertrauensvoll an Nellie. »Und sehr lieb. Versprichst du uns, eines Tages wiederzukommen?«

»Ich will es versuchen«, antwortete Nellie und strich dem Mädchen über ihr glattes, dunkles Haar.

»Trotz allem muss ich euch Miss Bly nun entführen«, verkündete William, woraufhin die Geishas in laute Rufe des Bedauerns ausbrachen. Wie eine Traube an Nellie hängend, begleiteten sie sie nach unten, wo sie in Anbetracht von Nellies Stiefeln in unbändige Begeisterungsstürme ausbrachen. Der Abschied war herzlich, und Nellie bekam, obgleich die Japaner sich, wie sie erfahren hatte, niemals küssten, mehrere Wangenküsse von den Mädchen, die ihr noch lange nachwinkten.

Als Nellie endlich wieder in ihrem Hotelzimmer ankam, war längst die Dunkelheit hereingebrochen. Auf dem Heimweg hatte sie sich noch lange mit William über die Tradition des Teetrinkens unterhalten und auf einmal furchtbare Sehnsucht nach ihrer Mutter verspürt, die Tee schon immer sehr geliebt hatte.

Ob sie ihr eine der Teetassen als Andenken mit nach Hause bringen konnte?

Sie war viel zu aufgeregt, um sich zu Bett zu begeben, also setzte sie sich an ihren Schreibtisch, um in ihr Tagebuch zu schreiben. Gleich darauf schlug sie es aber wieder zu und nahm stattdessen einen der bereitliegenden Hotelbriefpapierbögen heraus:

Yokohama, Japan, 3. Januar 1890

Liebe Mama,
man sollte es nicht glauben. Nun bin ich schon so lange auf Reisen und habe Dir bisher nicht ein einziges Mal geschrieben. Verzeih bitte Deiner treulosen Tochter. Es sind einfach so viele Eindrücke, die ich abends dann auch alle in meinem Reisetagebuch festhalte. Ich denke viel an Dich und heute ganz besonders, denn ich war mit dem Kapitän der Oceanic, die mich zurück nach Amerika bringen wird, unter anderem bei einer Teezeremonie. Das hätte Dir gefallen. Es geht dabei aber um viel mehr als nur um Trinken, nämlich auch um etwas, das mir schon in Ceylon begegnet ist und wohl dem entspricht, was mich auf dieser Reise am meisten bewegt und vielleicht auch geprägt hat. Ruhe. Stille. Und Einkehr. Ursprünglich wurde der Tee vor allem von Mönchen getrunken, wie man mir berichtete. Sie reisten nach China, um dort den Buddhismus zu studieren, und brachten den Tee mit. Das war schon im 8. Jahrhundert, das musst Du Dir mal vorstellen! Wie überall auf der Welt habe ich auch hier viele Legenden gehört, die sich in Japan alle um die Entstehung der Teezeremonie drehen. Eine davon finde ich sehr schön, die andere ziemlich schrecklich. Hier erst einmal die schöne, Du kannst Dir dann immer noch überlegen, ob Du die schreckliche überhaupt lesen oder die Stelle einfach überspringen willst. Also: Der chinesische Kaiser Shennong, der ungefähr zweieinhalb Jahrtausende vor Christus gelebt hat, soll eines Tages in seinem Garten spazieren gegangen sein. In seinen Händen hielt er eine Trinkschale,

gefüllt mit heißem Wasser. Da kam ein leiser Wind auf, zupfte drei Blätter von einem in der Nähe wachsenden Teestrauch und wehte sie dem Kaiser in die Tasse. Sofort stieg ein köstlicher Duft empor, und der Kaiser kostete. Damit war der Tee erfunden. Er soll dann gesagt haben: »Tee weckt den guten Geist und weise Gedanken. Er erfrischt das Gemüt. Bist du niedergeschlagen, so wird dich Tee ermuntern.« Und nun die weniger schöne Geschichte: Die handelt vom ersten Patriarchen des Ze. Er hieß Bodhidharma und verbrachte viele Jahre lang sitzend vor einer Felswand. Er meditierte. Irgendwann war er so müde, dass ihm die Augen zufielen. Das soll ihn derart geärgert haben, dass er sich die Augenlider herausriss und sie fortwarf. Die Lider schlugen Wurzeln, und aus ihnen wuchsen zwei immergrüne Teesträucher. Als Bodhidharma von ihnen kostete, war er gleich ganz energiegeladen und hatte keine Probleme mehr, in den folgenden Nächten wach zu bleiben. Ich finde die Idee, dass Tee aus Augenlidern entstanden ist, ja schauderhaft. Aber in Japan ist die Legende so stark verankert, dass das Schriftzeichen 茶 *sowohl für ›Tee‹ als auch für ›Augenlid‹ steht.*

Nun will ich Dir noch ein paar Worte zu den Japanerinnen schreiben. Es sind die schönsten Frauen, die auf Erden wandeln. Sie haben eine unglaubliche Grazie! Und ihr Haar solltest Du sehen! Es ist tiefschwarz und hat einen wunderbaren Glanz. Sie tragen keine Hauben, gehen aber selten ohne Schirm und wirken furchtbar elegant. Die Frisuren sind die reinsten Kunstwerke! Wie mir berichtet wurde, frisieren sie sich aber nicht jeden Tag neu, sondern schieben sich beim Schlafen Holzklötze, die mit Samt bezogen sind, unter den Nacken. So bleibt die Frisur wochenlang schön.

Da ich gerade von Schlaf schreibe: Ich sollte mich dringend zu Bett begeben. Morgen fahre ich nach Kamakura. Dort werde ich mir den bronzenen Gott ansehen. Diese Buddhastatue ist 45 Fuß hoch und steht in einem Tal.

Man kann sich wohl auf den Daumen setzen und sich fotografieren lassen – eine solche Fotografie möchte ich unbedingt haben.

In diesem Sinne wünsche ich Dir eine gute Nacht und schicke Dir einen Kuss.

Deine Nellie

34. Kapitel

Tokio, Japan, Sonntag, 5. Januar 1890

»He!«, rief Nellie empört, als eine kleine Papierkugel an ihr vorbeiflog – gefolgt von der nächsten und der übernächsten. Erstaunt stellte sie fest, dass die Papierkügelchen allesamt auf den Abbildern von Göttern landeten, die am Eingang eines großen Tempels standen.

Nellie hatte sich spontan entschlossen, in Begleitung der Geisha Tomitsuyu, deren außerordentliche Kenntnis des Landes und seiner Bräuche sie sehr zu schätzen wusste, noch Tokio zu besuchen, und war auf ihre Empfehlung hin mit ihr zu dem Tempel gereist, an dessen geschnitztem Tor Hunderte steinerner und bronzener Laternen standen. Die Bilder, die zur Zielscheibe der Papierkügelchen geworden waren, befanden sich rechts und links des Tores. Nachdem die Papierkügelchen-Flut nicht aufhörte, konnte Nellie auch die Verursacher ausmachen: Sie entdeckte eine Schar von Schulkindern, die die Kügelchen durch kleine Röhrchen auf die Götter spuckten.

»Das ist aber respektlos«, sagte Nellie und fühlte eine leise Enttäuschung in sich aufsteigen. Nachdem sie die Geishas gesehen und so viel über die Kultur der Japaner gelernt hatte,

hatte sie irgendwie erwartet, dass alle Kinder von klein auf warmherzig und achtsam waren und diese bezaubernde Stille ausstrahlten. Diese Schulkinder hier machten aber ganz und gar nicht den Anschein.

»Nein, ist es nicht«, widersprach die Geisha lachend. »Es ist Brauch bei uns, nicht nur bei den Schulkindern, Papier zu kauen und gegen die Götter zu werfen. Wenn es kleben bleibt, so der Glaube, werden die Gebete erhört. Wenn es hingegen herunterfällt, bleiben sie unbeachtet.«

»Oh.« Nellie betrachtete die über und über mit Papier bedeckten Götter genauer. »Dann haben sie aber viel zu tun«, bemerkte sie.

»Ja, die Götter setzen sich sehr für uns ein«, bestätigte Tomitsuyu schmunzelnd und zeigte auf einen ausgesprochen schäbig wirkenden Gott, der keine Nase mehr besaß. »Sie haben sie ihm abgerieben«, erklärte die Geisha.

»Abgerieben?«, fragte Nellie verwundert.

»Die Japaner glauben, wenn sie Schmerzen haben und dann die schmerzende Stelle reiben, sind sie geheilt. Wie man sieht, haben viele Menschen hier Wunderheilung gesucht.«

Eigenartig, dachte Nellie. Schließlich waren die Japaner ein durch und durch fortschrittliches Volk.

Nachdem sie den Tempel besucht hatten, schlug die Geisha Nellie vor, noch ein wenig durch die Stadt zu spazieren. Sie stimmte begeistert zu. Seite an Seite schlenderten sie durch die Straßen. Nellie sah Männer, Frauen und Kinder, die mitten auf der Straße Federball spielten oder Drachen steigen ließen. Sie hätte Platz nehmen und diesem Bild zusehen mögen: Diese zauberhaften Frauen mit ihrem prachtvollen Haar, mit Mündern, die Kirschen glichen, den dunklen, leuchtenden Augen und den hinreißenden Kleidern, wie sie da hingebungsvoll mit ihren entzückenden, blitzsauberen Kindern Federball spielten.

In New York hatte Nellie schon vielen Kindern beim Spielen zugesehen, und sie musste dann und wann auch an ihre eigene Kindheit in Pittsburgh denken. So zufriedene Kinder wie hier hatte sie noch nie erlebt, und der Anblick dieser glücklichen kleinen Menschen, die niemals zu zanken oder zu weinen schienen, versöhnte sie etwas mit dem Anblick der Papierkügelchen spuckenden Mädchen und Jungen im Auge der Gottheit: Kleine japanische Mädchen auf hohen hölzernen Sandalen trugen Säuglinge auf dem Rücken gebunden, die beinahe so groß waren wie sie selbst.

Auch die japanischen Babys fand Nellie einfach hinreißend. In ihrer wattierten Kleidung sahen sie klein und pummelig aus und wirkten ein wenig konturlos, wie ein Federkissen. Sie bemerkte, dass einige Stellen auf den Köpfen der Kinder rasiert waren. Tomitsuyu erklärte auf ihre Frage hin: »Die Stellen sind dazu da, um die Kinderköpfchen im Sommer kühl zu halten.«

Inzwischen hatten sie eine Einkaufsstraße erreicht. Als sie an einem Geschäft vorbeikamen, in dem wunderbare Kimonos ausgestellt waren, konnte Nellie nicht widerstehen: Sie ging hinein, die Geisha folgte ihr mit gewissem Abstand.

In dem angenehm kühlen Geschäft wurde Nellie von einer ausgesprochen höflichen Dame begrüßt, die allerdings gerade damit beschäftigt war, eine andere Kundin – eine Japanerin – zu bedienen. Die Verkäuferin lächelte Nellie freundlich zu, bat sie auf Englisch, sich schon einmal umzusehen, und versicherte ihr, sie sei bald bei ihr. Dann wandte sie sich wieder ihrer gegenwärtigen Kundin zu, die unfassbar elegant war. Sie war im Begriff, einen Kimono aus grauem

Seidenkrepp zu erwerben, der vereinzelt mit blassrosa Blüten gesprenkelt war. Gefüttert war der bezaubernde Umhang mit blassroter Seide, am Saum befand sich eine Art Kissen, das, wie Nellie vermutete, dazu diente, dass das Kleidungsstück auch gut fiel. Als die Verkäuferin den Kimono drehte und wendete, wurde auch ein Unterrock sichtbar, der mit ganz dünner weißer Seide gefüttert war.

Nachdem die Kundin gegangen oder besser auf ihren Holzsandalen auf unnachahmliche Weise aus dem Laden geschwebt war, wandte die Verkäuferin sich mit ihrer vollkommenen Aufmerksamkeit Nellie und ihrer Begleiterin zu. Dunkle Augen in einem hellen, ebenmäßigen Gesicht musterten sie freundlich und interessiert.

»Was kann ich für Sie tun?«, fragte sie, und Nellie kam sich mit einem Mal vor wie eine Heuchlerin. Wie konnte sie annehmen, dass etwas derart Erhabenes wie ein Kimono an ihr gut aussehen würde? Sie besaß nicht die Grazie der Japanerinnen. Hilflos sah sie die andere an. Die Geisha sagte ein paar rasche Worte auf Japanisch, und die Verkäuferin verschwand kurz und kehrte mit drei Kimonos in den herrlichsten Farben zurück. Nach einigem Zögern wählte Nellie einen dunkelblauen, der mit großen rosafarbenen Blüten bedruckt war. Tomitsuyu nickte ihr wohlwollend zu und erklärte, dass der Farbton besonders vorteilhaft an ihr aussehen würde. Die Verkäuferin bat sie in die Kabine, und nachdem Nellie sich ihres geliebten Reisekleides entledigt hatte, half sie ihr, den Kimono anzulegen. Kühl und seidig glitt das dreilagige Kleidungsstück über ihren Körper. Die Verkäuferin zupfte mit geschickten Fingern hier und da noch etwas zurecht und bescheinigte Nellie dann, zauberhaft auszusehen. Sie führte sie zu einer runden, auf Hochglanz polierten Stahlplatte – die japanische Form des Spiegels –, und Nellie atmete bei ihrem eigenen Anblick tief ein und wieder aus. Nun sah sie so aus, wie sie sich auf dieser Reise fühlte: Sie strahlte eine tiefe Gelassenheit und Würde aus. Auch wenn sie ihrer Ansicht nach bei Weitem nicht an die Grazie der Japanerinnen heranreichte, so war sie in diesem Kimono doch ein anderer Mensch. Kleider machten eben doch Leute.

»Er ist wunderschön«, flüsterte sie, und Tomitsuyu klatschte begeistert in die Hände. »Sie sehen bezaubernd aus!«.

Die Verkäuferin nickte. »Sie sind eine Kimono-Frau. Nicht jedem Menschen aus der westlichen Welt steht ein Kimono gut zu Gesicht. Und im Gegensatz zu den europäischen Kleidern ist er auch sehr bequem.«

»Oh, ja«, stimmte Nellie zu. »Das ist er.« Dann sah sie die anderen fragend an. »Haben Sie selbst schon einmal europäische Kleidung getragen?«

Die Geisha verneinte, doch die Verkäuferin nickte. »Viele Japanerinnen haben das. Wir fanden sie allerdings furchtbar unbequem und kehrten dann am Ende doch zu unseren Kimonos zurück. Die europäische Unterwäsche tragen wir allerdings. Unterwäsche kannten wir in Japan nicht. Und manch ein Herr ist begeistert vom europäischen Herrenanzug.« Mit einem leisen Lächeln fügte sie hinzu: »Übrigens zählen viele Europäer zu meinen Kunden. Die Menschen, die hier leben, tragen zwar in der Öffentlichkeit europäische Kleidung, zu Hause aber ausschließlich Kimonos.«

»Das verstehe ich gut«, versicherte Nellie. Sie musste an die Gattin des Missionars denken und überlegte, dass diese in einem Kimono sicherlich ebenfalls zauberhaft aussehen würde. »Ich nehme ihn«, entschied sie. »Und ich würde ihn gerne gleich anbehalten.«

»Eine gute Wahl«, bestätigte die Verkäuferin und stellte Nellie 30 Dollar in Rechnung. Tomitsuyu nickte ihr unmerklich zu und bestätigte somit Nellies Annahme, dass es ein stolzer, aber gerechtfertigter Preis sei, der sicher sein Geld wert war. Sie sah sich schon zu Hause in New York damit in ihrem Zimmer sitzen, vielleicht auf ihrem Gebetsstuhl bei dem Versuch, die Stille und innere Einkehr wiederaufleben zu lassen, die sie hier so genoss.

Tomitsuyu machte sich mit Nellie auf den Weg zum Ueno-Park, wo die erfahrene Geisha der Amerikanerin etwas ganz Besonderes zeigen wollte. Kaum hatten sie die Anlage betreten, holte Nellie tief Luft und wandte sich an Tomitsuyu: »Der Park strahlt eine unvergleichliche Ruhe aus.«

»Sie haben ein großes Feingefühl«, lobte die Geisha sie. »Vor der Umgestaltung stand hier der Tempel Kann'ei-ji.«

»Ein Tempel?«, fragte Nellie neugierig.

»Ja, einst erbauten die Tokugawa-Shogunen auf diesem Hügel den Tempel, der als Schutz für die Edo-Burg dienen sollte.«

»Die Edo-Burg?«

»Als die Burg vor vier Jahrhunderten von Ôta Dôkan erbaut wurde, hieß Tokio noch Edo«, begann die Geisha zu erzählen. »Zunächst verfiel die Burg, erst Tokogawa Ieyasu, dem 1.590 die Provinzen um die Tokio-Bucht übertragen worden waren, ließ die Burg wieder erneuern.«

»Und wie und wann wurde aus Edo Tokio?«

»Nun, meine Liebe«, erwiderte Tomitsuyu, »vor etwa dreißig Jahren wurde der kaiserliche Hof nach Edo verlegt.

Damit änderte sich der Name der Stadt in Tokyo, was so viel wie ›Kaiserliche Residenzstadt im Osten‹ bedeutet.«

Nellie nickte. »Und der Tempel?«

»Die Anlage wurde im Laufe des Boshin-Kriegs nahezu zerstört. Und statt den Tempel wiederaufzubauen, entschied sich die Regierung, einen Park auf dem Gelände zu errichten, der dann vor ein paar Jahren eröffnet wurde.«

»Verstehe«, sagte Nellie. »Und diesen Park wollten Sie mir zeigen?«

»Den Park und diese beiden Bäume«, konkretisierte die Geisha und deutete nach vorn.

»Sie wurden von General Grant und seiner Gattin gepflanzt.«

»Unser General Grant?«, fragte Nellie völlig fasziniert.

»Ja, Ulysses S. Grant mit seiner Gattin Julia«, bestätigte Tomitsuyu.

»Unser 18. Präsident«, murmelte Nellie ungläubig. »Aber wann war er denn in Japan?«

»Das ist zehn Jahre her. Grant kam gemeinsam mit seiner Ehefrau in Nagasaki an und wurde überall in Japan herzlich empfangen. Nachdem er sich im ganzen Land umgesehen hatte, traf er schließlich in Tokio den gerade mal sechsundzwanzig Jahre alten Kaiser Meiji.«

»Und anschließend pflanzte er die Bäume?«

»Ja«, bestätigte Tomitsuyu.

»Die Bürger von Tokio hielten für die Grants ein großes Fest im Ueno-Park ab, das mittags um zwei begann und um zehn Uhr abends mit einem großen Festessen und anschließendem Feuerwerk beendet wurde. Während des Tages wurde das Ehepaar Grant gebeten, jeweils einen Baum zu pflanzen.«

»Welch Ehre«, sagte Nellie.

»Hieß seine Tochter nicht auch Nellie?«, grübelte die Geisha.

»Das stimmt«, lachte Nellie. »Ich bin immer wieder aufs Neue fasziniert, wie viel Sie wissen.«

»Nun«, erklärte Tomitsuyu, »wir Geishas werden in der Konversation ausgebildet, doch wir müssen auch alles über die Geschichte und Kultur unseres Landes lernen, das gehört dazu.«

Nellie nickte, dann blickte sie wieder zu den beiden Bäumen hinüber. »Wie wundervoll, eine solche Erinnerung zu hinterlassen«, sagte sie verträumt. »Das würde ich auch gern.«

»Dann tun Sie das doch«, sagte Tomitsuyu lächelnd.

Nellie sah sie überrascht an. Die Idee gefiel ihr. Dennoch wäre sie nicht umsetzbar: »Auf welchem Grundstück?«

Wieder lächelte die Geisha. »Ich biete Ihnen meines an«, sagte sie. »Und wenn Sie die Kirschblüte schon nicht erleben werden, schlage ich vor: Pflanzen Sie einen Kirschbaum. Dann kehren Sie irgendwann zurück und erleben die Blüte an Ihrem eigenen Baum.«

Ihr eigener Baum. In ihrem Traumland. Das wäre, als würde sie hier selbst Wurzeln schlagen.

»Ja«, flüsterte Nellie. »Ja, das will ich sehr gerne tun.«

35. Kapitel

Von Yokohama nach San Francisco. Freitag, 10. Januar 1890, bis Dienstag, 14. Januar 1890

Drei Tage war es nun her, dass Nellie in Japan an Bord gegangen war und dieses wunderbare Land bei strahlendem Sonnenschein verlassen hatte. Und in diesen drei Tagen hatte sich alles verändert. Mit jeder Seemeile, die das Schiff zurücklegte, wurde sie unruhiger. Zwar bot der von einer Verbunddampfmaschine angetriebene Viermaster, der in der ersten Klasse über 150 Passagiere beherbergen konnte, mit seinen außerordentlich großen Bullaugen, fließendem Wasser und elektrischen Klingeln auf den Kabinen einigen Komfort, und auf dem Promenadendeck winkte allerlei Abwechslung. Doch das vermochte Nellie nicht aus ihrer trüben Stimmung zu reißen. Zum einen hatte sie das Gefühl, ihr Herz in Japan gelassen zu haben. In diesem wunderbaren Land, in dem bald die Kirschblüte beginnen und ihre Pracht ohne sie entfalten würde. Zum anderen bemerkte sie aber auch, dass alle Ruhe und Gelassenheit, die sie dort so wunderbar erfüllt hatte, an Land zurückgeblieben war. Die alte Unruhe, die sie von Kindesbeinen an getrieben hatte, ergriff wieder Besitz von ihr, selbst die stechenden Kopfschmerzen machten sich wieder bemerkbar. Seltsamerweise hatte sie auch das Gefühl, dass ihre Liebe zu Robert mit ihrer Abreise aus Japan nun endgültig der Vergangenheit angehörte – obgleich sie sich ja schon in Hongkong verabschiedet hatten. Außerdem musste sie nun, da sie keine Ablenkung mehr hatte, ständig an Elizabeth Bisland denken. Und an den Vorsprung, den ihre Konkurrentin hatte. Da half es auch nichts, dass William ihr wieder und wieder versicherte, alles aus der Oceanic herauszuholen. Zumal das offenbar nicht reichte: Seit vor drei Tagen ein gewaltiger Sturm aufgekommen war, kam der Viermaster einfach nicht voran. Tag für Tag schlich sich Nellie mittags um zwölf Uhr über die wankenden Planken, über die der Regen und die Gischt nur so peitschten und sie in eine gefährliche Rutschbahn verwandelten, bangen Herzens zum Speisesaal. Dann wurde dort angeschlagen, wie viel Strecke das Schiff in den letzten 24 Stunden gemacht hatte. Und Tag für Tag sank ihr das Herz ein klein wenig mehr, wenn sie erkennen musste, wie wenig es war. Vor ihrem inneren Auge sah sie sich – verspätet – in New York eintreffen, und ihre Angst vor Spott und Hohn war beinahe übermächtig. Sie wollte nicht als die Verliererin des Rennens in die Geschichte eingehen!

»Kommen Sie, Kindchen«, ertönte da eine tiefe Stimme neben ihr. Sie wandte den Kopf und blickte in die wässrig blauen Augen des ersten Maschinisten. Er hörte auf den Namen William Allen und sah mit seinem langen weißgrauen Bart und den von roten Adern durchfurchten Wangen aus wie ein echter Seemann. »Nur nicht so trübsinnig«, ermunterte sie der Seemann. »Ich will Ihnen etwas zeigen.«

Er führte Nellie in den Maschinenraum und deutete auf die Wand über den Maschinen. Dort stand geschrieben:

Für Nellie Bly
Wir siegen oder sterben dabei.
20. Januar 1890

»Am 20. Januar werden Sie in San Francisco von Bord gehen«, erklärte er das noch in der Zukunft liegende Datum. »So wahr ich hier stehe.«

Gerührt sah sie den alten Mann an, wohl wissend jedoch, dass dessen Entschlossenheit am Ende des Tages auch nichts helfen würde. Gegen das Wetter kam selbst der beste Seemann nicht an. »Wenn ich das Wettrennen verliere, gehe ich nie wieder nach New York zurück. Ich will lieber tot und erfolgreich ankommen als lebendig und zu spät«, erklärte Nellie finster.

»Nun sagen Sie doch so was nicht, mein Kind«, flehte Allen. »Ich gebe alles, um Sie ans Ziel zu bringen. Ich habe die Maschinen angetrieben, wie ich das noch nie zuvor tat, diesen Sturm habe ich verflucht, bis ich keine Worte mehr fand; sogar gebetet habe ich, dass dieser Sturm vorüberzieht, damit Sie rechtzeitig an Ihrem Ziel ankommen.«

»Und selbst das hat nicht geholfen«, seufzte Nellie. »Es ist so hoffnungslos!«

»Sagen Sie das doch nicht«, rief Allen. »Nur Mut, Nellie. Und ich versichere Ihnen: Ich würde sofort über Bord springen, wenn es Ihnen helfen würde. Außerdem sind Sie bei Mr. Smith wirklich in guten Händen. In den besten, würde ich sagen. Er hat schon den schlimmsten Stürmen getrotzt und wird nicht umsonst Taifun-Bill genannt. Wenn es jemand schafft, diesen Stürmen Paroli zu bieten, die in der Tat die schlimmsten sind, die ich je erlebt habe, dann ist er das.«

Auch der Kapitän tat alles, um sie zu beruhigen. »Ich habe all mein Geld darauf gewettet, dass Sie nicht nur pünktlich, sondern sogar zu früh ankommen. Ich habe also auch eine Wette laufen, Nellie Bly. Und die gedenke ich zu gewinnen. Ich verspreche Ihnen: Ich liefere Sie drei Tage früher als geplant ab«, tröstete er sie beim Abendessen.

»Machen Sie mir doch nichts vor«, ließ Nellie sich nicht trösten. »Wir haben so viel Zeit verloren, das werden wir niemals aufholen.«

Nun mischte sich auch der Schiffsarzt Frederic Cook ins Gespräch: »Nellie Bly«, sagte er streng. »Wenn sie nicht gleich etwas besser gestimmt sind, bekommen Sie von mir ganz scheußliche Medizin.«

»Sie sind ungerecht! Was soll ich denn tun, außer Trübsal blasen? Und dagegen hilft auch keine Medizin. Gegenwind und Gegenstrom sind das Problem, nicht meine Gesundheit«, entgegnete sie grinsend.

Der Kapitän und der Schiffsarzt fielen in ihr Lachen ein, und Nellie hatte ein schlechtes Gewissen: Die Männer taten wirklich alles, um ihr das Erreichen ihres Ziels zu ermöglichen, und sie jammerte in einem fort. Das war nicht das, was sie auf ihrer Reise gelernt hatte. Vielleicht, dachte sie, war das nun ihre Form der Prüfung, wie einst der meditierende Bodhidharma, der sich die Augenlider abgerissen und damit die Müdigkeit besiegt hatte. Nun war es an ihr, ihre Ungeduld zu besiegen. Allerdings ohne abgerissene Augenlider.

Als Nellie sich nach dem Abendessen in ihre Kabine begeben wollte, hörte sie plötzlich hastige Schritte hinter sich. Sie wandte sich um und sah sich einem jungen Matrosen gegenüber, der ihr schon dann und wann aufgefallen war. Er mochte vielleicht 16 Jahre alt sein und wirkte immer besonders eifrig.

»Miss Bly«, sagte er keuchend. »Ich habe eine Vermutung, warum es nicht vorangeht.«

»Nun bin ich aber mal gespannt.«

»An Bord des Schiffes befindet sich ein Jona«, erklärte der junge Mann mit weit aufgerissenen Augen. »Da *kann* es ja gar nicht vorangehen.«

»Ein Jona?«, fragte Nellie erstaunt. »Was ist denn das?«

»Ein Affe!«, erklärte der Junge, der nicht zu wissen schien, dass Nellie selbst die Besitzerin des kleinen McGinty war. »Es ist allgemein bekannt, dass Jonas Unwetter über die Schiffe bringen. Solange er an Bord ist, werden wir gegen heftige Stürme zu kämpfen haben.«

»Es ist *mein* Affe«, stellte Nellie klar.

»Oh«, machte der Junge. »Nun, dann ... Aber ich muss es Ihnen dennoch sagen. Ihre einzige Möglichkeit, das Problem zu lösen, ist ... den Affen über Bord zu werfen.«

Nellie starrte ihn an. Den armen kleinen McGinty über Bord werfen? Er würde jämmerlich ertrinken! Doch der Matrose ließ keinen Zweifel daran, dass Nellie mit dem Affen keine Chance hätte, das Rennen zu gewinnen. Ob es daran lag, dass sie die letzten Wochen in Ländern verbracht hatte, in denen die Menschen an solche Dinge glaubten, oder ob es die pure Verzweiflung war: Nellie fragte sich plötzlich ernsthaft, ob der Junge vielleicht doch recht hatte.

»Ich denke darüber nach«, murmelte sie, machte auf dem

Absatz kehrt und eilte in Richtung Brücke, denn sie wollte die Sache unbedingt mit William beraten. Schlaf würde sie nach diesen Neuigkeiten ohnehin nicht finden.

William war nicht mehr auf der Brücke, doch Nellie fasste sich ein Herz und klopfte an seine Kabinentür. Kurz darauf öffnete er die Tür. Er musste aufgrund seiner Größe im Türrahmen den Kopf leicht einziehen, und nicht zum ersten Mal dachte Nellie, was für ein schöner Mann William Smith doch war und dass sie sich ganz sicher in ihn verlieben würde, wenn sie ihr Herz nicht schon an Robert Seaman verloren hätte, auch wenn sie ihn vermutlich nie im Leben wiedersehen würde.

»Miss Bly«, sagte Smith und klang überrascht, strahlte aber bei ihrem Anblick. »Was kann ich für Sie tun?«

»Ich habe ein Problem«, sagte Nellie und kam sich mit einem Mal albern vor. Was, wenn William sie auslachen würde? Andererseits war er als Seemann ja Geschichten wie diese durchaus gewohnt. Sie berichtete ihm von den Sorgen des Matrosen und stellte bang die Frage, was er dazu sagte und ob er ihr ebenfalls dazu rate, den armen McGinty über Bord zu werfen – wobei sie sich ungemein grausam und gemein vorkam.

Zu ihrer Erleichterung lachte der Kapitän sie nicht aus. Doch er grinste und sagte: »Sie können den Affen gar nicht über Bord werfen.«

»Nein?«

»Nein«, erwiderte William mit ernster Miene. »Er hat gerade erst einen Zentner Zement verspeist und diesen mit Lampenöl heruntergespült. Wenn Sie ihn jetzt über Bord werfen, geht er glatt unter.«

»Aber er würde doch sowieso ...«, setzte Nellie begriffsstutzig an, dann jedoch lachte sie erleichtert auf. »Verstehe«, sagte sie. »Das geht natürlich nicht.« McGintys Leben war gerettet.

»Im Übrigen«, fuhr der Kapitän fort, »war der Junge nicht ganz präzise. Die meisten Seeleute sind der Überzeugung, dass die eigentlichen Jonas keineswegs Affen, sondern Priester sind.«

»Priester!«, rief Nellie überrascht. »Wir haben zwei von ihnen an Bord! Sind die denn nun auch in Lebensgefahr?«

»Nein«, grinste William. »Die hatten ebenfalls Zement und Lampenöl zu Abend.«

Sie sahen sich an und brachen in schallendes Gelächter aus.

»Kommen Sie«, sagte der Kapitän und öffnete die Kabinentür ein Stückchen weiter. »Ich will Ihnen das erklären.«

Nellie zögerte kurz. Auch wenn William sich ihr gegenüber nun recht unbefangen verhielt, war sie sich doch nach wie vor sicher, dass er mehr für sie empfand als sie für ihn, da wollte sie beide nicht in Verlegenheit bringen. Andererseits: Hätte er ihr Avancen machen wollen, hätte er dazu mehr als genug Gelegenheit gehabt, er würde sicherlich nicht in seiner Kabine über sie herfallen.

Also folgte sie seiner Einladung und setzte sich William gegenüber auf die gemütlich wirkende, fest an der Wand angebrachte Sofagarnitur.

»Sie müssen die Seeleute verstehen«, sagte er. »Sie sind den Elementen ausgeliefert, wahrscheinlich mehr als irgendjemand anders. Und wenn wir solch furchtbares Wetter haben, dann müssen sie umso mehr schuften. Das zehrt an den Nerven. Sie bekommen kaum Schlaf, sie haben ständig mit nasser Kleidung zu kämpfen. Sie brauchen irgendetwas, das sie dafür verantwortlich machen.«

»Den Jona«, erkannte Nellie.

»Ganz genau, den Jona«, bestätigte William. »Das kann aber, wie ich Ihnen gerade gesagt habe, alles Mögliche sein. Ein Affe. Oder ein Pfarrer.«

»Ich habe ja auch einen gewissen Aberglauben«, gestand sie und drehte an dem Ring, den sie am Daumen trug. »Das ist mein Glücksbringer.«

»Oh«, machte William, »ich dachte schon, ein Mann hätte ihn Ihnen an den Finger gesteckt.«

Wieder dieser unverwandte Blick.

»Nein«, wehrte Nellie hastig ab. »Kein Mann. Oder doch: Er gehörte meinem Vater.«

»Verstehe.«

Für einen kurzen Moment entstand ein Schweigen, das Nellie als unangenehm empfand. »Das ist bestimmt nicht der einzige Aberglaube an Bord?«, fragte sie daher hastig.

»Nein«, ging der Kapitän zu Nellies Erleichterung auf ihr Ablenkungsmanöver ein. »Zum Beispiel herrscht der Glaube, man dürfe auf keinen Fall eine Reise an einem Freitag beginnen. Das bringe unfassbares Unglück. Ich habe im Laufe meiner Karriere schon eine Reihe von Matrosen erlebt, die lieber ihren Dienst quittierten, als an einem Freitag in See zu stechen.«

»Sie machen Scherze!«, staunte Nellie.

Er schüttelte den Kopf. »Ganz und gar nicht«, versicherte er. »Als junger Seemann habe ich den Schiffszimmerer mal gebeten, einen Nagel in die Wand zu hauen. Ich weiß gar nicht mehr den Grund, ich glaube, ein Bild war heruntergefallen.«

»Und er tat es nicht?«, vermutete Nellie.

»Er weigerte sich strikt«, bestätigte William. »Mein Lieblingsaberglaube ist aber der mit dem Niesen. Sie müssen die Seeleute mal beim Niesen beobachten. Sie werden feststellen, dass sie allesamt immer nach links niesen. Nach rechts zu niesen bringt Unglück. Ich vermute aber, dass unser Pech mit dem Wetter daran liegt, dass jemand falsch gepfiffen hat.«

»Was sicherlich ebenfalls Unglück bringt?«, vermutete Nellie.

»Nicht nur das. Wenn man richtig pfeift, hat man Rückenwind. Pfeift man aber falsch, kann das zu einem Hurrikan führen.« Er deutete hinaus. »Sagen Sie dem Matrosen einfach, jemand habe falsch gepfiffen, und Ihr Affe ist gerettet.«

»Nein«, widersprach Nellie scherzhaft. »Ich sage, dass ich nur zustimme, den Affen über Bord zu werfen, wenn man die Pfarrer hinterherwirft.«

36. Kapitel

Auf hoher See, Montag 20. Januar 1890, bis Dienstag, 21. Januar 1890

Nachdem sie am Abend noch die Tatsache gefeiert hatten, dass sie am nächsten Tag – trotz Affen und Priester an Bord – pünktlich San Francisco erreichen würden, herrschte beim Frühstück eine eigenartige Stimmung.

Der Kapitän, an dessen Tisch Nellie alle Mahlzeiten einzunehmen pflegte, sah blass aus und sah ihr stumm entgegen. Der Schiffsarzt starrte hingegen in seine Kaffeetasse, als habe er dort etwas vollkommen Faszinierendes entdeckt, das es ihm unmöglich machte, Nellie anzusehen.

»Was?«, fragte sie und spürte ihr Herz unangenehm hart gegen ihre Brust klopfen. »Sinken wir?«

»Das nicht gerade«, knurrte William ziemlich wütend. »Aber wir werden Ihre Wette nicht gewinnen, Nellie. Wir werden den Hafen zwar pünktlich erreichen, aber Sie werden nicht von Bord gehen dürfen.«

»Was?«, keuchte Nellie. Sie war kreidebleich geworden und ließ sich wie in Trance auf den Stuhl sinken, den ein herbeieilender Steward ihr hastig zurechtgerückt hatte. »Warum denn das?«

»Weil man die Gesundheitspapiere in Yokohama vergessen hat«, bellte der Kapitän.

»Und das bedeutet?«, fragte Nellie hilflos.

»Das bedeutet«, erklärte der Kapitän, während der Schiffsarzt, der offenbar für das Dilemma verantwortlich war, den Kopf noch tiefer über seine Tasse sinken ließ: »Das bedeutet, dass keiner von uns an Land gehen darf, bis das nächste Schiff aus Japan mit den Papieren eintrifft.«

»Und wann wäre das?«, hauchte Nellie mit letzter Kraft.

»In zwei Wochen.«

»Zwei Wochen.« Nellie barg das Gesicht in den Händen. »Das ist das Ende.«

»Ja«, bestätigte William gnadenlos. »Ja, das ist es.«

»Es tut mir so unendlich leid«, wisperte der Schiffsarzt in seine Tasse.

Nellie hätte ihn am liebsten angefahren, dass ihr das nun auch nichts helfe, und es war ihr auch unmöglich, Mitleid mit dem armen Schiffsarzt zu empfinden. Alles sollte umsonst gewesen sein, nur weil dieser Trottel die Papiere vergessen hatte?

Es war nicht umsonst, flüsterte eine leise Stimme in ihrem Inneren. *Du hast so viel gelernt und gesehen. Vielleicht bist du sogar ein anderer Mensch geworden. Du hast einen unendlichen Reichtum an Erfahrungen gewonnen. Und du hast die Liebe kennengelernt.*

Doch Nellie wollte diese innere Stimme nicht hören und hieß sie energisch schweigen.

Es war zum Verrücktwerden! Da war das Ziel in so greifbarer Nähe, und sie sollte es nicht erreichen?

»Dann setze ich meinem Leben lieber ein Ende«, erwiderte sie ruhig.

Endlich blickte Mr. Cook auf und ihr mitten ins Gesicht.

Er sah den Ernst, der dort geschrieben stand, und in der Tat meinte Nellie das, was sie sagte, in diesem Moment auch bitter, bitterernst. Was hatte ihr Leben noch für einen Sinn, wenn sie dieses Rennen verlöre? Vielleicht, dachte sie, hätte sie den Bitten des jungen Mannes, der sie auf der Schiffsreise angefleht hatte, sich mit ihm in die Fluten zu stürzen, nachgeben sollen! Dann wäre nun alles vorbei.

Mach dich nicht lächerlich, schimpfte die Stimme in ihrem Kopf. *Ich habe dir schon gesagt, dass diese Reise nicht umsonst war. Sie ist nicht mit Gold aufzuwiegen. Sei froh um alles, was du erlebt und gesehen hast. Das ist viel wichtiger als die Frage, ob du nun zwei Wochen früher oder zwei Wochen später nach Hause kommst.*

Doch wieder hieß Nellie ihre innere Stimme schweigen.

»Bitte«, flehte der Schiffsarzt in ihre Gedanken hinein, der offenbar begriffen hatte, dass sie es sehr ernst meinte. »Tun Sie nichts Unüberlegtes.«

Nellie sah ihn nur ruhig an und antwortete nicht.

»Ich werde eine Lösung finden, Miss Bly, ich verspreche es Ihnen. Hoch und heilig«, beschwor sie Mr. Cook. »Bitte, geben Sie mir noch ein wenig Zeit.«

»Also gut«, sagte sie. »Zwei Stunden.«

Mr. Cook brauchte keine zwei Stunden, ihm reichten eineinhalb. Dann tauchte er über das ganze Gesicht strahlend in Nellies Kabine auf. In der Hand hielt er ihre Gesundheitspapiere.

Nellie starrte erst auf den Mann, dann auf die Papiere und dann wieder auf den Mann. Und dann fiel sie dem Mediziner mit einem Jubelschrei um den Hals. »Sie haben mir das Leben gerettet«, sagte sie.

»Nun«, beschwichtigte Cook. »Zunächst mal habe ich es in Gefahr gebracht, was für einen Arzt natürlich doppelt unverzeihlich ist. Und die Lebensrettung geht, wenn ich ehrlich bin, gar nicht auf mich zurück, sondern auf den Schiffsjungen Ben.«

»Den Schiffsjungen?«, fragte Nellie begriffsstutzig.

Mr. Cook nickte. »Ganz genau. Und auf aufmerksame Mitarbeiter der Rederei. Die bemerkten nämlich meinen schweren und unverzeihlichen Fehler und brachten die Papiere noch rechtzeitig vor Ablegen an Bord. Da sie mich nicht antrafen, überreichten sie die Dokumente dem Schiffsjungen.«

»Und?«, fragte Nellie ungeduldig und noch ganz schwindelig von dem Glücksgefühl, dass nun doch alles gut werden würde.

»Der legte die Gesundheitspapiere auf meinen Schreibtisch zu einem Stapel anderer Dokumente, die aber auf den ersten Blick unwichtig aussahen und Dinge betrafen, die ich mit der Reederei in New York klären muss. Medikamentenlisten und solche Dinge. Ich habe alles, ohne es richtig durchzusehen, in die Schublade meines Schreibtisches geräumt.«

»Das gibt es doch nicht!«, rief Nellie ungläubig.

»Doch«, sagte der immer noch zerknirscht, aber zugleich auch sehr erleichtert wirkende Arzt. »Doch, das gibt es.«

»Und Sie haben dann Ihren Schreibtisch durchsucht und ihn dadurch gefunden?«, vermutete Nellie. »Aber warum? Sie dachten doch, die Papiere seien gar nicht an Bord.«

»Nicht ganz«, korrigierte der Arzt. »Ich habe den Schiffsjungen in meiner Not gefragt, ob es irgendeine Möglichkeit gibt, die Gesundheitspapiere sozusagen per Express zu senden. Und da hat er mich angesehen, als hätte ich den Verstand verloren, und mir erklärt, die Gesundheitspapiere befänden sich doch bereits auf meinem Schreibtisch.«

»Unglaublich«, konstatierte Nellie.

»Allerdings«, bestätigte der Arzt, der immer noch ausgesprochen bedrückt wirkte.

»Tun Sie mir einen Gefallen?«, fragte Nellie.

»Jeden«, versprach der Schiffsarzt. »Ich schulde Ihnen ja mindestens einen.«

»Hören Sie auf, sich Vorwürfe zu machen. Es wurde ja am Ende alles gut.«

»Das kann ich nicht«, setzte der Mediziner an zu protestieren. »Ich ...«

Doch Nellie duldete keinen Widerspruch. »Sie haben es mir versprochen.«

»Nun gut«, gab der Schiffsarzt nach und zwang sich zu einem Lächeln. »Ich will es versuchen.«

37. Kapitel

Von San Francisco, USA, nach Lathrop, USA, Dienstag, 21. Januar 1890

Am 21. Januar legte die Oceanic in der San Francisco Bay an. Sie hatten es nicht nur geschafft, trotz des Sturmes ihr Ziel rechtzeitig zu erreichen, sie waren sogar drei Tage zu früh, wenn auch nicht ganz so früh, wie der engagierte Chef-Maschinist es prophezeit hatte. Während Nellie beobachtete, wie ein Schlepper, der sie an Land bringen sollte, auf die Oceanic zusteuerte, hieß es für sie wieder einmal Abschied nehmen. Sie umarmte den treuen ersten Maschinisten, der ihr während der Reise so viel Mut gemacht hatte, und als sie vor William stand, zog auch der gut aussehende Kapitän sie in seine Arme. »Leben Sie wohl, Nellie Bly«, sagte er und sah sie mit seinen blauen Augen eindringlich an. »Sie haben mein Herz erobert, das haben Sie sicher bemerkt. Ich weiß aber auch, dass Ihr Herz einem anderen gehört, so etwas spürt ein Mann. Ich hoffe, er weiß das zu schätzen.«

»Das …«, setzte Nellie an, doch er legte seinen Finger auf ihre Lippen, die einzige intime Geste, die er sich ihr gegenüber erlaubte.

»Sagen Sie nichts, Nellie Bly«, bat er sie. »Ich wünsche Ihnen alles Glück der Welt.«

In diesem Moment wurde ihr Gespräch unterbrochen, denn mehrere wichtig wirkende Herren, die mit dem Schlepper gekommen waren, betraten das Schiff. Einer davon stellte sich als Direktor der Oriental und Occidental Steamship Company vor. Er überschüttete Nellie mit Glückwünschen und William mit Komplimenten dafür, dass es ihm gelungen war, Nellie aller widrigen Umstände zum Trotz sogar noch vor der Zeit nach Amerika zu bringen.

Auch ein älterer Herr stellte sich Nellie vor. »Ich bin Charles Low vom *San Francisco Examiner.*«

»Oh«, machte Nellie überrascht. »Ich hatte einen Kollegen von der *World* erwartet.«

»Sie sind drei Tage zu früh«, erklärte Low und klang entschuldigend. »Ihre Kollegen sind im Schnee stecken geblieben und haben mich gebeten, für sie einzuspringen.«

»Oje«, machte Nellie.

»Finden Sie meine Gegenwart so unangenehm?«, fragte der Mann, der für einen Journalisten ungewöhnlich schüchtern wirkte.

»Ganz und gar nicht«, beeilte sie sich zu sagen. »Mein Ausruf bezog sich auf die Schneekatastrophe. Das ist nun wirklich das Letzte, was ich jetzt noch gebrauchen kann. Wie schlimm ist es?«

»Leider sehr schlimm«, sagte der Journalist und sah sie dabei so bekümmert an, als sei das einzig und allein sein Versagen. »Man spricht von der größten Schneekatastrophe in der Geschichte Amerikas. In der kalifornischen Sierra Nevada sind über sechs Fuß Neuschnee gefallen. Seit Beginn der Wetteraufzeichnungen gab es niemals eine solche Menge von Schnee.«

»Oje!«, sagte Nellie erneut und sah ihn erschüttert an. »Das ist ja entsetzlich.« Was sollte denn noch alles kommen! Da hatte sie sich mit der verfrühten Ankunft schon am Ziel gewähnt, und nun das!

»Die Schneeverwehungen haben mancherorts eine Höhe von bis zu achtzehn Fuß erreicht«, berichtete Low weiter, der sich als Überbringer der Katastrophe ganz und gar nicht wohlzufühlen schien. »Und in Nevada ist es sogar noch schlimmer. Zwischen den Canyons soll sich der Schnee bis zu fünfzig Fuß auftürmen.«

»Das kann nicht sein«, ächzte Nellie. »Das *darf* nicht sein.«

»Es tut mir leid das zu sagen«, bedauerte Low. »Aber es ist so.«

»Dann lassen Sie uns gleich aufbrechen, wie es scheint, haben wir keine Zeit zu verlieren.«

Da sie sich schon ausführlich verabschiedet hatte, nahm Nellie ihre Reisetasche und eilte dann, gefolgt von Low, der ihren Gebetsstuhl trug, die Gangway hinunter.

Als sie gerade am Schlepper angekommen war, fiel ihr siedend heiß etwas ein, und sie drehte sich noch einmal um. »McGinty!«, rief sie. »Wo ist mein Affe?«

»Schon auf dem Schlepper!«, rief William zurück und winkte ihr noch einmal zu. Nellie erwiderte das Winken und bestieg dann das Boot, das sie zur Mole von Oakland bringen sollte. Ein letzter Blick zurück, der Hauch von Wehmut, dann wandte sie der Oceanic, die für die letzten Wochen ihr Zuhause gewesen war, den Rücken zu und blickte in Richtung Festland. Goat Island, Angel Island und auch Alcatraz mit seinem Leuchtturm und den Kanonen lagen vor ihr, genau wie eine neue Herausforderung: Nachdem sie den Sturm besiegt hatte, galt es jetzt, dem Schnee zu trotzen.

Sie hatten das Ufer beinahe erreicht, da bemerkte Nellie, dass sich auf dem Pier eine riesige Menschenmenge versammelt hatte, offenbar um sie willkommen zu heißen. Als der Schlepper anlegte und sie über die Gangway an Land ging, brach ein unerhörter Jubel aus. Nellie blieb für einen Moment wie geblendet stehen: Damit hatte sie nicht gerechnet. Gleich darauf wurde sie von einem derartigen Glücksgefühl erfasst, dass sie hätte tanzen mögen. Auf einmal waren ihre Zweifel wie weggeblasen. Sie hatte es bis hierher geschafft, da würde sie den Rest des Weges durch das verschneite Amerika auch noch bewältigen. Zumal man ihr, wie sie nun erfuhr, jede nur erdenkliche Hilfe angedeihen ließ: Auf dem Pier begrüßte sie der Bezirksdirektor der Southern Pacific Railroad, der sich als Alvin D. Wilder vorstellte und erklärte, dass sie zwar die Überlandroute der Central Pacific Railroad über Ogden und Omaha nach Chicago nicht nehmen konnten, diese sei vollkommen unpassierbar. Doch eigens für Nellie hätten sie einen Sonderzug eingerichtet, der zunächst Richtung Süden fahren und dieserart versuchen würde, die Schneeblockade zu umgehen. »Die *New York World* hat uns ganz klar angewiesen, dass nicht gespart werden solle, damit wir das Ziel erreichen.«

Nellie fühlte angesichts dieser Nachricht unbändige Erleichterung in sich aufsteigen. »Wir haben Ihnen die Queen bereitgestellt, Miss Bly«, fuhr Wilder eifrig fort. »Sie ist die schnellste Lokomotive der Southern Pacific und hat nur einen angehängten Wagen, der Ihnen voll zur Verfügung steht. Wir gewähren ihr freie Fahrt, was bedeutet, dass alle anderen Züge sich nach Ihnen richten und im Zweifelsfall warten müssen. Außerdem haben wir Telegramme an sämtliche örtliche Eisenbahngesellschaften geschickt.

Sie stellen Ihnen die schnellsten Lokomotiven auf Nebengleisen bereit, für den unwahrscheinlichen Fall, dass unsere Queen einen Defekt haben sollte.« Der letzte Satz klang, als spreche er von einer ansteckenden Krankheit; gleichzeitig wirkte er ungemein aufgeregt. Ja, das war das Gefühl, das Nellie auch von den Menschen entgegengeschlagen war, die am Pier auf sie gewartet hatten. Ungemeine Aufregung, die sich auf sie übertrug und ein regelrechtes Fieber in ihr hervorrief. Daneben dachte sie aber, dass es nicht ganz fair war: Schließlich hatte die *World* von Anfang an damit geworben, dass man ihr keine Sonderfahrzeuge bereitstellen würde. Ihre Reise sollte für jedermann nachzuahmen sein, es ging darum zu zeigen, wie schnell man mit den ganz normalen, allgemein zugänglichen Verkehrsmitteln die Welt umrunden könnte. Da passte ein Sonderzug natürlich nicht so ganz ins Bild. Andererseits hätte sie das Rennen ja ohne die Schneekatastrophe auch ohne einen Sonderzug gewonnen. In einem Artikel konstatierte die *World* die Maßnahme insofern als zulässig, als die Schneeverwehungen auf der Strecke der Central Pacific eine Benutzung dieser Strecke unmöglich machten; der weite Umweg und der damit verbundene Zeitverlust infolge der Umstellung der Reiseroute rechtfertigten diese Abweichung.

Nellie stieg mit ihren Begleitern in den bereitstehenden Zug, der aus einem Speisewagen, einem Salon, Schlafgelegenheiten und einer Aussichtsplattform bestand. Er strahlte, wie Nellie fand, Behaglichkeit aus mit seiner Holzverkleidung aus Mahagoni und der Polsterung aus purpurrotem Samt. Da es im Zug auch noch angenehm warm war, stellte sie es sich sogar recht gemütlich vor, in einem der Waggons zu sitzen, zum Fenster hinauszublicken und draußen die Schneelandschaft vorbeifliegen zu sehen.

Inzwischen hatte man auch ihr Gepäck vom Schiff und zum Zug gebracht. Nellie bestand darauf, dass McGinty nicht im Gepäckwaggon, sondern im Salon mitreiste. »Na, alter Freund«, sagte sie leise zu dem Tier. »So etwas hast du auch noch nicht gesehen, nicht wahr? Du kennst gar keinen Schnee.«

Der Affe kratzte sich am Kopf.

»Ich stelle deinen Käfig so auf, dass du gut hinaussehen kannst.«

Nicht nur der Affe und Nellies Journalistenkollege fuhren mit: Auf ihrem ersten Stück der Reise wurden sie von Wilder, Donaldson von der Passagierabteilung der Eisenbahngesellschaft und William A. Bissell, dem Verantwortlichen für die Fracht- und Personenbeförderung bei der Atlantic and Pacific Railroad, sowie von einem Stenotypisten und einem Telegrafisten begleitet.

»Wann wollen Sie denn in New York ankommen?«, fragte Bissell, kaum dass sich der Zug in Bewegung gesetzt hatte.

Nellie zögerte kurz. »Wissen sie etwas über den Verbleib meiner Konkurrentin Elizabeth Bisland?«

»Ja«, sagte Bissell lächelnd. »Wie uns zugetragen wurde, steckt sie in den Stürmen auf dem Atlantik fest.«

Nellie nickte zufrieden und antwortete dann: »Samstagabend.«

Als sie ihren Wunsch äußerte, hielt sie ihren Blick fest auf Bissell geheftet in der Erwartung, dort ein Erschrecken oder Panik auszumachen. Samstagabend, das war bestimmt unmöglich. Doch sie konnte nichts erkennen. Er verzog keine Miene, sondern sagte nur ruhig: »Natürlich. Ich werde Sie pünktlich dorthin bringen.«

Nellie nickte. »Ich danke Ihnen.«

Dann erhob sie sich und ging zu der kleinen Besprechungsecke, in der der Stenograf und der Telegrafist schon auf sie warteten: So schnell wie möglich wollte die *World* Nellies Weiterreise vermelden, der Stenograf sollte ihre Worte notieren, der Telegrafist sie vom Postamt im nächsten Bahnhof aus so schnell wie möglich nach New York übermitteln. Sie blickte einen Moment zum Fenster hinaus, um sich zu sammeln, dann begann sie mit klarer Stimme zu sprechen: »Als ich an der Pier in Hoboken ablegte und zu meiner Reise aufbrach, brachen mir die Abschiedsbekundungen fast das Herz; ebenso erging es mir angesichts des Willkommens und des Applauses bei meiner Ankunft in San Francisco. Der überwiegende Teil führte mich über die Ozeane dieser Welt, die sich von ihrer stürmischen Seite zeigten, und mit meinen fast 16.000 Meilen bin ich mittlerweile recht seeerfahren … Erstaunlich, aber wahr: Nicht ein einziges Mal hat mich die Seekrankheit heimgesucht« – sie stockte kurz angesichts ihrer kleinen Flunkerei, sammelte sich aber schnell wieder, »und ich habe mich seit meiner Abreise in New York stets pudelwohl gefühlt.«

38. Kapitel

Von Lathrop nach Merced, USA, Dienstag, 21. Januar 1890

Als der Zug zwei Stunden nach ihrer Abfahrt anhielt, blickte Nellie unwillig auf. Dieser Stopp war ganz und gar nicht geplant, sie hatten keine Zeit zu verlieren. Gleich darauf erfuhr sie aber den Grund für den Halt: Ihr sehr erschöpft aussehender Kollege stieg ein, und Nellie schrie entzückt auf, als sie ihn erkannte. Er war der erste Bekannte, den sie nach ihrer Reise wiedersah. »John!« Sie flog ihm um den Hals. »Wie wunderbar, dass du es doch noch geschafft hast.«

John J. Jennings nickte und ließ sich dann aufseufzend auf dem roten Samtsofa nieder. »Ich habe Dinge erlebt, die kannst du dir nicht vorstellen.« Müde lächelte er sie an. »Aber es geht hier nicht um mich, sondern um dich und deine Erlebnisse. Ich gratuliere zu deinem großen Erfolg.«

»Danke«, erwiderte Nellie lächelnd, während sie ihrem offensichtlich durchgefrorenen Kollegen eine große Tasse Kaffee einschenkte, die er dankbar entgegennahm. »Aber jetzt erzählst erst mal du. Für meine Geschichte ist noch Zeit. Wenigstens grob umreißen musst du mir schon, was dir im Schnee widerfahren ist.«

»Die New Yorker haben keine Ahnung, was richtiger

Schnee ist«, sagte er, während der Zug auf der schnurgeraden Strecke durch das malerische San Joaquin Valley brauste.

»Ich bin schon sehr frühzeitig aufgebrochen, um deine Ankunft auf keinen Fall zu verpassen, Nellie«, fuhr John fort, »aber am Morgen des 16. Januar war Schluss. Es hatte so viel geschneit, dass es einfach keine Möglichkeit mehr gab weiterzufahren. Wir saßen für einige Tage fest und hatten nichts zu tun. Es war eiskalt, die Nahrung wurde knapp, und am dritten Tag war die Hälfte der Passagiere bereits krank. Als auch die Ölvorräte zu Ende gingen, saßen wir im Finstern, sobald es dunkel wurde. Und dann, an Tag fünf, also gestern, kam ein Telegramm von der *World* an. Man schrieb mir, dein Dampfer würde morgen früh in Oakland einlaufen und ich müsse unbedingt dort sein. Koste es, was es wolle.«

»Aber du hast doch festgesteckt!«, rief Nellie empört. »Was solltest du denn machen?«

»Du weißt, wie es ist, Nellie. Und auch du weißt und hast es oft genug vorgemacht: Grenzen sind dafür da, überwunden zu werden. Das Telegramm hat mich wach gerüttelt, und ich habe begriffen, wie unsinnig es ist, hier weiter auf einen Zug zu warten, der frühestens in zwei Tagen kommen würde.«

»Was hast du also gemacht?«, fragte Nellie ganz im Bann der Geschichte. Auch alle anderen Mitreisenden lauschten gespannt.

»Mir war klar, dass ich es auf Skiern – oder Schneeschuhen – bis nach Alta schaffen musste. Dort befand sich, wie ich erfahren hatte, der nächste Bahnhof. Der war nur fünfzehn Meilen entfernt, das musste mir irgendwie gelingen. Allerdings habe ich ja so gar keine Erfahrung. Ich war noch nie in den Bergen unterwegs. Zum Glück erklärte sich ein in der Nähe lebender Bergführer bereit, mich für fünfundzwanzig Dollar nach Alta zu bringen. Ich telegrafierte an die Bahngesellschaft und bat sie, einen entsprechenden Zug bereitzustellen. Sie antwortete umgehend und sagte mir zu.«

»Aber war das nicht trotz des erfahrenen Begleiters sehr gefährlich?«, wollte Nellie wissen.

»Doch«, bestätigte er. »Doch, das war es. Im Telegrafenbüro hat man mich mit Nachdruck gewarnt. Es sei wieder Neuschnee gefallen, es bestehe hohe Lawinengefahr, und ein Techniker, der am Vorabend aufgebrochen war, um eine Störung an der Telegrafenleitung zu reparieren, sei verschollen, ein chinesischer Arbeiter sei erfroren.«

»Und trotzdem hast du dich nicht abhalten lassen«, sagte Nellie. »Meinen Respekt, John.«

»Danke!«, sagte er. »Aber ich war ja nicht allein. Ich hatte Deuel, den Bergführer, bei mir, und als ich von meinem Vorhaben berichtete, beschlossen zwei weitere Fahrgäste unserer Gruppe, mich zu begleiten. Wir gingen durch die Dunkelheit, Deuel ging mit einer Laterne voran, wir anderen folgten dick eingepackt und jeder mit einem Schneestock ausgerüstet.«

»Seid ihr in den unglaublichen Schneemengen nicht eingesunken?«, erkundigte sich Nellie.

John schüttelte den Kopf. »Der Schneepflug der Eisenbahn war ja immer wieder gefahren und hatte zumindest für ein paar Meilen einen Weg auf den Gleisen freigeschaufelt, sodass wir anfangs durch eine Schneise aus Schnee gingen, rechts und links erhoben sich Schneewände in Höhe von bis zu fünfzehn Fuß!«

Nellie schauderte bei dem Gedanken daran, dass die Wälle auch hätten einstürzen können. Als sie diese Gefahr ansprach, winkte John ab. »Viel gefährlicher war, dass wir, wenn ein

Zug gekommen wäre, keine Fluchtmöglichkeit gehabt hätten. Doch man hatte uns versichert, dass dies äußerst unwahrscheinlich sei, da ja nur ein Drittel der Strecke geräumt werden konnte. Dennoch haben wir natürlich voller Angst auf ein Pfeifen des Zuges gelauscht. Die Schneeberge waren wirklich unfassbar hoch. Bis zu den Spitzen der Bäume, selbst die Telegrafenmasten waren vollkommen eingeschneit. So ging es bis Shady Run, zwei Meilen westlich von Blue Canyon. Ab hier war nichts mehr freigeräumt, und es ging auf Skiern weiter. Keiner von uns, außer natürlich Deuel, hatte jemals zuvor auf Skiern gestanden. Ich muss sagen: Das ist gar nicht so einfach. Leider kamen wir nur sehr langsam voran. Ständig verhakten sich die Skier ineinander, und ich fiel in den Schnee, wobei ich natürlich jedes Mal klamm wurde – und es war so kalt, dass die Feuchtigkeit sofort zu Eis wurde. Ich habe noch nie in meinem Leben so gefroren.«

Nellie bemerkte, dass ihr Kollege seinen heißen Kaffee inzwischen ausgetrunken hatte, und wies den mitreisenden Diener an, ihm eine heiße Suppe zu bringen, über die John sich sogleich hermachte. Nachdem er die Suppe hungrig heruntergeschlungen hatte, fuhr er fort zu berichten. Er erzählte von Schnee, der ihnen in die Gesichter wehte, dort festfror und kleine Eiszapfen bildete, davon, dass er Arme und Beine vor lauter Kälte nicht mehr gespürt hatte, und er gestand seinen gebannt lauschenden Mitreisenden, dass er sich am liebsten einfach in den Schnee gelegt und geschlafen hätte, so kaputt sei er gewesen. Das aber hätte natürlich sein sicheres Ende bedeutet. »Zutiefst erschöpft erreichten wir um vier Uhr morgens Alta, und in der Tat wartete am Bahnhof bereits ein Zug, der mich nach Sacramento bringen sollte, wo ich dann in deinen Zug einstieg.«

»Was für eine unglaubliche Geschichte«, sagte Nellie und lächelte ihren Kollegen voller Zuneigung an. »Ich danke dir von Herzen, dass du all diese Mühen auf dich genommen hast.«

John hatte seinen Bericht gerade beendet, als der Zug in den Bahnhof von Merced einfuhr, wo Charles Low vom *San Francisco Examiner* sie verlassen wollte.

»Oh«, machte Nellie überrascht, als sie die Menschenmenge am Bahnsteig erblickte. »Wie es scheint, warten die alle auf einen nachfolgenden Zug. Wo die nur alle hinwollen?«

»Die warten nicht auf einen nachfolgenden Zug, sondern auf Ihren«, korrigierte Alvin D. Wilder lächelnd.

In der Tat. Als die Leute Nellie entdeckten, rasteten sie regelrecht aus. Sie schrien, jubelten, warfen ihre Hüte und Mützen in die Luft, streckten ihre Hände nach ihr aus.

»Die warten alle auf mich!«, staunte sie.

»Du solltest hinaus auf die Plattform gehen«, empfahl John. »Dann können dich noch mehr Leute sehen.«

Nellie tat, wie ihr geheißen, und der nun einsetzende Jubel war so laut, dass sie vor Schreck zusammenzuckte. Nun sah sie auch, dass eigens eine Kapelle gekommen war, um zur Begrüßung zu spielen. »By Nellie's blue Eyes«, klang es durch den Bahnhof, während ein kleiner Junge schüchtern zu ihr kam und ihr ein Tablett voller Obst, Süßigkeiten und Nüssen überreichte. »Von den Einwohnern von Merced«, piepste er. Hinter dem Jungen entstand plötzlich eine gewisse Unruhe. Nellie hob den Kopf und sah einen Mann, der sich durch die dicht stehende Menge bis zur Plattform drängte. Seine Augen waren von einem durchdringenden

Grün, sein Gesicht gerötet, ob vor Kälte oder vor Aufregung, wusste sie nicht zu sagen. Er mochte um die 30 sein, war hager und gehörte seiner schäbigen Kleidung zufolge nicht unbedingt zu den reichsten der Bevölkerung. »Nellie Bly«, stieß er hervor, »Sie müssen meine Hand berühren!«

Verwundert beugte Nellie sich vor und erfüllte seinen Wunsch.

Der Mann strahlte. »Jetzt werden Sie Erfolg haben«, erklärte er. »Ich habe den linken Hinterlauf eines Hasen in meiner Hand!«

39. Kapitel

Von Merced nach New Mexico, USA, Mittwoch, 22. Januar 1890 – Donnerstag, 23. Januar 1890

Nur das Rattern des Zugs unterbrach die unendliche Stille der Wüste, dann und wann schrie klagend ein Kojote, vorwurfsvoll, dass man ihn um seine Nachtruhe gebracht hatte. Denn ja, es war tiefste Nacht, als der Sonderzug die Wüste in Richtung Osten durchquerte. Die Sterne schienen so nah, dass Nellie das Gefühl hatte, sie müsse lediglich die Hand ausstrecken, um sie zu berühren.

Als über der Wüste langsam die Sonne aufging, überquerte der Zug die Grenze nach Arizona und weiter in die Berge. Auf einer Höhe von 7500 Fuß ließ der Schaffner Nellie wissen, der Lokführer wolle sie vorne in der Lok sprechen.

Verwundert folgte sie ihm und blickte kurz darauf in ein ausgesprochen vergnügtes Gesicht, in dem zwei abenteuerlustige Augen funkelten.

»Ich habe gedacht, Sie wollen vielleicht mal vorne auf der Lok mitfahren!«, sagte der Schaffner und weidete sich augenscheinlich an Nellies verwundertem Blick.

»Ich?«, fragte sie, doch gleich darauf strahlte sie. »Das lasse ich mir nicht zweimal sagen.«

Sie setzte sich auf den etwas unbequemen Sitz neben dem Lokführer, und er zeigte ihr, wie sie den Dampfventilregler betätigen konnte. Nellie war hingerissen!

Zu ihrem großen Bedauern erlaubte ihr der Lokführer nicht, ganz so viel Dampf abzulassen, wie sie es gern getan hätte. Aber einmal, als er gerade abgelenkt war, drehte sie ihn bis zum Anschlag auf, was zur Folge hatte, dass der Zug rasant an Fahrt gewann. Nellie bekam es mit der Angst zu tun und wollte gerade das Ventil eilends wieder zudrehen, als der Lokführer seine Hand schon mit einem scharfen »Sind Sie verrückt?« auf die ihre legte und es für sie erledigte. Er sah sie finster an, und Nellie war sicher, dass er nun ganz furchtbar mit ihr schimpfen würde. »Sie sind mir ja eine«, sagte er jedoch nur. »Aber ich hätte es ahnen müssen, was passiert, wenn ich mir die schnellste Frau der Welt in die Kabine hole.«

Nellie strahlte ihn an. »Ich habe für die Zeitung das Radfahren gelernt und über meine Fortschritte dabei berichtet«, erzählte sie. »Und bisher dachte ich, dass das das ergötzlichste Vergnügen ist, das man sich vorstellen kann. Aber das hier, das ist unbeschreiblich.« Wie gebannt starrte sie auf die Gleisführung, die sich wie ein langes Band vor ihr erstreckte, ein Band, auf dem sie nun pfeilschnell entlangschossen, während die Bäume und Telegrafenmasten nur so dahinflogen. In einiger Entfernung sah sie den weißen Gipfel des Flagstaff Mountain auftauchen und beobachtete fasziniert, wie er näher und immer näher kam. Sie hatte immer vom Fliegen geträumt. Das hier, dachte sie, musste dem Gefühl, über den Wolken zu schweben, sehr ähnlich sein. »So mag ich es zu reisen«, sagte sie strahlend zu John, als sie wieder nach hinten kam. »Es kann mir gar nicht schnell genug gehen.«

Ihr Kollege sah sie nachdenklich an. »Wenn das so ist«, sagte er, »dann bringst du mich auf eine Idee.«

»Auf welche denn?«, fragte Nellie und ließ sich ihm gegenüber nieder. »Möchtest du eine Reportage über Nellie, die schnellste Lokomotivführerin der Welt machen?«

»Nein«, grinste er. »Aber ich habe soeben die Nachricht erhalten, dass wir im Bundesstaat Kansas die dortige Höchstgeschwindigkeit überschreiten dürfen. Überhaupt staunen die Leute an allen Stationen darüber, wie wenig Zeit wir für die Strecke brauchen.«

»Das weiß ich«, sagte Nellie ungeduldig. »Aber was ist nun deine Idee?«

»Ich werde ausrechnen, wie lange du brauchen würdest, wenn du – theoretisch – überall mit 60 bis 65 Meilen pro Stunde unterwegs wärst. Das ist die Geschwindigkeit, mit der wir vermutlich durch Kansas fahren werden.«

»Tu das«, ermunterte Nellie ihn. »Ich bin gespannt.«

Während er sich ans Rechnen machte, gab sie einem der anderen mitreisenden Journalisten ein Interview, dann winkte John sie zu sich und teilte ihr breit grinsend mit: »Vierundzwanzig Tage. Du würdest es in vierundzwanzig Tagen schaffen.«

Obwohl sie sich mitten in der Wüste befanden, gab es auch hier Bahnhöfe – schlichte Holzhütten – und Menschen, die ihre Ankunft mit großem Jubel feierten. Die Männer trugen Cowboyhüte und Pistolen am Gürtel, und nachdem sie die Grenze nach New Mexico überquert hatten, entdeckte Nellie Indianer auf Pferden.

Und dann passierte es: Zum ersten und einzigen Mal auf ihrer Reise geriet Nellie Bly in echte Lebensgefahr. In der

Nähe von Gallup raste der Zug über eine Brücke, die eine tiefe Schlucht überspannte. Kaum dass sie die Brücke überquert hatten, stürzte das Bauwerk in sich zusammen. »John«, brüllte sie entsetzt, doch der war, ebenso wie die anderen Mitreisenden, durch den Krach der zusammenstürzenden Brücke aufgeschreckt worden und zu Nellie geeilt. Fassungslos starrten sie hinaus, und John schlang, obgleich ja keine Gefahr mehr bestand, beschützend seine Arme um seine Kollegin.

Gleich darauf kam der Zug mit kreischenden Bremsen zum Stehen. Mit zittrigen Beinen stieg Nellie hinter John aus dem Wagen. Aus der Lok sprang ein kreidebleicher Lokomotivführer, aus Richtung der eingestürzten Brücke kamen zwei aufgeregte Männer gerannt.

»Wir wussten nicht, dass ein Zug kommt!«, rief der eine von ihnen, ein junger Mann Mitte 20, den Tränen nah. »Wir hatten nur den Auftrag, heute die Brücke zu reparieren. Unser Chef hat sich, wie er es immer tut, auf dem Fahrplan noch vergewissert, dass auch ganz sicher kein Zug kommen wird.«

»Dieser Zug steht auch nicht im Fahrplan«, sagte der Lokführer tonlos. »Es ist der Sonderzug von Nellie Bly.«

»Der Sonderzug von Nellie Bly«, stammelte der junge Mann, riss sich die Mütze vom Kopf und starrte Nellie an wie das siebte Weltwunder. »Natürlich. Und wir wären beinahe daran schuld gewesen, dass … dass …«

»Nein, das wären Sie nicht«, widersprach Nellie, der die Verzweiflung des Mannes half, ihren eigenen Schock zu überwinden. »Sie haben nur Ihre Arbeit getan.« Dann fügte sie grinsend hinzu: »Vielleicht hatte der linke Hinterlauf des Hasen doch noch sein Gutes.«

»Der linke Hinterlauf des Hasen, Miss?«, mischte sich nun der ältere der beiden Bahnmitarbeiter, dem der Schreck ebenfalls ins Gesicht geschrieben stand, ins Gespräch.

»Ach«, sagte Nellie und winkte ab, »bei einer meiner Stationen meinte ein Mann, ich solle unbedingt seine Hand berühren, die hätte dort den linken Hinterlauf eines Hasen. Was immer er damit meinte. Jedenfalls sollte es mir Glück bringen.«

»Ich verstehe überhaupt nicht, wie das passieren konnte«, murmelte der Lokführer, und Nellie vermutete, dass er sich Sorgen um den Ruf der Zuggesellschaft machte. Wenn bekannt würde, dass diese schlampig gearbeitet hatte und damit das Leben von Nellie und ihren Begleitern beinah riskiert hätte, würde es einen Aufstand geben.

»Es war ja alles anders als geplant«, versuchte Nellie auch ihn zu trösten. »Wir mussten wegen der Schneekatastrophe eine Ausweichstrecke nehmen, das ist vielleicht nicht bis in den letzten Winkel vorgedrungen. Wir müssen das ja nicht an die große Glocke hängen.« Nellie warf John einen Blick zu.

»Danke«, murmelte der Lokführer und fügte hinzu: »Wir werden die Sache aber natürlich lückenlos aufklären.«

Fragend sah er die beiden Männer an. »Was haben Sie denn genau an der Brücke gemacht?«

»Nun«, begann der ältere. »Wir mussten die Eisenträger austauschen, die die Brücke halten. Währenddessen wurde die Brücke nur von Abdrückschrauben gehalten, die aber nicht sehr stabil sind. Dass die Brücke nicht eingestürzt ist, während Sie sie passierten, ist eines der größten Wunder der Eisenbahngeschichte.«

Nellie starrte ihn an. Plötzlich schoss ihr ein Satz durch den Kopf. »Entschuldigen Sie mich«, stieß sie hervor, eilte zurück in den Zug, ging zu ihrem kleinen Schreibtisch, auf dem neben ihrem Notizbuch, Federhalter und Stift auch das Buch von Jules Verne lag, und suchte die Stelle, in der Phileas Fogg bei Wyoming eine marode Brücke überquerte. Dann las sie: »Doch kaum hatte der Zug den Fluss überquert, als die Brücke endgültig zusammenkrachte und mit Getöse in die Stromschnellen des Medicine Bow stürzte.« Fassungslos ließ sie das Buch sinken. Das Schicksal wollte offenbar, dass sie eine ganz ähnliche Erfahrung machte wie ihr literarisches Vorbild!

Der Schreck steckte ihnen noch gehörig in den Gliedern, als der Zug seine Fahrt fortsetzte. Dennoch: Nellies viertägige Reise durch Amerika war ein grandioser Triumphzug. Überall fanden sich jubelnde Menschenmengen ein, und wenn Polizisten versuchten, sie zurückzudrängen, wurden sie einfach fortgerissen. Nellie schrieb ihren Namen Tausende Male auf Zettel, Blöcke und Notizbücher, die ihr entgegengestreckt wurden, und schüttelte von ihrer Plattform herab mit beiden Armen unzählige Hände. Teilweise ließen ihre Anhänger sie auch dann nicht los, wenn der Zug wieder weiterfuhr, und rannten noch ein ganzes Stück hinterher. Nellies Arme schmerzten von der ungewohnten Belastung, doch das nahm sie gerne in Kauf. Einen wunderbareren Empfang hätte sie sich nicht wünschen können! In Topeka jubelten ihr mehr als 10.000 Menschen zu, und jene, die nicht an den Zugstrecken standen, schrieben ihr. Sie erhielt Telegramme voller Bewunderung und Lob, die an »Nellie Bly, in Nellie Blys Zug« adressiert waren und aus dem ganzen Land eintrafen. Eines dieser Telegramme ließ ihr Herz für einen Moment aussetzen, und es dann umso schneller weiterschlagen: *Von Deinem Erfolg erfahren. Ich wusste, dass Du es schaffst und bin stolz auf Dich. In Liebe, Robert.*

Er hatte sie nicht vergessen! Er hatte »In Liebe« geschrieben. Nellie drückte das Telegramm fest an sich, um es dann sicher in einer der unzähligen Taschen ihres Kleides zu verstauen. Und auf einmal hegte sie nicht mehr den geringsten Zweifel daran, dass sie Robert wiedersehen würde.

John war der einzige Journalist, der Nellie die ganze Strecke über begleitete. Ansonsten wechselten sich die Kollegen ab. An einem Bahnhof stiegen einige zu, am nächsten Bahnhof wieder aus, sodass Nellie von einem ständig wechselnden Journalistenteam begleitet wurde. Am zweiten Morgen ihrer Reise schob John ihr die *World* zu, die soeben jemand gebracht hatte. »Du bist eine Heldin, Nellie«, sagte er. Sie las, ihre Reise sei »ein Sinnbild des amerikanischen Mumms und der amerikanischen Zähigkeit, verkörpert in einer amerikanischen Frau«.

Nellie lächelte, dann sah sie auf und blickte ihren Kollegen an. »Weißt du«, sagte sie nachdenklich, »es heißt, niemand hätte je solche Beifallsstürme erhalten wie jene, die mir auf der Reise durch das Land zuteilgeworden sind. Die Amerikaner sind gekommen, um einem amerikanischen Mädchen, das die Erste war, in Rekordzeit die Erde zu umrunden, ihre Ehre zu erweisen, und ich freue mich mit ihnen, dass es ein amerikanisches Mädchen war, das dies geschafft hat.«

Kurz darauf erreichten sie Dodge City, und Nellie wurde die nächste Huldigung zuteil: Zum einen war so ziemlich jeder Einwohner der Stadt zum Bahnhof geeilt, zum anderen überreichte der Bürgermeister ihr im Namen aller Bürger ein Glückwunschschreiben.

Nellie überflog die lobenden Zeilen, in der man ihr bescheinigte, mit ihrer Reise bewiesen zu haben, dass Frauen Männern in nichts nachstanden. Die Worte berührten sie sehr – und zwar deshalb, weil ihr erstmals klar wurde, dass man nicht nur dem amerikanischen Mädchen zujubelte, das einen Rekord geschafft hatte und auf das man deshalb stolz war, nein, es ging um mehr. Sie hatte die Reise angetreten, um zu zeigen, dass Frauen durchaus in der Lage waren, es mit Männern aufzunehmen. Das Schreiben der Bürger von Dodge City zeigte, dass ihre Reise wirklich zu einem Umdenken hinsichtlich der Rolle und des Ansehens der Frauen in der Gesellschaft führen konnte. Damit war sie ihrem Traum, die Welt zu verbessern, erneut ein Stück nähergekommen.

40. Kapitel

Chicago, USA, Mittwoch, 24. Januar 1890

In der Nacht schlief Nellie kaum: Bis in die frühen Morgenstunden hatte sie sich mit einer jungen Journalistin aus Nebraska unterhalten, die ein kleines Stück mit ihr reiste und auf den entzückenden Namen Miss Muffett hörte. Anschließend hatte sie dem Stenotypisten ihren Bericht für die *World* diktiert, was einige Zeit in Anspruch genommen hatte, weil dem armen Mann durch das Schaukeln des Zuges immer wieder schlecht geworden war. Nellie, die sich an den Anfang ihrer Reise erinnert fühlte, hatte Mitleid mit dem armen Mann gehabt und sich in Geduld geübt. Was zur Folge hatte, dass sie erst um vier Uhr morgens ins Bett kam. Und dann konnte sie nicht einschlafen, obwohl sie von den unzähligen Begegnungen durchaus erschöpft war und das gleichtönige Rattern der Räder auf den Schienen eine einschläfernde Wirkung hatte. Zugleich aber war sie viel zu erfüllt und zu aufgeregt, um in den Schlaf zu finden. Und es gelang ihr auch nicht, eine halbwegs komfortable Haltung einzunehmen, zu sehr schmerzten ihr die Arme, an denen in den letzten Tagen Tausende Menschen gezogen und gezerrt hatten. Sie war gerade erst eingeschlafen, als der Schaffner sie weckte und ihr erklärte, sie würden in Kürze Chicago erreichen. Nellie hatte gerade noch Zeit, sich anzukleiden und sich zu frisieren, als der Zug auch schon in den Bahnhof einfuhr. Sie öffnete die Tür, die ihr Schlafgemach vom Salon trennte, und sah sich überrascht einem ganzen Waggon voller ausgesprochen gut aussehender Männer gegenüber, die sie bis zur nächsten Station begleiten würden. John übernahm die Vorstellung. »Nellie«, sagte er, »das sind alles Kollegen, die über deine Reise schreiben wollen. Außerdem Mitglieder des Presseclubs von Chicago.«

»Freut mich, meine Herren«, sagte Nellie keck, und die Journalisten begannen, sie sofort mit Fragen zu bestürmen, die Nellie geduldig beantwortete.

Am Bahnhof erwarteten sie Kutschen, die sie in den Presseclub bringen sollten. Nellie teilte sich ein Coupé mit Vizepräsident Joe Gardener.

Kaum saßen sie nebeneinander im Wagen, grinste er sie ein wenig spitzbübisch an und fragte: »Nellie Bly, was hielten Sie davon, wenn ich Sie abwerbe?«

Nellie lächelte vergnügt und auch ein wenig geschmeichelt zurück. »Eine hübsche Idee«, erwiderte sie. »Aber was machen wir mit all den Menschen in New York, die auf mich warten?«

»Stimmt«, sagte er. »Die können Sie nicht enttäuschen. Aber Sie können wiederkommen. Jederzeit.«

Nellie nickte. Was für ein Gefühl! Wenn sie daran dachte, wie sehr sie darum gekämpft hatte, in New York überhaupt bis zu einem Chefredakteur durchgelassen zu werden! Und nun offerierte man ihr die Angebote buchstäblich auf dem Silbertablett. Nachdenklich sah sie zum Fenster hinaus in die erwachende Stadt, wo Männer und Frauen in die überfüllten Straßenbahnen drängten, Zeitungsverkäufer ihre Ware an den Mann brachten und die Menschen zur Arbeit gingen. Nellie, die zuvor noch nie in Chicago gewesen war, betrachtete die hohen, reich mit Stuck verzierten Häuser und fühlte sich an New York erinnert. New York, ihre Stadt, ihre Heimat, in die sie nun bald zurückkehren würde. Als Heldin. Als Gewinnerin.

Kurz darauf erreichten sie den Presseclub, und Nellie wurde von Präsident Stanley Waterloo begrüßt – außerdem fanden sich noch zahlreiche kluge Zeitungsmacher im Raum, die Nellie abermals mit Fragen bestürmten.

Anschließend ging es zum Kinsley's, bei dem es sich um Chicagos elegantestes Restaurant handelte und das wie eine maurische Burg aussah. »Es ist wunderbar«, seufzte Nellie, als sie das prachtvolle Innere des Gebäudes betreten hatten. Staunend sah sie sich um. Es gab eine deutsche Konditorei, ein französisches Café, ein Restaurant nur für Damen und eines nur für Herren, außerdem verschiedene Bankettsäle. In einen dieser Säle führte Präsident Waterloo Nellie nun – sie wurde dort von unzähligen Journalistenkollegen erwartet, die sie samt und sonders mit stehenden Ovationen begrüßten. Nellie nahm in der Mitte einer u-förmig angerichteten Tafel Platz, die mit weißem Leinen, funkelndem Kristall und glänzendem Silber wunderschön eingedeckt war. Sie wusste nicht, wann sie jemals ein derart fürstliches Frühstück serviert bekommen hatte, zumindest konnte sie sich an keines erinnern. Während die Journalisten es sich schmecken ließen, berichtete Nellie von ihrer Reise und beantwortete Fragen.

Als alle gesättigt waren, erhob sich Stanley Waterloo, hängte Nellie eine Medaille um den Hals und sagte feierlich: »Hiermit erkläre ich Sie offiziell zu einem der Jungs.«

»Zu einem der Jungs?«, fragte Nellie. »Hat mich die Reise so maskulin werden lassen?«

»Ganz und gar nicht, Verehrteste«, beeilte sich der Presseclubchef zu beteuern. »Seien Sie gewiss: Alle vorgefassten Vorstellungen von Ihrer Person, in der man Sie als eine Art Mann in Frauenkleidern wähnte, als einem wilden Ding, das viel zu abenteuerlustig ist, um weiblich und attraktiv sein zu können, und dass sie nur eine Weltenbummlerin wären, wurden durch Ihr gewinnendes Lächeln und Ihre helle, melodische Stimme augenblicklich revidiert.«

»Oh«, machte Nellie verlegen ob all dieser Schmeicheleien, und Waterloo schloss mit den Worten: »Sie sind eine Frau im allerbesten Sinne, ganz natürlich. Und außerdem sind Sie unabhängig und liebenswürdig, ein wunderbares Geschöpf, das nur in unserer amerikanischen Gesellschaft wachsen kann.«

Die anderen anwesenden Journalisten bekundeten dem Redner mit donnerndem Applaus ihre Zustimmung, und Nellie strahlte. Weil ihr die Lobeshymne selbstredend schmeichelte, aber auch, weil sie ihr zeigte, dass ihr noch etwas anderes gelungen war: Sie hatte nicht nur unter Beweis gestellt, dass Frauen es mit Männern aufnehmen konnten, sondern auch, dass sie dafür ihre Weiblichkeit nicht aufgeben mussten. Was für ein grandioser Erfolg!

»Und warum erklären Sie mich dann zu einem der Jungs?«, fragte sie.

»Ganz einfach«, sagte Waterloo etwas verlegen. »Frauen dürfen in unseren Club nicht aufgenommen werden.«

Nellie lächelte. Auch das würde sich eines Tages ändern. Und wenn sie sich höchstpersönlich darum kümmern musste!

Im Anschluss an das Frühstück fuhren die Journalisten mit Nellie in die Chicagoer Handelskammer, die an der Jackson Street gelegen war.

Die Delegation ging direkt auf die Zuschauergalerie, von wo aus sich ein herrlicher Blick auf den prachtvollen, mit Spiegeln, Marmorsäulen und goldenen Bögen ausgestatteten Börsensaal bot. Über alldem erhob sich eine grandiose Mosaikdecke.

»Man nennt das da unten auch Weizengrube«, erklärte Waterloo.

»Ich würde es eher als Haifischbecken bezeichnen«, kommentierte Nellie und schüttelte sich. »Dort unten möchte ich wahrlich nicht sein.« Die Männer in der »Weizengrube« fuchtelten wild herum, hauten sich dabei gegenseitig – wenn auch versehentlich – schon auch mal ins Gesicht und brüllten wie wahnsinnig herum. Wie sie dabei auch noch Geld verdienten, verstand sie nicht. Als sie ihrem Begleiter das gestand und ihn bat, es ihr zu erklären, winkte der ab. »Dafür bin ich der Falsche«, sagte er. »Außenstehende können das gar nicht begreifen. Aber wenn es Sie wirklich interessiert: In unserer Delegation befinden sich Kollegen, die sich mit dem Thema ganz hervorragend auskennen und denen es sicherlich eine Freude wäre, Sie darüber aufzu …«

Weiter kam er nicht, denn in diesem Moment hob einer der Männer auf dem Börsenparkett zufällig den Kopf – und sah ihr mitten ins Gesicht. Er stutzte kurz, dann schrie er so laut, dass er das Gebrüll in der Börse tatsächlich übertönte: »Da ist ja Nellie Bly!«

Der Ankündigung folgte eine Stille, die fast schon unheimlich war. Und dann brach, wie schon so oft beim Anblick von Nellies Zug, ein ohrenbetäubender Jubel aus.

»Man kann von Chicago sagen, was man will«, meinte Nellie oben auf der Tribüne gerührt zu John. »Aber ich denke, keine Frau vor mir wurde in den Vereinigten Staaten jemals so wunderbar empfangen wie ich in der Chicagoer Terminbörse.«

Der Andrang derer, die Nellie aus der Nähe sehen wollten, war so groß, dass man sie durch den Hinterausgang nach draußen bringen musste. Auf der Straße angekommen, bot sich jedoch kein anderes Bild: In der Stadt hatte sich herumgesprochen, dass Nellie Bly hier war. Die Broker, die inzwischen begriffen hatten, dass Nellie das Gebäude verlassen hatte, strömten auf die Straße, aber auch aus den umliegenden Bürohäusern ergossen sich Angestellte, Mütter mit kleinen Kindern und Senioren. Sie alle wollten Nellie sehen, alle ihr Glück für ihre Reise wünschen. Das Problem war nur, dass diese Massen die Straßen verstopften.

»Oje!«, murmelte Waterloo. »So schaffen wir es niemals pünktlich.«

»Lassen Sie mich das machen«, sagte Nellie. Sie stieg in das Coupe, stellte sich auf die Hinterbank und rief der Menge zu: »Chicagoer! Ihr seid großartig, und ich bin zutiefst gerührt von eurem Empfang!«

Frenetischer Jubel ertönte.

Nellie hob die Hand und ergänzte: »Aber wollt ihr wirklich, dass Chicago als die Stadt in die Geschichte eingeht, wegen der das Wettrennen gescheitert ist? Wenn ihr mich nicht durchlasst, werde ich nicht zum Bahnhof kommen und mich verspäten.«

Ihre Worte taten ihre Wirkung. Sofort teilte sich die Menge vor ihr, Waterloo konnte gerade noch zu ihr ins Coupe springen, dann ging es, gefolgt von den Kutschen der anderen Journalisten, auch schon los in Richtung Bahnhof, wo sich erneut unzählige Menschen eingefunden hatten, um ihr noch einmal nachzuwinken. Sie bedankte sich bei ihren Kollegen und verabschiedete sich vom Personal des Sonderzugs, das ihr sehr ans Herz gewachsen war. Von hier aus würde es mit dem Atlantic Express No. 20 der Pennsylvania Railroad weitergehen, in dem Nellie den hinteren Salonwagen bezog. Ihr Gepäck war während ihrer Abwesenheit bereits verladen worden.

Nellie bestieg den Waggon und steuerte sogleich auf den hinteren Salon zu. Er hatte taubenblau gestrichene Wände und graubraune Vorhänge, was Nellie aber angesichts der unzähligen Blumensträuße, die ihr Abteil zierten, kaum sehen konnte.

Lächelnd sah sie sich um, dann richtete sie sich ein, wie sie sich im Laufe ihrer Reise überall auf der Welt eingerichtet hatte: Auf ihren Schreibtisch stellte sie die kleine geschnitzte Kiste mit ihrem Notizbuch, dem Tintenfass und dem Füllfederhalter, daneben legte sie das Buch von Jules Verne, ihren Gebetsstuhl platzierte sie in der Ecke. Sie war gerade fertig, als es klopfte. »Ja?«, rief sie.

»Ein Telegramm für Sie, Miss Bly«, erklärte ein Junge, und in seinen Augen lag die gleiche, fast unterwürfige Bewunderung, die Nellie schon in so vielen Gesichtern gesehen hatte.

»Danke«, sagte sie, lächelte dem Jungen freundlich zu und schenkte ihm etwas von den zahlreichen Süßigkeiten, die sie in ihrer Kabine vorgefunden hatte.

»Danke, Miss«, sagte er strahlend, deutete eine Verbeugung an und war verschwunden.

Sie öffnete das Telegramm und las: *»Die herzlichsten Glückwünsche zur gewonnenen Wette übermitteln Ihnen Monsieur und Madame Jules Verne.«*

»Wie wundervoll«, rief Nellie begeistert, obwohl sich außer ihr niemand in dem Waggon befand. Sie drückte das Telegramm an ihr Herz, ganz so, wie sie es schon mit Roberts getan hatte, und legte es dann sorgsam in das Buch von Jules Verne. Als sie es öffnete, las sie gerührt noch einmal die Widmung: *Für Nellie Bly, die Frau, die es schaffen wird, meinen Phileas zu schlagen.*

Erneut bestieg ein Reporter ihren Zug und bat um ein Interview. Nellie war zwar müde, aber sie fühlte auch eine Verpflichtung gegenüber ihren Kollegen und den Lesern, also bat sie ihn Platz zu nehmen. Hätte sie jedoch geahnt, wie sehr der Reporter mit seinen unangemessenen Fragen ihre Geduld strapazieren würde, hätte sie ihn direkt des Zuges verwiesen. Nachdem sie zunächst über ihren Reiseverlauf geplaudert hatten, fragte er sie, ob man denn nun auch bald ihren Verlobten erwarten dürfe, schließlich durchfahre man ja dessen Heimat. Nellie blickte verwirrt auf. Leicht errötend dachte sie an Robert, was wohl der Kollege sofort bemerkt hatte und nun seine Frage deutlich forscher formulierte: »Mensch, Bly, machen Sie doch kein Geheimnis daraus.«

»Ich verstehe nicht«, stammelte Nellie. Woher sollten sie von Robert wissen, und wenn sie von ihm wussten, dann war ihnen sicherlich auch bekannt, dass er verheiratet war.

Da erlöste sie der Journalist aus ihrer Not, indem er seine Frage konkretisierte. »Was ist denn nun mit Ihnen und Frank Ingrim?«

Nellie war so erleichtert, dass sie fast laut aufgelacht hätte. Ingrim war der stellvertretende Leiter der Irrenanstalt, der in Nellies Augen als Einziger ein Herz für die Patienten hatte. Und es stimmte auch, dass sie sich nach ihrem Aufenthalt und dem Enthüllungsbericht über die schlechten Bedingungen dort noch öfter getroffen hatten, doch das war immer freundschaftlich geblieben. Sie schüttelte betont und demonstrativ den Kopf. »Wir sind weder ein Paar noch verlobt. Dr. Ingrim ist ein guter Freund, mehr aber auch nicht.«

Später am Tag erreichte der Zug Columbus in Ohio. Schon Hunderte Fuß vor dem Bahnhofsgebäude standen die Menschen in mehreren Reihen dicht gedrängt und jubelten. »Ich habe es erlebt, dass 1887 Ex-Präsident Cleveland hier durchfuhr und vor zwei Jahren Präsident Harrison«, sagte der Schaffner zu Nellie. »Und auch da haben die Menschen geschrien und gejubelt, dass es keine Steigerung mehr zu geben schien. Aber das war nichts im Vergleich dazu, was wir heute erleben.«

Nellie war zutiefst ergriffen, als sie auf die hintere Plattform stieg und den Bürgern zuwinkte. Die waren so außer Rand und Band, dass die vor dem Zug stehenden Polizisten eine Kette entlang der Eisenbahn bildeten, als sie zum Halten kam. Der Zug stand nur wenige Minuten im Bahnhof – es musste lediglich die Lokomotive gewechselt werden –, dann ging es schon weiter in Richtung Pittsburgh. In ihre alte Heimat, dorthin, wo alles begonnen hatte. Wenn ihr jemand gesagt hätte, dass sie heute die gefeiertste Journalistin Amerikas sein würde, als sie einst den Leserbrief schrieb und damit für die Frauenrechte eintrat, sie hätte es nicht für möglich gehalten. Drei ihrer Vorsätze, die sie damals gefasst hatte, hatte sie erreicht: Sie hatte die Welt ein Stück besser gemacht, war Journalistin einer New Yorker Zeitung, und sie hatte sich verliebt. Jetzt musste sie nur noch einen Millionär heiraten.

41. Kapitel

Philadelphia, USA, Samstag, 25. Januar 1890

Es war sechs Minuten vor halb zwei Uhr am Nachmittag, als der Atlantic Express Nr. 20 den Schuylkill River überquerte. Während sie das mächtige Steinviadukt überfuhren, blickte Nellie aus dem Fenster und sah, dass das Ufer ganz dunkel war vor Menschen. Warteten die etwa alle auf sie? Eine Minute später rollte der Zug ins Eisenbahndepot und kam mit einem lauten Zischen und quietschenden Bremsen zum Stehen. Sofort stürmte eine riesige Menschenmenge auf ihn zu. Sie schrien wild durcheinander, schubsten und boxten einander im Wettkampf um den besten Platz.

Nellie stand am Fenster und blickte hinaus. Nach wie vor erschien es ihr unwirklich und wie ein Traum, dass all diese Menschen wegen ihr so außer Rand und Band waren.

Da bemerkte sie eine Gruppe Polizisten, die sich unter der Zuhilfenahme von Schlagstöcken einen Weg zum Zug bahnte. Die Polizisten trugen schwarze Helme, und nun erkannte Nellie, dass ihnen zwei Menschen folgten: Ein Mann mit einem Seidenhut und eine ältere Frau mit Brille und einem schwarzen Samtmantel. Julius Chambers, Chef vom Dienst bei der *World,* und ihre Mutter. Nellies Herz schlug schneller, kurz darauf erreichte die Eskorte die Wagentür. Die Polizisten hatten alle Hände voll zu tun, die Menge zurückzuhalten, sodass Chambers und Mary Jane Cochrane einsteigen konnten. »Oh, Nellie«, sagte sie mit Tränen in den Augen und zog ihre Tochter an sich.

»Mutter«, stammelte Nellie, und ihre Augen waren ganz feucht vor Glück über das Wiedersehen. »Ich bin ja so froh.«

Lange hielten die beiden Frauen einander in den Armen, wollten sich gar nicht mehr voneinander lösen. Doch dann sah Nellie in Chambers erwartungsvolles und auch etwas verlegenes Gesicht. Sie ließ ihre Mutter los und ging auf ihren Chef zu. »Nellie«, sagte Chambers und schickte sich zu ihrer Überraschung ebenfalls an, sie zu umarmen. »Ich bin sehr stolz auf Sie. Wir alle sind es. Sie haben das großartig gemacht. Sie haben die Welt nicht nur in fünfundsiebzig Tagen umrundet, wie geplant, sie werden es sogar in zweiundsiebzig schaffen.«

»Danke«, sagte Nellie, während die Rufe der draußen Wartenden immer lauter wurden.

»Ich glaube, du musst hinaus«, sagte ihre Mutter liebevoll.

Nellie ging zu der hinteren Plattform des Zuges. Die ohnehin schon hohe Lautstärke in der blechbedeckten Bahnhofshalle war ohrenbetäubend. Nellie winkte und lächelte und reichte dann jenen, die sich bis nach ganz vorne an die Plattform gekämpft hatten, beide Hände, wie sie das schon so oft getan hatte. Doch dieses Mal waren die Menschen noch wilder und zogen und zerrten so sehr an ihr, dass sie vornübergekippt wäre, wenn Julius Chambers sie nicht geistesgegenwärtig gepackt und festgehalten hätte.

Da sah Nellie eine weitere, von Polizisten eskortierte, Gruppe auf den Zug zusteuern. Sie erkannte die beste Freundin ihrer Mutter, die Schriftstellerin und Frauenrechtlerin Cora Linn Daniels, mehrere Journalisten, wichtige Behördenvertreter und bedeutende Geschäftsleute. Ihre Mutter erklärte ihr, dass sie alle zusammen mit dem Pullmanwagen Beatrice von New York angereist seien, dass man ihr und dem Vertreter der *World* aber die Gelegenheit geben wollte, Nellie im kleineren Rahmen zu begrüßen. Nellie nickte und war ausgesprochen dankbar, dass ihr dieser intime Moment vergönnt gewesen war. Nach der begeisterten Begrüßung – alle ließen Nellie hochleben – ging es gemeinsam und unter dem Jubel der auf dem Bahnhof Zurückbleibenden auf das letzte Wegstück. Der Zug hielt nicht mehr an – und doch waren die Bahnhöfe, durch die sie fuhren, voller Menschen, die dem durchfahrenden Zug zujubelten. »Ich fühle mich wie eine Präsidentschaftskandidatin«, sagte Nellie scherzhaft zu ihrer Mutter, während sie gemeinsam im Speisewagen das Mittagessen einnahmen.

»Ich glaube, das könntest du sogar schaffen, Nellie«, mischte sich Cora Linn Daniels ins Gespräch. »Es ist unglaublich, was du für die Sache der Frauen erreicht hast. Ich denke, dank dir sind wir auch dem Frauenwahlrecht ein großes Stück nähergekommen.«

»Darauf stoßen wir an«, sagte Mary Jane Cochrane und hob stolz ihr Champagnerglas, um es gegen das ihrer Tochter klirren zu lassen. »Auf Nellie und die Rechte der Frauen.« Doch als Nellie einen Schluck des perlenden und prickelnden Getränks zu sich nahm, bemerkte sie, dass sich ihrer eine seltsame Stimmung bemächtigte. Die letzten zweiundsiebzig Tage hatte sie so viel gesehen und erlebt, war immer getrieben gewesen. Und gleichzeitig hatte sie eine unglaubliche innere Ruhe und Stille erfahren dürfen. Doch nun hatte sie es tatsächlich geschafft. Das war wunderbar und großartig, vor allem wenn sie daran dachte, welche Ängste sie auf der Oceanic wegen des Gesundheitszeugnisses ausgestanden hatte. Was würde sie nun tun? Wie würde es morgen sein und übermorgen?

In diesem Moment streckte Julius Chambers den Kopf zur Tür herein und erkundigte sich, ob das Mittagessen beendet sei. Dann bat er die drei Damen nach nebenan in den Salon, wo der Rest der Reisegesellschaft versammelt war. Ihre Mutter und Mrs. Daniels setzten sich, Nellie blieb neben Chambers stehen, als dieser zu einer feierlichen Rede anhob.

Der Jubel, der seinen lobenden Worten folgte, war so groß, dass Nellie sich verwundert fragte, wie eine so kleine Gruppe distinguierter und doch eher gesetzter Menschen es vermochte, derart lautstark ihre Begeisterung zum Ausdruck zu bringen.

»Danke«, murmelte sie, »danke für dieses außerordentlich freundliche Willkommen. Für mich gibt es auf der ganzen Welt nur ein Land: Amerika.«

Im Stillen fügte sie hinzu: *Wobei ein Teil meines Herzens doch in Japan geblieben ist.*

Auch die anderen anwesenden Honoratioren hielten ihre Ansprachen, und dann war es so weit: Sie erreichte das Ziel. Nun wurde Nellie ganz still und sah hinaus in die immer vertrauter werdende Landschaft, sah den Möwen zu, die über dem Wasser kreisten.

Und dann: 10.000 Menschen oder mehr erwarteten sie im Eisenbahndepot. Die Polizei hatte zur Sicherheit Holzbarrieren errichtet, doch die vermochten der Begeisterung der Menge nicht im Mindesten standzuhalten und wurden in dem Moment niedergewalzt, in dem der Zug um die lang gezogene Kurve bog, die ins Depot führte. Nellie fühlte sich an eine riesige, mächtige und alles überwogende Flutwelle erinnert. Als der Zug seine Fahrt verlangsamte, öffnete sie die Tür und trat auf die oberste der Stufen, die von der Plattform nach unten führte.

Der Zug hielt genau vor Orestes Cleveland, dem Bürgermeister von Jersey City, einem mächtigen Herrn um die 60 mit Glatze. Er trug einen Korb voller Blumen in Händen, den er merkwürdigerweise hoch über seinem Kopf balancierte. Sie überlegte, dass er wohl Angst hatte, dass die Menschenmenge, die ihn umwogte, die Blumen sonst zerdrücken könnte. Viel wichtiger als der Bürgermeister und seine Blumen waren aber die Männer, die neben ihm Position bezogen hatten: Die Zeitnehmer mit ihren synchronisierten Stoppuhren. Kaum hatte Nellie den Bahnsteig betreten, lösten die drei Herren gleichzeitig ihre Zeitmesser aus. Um genau 15.51 Uhr und 24 Sekunden war Nellies Reise um die Welt nach exakt 72 Tagen, sechs Stunden, elf Minuten und 14 Sekunden zu Ende.

42. Kapitel

New York, USA, Samstag, 25. Januar 1890

Nachdem der Bürgermeister Nellie die Blumen überreicht und ihr von Herzen gratuliert hatte, erklomm er, gefolgt von Nellie, die Plattform und brüllte das Ergebnis in die enorme Menschenmenge, die nun mucksmäuschenstill war. »Niemand hat je zuvor so schnell die Welt umrundet. Die amerikanische Frau wird nun nicht mehr länger falsch eingeschätzt werden. Sie wird fortan als draufgängerisch, willensstark, unabhängig und als befähigt, auf all ihren Wegen auf sich selbst aufzupassen, anerkannt sein.«

Dann übergab er das Wort an Nellie, die ihre berühmte Kappe abnahm, auf unnachahmlich charmante Weise lächelte und rief: »Von Jersey nach Jersey ist einmal um die Welt! Und ich bin jetzt in Jersey!«

Und dann brach die Hölle los. Die Menge überschlug sich fast vor Begeisterung, ihr Jubel hallte von den Wänden des Eisenbahndepots wider. Doch das sollte nicht alles sein: Wie verabredet hielt ein Mitarbeiter der *World*, der ebenfalls zum Bahnhof geeilt war, seinen Schirm in die Höhe, an dessen Spitze ein Taschentuch prangte. Das war das Zeichen für den Mann, der im Büro der Western Union saß und per

Telegraf ein Signal über den Hafen zum Battery Park an der Südspitze Manhattans schickte, wo John Pain & Sons einen lautstarken Willkommensgruß vorbereitet hatten. Das Signal ging aber weiter und weiter, durch die ganze Stadt: Zehn Kanonenschüsse, gefolgt von einem weiteren Knall, der vom Fort Greene Park in Brooklyn ertönte. Immer mehr Salutschüsse erklangen, sie kamen von Schleppern und Lastkähnen am Hafen, die ganze Stadt feierte fröhlich und begeistert Nellies Sieg.

Anschließend stiegen Nellie und der Bürgermeister, geschützt von einem Spalier von Polizisten, von der Plattform herunter. Sogleich bildeten die Beamten einen Kreis um die beiden und begleiteten sie schimpfend und unter engagiertem Einsatz ihrer Schlagstöcke in Richtung des Landauers, der vor dem Bahnhof auf Nellie wartete. Doch das Gedränge war so groß, dass der relativ große Kreis aus Polizisten mit Nellie und dem Bürgermeister in der Mitte nur mühsam vorankam. »Das dauert zu lang«, schimpfte ein sehr stark aussehender, etwa sechs Fuß großer Polizist. »Sie gestatten, Miss?«, fragte er noch, dann hob er Nellie einfach hoch und trug die überraschte Weltreisende über den Köpfen der jubelnden Menge nach draußen. Auch die restliche Gruppe kam nun schneller voran, und kurz darauf saß sie tatsächlich neben dem Bürgermeister im Wagen. »Das war ja was«, sagte Nellie, immer noch ein wenig verwundert.

Cleveland zog ein Taschentuch aus der Tasche und tupfte sich die Schweißperlen von der Glatze. Nellie ertappte sich bei dem Gedanken, dass er gut daran tat, weil er sonst sicher frieren würde. Sie musste an die Eiszapfen in Johns Gesicht denken. Ein Kichern unterdrückend, blickte sie wieder nach draußen, wo die Menge nach wie vor toste und wogte. Die armen Pferde, die die Kutsche ziehen sollten. Sie waren bestimmt ganz verschreckt angesichts der Menschenmenge, die die Straße säumte.

Dennoch bahnten sie sich ihren Weg über die Landungsbrücke und fuhren dann direkt auf die überfüllte Fähre. Die Passagiere verlangten nun lautstark, die in dem geschlossenen Landauer sitzende Nellie zu sehen. Die wies den Kutscher schließlich an, das Verdeck nach hinten zu klappen; er tat, wie ihm geheißen, Nellie erhob sich, und so verbrachte sie die Heimreise nach New York: Stehend in ihrem Landauer, der Menge zuwinkend und sich für die unzähligen Jubelrufe bedankend, die sich mit dem Jubel der New Yorker vereinten, als sie das Pier in der Cortlandt Street erreichten. Hier herrschte noch drangvollere Enge als in Jersey. Der ganze Weg zur *World,* den Nellie nehmen sollte, war vollkommen verstopft, der Verkehr zum Erliegen gekommen, Gespanne in Menschenmengen eingeschlossen, doch Nellie blieb ruhig. Ihr Wettlauf mit der Zeit war ja vorbei, ihre Konkurrentin, die immer noch auf dem Atlantik feststeckte, geschlagen. Sie hatte gewonnen, deshalb stand sie seelenruhig in ihrer Kutsche und winkte und winkte und winkte, bis sie die Redaktion der *World* in der Park Row erreicht hatten, wo ihr die Kollegen, nachdem Nellie, geschützt von 25 Polizisten, sicher ins Redaktionsgebäude gekommen war, ein königliches Willkommen bereiteten.

Die Sonntagsausgabe der *World* am nächsten Tag war mit fast 300.000 Exemplaren die höchste seit Gründung der Zeitung. Dennoch war das Blatt binnen kürzester Zeit restlos ausverkauft. Wer zu den Glücklichen gehörte, die ein Exemplar hatten ergattern können, konnte dieses ohne große Probleme für das Zehnfache des Verkaufspreises von vier Cent weiterverkaufen: Selbst diese Exemplare waren heiß begehrt. Die *World* legte nochmals nach und verkaufte einen Nachdruck der Sonntagszeitung auch am Montag. Nellie Bly aber hatte wieder glücklich ihr Zimmer in der 74th Street bezogen. Auf ihrem Schreibtisch stand nun das Kästchen, das sie aus Hongkong mitgebracht hatte. An der Wand hing der seidene Kimono, den Gebetsstuhl hatte sie in einer Ecke platziert. Und auf ihrem Nachttisch lagen drei Telegramme: Das von Robert, das mit den Worten »In Liebe« endete. Das von Jules Verne, in dem er ihr zum Erfolg gratulierte. Und das von einem frischgebackenen Elternpaar, deren kleine Tochter am Vortag zur Welt gekommen sei, als im Battery Park gerade die Kanonen erklangen. »Wir haben die Kleine Nellie Bly getauft, in der Hoffnung, dass sie ein ebenso strahlendes Licht wie ihre Namenspatronin werden wird.«

Nellie lächelte und strich liebevoll über das Papier. Ein kleines Mädchen trug nun ihren Namen. Und es würde in einer Welt groß werden, die ihre Namenspatronin für die Frauen ein klein wenig besser gemacht hatte. Konnte es ein schöneres Ende ihrer Reise geben?

Epilog

Yokohama, Japan, Montag, 15. April 1895

»Dort ist es.« Nellie deutete auf das schmucke japanische Häuschen, das inmitten eines prachtvoll blühenden Gartens stand. »Das Haus meiner liebsten Freundin Tomitsuyu. Und dahinter ›mein‹ Kirschbaum. Ich kann es gar nicht erwarten, ihn dir zu zeigen. Und noch weniger kann ich es glauben, dass du nun tatsächlich mit mir hier bist.«

»Ich kann es auch gar nicht glauben«, erwiderte Nellies Gatte und zog sie enger an sich. Wie wunderbar sich seine Umarmung anfühlte. Wie geborgen sie in ihrer Zweisamkeit war. Mit ihm durch die Welt zu reisen war wie zu Hause sein, weil sie ihr Zuhause in ihm gefunden hatte.

Ihre Weltreise hatte noch eine ganze Weile dafür gesorgt, dass sie beruflich auf einer Welle des Erfolgs ritt. Nellie schrieb weiter für die *New York World*, brachte ein Buch über ihre Erlebnisse heraus und reiste, Vorträge haltend, quer durch Amerika. Irgendwann zog sie sich aus der Öffentlichkeit zurück, nahm eine Auszeit vom Journalismus und schrieb weiter Bücher. Dann und wann ließ sie sich zwar auf eine Verabredung ein, doch nichts, weder die Arbeit noch die

Treffen mit den außerordentlich charmanten Herren, konnten darüber hinwegtäuschen, dass es in Nellie eine Leere gab, die Robert hinterlassen hatte, als sie sich in Hongkong getrennt hatten. Während ihrer Weltumrundung hatte sie so viele Eindrücke gehabt, dass diese sie ein wenig abzulenken vermochten, und die Aufregung, die ihrer Reise folgte, hatte ebenfalls dazu beigetragen. Doch je mehr das nachließ, desto weniger konnte sie sich von ihrer schrecklichen Sehnsucht ablenken.

Und dann waren sie sich bei einer Messe in Chicago zufällig wiederbegegnet. Und sie hatten einander nicht wieder losgelassen. Erneut waren sie wie verzaubert voneinander. Robert hatte sie informiert, dass seine Frau leider kurz nach seiner Rückkehr verstorben sei. Er habe sich dennoch nicht bei ihr gemeldet, da er seiner Gattin gegenüber ein schlechtes Gewissen gehabt hatte. »Ich hätte das schreckliche Gefühl gehabt, mich über ihren Tod zu freuen, damit ich meine Liebe mit dir leben kann«, gestand er ihr. »Aber nun, wo ich dich wiedergefunden habe, kann ich nicht mehr von dir lassen.«

»Das Schicksal hat uns eben doch füreinander bestimmt«, flüsterte sie.

Sie hatten sich so viel zu erzählen, sie nahmen sich die Zeit, und schnell war beiden klar, dass sie sich nicht mehr trennen wollten. Robert zeigte Nellie kurz entschlossen sowohl seine Stahlfabrik als auch das herrschaftliche Anwesen in New York. Bereits drei Wochen nach ihrem glücklichen Wiedersehen fiel Robert vor ihr auf die Knie und stellte feierlich die Frage aller Fragen: »Elizabeth Cochrane, möchtest du meine Frau werden?«

Nellie zögerte keine Sekunde, ihr »Ja« kam schon, bevor er seine Frage vollständig ausgesprochen hatte – und entsprechend kurz war auch die Verlobungszeit: Schon am nächsten Tag gaben sie sich das Jawort. Insgeheim dachte sie, dass sich nun auch ihr vierter Lebenstraum, einen Millionär zu heiraten, erfüllt hatte. Aber das war gar nicht mehr wichtig, sie hätte Robert auch geheiratet, wenn er bettelarm gewesen wäre.

Und dann galt es wieder, ein Schiff zu erreichen: Nellie wollte sich ihren Traum erfüllen und mit Robert nach Japan reisen. Und sie wollte unbedingt zur Sakura, der Zeit der Kirschblüte, die für Neuanfang, Schönheit und Vergänglichkeit stand, dort sein und mit ihm zusammen das Hanami – das Betrachten der blühenden Bäume – genießen.

Und hier waren sie nun. Und es war bezaubernder, als sie es sich hätte vorstellen können. Die ganze Welt war in einen zarten rosafarbenen Schimmer getaucht. Staunend ging sie Hand in Hand mit Robert durch einen rosa blühenden Hohlweg.

Und nun würde sie gleich zu ihrem eigenen Kirschbaum zurückkehren, den sie vor vier Jahren gepflanzt hatte.

Als sie neben Robert auf das Haus zuging, öffnete sich die Tür und die Geisha trat heraus. Sie stutzte, als sie Nellie sah, dann glitt ein Lächeln über ihr Gesicht, und sie eilte auf die Freundin zu, um sie zu begrüßen. »Nellie Bly«, rief sie. »Ich kann es gar nicht glauben.«

Sie nahm die Hände der anderen in die ihren und strahlte sie begeistert an.

»Sie hatten vollkommen recht, als Sie mir damals sagten, die Kirschblüte habe etwas Magisches. Aber ich bin nicht nur für die Kirschblüte gekommen, sondern ich möchte, dass Sie jemanden kennenlernen.« Sie deutete auf Robert, der still lächelnd neben ihr stand. »Darf ich vorstellen?«, fragte sie. »Die Liebe meines Lebens.«

»Gestatten, Robert Seaman«, vervollständigte ihr Ehemann und deutete eine kleine Verbeugung an.

»Wir haben gerade geheiratet«, erklärte Nellie glücklich. »Und gleich darauf sind wir zu unserer Hochzeitsreise nach Japan aufgebrochen.«

Tomitsuyu lächelte. »Herzlichen Glückwunsch«, sagte sie und verneigte sich leicht. »Wenn Sie erlauben, zeige ich Ihnen zur Feier des Tages Ihren Kirschbaum.«

»Oh, ja, bitte!«, rief Nellie und hätte vor Begeisterung beinah in die Hände geklatscht.

Die Geisha ging voran und umrundete das Haus. Und da stand er. Ihr kleiner Kirschbaum. Vier Jahre war er nun alt, so wie auch das Mädchen, das ihren Namen trug. Er war rund sechs Fuß hoch und trug wunderbare zartrosa Blüten.

Mit einem Lächeln zog sich die Geisha zurück und trippelte auf ihren Holzsandalen ins Haus.

Robert schloss Nellie von hinten in seine Arme, sie lehnte den Kopf an seine Brust und hob ihr Gesicht der blühenden Krone entgegen. Eine leichte Brise kam auf und wehte ein paar Blüten auf ihr Gesicht. Japan hieß sie willkommen. Das Land ihrer Träume, so schien es Nellie, gab ihnen beiden seinen Segen.

ENDE

Nachwort

Über Nellie Bly gibt es unzählige Zeitungsartikel, Artikel und auch Bücher, von denen ich die meisten verschlungen habe. Die beiden wichtigsten Quellen für meine Arbeit, aus denen ich auch verschiedentlich zitiert habe, ist Nellie Blys Reisebericht *Around the world in 72 days* und Matthew Goodmans 700 Seiten umfassendes Werk *In 72 Tagen um die Welt*. Beide sind sehr zu empfehlen, Letzteres beeindruckt mit unglaublicher Akribie und Detailgenauigkeit. Thema des Buches ist Nellies Wettrennen mit Elizabeth Bisland, deren Abenteuer hier auch beschrieben wird.

In vielen Punkten habe ich mich genau an die Fakten gehalten, viele Dialoge und Gedanken entstammen Nellies Reisebericht. Manches ist aber auch erfunden: Nellie und Elizabeth sind sich auf ihrer Weltreise nicht begegnet. Nellie erfuhr erstmals in Hongkong von ihrer Wettbewerberin Bisland, da hatte diese schon fünf Tage Vorsprung und weilte in Singapur. Erfunden ist auch das schottische Geschwisterpaar und der Besuch auf der Teefarm, die Freundschaft mit der japanischen Geisha, die Teilnahme an der Teezeremonie und das Pflanzen des Kirschbaums. Auch ihren späteren Gatten Robert Seaman hat Nellie nicht bereits auf der Reise, sondern erst später, im Jahr 1895 in Chicago, kennengelernt. Die Liebe sollte in dem Roman aber nicht zu kurz kommen, daher habe ich ihnen eine frühere Begegnung angedeihen lassen.

Danksagung

Mit Nellie um die Welt zu reisen war für mich ein großes Glück und eine riesige Freude – denn dass Diana Keller von Blanvalet ausgerechnet mich dafür auswählte, dieses Buch zu schreiben (danke für dieses wunderbare Geschenk, liebe Diana), war kein Zufall: Wie Nellie bin ich von Haus aus Journalistin. Und auch wenn ich nie die Welt umrundet habe, so bin ich doch viel gereist, und viele meiner Eindrücke finden sich in diesem Buch wieder. Auf meiner gemeinsamen Reise mit Nellie hat mich eine geschätzte Kollegin und liebe Freundin begleitet, die schon mit mir durch dick und dünn ging und deren Freundschaft und Expertise ich nicht missen möchte: Melanie Kunze. Im übertragenen Sinne haben wir bei unserer Arbeit schon viele Reisen durch die Vergangenheit miteinander gemacht, und auch diese war ganz wunderbar. Danke, dass Du immer an meiner Seite bist.

Treu an meiner Seite stehen – dieses Credo gilt auch für meine Familie und ganz besonders für meinen Partner Thomas, der schon viele Stürme mit mir durchlebt und überstanden hat. Und für meine Kinder, die großen Mädchen und die kleinen Jungs, die ich auf ihrer Reise durchs Leben begleiten darf. Meine Reise durch die Welt der Romane begleitet seit Langem sehr engagiert und einfühlsam meine großartige Agentin Anna Mechler, die mich passenderweise immer als »TGV« unter den Autoren bezeichnet. Liebe Anna, wann reisen wir gemeinsam mit dem TGV nach Paris? Da würde dann bestimmt auch wieder ein Buch draus werden, und vielleicht würde es der kluge Redakteur René Stein mit seinen Adleraugen redigieren – wie er das auch bei diesem getan hat. Danke, lieber René, für Deine immer treffenden Vorschläge. Und weil's zum Thema passt, sei den Lesern an dieser Stelle verraten: Wir arbeiten beide gerne auf dem Fahrrad – im weitesten Sinne ein Hometrainer –, doch während sein »Rollentrainer« unter dem hochfahrbaren Schreibtisch steht, besitze ich eines mit montiertem Tisch. So viel zum Thema Geschwindigkeit. Ihr seid alle miteinander rasant fantastisch!

Eva-Maria Bast im April 2022

Literatur und Quellen

Attadio, Nicola: *Nellie Bly – Die Biografie einer furchtlosen Frau und Undercover-Journalistin*. Zürich, 2019

Bly, Nellie: *Around the world in 72 days*. Berlin, 2019.

Bly, Nellie: *Six Months in Mexico*, o. O., 1888

Braithwaite, Kate: *The Girl Puzzle – A Story of Nellie Bly o. O.*, 2019

Goodman, Matthew: *In 72 Tagen um die Welt*. München, 2013

Goodman, Matthew: *Die schnellsten Frauen der Welt – Wie sich zwei Reporterinnen im 19. Jahrhundert ein einmaliges Wettrennen lieferten*. München, 2017